光文社文庫

灰色の犬

福澤徹三

光　文　社

目次

極めて薄汚い小犬でも、致命傷を与えうる。
つまり狂犬でありさえすればよい。

ポール・ヴァレリー

1

死んだ人間は墓なんかにいない。

墓のなかにあるのは灰になった骨だけだ。たとえ魂があったとしても墓石の下でじッとしているとは思えないし、たいていの者はそういう存在を信じていない。

それでも墓に手をあわせるのは単なる習慣かもしれないし、みずからの気持に折合いをつけるためかもしれない。あきらめか慰めか自分が生きているのを見せつけるためか、いずれにせよ生者にとっての儀式だが、父の場合はどういう意味があるのだろう。

片桐《かたぎり》遼平《りようへい》は助手席の窓から外を眺めていた。

山の斜面に沿って古びた外観の家々が続いている。

かつては新興住宅地だったが、山肌はすでに埋め尽くされて、もはや新しい家が建つ余裕はない。カローラは段差のたびに車体を軋《きし》ませながら、急な勾配をのぼっていく。

父の誠一《せいいち》は無言でハンドルを操っている。父のそばにいるだけで、むッと空気の密度があがって息苦しい。できれば後部座席に移りたいが、父はそれを許さない。

「おれは運転手やないぞ。隣で前を見とけ」

運転を代わろうかといっても、おまえはあぶないという。

免許をとったのは十九のときだから六年前である。その頃は車を貸してくれたのに、就職と同時に買ったシビックを自損事故で廃車にして以来、運転すらさせてくれない。新たに車を買いたいといおうものなら、たちまち目くじらを立てる。

警察官という職業柄、父は万事に用心深くて世間体ばかり気にしている。息子がふたたび事故を起こすのを恐れているにしても臆病すぎる。要するに、それほど信用がないのだろう。

カローラは霊園の駐車場で停まった。

父に続いて車をおりると、皮膚を刺すような風が吹きあげてきて、あたりの木々が轟々《ごうごう》と鳴った。ここ数年は暖冬だったが、今年は十二月のなかばをすぎて急激に寒くなった。

遼平はダウンジャケットの肩をすくめて墓石の群れを見あげた。

おびただしい数の墓石が列をなして山の中腹まで続いている。暮れの夕方とあって、あたりにひとの姿はない。供物《くもつ》を漁《あさ》りにきたのか、霊園を囲む森の上を鴉《からす》が三羽舞っている。

父はコンビニで買った線香と缶ジュースを手にして、先を歩いていく。ジャンパーの上からコートを羽織った後ろ姿は、五十二歳にしては年寄りじみている。

母の墓は古ぼけた墓が固まっている一角に、ひっそりと建っていた。

父とは十年前に籍を抜いたから、墓石にはちがう姓が刻まれている。母の両親や先祖の骨も入っているが、花や供物はない。周囲の墓も墓参りが絶えて久しいようで枯れ草に埋もれている。

母の史子《ふみこ》は、遼平が大学二年のときに癌《がん》で逝《い》った。

きょうが命日だが、法事のときをのぞいて墓参りにはほとんどきていない。母の魂が墓にとどまっているとは思えなかったし、父と墓参りにくるのが厭《いや》だったのもある。

もっとも父がわずらわしいなら、ひとりでくればいいのだから、本音をいえば面倒だった。きょうにしても、ここまで足を運んだのには下心がある。

父は缶ジュースの蓋《ふた》を開けて墓石の前に置き、百円ライターで線香に火をつけた。束になった線香は端が焦げるばかりで、全体に火がまわらない。風にあおられるたびにライターの炎が消える。父は躯《からだ》のむきを変えては執拗《しつよう》にライターの石を擦《す》った。線香から煙があがるまでに何度か火傷《やけど》しかけたが、手伝えとはいわなかった。

遼平は父の隣で手をあわせた。

冥福《めいふく》を祈るでもなく願いごとをするでもなく、頭のなかは空《から》っぽだった。

史子は母親としては淡白な性格だった。遼平はひとり息子だが、かわいがられた記憶もなければ、邪険にされた記憶もない。ごくふつうに遼平と接し、ごくふつうに家事をこなした。ただ父には不満をつのらせていたようで、ときおり堰《せき》を切ったように夫婦喧嘩《げんか》をした。

あれは中一のときだったか、父と口論の末に母が家をでていくといいだした。

「もう遼平も大きいんやけ、あたしがおらんでもええやろ。おとうさんはおとうさんで好きにして」

「好きでやっとうわけやないんや。こういう仕事なんは最初からわかっとろうが」

「おとうさんはそれでええかもしれんけど、このまま歳《とし》とっていくのが厭なんよ」

「誰だって歳はとる。あたりまえのことで贅沢いうな」

「なんが贅沢なん。じいッと家におるだけで洋服一枚買わんのに」

「欲しかったら買えばよかろうが。そげな細かいことで、おれが文句いうたことあるか」

「そういう問題やないわ」

「いったいなんが不満なんか。おれは博打《ばくち》もせんし女も作らん。酒もほどほどしか呑まんし、借金もない。誰からも後ろ指さされるようなことはしとらん」

いったいなにが不満なんか、と父は繰りかえしたが、史子は返事をしなかった。

目蓋《まぶた》を開けると、父はまだ瞑目《めいもく》して両手をあわせていた。

「いまからどうすると」

カローラの助手席で、おずおずと切りだした。

「どうもせん。うちへ帰る」

「おれは、ちょっとでかけてくるけん」

どこにいくのかという質問を待ったが、父は黙ってシートベルトを締めている。

「高校の同級生の呑み会があるんよ。それで、なんぼかもらえんかと思うて」

「つまらん。こないだやったやろうが」

「こないだって、先月やないの」

「二十五にもなって小遣いやらせびるな。自分で稼げ」

「ただ呑むだけやないんよ。友だちがバイト紹介してくれるかもしれんけ」

「やからちゅうて呑まんでええ。バイトだけ紹介してもらえ」

「五千円でええんやけど」

父は返事のかわりにエンジンをかけた。


夜になって寒さは一段と厳しくなった。

六畳の部屋はエアコンの効きが悪いせいで底冷えがする。母が家を出て以来、一度もフィルターを掃除していないから当然だが、いまさら触れる気にはならない。

遼平は布団で腹這《はらば》いになってノートパソコンをいじっていた。

いつも見るサイトや掲示板はまわったしゲームにも飽きた。以前はブログやツイッターもやっていたが、おもしろかったのは最初だけで、どちらも更新が途絶えたままである。

ディスプレイの隅に表示されている時刻は、十一時をまわっている。

布団から首を伸ばして畳に耳をつけると、階下からテレビの音が聞こえてくる。父が眠ったら家を抜けだそうと思っていたのに、まだ起きているらしい。

日曜の夜に父親が自宅にいるのは、ふつうの家庭である。父は仕事が仕事だけに日曜だろうと祭日だろうと非常招集や当直で、しょっちゅう家を空《あ》ける。

金の無心をしたいときや相談事があるときは不思議と留守なのに、こういうときに限ってのんびりしているのが気に喰《く》わない。

いま頃、同級生たちは盛りあがっているだろう。

呑み会の誘いのメールに、いきたいけど金がないと返事をしたら、あっさりそれで終わりになった。誰かがおごってくれるのを期待していたのに薄情な連中だ。それだけならまだしも、さっきは悠斗《ゆうと》が居酒屋で撮った写メを送ってきた。

野郎だけかと思っていたら、誰が連れてきたのか若い女がふたりいる。

コンパのような雰囲気が妬《ねた》ましかったが、財布のなかには千円札が六枚しかない。居酒屋の呑み代は払えるにせよ、どうせ一軒ではすまないから、そのぶんの金が問題だった。

小遣いの入る予定は当分ないし、あしたは詩織《しおり》と逢《あ》う予定だ。

昼食代くらいは残しておかねばと思いながらも、呑み会に気持が傾いた。だが父が起きているだけに、外へはでられそうもない。

父は、遼平が夜に外出するのを極端に嫌う。

深夜の帰宅も当然のように怒る。したがって、いったん夜中に外出したら、父が出勤したのを見計らって朝帰りするしかない。中高生の頃ならともかく、外出や帰宅の時間でとやかくいわれるのは、たまらなくわずらわしい。

といって部屋を借りる金はないし、家賃を払うだけの収入もない。

それどころか、月末になれば借金の支払いが山ほどある。いままではバイト代と新たな借入れでやりくりしてきたが、バイト先のホームセンターは経営難を理由に先月で首になった。

今月はどうやって金を工面すればいいのか、考えるたびに胃が痛くなる。

二十五歳という年齢からして、バイトはそろそろ肩身がせまい。最近は就職難のせいか、ホームセンターでも年下のバイトが増えて焦りを感じていた。べつのバイトを探そうにも、求人があるのは居酒屋やコンビニやファストフードといった学生の多い職場ばかりだ。いまさら安い時給で、年下の連中にまじって働くのは厭だった。

それなりの地位と収入を得るには正社員しかないが、新卒で採用された家電量販店を一年半で辞めてから、就職先はいっこうに見つからない。

退職してしばらくは、失業給付金をもらうためにハローワークに通った。

窓口にならんでいるのは中高年がほとんどで、求人の条件も悪かった。もっとも会社の規模にそれほど執着はない。大手は前の職場で懲《こ》りているだけに、小規模でも落ちついて働ける職場が理想だった。けれども、めぼしい会社は問いあわせた段階で求人を締め切っていた。

「ハロワは、カラ求人が多いんよ」

バイト先の同僚に聞いた話では、ハローワークは名目だけの求人が多いという。会社によっては最初から採用する気がないのに、行政機関であるハローワークに気を遣って募集をする。そんな求人票を見て一喜一憂するのは馬鹿馬鹿しいが、実際に求人している会社だけでは体裁が整わないのだろう。

失業給付金の支給がなくなってからは、ネットや求人情報誌で就職先を探した。

書類選考でさんざん落とされたあげく、何社かは面接に漕ぎつけたものの、採用には至らなかった。面接までいった企業にしても前の職場と似たような営業や販売だったから、不採用でもさほど落胆しなかった。贅沢をいえないのはわかっているが、終身雇用でない以上、いずれ退職するはめになる。

二十五歳のいまでも条件にあう企業がないのに、不本意な職場で歳をとったら、次の就職活動はもっと厳しくなる。とはいえ就職を探しているあいだも、歳をとるのはおなじである。このまま仕事が見つからなかったらと思うと絶望的な気分になる。

やはり、あの会社を辞めなければよかったのか。

ときおり後悔に似た感情が湧いてくるが、あの会社にもどりたいとは思わない。いま頃は年末商戦の真っ最中で売場は火を噴いている。続々と押し寄せる客の相手をしながら、売場を駆けずりまわっている自分を想像しただけで疲れをおぼえる。

そもそも、なぜあの会社に就職したのか自分でもよくわからない。就職活動をしている頃は自己PRやら志望動機やらSPI試験やら、懸命に対策を練った。エントリーシートや履歴書は数えきれないほど書いたし、企業説明会にもたびたび足を運んだ。

大学は地元の公立だから、そこそこ就職口はあると思っていた。しかし同級生たちは一流企業はもちろん、二流の企業でも落とされて、大半は中小企業に入った。最後まで就職が決まらなかった同級生も多いなかで、内定をもらったときは優越感があった。

就職先の家電量販店はネットで悪評を眼《め》にすることもあったが、全国的に知られた上場企業だから、それなりに安定しているだろうと思った。

新入社員を対象にした合宿研修は大声をだしたり、山道をランニングしたり、社訓を暗記したり、教官の講義を聞いたりとハードなスケジュールだった。接客の五大用語がみんなの前でいえなくて、教官から怒鳴られたきり行方をくらました者もいた。

小売業だけに社風が体育会系なのは覚悟していたから、研修はたいして苦にならなかった。むしろ早く売場に立ちたいとさえ思ったが、社員としての業務は研修の比ではなかった。

早朝から深夜まで立ちっぱなしで、休憩はおろか食事のひまもない。サービス残業はあたりまえで、毎晩終電帰りだし、もちろん土日は休めない。週休二日はほとんどとれず、月に四回休むのがせいぜいだった。次から次へと納品される新製品の梱包を解いて、店内にディスプレイするだけでも重労働なのに、本番の接客はそれからである。

鉢巻に法被《はっぴ》姿で一日じゅう大声を張りあげても、売上げはあがらない。長時間粘ったあげくに買わなかったり、無理な値引きを求めてきたり、ささいなことでクレームをつけてきたり、そうした客の対応をしているだけで時間がすぎる。

売上げが伸びないときは、店長の石井《いしい》が社内用の無線で罵声《ばせい》を浴びせてくる。イヤホンから響くキンキン声を聞きながら接客するのは二重に疲れて、売れる商品も売れなくなる。あげくにノルマが達成できなければ、個人指導という名目で吊るしあげを喰う。

石井は三十そこその若さだったが、社長を神のように崇拝していた。

朝礼のときは社訓を絶叫し、社長のビデオを観ては興奮して、プラス思考で願望は実現するだの、感謝の波動を顧客に届けるだの、宗教じみた台詞《せりふ》を口にした。

そのわりにグループ内での売上げは思わしくなかったから、いつもヒステリー気味で社員やパートに怒鳴り散らしていた。

「おまえらは電池だ」

というのが石井の口癖だった。

「寿命の切れた電池は捨てて新品に替えるしかない。おまえらはうちを辞めたら行き場がないだろうが、ちょっと求人すりゃあ、社員やパートはいくらでも補充がきくんだよ。ここで働くつもりなら、自分で自分を充電するだけの気力を持て」

ほとんどパワハラ発言なのに、みんな感覚が麻痺《まひ》しているようで、なにもいわない。

遼平も石井には何度となく怒鳴りつけられた。

いざとなったら辞めればいいと開きなおってからはたいして気にならなくなったが、それまでは石井から怒鳴られるたび、プレッシャーのせいで体調を崩した。買ったばかりの車で事故を起こしたのも、ストレスと寝不足のせいだ。

同期入社だった和田《わだ》は、個人売上げで表彰されるほど仕事熱心だった。

だが入社から一年をすぎたあたりで急に売上げがさがって、石井に叱責《しっせき》された。それを境に和田は無断で売場を離れたり、客に喧嘩を売ったり、日増しに言動がおかしくなった。そのうち病欠が何日か続いたと思うと、いつのまにか解雇されていた。

「あいつは電池切れだ」

と石井は嗤《わら》ったが、ほかの同僚たちも次々に辞めた。

在社年数が平均三年というのを入社後に知ったのはうかつだった。早い話が典型的なブラック企業だから、誰が辞めようと不自然に感じる者はいない。

社員もパートも自分の売上げを確保するのに必死で、他人のことまで気がまわらない。

遼平が辞表をだしたときも、石井はレシートでもあつかうようにあっさり受けとって、送別会どころか終礼で触れることすらしなかった。

遼平が会社を辞めたのを知ると、父は眼を吊りあげて怒った。

「中途半端にケツ割るな。せっかく雇うてもろたのに、まちっと辛抱せんか」

職場の状況を説明しても父は聞く耳を持たない。自分が親方日の丸だから、いったん就職した会社には生涯勤めるものと思っているらしい。

「とうさんのいうとおりにして、ずっと会社におったらどうなるん」

「給料もあがるし、そのうち昇進もするやろが」

「そんなに甘い会社やないって。店長になっても寝られんくらい忙しいんやから」

「仕事ちゃそういうもんよ。楽して喰おうなんて考えるな」

「楽しようなんて思うとらん。もうちょっと自分にむいた仕事をしたいだけよ」

「自分になんがむいとるちゅうんか」

「まだわからん。バイトしながら考える」

「それが甘いちゅうんよ。ぶらぶらしとったら、ろくなことならんぞ」

父の意見は図星で、たしかにろくなことにはならなかったが、あのまま勤めていてもストレスが増しただけで、先行きが見えない点ではいまと大差ないだろう。

家電量販店の売上げはネット通販に押されて、急激に落ちこんでいるらしい。そんなニュースを眼にすると、自分の選択は正しかった気がする。軀を壊さなかったぶんだけ、いまのほうがましだ。

遼平は忌々《いまいま》しい記憶を遠ざけると畳に耳をつけた。

まだテレビの音が聞こえてきたが、不意にそれがやんだ。ようやく寝るのかと思ったら、階段で足音がして心臓が縮んだ。

いつのまにかスーツにコートを羽織った父がドアを開けて、

「招集がかかった。ちょっとでてくる」

遼平は無言でうなずいた。父は鋭い眼で室内を一瞥《いちべつ》するとドアを閉めて一階へおりた。

玄関をでていく気配に時刻を見たら十二時前だった。

悠斗たちはまだ居酒屋にいるはずだ。いまからいくとメールを打って布団から抜けだした。

2

夕飯のときにビールを呑んだから車には乗れない。

誠一は自宅をでるとタクシーを拾って現場へむかった。大勢の若者が繁華街で暴れているという。あたりは飲食店や風俗店が密集する地域である。

「人数が多すぎて、手に負えんみたいです」

重久《しげひさ》は電話口でそういった。

重久は巡査部長で誠一の部下である。きょうは当直で条川《じょうかわ》署に詰めていたが、地元のボランティアが組織する防犯パトロール隊から通報があったという。

パトロール隊は中高年や老人ばかりとあって、応援を求めるのも無理はない。しかし現場の近くには交番《ハコ》がある。非常招集は慣れっこだが、交番の係員でも対応できそうな事案で、深夜に呼びだされるのは億劫《おっくう》だった。

繁華街の入口でタクシーをおりると、ネオンがならぶ通りにひとだかりができている。

地元ではハッスルと呼ばれるセクキャバの前で、顔見知りの客引きが会釈《えしゃく》して、

「揉《も》めとうのは天邪鬼《あまのじゃく》と、ホスクラの連中みたいですよ」

「あの馬鹿どもが――」

誠一は舌打ちをして足を速めた。

天邪鬼は地元に昔からある不良グループで、十代の少年たちで構成されている。もともとは暴走族がらみのヤンキーだったが、最近はヒップホップだの悪羅悪羅《オラオラ》だの、流行《はや》りのファッションがまじって系統がはっきりしなくなった。彼らはたびたび揉め事を起こしては条川署の少年係をわずらわせている。

仕事帰りのホステスや酔漢たちを掻《か》きわけていくと、男たちがゲームセンターの前でにらみあっていた。天邪鬼は十数人いるがホストは五、六人だった。天邪鬼の連中は、みな十字架《クロス》と英文字の入ったパーカーで、ホストたちは胸元の開いたシャツに黒いスーツを着ている。

「こらテーブル乞食、はよかかってこんかッ」

天邪鬼の少年が罵声をあげて挑発すると、ひとりのホストが拳《こぶし》を振りあげた。少年たちにやられたのか、高く盛った金髪が乱れて鼻から血が垂れている。

「この糞《くそ》ガキ。調子こいとったら、ぶち殺すぞッ」

ホストが少年に飛びかかろうとするのを、仲間が肩をつかんで引き止めた。周囲の眼があるだけに、手をだしたらまずいと考えたのだろう。

パトロール隊の連中が遠巻きに小言をいっているが、耳を貸す者はいない。ゲームセンターのそばに停まったパトカーの車内で、若い警察官が無線のマイクを握っている。

大人数で揉めているところに、ひとりでむかっていくのはタブーである。こちらも頭数をそろえるのが基本だが、いざ乱闘がはじまったら収拾がつかない。

天邪鬼とホストのあいだに割って入ろうとしたとき、重久が駆け寄ってきた。愛嬌のある大きな眼と張りのある肌は、三十三歳にしては幼く見える。

「片桐係長、お休みのところすみません」

重久は一礼して詫《わ》びた。警察官は無帽だと、挙手の敬礼はしない。

「刑事課に応援頼もうかと思うたんですが、とりあえず係長に相談しようと思いまして──」

「天邪鬼の武藤《むとう》はおるか」

「はい」

「呼んでこい」

重久が武藤と一緒にこっちへ歩いてきた。

武藤大輔《だいすけ》は不良が多いので有名な私立高校の二年生で、天邪鬼の何代目かのリーダーであ

る。百八十をゆうに超える身長と、がっしりした体格は十七歳とは思えない。眉《まゆ》は剃ってい
るのかもともと薄いのか、ないに等しく、腫れぼったい眼は糸のように細い。

「なんか。なんの用かちゃ」

武藤は白いパーカーのポケットに両手を突っこんで、重久に喰ってかかった。

「おれはなんもしとらんちゃ。うちのが揉めちょうちゅうけ、仲裁にきたんばい」

重久は自分よりはるかに背の高い武藤の肩を抱くようにして、

「わかったわかった。ええからこっちこい」

「触んなちゃ。気色《きしょく》悪かろうが」

武藤は怒鳴って重久の手を振り払ったが、誠一に気づくと上目遣いで黙礼した。

「たいがいで、やめさせんか。おかげで呼びだし喰ろうたやないか」

誠一がにらみつけると武藤は口を尖《とが》らせて、

「文句ならホストにいうてくださいよ。むこうが因縁つけてきたんやけ」

「鼻血だしとうのはホストのほうやないか。おまえらが手ェだしたんやろ」

「さあ、よう知らんです」

「まあええわ。もうみんな連れて帰れ」

「因縁つけられたまま、イモひかれんですよ」

「おまえらも一発殴ったんやけ、それで我慢せい」

「大人が未成年者おどしたら犯罪やないすか。なし捕まえんのですか」

「自分たちのこたあ棚にあげて、ようい うのう。ふだんはでたらめばっかりしようくせに、都合のええときだけ警察を頼るな」

「ええすよ。おれだんでやりますけ」

「どげんしても、やるちゅうんか」

「はい」

「なら勝手にせい。そのかわり、かあちゃんにひとことというとくど」

武藤は何度となく少年係の厄介になっているだけに、母親の富子《とみこ》とは顔なじみである。

誠一が携帯をだすと、武藤は細い眼を見開いて両手をあわせた。

「ちょう待ってください。かあちゃんにはいわんとってください」

「なら、どうする。帰るんか帰らんのか」

「しゃあないす。どうにかして、みんなを説得します」

武藤は肩を落として歩きだした。体格は一人前だが、悄然《しょうぜん》とした顔はあどけない。

誠一は重久をホストのほうにいかせてから、おい、と武藤に声をかけた。

武藤は怪訝《けげん》な顔で振りかえった。

誠一はひと目につかないよう肩を寄せると、

「おまえも恰好《かっこう》つかんのやろが。これで子分にラーメンでもおごっちゃれ」

一万円札を握らせた。

武藤は口を真一文字に結ぶと、ひとつ頭をさげて駆けだしていった。

あの一万円を、なぜ遼平に渡さなかったのか。

武藤の後ろ姿を見送りながら、そんな思いが胸をよぎった。だが武藤に恩を売るのは少年たちの情報を得るためであって、仕事の延長である。遼平に金をやっても甘やかすだけだ。

天邪鬼の少年たちは口々に捨て台詞を吐きながら、ぞろぞろひきあげていく。

ホストの連中があとを追おうとするのを引き止めて、解散するよう説得した。しかし彼らは天邪鬼が先に手をだしたといって執拗にからんでくる。

鼻血を垂らした金髪の男は自分の鼻を指さして、

「この傷はどうしてくれるんすか」

「相手はガキやないか。頼むけ、おとなしゅう帰ってくれや」

「りっぱな傷害じゃないすか。ガキだったら無罪になるんすか」

「もとはといえば、おまえらが因縁つけたんやろ」

「ちがいますって。ガキなんか相手するわけないっしょ。おれたちが歩いてたら、あいつらがちょっかいだしてきたんすよ」

そうそう、と連れのホストたちも口をそろえた。

「なら、どうするちゅうんか。仕返しなんかしよったら承知せんぞ」

「そんなことしませんよ。ふつうに詫び入れて欲しいだけっす」

「おまえを殴った奴に、あやまらせればいいんやの」

「ホストの顔は商品っすよ。きっちり慰謝料もらわねえと」

なんが慰謝料かッ、と重久が怒鳴った。

「鼻血くらいでガタガタ抜かすな。おまえらの店は、ぼったくりで有名やないか。営業時間も守っとらんし、たいがいにせな風営法違反でしょっぴくぞッ」

「マジすか。そんなの冤罪《えんざい》じゃん」

「なんちや、きさんッ」

重久が金髪の男の腕をつかんだ。あらら、と男はつぶやいて、

「腕つかんだら暴行っしょ。弁護士呼んでください」

こうなったら調書をとるしかないと思ったとき、どうしたの、と背後で声がした。

振りかえると、茶髪を長く伸ばした黒いスーツの男が立っていた。

色白の痩《や》せた男で、歳は三十くらいに見える。

「あ、反町《そりまち》さん」

金髪の男がおびえた表情で頭をさげた。連れのホストたちも、おなじようにぺこぺこしている。反町と呼ばれた男はホストたちから事情を聞くと、

「いくらむかついたって、おまわりさんを手こずらしちゃだめだろ。おれが一杯おごってや

るから、こっちへきな」

反町は通りのむこうに顎《あご》をしゃくって歩きだした。

ホストたちは何度も頭をさげながら、あとをついていった。誠一は首をかしげて、

「あいつはどこの者《もん》か」

堂前《どうまえ》総業です、と重久がいった。

「闇金やっとうちゅう噂《うわさ》ですが、なかなか尻尾《しっぽ》をださんみたいで――」

堂前総業は広域指定暴力団、筑仁会《ちくじんかい》の三次団体である。この地域では最大の組織で、誠一が県警本部にいた頃は常に捜査の対象だった。しかし組織犯罪対策課《ソタイ》を離れてからは、その方面の知識にうとくなった。


交番の警察官が運転するパトカーで条川署にむかった。

反町のおかげで事件にはならなかったものの、業務日誌に経緯を書く必要がある。

重久はまだ興奮が醒《さ》めないらしく、荒い息を吐きながら眉間《みけん》に皺《しわ》を寄せて、

「ホストの奴らも最低やけど、天邪鬼もタチ悪いすね。もうガキの面倒みるのはうんざりです。武藤の奴、よっぽどくらしちゃろうかと思いましたけど」

「そげなことしてみい。また警官の不祥事ちゅうて大騒ぎされるぞ」

「でも生意気やないですか。係長はよう辛抱できますね」

「しょせんガキやないか。暴力団《マルビー》にくらべたら、かわいいもんよ」

「ガキやから悔しいとです。こげな思いするんなら、いっそ組織犯罪対策課《ツタイ》に――」

重久はそういいかけて、はッとした表情で口をつぐんだ。誠一は苦笑して、

「おれのことは気にせんでええよ。配転希望なら課長にいうてやろうか」

いえ、と重久はかぶりを振った。

重久が地域課の交番勤務を経て、生活安全課に転任したのは二年前だった。重久は子どもが苦手だし、凶悪事件の捜査を担当したがっているだけに、少年係では満たされないものがあるだろう。刑事課や組織犯罪対策課といった華々しい部署へ移りたいという気持はわかる。

誠一も交番勤務の頃は刑事課にあこがれていた。

実際に捜査四課で働いてみると、想像とはかなりちがっていたが、理想の仕事に就けたことに満足していた。一般的なノンキャリアの到達点とされる警部補になったのは四十のときだから、昇任のペースは同期にくらべて遅いほうではなかった。

もっとも警部への壁は厚いだけに、警部補から上にいけたかどうかはわからない。ただ、将来に希望を持っていたのはたしかだった。

誠一が県警本部捜査四課――現在の組織犯罪対策課から所轄の地域課に配転されたのは十年前だった。あきらかに左遷《させん》というべき人事だが、誠一に過失があったわけではない。

県警本部は当時、筑仁会傘下の組織が経営する地下カジノや違法風俗店の摘発に全力をあ

げていた。だが捜査は思うように進展せず、周到に準備した計画はことごとく失敗した。何度も現場に踏みこみながら、一件の摘発もできないのは前例のない事態で、誠一たち捜査員のあいだでは密告者の存在がささやかれていた。

ちょうどその頃、捜査情報を漏洩《ろうえい》している人物が捜査四課にいるという告発が監察官室に寄せられた。告発は複数の名指しで、そのなかに自分の名前があると知ったのは、監察官の事情聴取を受けたときだった。監察官は当然のように告発者について明かさなかったから、その人物が内部にいるのか外部にいるのか不明だった。

監察官室はすでに内偵を進めていて、該当する捜査員の素行や銀行口座を調べあげていた。自分が監視や尾行といった行動確認《コウカク》をされていたのかと思うと不快だったが、なにもやましいところはない。じきに嫌疑は晴れるだろうと思っていた。けれども捜査情報を漏洩した犯人は挙がらなかった。

痺《しび》れを切らした上層部は犯人不詳のまま、大胆な処分に踏みきった。

暴力団との癒着構造を断ち切るという名目で、誠一をはじめ告発の対象となった警察官全員を所轄に異動させた。誠一はむろん潔白を訴えたが、上司の長船《おさふね》は捜査情報の漏洩についてではなく、日常的な暴力団との接触を指摘した。

「今回の件で、おまえがクロやと思うとるわけやない。けど、なんぼ仕事と割り切っとっても、暴力団《マルビー》と長年つきおうとったら情も移るやろ。そのへんを警戒しての判断やないか」

「捜四の刑事は暴力団《マルビー》とつきおうてなんぼですよ。捜査協力者《エス》のひとりやふたり、おるに決まっとうやないですか。それを咎《とが》められたら、どうもなりませんよ」

「そら、わしもそう思うけど、上の考えとることはようわからん」

長船は苦りきった表情でいった。

長船自身も詰め腹を切らされて、捜査四課からはずされるだけに強くはいえなかったが、暴力団との接触が異動の理由なら他部署に移せばいいだけで、所轄に飛ばす必要はない。

捜査情報を漏らした犯人が挙がらない以上、誠一もグレーという判断をされているにちがいなかった。地域課で冷や飯を喰わされたあと所轄を転々として、四年前に条川署生活安全課へ転任した。もっとも、どこへ移されようと気持に変化はなかった。

県警本部を追われたときから、仕事に対する情熱は失《う》せていた。

昇任試験は受ける気にもならなかったし、受けても合格するはずがない。筆記試験だけならともかく、警部への昇任試験には面接があるから、そこで落とされる。退官時の慣例で一階級あがって警部になるのが関の山で、人事評定によっては警部補のままだろう。

しかし出世がしたくて警察官になったわけではない。

誠一が大学生の頃はバブル経済を目前に世間は好景気に沸《わ》き、企業の人事担当者は呑ませ喰わせの接待で、学生の青田買いに奔走《ほんそう》していた。

就職は空前の売手市場とあって、大学の同級生たちで公務員になろうとする者はごく少数だった。そういう時代にあえて警察官を選んだのは、世のためひとのために働きたいという、青臭いが純粋な思いからだった。

それだけに出世の望みが断たれたことよりも、情報漏洩の犯人という疑いをかけられたことのほうがショックだった。いったん経歴についた汚点は真犯人が挙がらない限り、消えることはない。

この男は仲間を裏切ったのかもしれない。そんな視線にさらされながら定年まですごすのかと思うとやりきれなかったが、いまさら転職する気力はなかった。

誠一は前途が失われたぶん、家庭に眼をむけた。

ずっと仕事ひと筋で史子にはさびしい思いをさせてきたし、遼平にもかまってやれなかった。所轄に移っても忙しいのは以前とおなじだが、これからは家族とすごす時間を大切にしようと思った。そんなとき、未消化の年次休暇を利用した家族旅行を思いたった。

その日は当直だったが、同僚に無理をいって代わってもらった。

ひさしぶりに定時で退庁すると、旅行代理店でパンフレットをもらった。わが家に帰る道すがら、妻と息子の笑顔を思い浮かべた。

ところがチャイムを鳴らしても、ドアは開かなかった。

遼平は九時に帰ってきたが、史子が帰ってきたのは十二時すぎだった。

こわばった顔とよそゆきの恰好に、なにをしていたのかと訊《き》いても背中をむけている。

かッとなって肩をつかむと、ふだんはつけたこともない香水の匂いが鼻孔を刺した。

史子が離婚を切りだしたのは、その夜だった。

3

耳障りな電子音で眼が覚めた。携帯のアラームらしいが、なかなか鳴りやまない。

「しゃあしいッ」

どこかで誰かが叫んだとたん、壁越しにどたどた音がしてアラームがやんだ。

腕時計の液晶は午前七時を示している。

遼平は大きく伸びをして、合皮のマットから軀を起こした。寝不足のうえに、せまいマットで横になっていたせいで軀の節々が凝っている。個室ビデオ店の店内は、夜明かしした客たちの体臭や煙草の臭《にお》いで、朝から空気がよどんでいる。

ゆうべ父は家に帰っただろうか。

署に泊まったような気もするが、家にいる可能性もじゅうぶんある。朝帰りして出勤前の誠一と鉢合せになるのは、なんとしても避けたい。ただでさえくたびれているときに、ねちねち説教されると気が滅入る。

伝票を見ると、退室時間まであと四十分ほどある。

もうすこし時間を潰《つぶ》すことにして煙草に火をつけた。

マットの上には、店に入ったときに借りたアダルトDVDが散らばっている。酔っぱらって観たから内容はうろ覚えだが、パッケージのAV女優たちが味気なく映る。終わってしまえば冷めるのは、生身の女とおなじである。

ゆうべは家をでてから、悠斗たちと明け方まで呑んだ。

悠斗のほかには健次《けんじ》と和馬《かずま》、ふたりの女は悠斗が連れてきたキャバ嬢だった。悠斗はバーの雇われ店長で、健次は板金屋の見習い、和馬は介護用品レンタル会社の社員である。

三人とも高卒で遼平が大学生の頃は疎遠になっていたが、家電量販店を辞めてから、ちょくちょく顔をあわせるようになった。みな収入はたかが知れているし、安定した職場とはいえない。けれども屈託のない毎日をすごしているらしく、三人の表情は明るい。

なかでも悠斗はパチンコで大勝ちしたとかで上機嫌だった。

「午前中ですっからかんになったけ、090《ゼロキューゼロ》金融で五万借りたんよ。四万打ちこんだけ、もうだめかと思うたところで七がそろうたんよ。そっから一気に三十連チャンしたちゃ」

「三十連チャン？」

「すげえの」

「おう、たまがったで。090《ゼロキューゼロ》金融の兄ちゃんにソッコー金かえしても、十万残ったけの」

「ゼロキューゼロってなん？」

遼平が訊いた。悠斗は電話をかける手つきをして、

「090金融よ。パチ屋まで金持ってくるけ便利やぞ」

「聞いたことあるけど、やばいんやないん？」

「借りかたまちごうたらの。おれが借りるとこはトサンやけ、利息が安いよ」

「トサンって、十日で三割？」

「おう」

十日で三割なら、と遼平は指を折って、

「十日後に六万五千円かえすんか」

「交渉しだいやけど、その場で利息ぶんの一万五千円をひいた三万五千円もろて、十日後に五万かえすのがふつうやの」

「ぜんぜん安い利息やないやん」

「トゴとかトナナのとこにくらべたらの話よ。一万五千円くらい一時間も打ったらのうなるんやけ、どうっちゅうことない。ただ十日以上借りたらしんどいけどの」

「信販会社とかサラ金のほうがええんやないんか」

「そらそうやけど、最近は水商売に貸してくれんけの」

「おまえ何社も焦げついとるけ、とっくにブラックリストやないか」

と健次がいった。あ、そうか、と悠斗は笑ったが、他人事《ひとごと》ではないだけに笑えなかった。

悠斗はキャバ嬢たちを顎でしゃくると、

「この子らの店いったり飯おごったりせないけんけ、おれも大変よ」

「今度、店にきてくださあい」

キャバ嬢のひとりが名刺を差しだした。盛り髪に付け睫毛《まつげ》のギャル系だが、すっきりした顔だちと贅肉のない軀が好みだった。名刺には手書きで樹里《じゅり》とあった。もうひとりも美希《みき》と書いた名刺をくれたが、こっちは印象に残らなかった。

「遼平に名刺やってもつまらんど。こいつプーやけ金がないちゃ」

と悠斗がいった。一瞬むかついたが、きょうの悠斗は金を持っている。下手《へた》に逆らうより機嫌をとったほうがいい。遼平は苦笑して芋焼酎のロックをあおると、

「プーも飽いた。どっかええ仕事ないか」

ええ仕事のう、と悠斗は首をかしげて、

「デリの運転手とか、ソープの従業員とかやったらあるけど」

「夜の仕事は無理よ。おやじがしゃあしいけ」

「そういや、おまえのおやじさん、警察《ポリ》やったの」

えーマジでー、と女たちが騒いだ。

「遼平はバイトでもええんか」

と和馬がいった。うーん、と遼平は首をひねって、

「なるべく正社員のほうがええけど。おまえんとこの会社はどうなん？」

「うちは車椅子やら電動ベッドやら施設に貸しだしとるけ、毎日外まわりよ。年寄りがおる家まわって、紙おむつも配達せないかん」

「大変そうやけど、介護はこれから伸びるやろ」

「まあの。けど、うちは求人しとらんしの。介護職なら、なんぼでも求人あるぞ」

「介護職て年寄りの世話やろ」

「そうやけど、素人《しろうと》ではできん。まずホームヘルパーの養成講座で資格とって在宅介護するか、そのあと介護士の資格とって老人ホームで働くかちゅうところやの」

「給料はええんか」

「ホームヘルパー二級で時給九百円くらいかの」

「その養成講座ちゅうのは金がかかるんやろ」

「だいたい十万以内やの。あと資格とるまでに三、四か月は見とかないかん」

そらちょっときついの、と健次がいって、

「塗装工とか鉄筋工やったら仕事あるぞ。未経験でも日給七千円。ただ現場作業やけ、いまの時期は寒いどぉ」

「男のひとは大変やねえ」

と樹里がいった。

「キャバも楽やないけど、バイトでも時給二千円はあるもんね」

そうそう、と美希がうなずいて、

「セクキャバやったら、時給三千五百円とか四千円とかくれるよ」

「ばあか。おまえたちが稼げるのはいまだけよ。もうちょっと歳喰ってみい。ビル清掃からラブホの従業員かスーパーのパートか、そんなんしか仕事のうなるぞ」

と悠斗がいった。美希がかぶりを振って、

「その前に玉の輿《こし》に乗るもーん」

「だめ。ぜったい」

「なんそれ。覚醒剤防止のポスターみたいなこというて」

「おまえらはぜったい無理」

「えー、あたしも」

と樹里が眼をしばたたいた。でも、と遼平はいって、

「若いときだけでも稼げるからええよ」

「女とちごて男は稼げる仕事がないの。なんぼか儲かっとんは貧困ビジネスくらいやろ」

悠斗が溜息《ためいき》まじりにいった。美希が首をかしげて、

「貧困ビジネスってなん？」

「貧乏人相手の商売よ。日雇い派遣、パチンコ、サラ金、漫喫やネカフェ、敷金礼金不要の

ゼロゼロ物件。リサイクルショップとかシェアハウスとか激安の居酒屋とか、おまえらのキャバだってそうよ。だから客はみな貧乏やろが」

「うちの客はそこそこ金持っとうよ。なんべんも延長したら、二万も三万もかかるんやけ」

「二、三万遣《つこ》うたくらいがどうしたんか。ただスケベなだけで貧乏人よ。もし金まわりがええように見えても、どうせ借金抱えとるか悪いことでもしよるか、ろくな奴っちゃないぞ」

「なら、うちの店にくる悠斗くんも貧乏人やないの。パチンコもしよるし」

「そうよ。０９０金融《ゼロキューゼロ》も貧困ビジネスやろ。サラ金より利息が高いんやけ」

美希と樹里が口々にいった。そらそうやの、と悠斗は苦笑して、

「ちゅうか、おれたちの世代はみな貧乏よ。先で稼げる見込みもないし」

健次と和馬がそうだという表情でうなずいた。

三人ともうわべは明るいけれど、将来を考えると不安になるのだろう。

しかし仕事がないぶん、自分のほうが事態は深刻である。大学生の頃は、高卒の彼らよりも収入が低くなるとは思いもしなかった。

べつに大卒がえらいと思っているわけではないが、いっぺん会社を辞めただけで路頭に迷うようでは、なんのために四年も勉強したのかわからない。

いまの時代、安定した生活をしようと思ったら、一流大学にいって一流企業に就職するか、公務員になるしかないような気がする。ということはそれ以外の選択をした時点で、転職を

繰りかえしていくしかないのだろうか。

時刻が七時半をまわって遼平は立ちあがった。ヘッドホンとDVDと伝票をプラスチックの籠《かご》に入れて個室をでると、細長い通路を通ってレジへむかった。


家に帰ると父はいなかったが、キッチンの流しには茶碗や味噌汁の椀が浸かっていた。やはり早い時間に帰らなくて正解だった。朝食がわりにカップ麺を食べてから、リビングのソファで横になっていると、樹里の顔がちらついた。

居酒屋のあとのカラオケボックスは、酔った悠斗が気前よく払った。おかげで個室ビデオでひと眠りできたし、金も三千円近く残っている。

カラオケボックスで呑んでいるとき、樹里と何度か眼があった。悠斗の連れだから、馴《な》れ馴れしくするのはひかえていたが、別れ際に彼女はラメを散らした眼でウインクした。

あれは営業のつもりだったのか、それともべつの意味なのか。いずれにせよ金がなくては樹里の店にはいけないし、詩織がいるのに妙な気を起こすのはまずい。

詩織にメールして何時に逢えるか訊《たず》ねると、お昼すぎ、とそっけない文面がかえってきた。午後までだらだらすごしてから、駅前のカフェで詩織と逢った。

彼女は大学の同級生で、ゼミの合宿で親しくなった。デパートのなかにある雑貨店に勤めているせいで、土日がほとんど休めない。仕事が終わるのも遅いから、逢うのはいつも平日である。先週は体調が悪いという理由で顔をあわせなかったが、きょうも顔色がすぐれない。詩織はテーブルのむかいに腰をおろすなり、深々と溜息をついた。

「まだ具合悪いの？」

詩織はだるそうにうなずいて、

「ゆうべ店長が在庫あわないとかいいだして、急に棚卸《たなおろ》し。もうくたくたよ」

「雑貨屋は商品が多いから大変やろ」

うん、と詩織はいったきり携帯をいじりだした。

「どうしたん」

「ごめん。仕事のメールやけ」

遼平は仕方なく携帯を手にして、どうでもいい情報に眼をむけた。

ふたりでむかいあって携帯をいじっているのはまぬけだが、つきあって四年も経《た》つと、これといって話題はない。ひとしきり世間話をしたら、街をぶらついたり、呑み喰いしたり、しかるべきところへ入ったりするのがここ数年のコースである。

最近は金がないせいで詩織に払ってもらうことが多い。知りあった頃は一緒に散歩するだけで楽しかったのに、いまはなにをするにも金がかかる。

そんなことが気になるのは、やはり持ちあわせが乏しいせいだろう。遼平が家電量販店に勤めていたときは、おたがいの休みを調整するのに苦労したが、短い時間でも一緒にいるのが楽しかった。

詩織が携帯をしまうと、とっくに冷めたミルクティーを口にした。

遼平は待ちかねたように自分の携帯をテーブルに置いて、

「これからどうする？」

「どうするって――」

「ここをでてからよ」

詩織はまた溜息をつくと、

「たまには自分で決めてよ。あたしに訊かんで」

「なんで、そんなん冷たくいうん」

「だって、いっつもあたしに決めさせるけよ」

「怒らんでもええやろ。詩織がどうしたいかを優先しようと思っとうだけやんか」

「遼ちゃんがどうしたいっていうのはないと？」

「詩織がしたいっていうことをしたい、ていうのは変かな」

「そんなん嘘よ」

「なんで嘘とかいうん」

「なんでもあたしに決めさせて、あとであたしのせいにするやん」

「そんなことないやん。なんも文句いわんやんか」

「文句いわんでもわかるもん。遼ちゃんはあたしになんでも決めさせて、好きなことをさせてやっとうって気でおるんよ。それってずるくない？」

「なんでそんなこというん。詩織の気持を優先させるんが悪いと？　詩織が楽しそうにしとったら、おれも楽しいっちゃけ」

「じゃあ遼ちゃんの意志はないん？」

「ないわけやないけど」

「けど、なん？」

「きょうは金もちょっとしかないけ――」

詩織はまた溜息をついた。

むッとしてコーヒーを啜《すす》っていると、詩織はテーブルに頬杖《ほおづえ》をついて、

「ねえ」

「なん？」

「もうやめよっか」

「なにを」

「あたしたちよ」

なんで、と遼平はいった。

「なんでそうなるん」

「さあ」

「おれが嫌いになったちゅうこと?」

「そんなんやないけど——なんか疲れた」

遼平は煙草に火をつけると、

「おれだって遊んどうわけやないんよ。仕事は毎日探しようし——」

「そんくらいわかっとうよ」

「なら、なんでよ」

「あたしももう若くないし。自分のことをゆっくり考えたいと」

「考えてええよ。ただ急に別れるとか、決めつけんでもええやん」

「遼ちゃんにまかしとったら、なんも決まらんやん」

「決まらんことないよ。ただ詩織がそんなん焦っとるて、気がつかんやったけ」

「またそんなこという。あたしの気持を優先させるんやなかったん」

「そういわれたら、なんもいえんけど——詩織はそれでいいん?」

うん、と詩織はいって窓の外に眼をむけた。

4

「ちょっと話があるんすけど」

天邪鬼の武藤から携帯に電話があったのは、暮れも押し迫った夜だった。

「いま警察《カイシャ》署や。こっちくるか」

誠一が冗談めかしていうと、武藤は電話口のむこうで溜息をついて、

「かんべんしてください。そこいったら頭が痛《い》となるんすよ」

「話ちゃなんか。また誰かと揉めたんか」

「そんなんやないす。ちょっと見せたいもんがあって」

「わかった。なら、いまから風月《ふうげつ》でどうか」

「はい。片桐さんのおごりっすよね」

馬鹿たれ、と誠一はいって電話を切った。

腕時計の針は六時をまわっている。

誠一はコートを羽織ると、重久に用件を告げて生活安全課をでた。

クリスマスイブをあすにひかえて、大通りにはイルミネーションが灯《とも》っている。きらびやかな光と裏腹に人通りはまばらで、不景気の深刻さを思わせる。

かつて製鉄や炭鉱で栄えていた頃は、年末になると肩がぶつかるほど混《こ》みあったというが、そんな面影はどこにもない。街の中心にあるアーケード商店街はシャッター通りにこそなってはいないが、個人商店は年々消えて、ファストフードやファミレス、ファストファッションやドラッグストアに取って代わられている。

もっともそうした現象は、この街に限ったことではない。

日本中どこにいっても、似たような街並ができあがりつつある。ごみごみした路地や老朽化した建物は消えて、チリひとつない通りや近代的な建物が増えていく。

この街も以前にくらべて、はるかに美しく衛生的になった。すべてに経済効率と利便性を優先するのが行政のいう「まちづくり」なら、街はまさしく理想に近づいている。ただ警察官という立場からすれば、街の美観が整っていく一方で、殺伐とした犯罪が増加しているように感じる。

少年係は、きょうも朝からあわただしかった。

管内の家電量販店から連絡を受けて、宇野《うの》と戸塚《とつか》が十四歳の少年四人を連行してきた。宇野は二十五歳の巡査、戸塚は二十八歳の巡査長で、重久とおなじく誠一の部下である。

少年たちは私立中学校の三年生で、容疑はゲームソフトの窃盗、すなわち万引だった。

すでに退職した少年係の刑事に聞いたところでは、昔はよほど悪質なケースでない限り、説諭だけで放免していたという。誠一が知っている範囲でも、百貨店や大手スーパーでは店の体面を重んじてか、少年の万引はほとんど表沙汰にしなかった。

ところが最近は初犯であっても、即座に警察へ連絡がくる。

「捕まったときは、しゅんとしとるんですけど、そのまま帰したら、また平気で万引しよる。親に連絡したら、金を払えばええんやろちゅうたり、なんで万引くらいで捕まえるんやて、逆ギレする親もおる。世も末ですわ」

顔なじみのスーパーの店長はそういって嘆息した。下手に情けをかけても増長するだけで、捕まったのは技術の巧拙や運の良し悪しだと思っているという。誠一が接してきた万引犯の少年たちもゲーム感覚で、犯罪に手を染めているという意識がない。

万引で捕まるのは不良に限らず、優等生や女子も多いが、おしなべて悪びれた様子がない。それでも犯罪への意識が低いだけなら、教育によって更生の余地がある。

その点でいえば、きょうの中学生たちは確信犯だった。

四人は家電量販店のゲームソフト売場にいくと、それぞれが持参したバッグに商品を詰めこんで店をでた。盗んだ商品の総額は十万円近い。防犯ゲートのアラームは鳴らなかったが、万引を目撃した私服警備員がその場で取り押さえた。彼らは盗んだゲームソフトを中古ソフトの買取り店に転売して小遣いを稼ごうとしたらしいが、悪質なのはその手口だった。

商品のゲームソフトには防犯タグがついていて、防犯ゲートの電波に反応する。

少年たちはゲームソフトをアルミホイルで何重にもくるんで電波を遮断し、防犯ゲートを通過していた。彼らが持っていたバッグの内側にもアルミホイルが貼られていたから、常習犯とみられた。

誠一は部下たちを三人の少年にあてがって事情聴取をさせ、自分は主犯格とおぼしい少年の相手をした。少年は犯行についても自分のことについても、いっさい口にしなかったが、仲間が持っていた生徒手帳から学校名がわかった。

「きみは自分がなにをやったか、わかっとうよね」

ああ、と少年は気の抜けた返事をした。髪型はふつうだし身なりも整っている。痩せて青白い顔はひ弱に見えるが、態度はふてぶてしかった。

「防犯タグを鳴らなくするのは、どこで知ったの。インターネット？」

「さあ」

「きみたちは中三やろうが。高校受験もあるのに、万引なんかしよってどうするんじゃ」

「どうでもいいっしょ。万引ぐらい誰でもしよるやん」

「誰でもって、そんならクラスの友だちがみんなやっとるんか」

「うん」

「嘘いうたらいかん。きみンとこの中学はまじめな生徒が多いやないか」

「知らね。ダルいけ、はよ終わらしてよ」

「じゃあ、名前を教えんか。どうせ学校に問いあわせとるけ、すぐわかるんぞ」

少年はそっぽをむいて黙っている。

「まあええわ。きみがそげなふうなら、ご両親と話するけ」

「したらええやん。どうせこんけど」

「なんでこない？　なんか理由があるんか」

「ねえ、もうちょっと離れてよ。息が臭えから」

誠一が調書をとっていたペンを放りだしたとき、課長の但馬《たじま》が部屋に入ってきた。

但馬はドアの前で立ち止まって手招きした。

心配事があるときの癖《くせ》で、銀縁メガネの奥の眼をしばたたいている。

「なんでしょう」

ちょっとええか、と但馬は誠一の耳元に口を寄せて、

「いまおまえが話しとる子やけど、県議の柏木《かしわぎ》さんの息子やったぞ」

「そうですか」

「だからちゅうわけやないけど、穏便にな。警務課がやいやいうてくるけ」

「その柏木さんと警務課がなにか？」

「おまえも知っとろうが。柏木さんちゅうたら、遊技業《ユウギギョウ》協同組合の顧問やないか」

遊技業協同組合とはほとんどのパチンコ店が加盟する組合組織で、交通安全協会とならぶキャリアOBの天下り先である。

退職後の就職先を斡旋《あっせん》する警務課からすれば得意先のひとつといえる。それだけに角を立てたくないのだろうが、但馬が個人的に神経を尖らせている気配もある。

「どうせ家裁送致にもならんのやろ。はよ帰せ」

但馬はそういって自分のデスクへむかった。但馬は五十五歳で、以前は本部の捜査二課にいた。警部になったのは四十三とかなり早いが、そこで足踏みをしている。上に媚《こ》びているわりに出世が止まったのは、なにか事情があるのかもしれない。

一時間ほど経って、少年たちの保護者がわが子を引きとりにきた。

柏木の息子だという少年は秘書らしい男が迎えにきただけで、両親は姿を見せなかった。県議である父親はともかく母親さえこないようでは、少年は反省などしないだろう。近いうちにまた万引を繰りかえすにちがいない。

少年たちの取調べで午前中が潰れ、午後からは児童買春の事情聴取でひと悶着《もんちゃく》あった。

被疑者として出頭したのは区役所に勤める平原《ひらはら》という男だった。平原はデリヘルが派遣した十六歳の女子高生に現金三万円を渡して、ラブホテルで性交渉を持ったとみられていた。

事情聴取は重久と戸塚があたっていたが、途中から平原が取り乱して、誠一が応援に入った。

「十六歳なんて知らんかったんです。本人も十八歳ていうとったし――」

平原は四十八歳で妻子がいる。

取調べは任意だったが、こうしたケースで起訴されれば、ほとんど有罪になる。

平原が被害児童と交渉を持ったのは一年以上も前で、常習の様子はない。反省の色もあるから起訴されても罰金刑か、執行猶予《ゆうよ》付きの判決だろうが、懲戒解雇は確実で家庭も破綻《はたん》するかもしれない。

焦点は、買春の相手を十八歳未満と知っていたかどうかだった。だが平原がいくら知らないと訴えても、それを証明するのはむずかしい。

すでに逮捕勾留されているデリヘルの経営者は、被害児童が高校生だと知っていたし、客の一部にそれを伝えたメールが押収された携帯に残っていた。さらに被害児童の両親は慰謝料を求めて、民事訴訟を起こすと息巻いている。

「ほんとに知らんやったんです。魔が差しただけなんです。堪忍してくださいッ」

平原は泣きわめいて、デスクや壁に頭を打ちつけた。

重久と戸塚が取り押さえたが、平原は錯乱状態で暴れ続ける。千万円単位の退職金がふいになり、四十八歳で路頭に迷うかどうかの瀬戸際である。ただでさえ中高年の再就職はむずかしいのに、懲戒解雇された男を雇う企業などない。

誠一は騒ぎを聞きつけた但馬に呼ばれた。

「なにをもたもたしとる。あいつはクロやろが」

「電話一本で出頭してきたくらいですから、相手が高校生だとは知らなかったと――」

「おまえの心証は聞いとらん。あんだけ暴れよるんや。埒《らち》があかんのやったら、公務執行妨害《コウムシッコウボウガイ》で逮捕せい」

その瞬間、平原の運命が決まった。

かばってやりたい気持もあったが、彼の無実を証明する手段がない。仮に刑事事件にならなくても、民事で訴えられたら破滅するのはおなじである。

少年とはいえ、あきらかに故意に窃盗をはたらいた者が無罪放免になって、故意ではなかったかもしれない中年男がすべてを失うのは理不尽に思える。

いい歳をして怪しげなデリヘルに手をだした平原もうかつだが、売春をしていた女子高生にも問題がある。女子高生たちはデリヘルの経営者から売上げの六割を受けとって、ブランド品の購入や遊興費にあてていた。それがいったん事件になると、本人は被害者面《づら》をして親までが慰謝料をせびりに乗りだしてくる。

地域社会が消滅したのと同時に、世間体も消滅した。誠一が幼い頃は子どもたちが悪さをすると、近所の主婦や年寄りから口うるさく叱《しか》られた。しかし彼らはもういない。

他人の子どもをうっかり叱れば、親から文句をいわれるのが関の山だ。世間体がないなら誰の眼も気にならない。なにをしても恥ずかしくない世の中になったのだ。

風月のドアを開けると、店の奥にパーカーの大きな背中が見えた。

ふだんは肩で風を切って歩いているくせに、こういうときは礼儀正しく下座に坐《すわ》っている。

こちらに気づいて立ちあがるのを掌《てのひら》で制して、テーブルのむかいに腰をおろした。

商店街のなかにある古い喫茶店である。

ぜんざいや汁粉《しるこ》といった甘味が売りだけに客層は主婦や老人がほとんどで、こちらの会話に聞き耳をたてる連中はいない。不審な人物が入ってきても、すぐにわかる。前にきたのは、武藤が傷害で退学になりかけたときだった。

「なんか頼んでいいすか」

「なんでも頼め」

武藤は中年のウェイトレスを呼んで、白玉ぜんざいの大盛りを注文した。

誠一は舌打ちをしてコーヒーを注文すると、

「あしたは、なんもやらかすなよ」

「あした？」

「イブやないか。のぼせて駅前走ったりすんなよ」

「イブはデートやないすか。そげなダサいことせんですよ」

「おまえでも、いっちょまえに女がおるんか」

「そらおりますよ。馬鹿にせんでください」

「それでなんか？　見せたいもんちゅうのは」

「これなんすけど――」

武藤はパーカーのポケットを探って、一枚の紙を取りだした。なにかのリストのようで、よれよれになったA4サイズの紙に住所氏名がずらりと印刷してある。

武藤はそれをテーブルに置いて、

「上から四番目を見てください」

「最近、老眼がひどなっての」

誠一は紙には手を触れずに眼を細めた。何度かコピーしたらしく文字が潰れて不鮮明だが、上から四番目の行になにが書いてあるのか、すぐにわかった。誠一の氏名の横に、県警本部に勤めていた頃の住所と電話番号がある。

ぎょッとして眼を凝らすと、ほかの氏名にも見おぼえがあった。それらはすべて、当時の捜査四課の捜査員たちのものだった。

「なんだ、これは——」

誠一は思わず声をうわずらせた。

5

玉皿のなかは空になったが、パチンコ台の液晶画面はまだ回転している。

見るだけむだだと思いつつ椅子から腰を浮かせたら、七のリーチになった。平凡なノーマルリーチだったのに、珍しくスーパーリーチに発展した。

遼平は溜息をついて椅子に腰をおろした。

スーパーリーチであっても、大半ははずれる。

ほとんど期待していなかったが、スーパーリーチは、さらに高確率のリーチへと発展した。

画面では「激アツ」という文字が点滅している。

隣の台にいた老人がこちらを覗《のぞ》きこんで、

「こらあ、ぜったいくるで」

七七六ときたところで、右端の絵柄がスローになった。

すでに玉はないから、もし大当たりしたら隣の老人に玉を借りてでも打たねばならない。

くわえていた煙草が、じりじり音をたてて短くなっていく。

三つの七がゆっくり重なったと思ったら、がくんと右端が落ちて、七七八になった。

隣の台の老人が気まずそうな顔で横をむいた。

遼平はフィルターだけになった煙草を揉み消して立ちあがった。

まだ夕方だというのに、パチンコ店のなかは大勢の客で混みあっている。うずたかく積みあげられたドル箱を横目で見ながら、客たちのあいだを歩いた。

パチンコを打ちはじめてから、まだ三十分も経っていない。八千円では無理もないが、売りたくなかったゲームソフトを何本も買取り店に持ちこんで作った金である。

家に帰ろうかと思いつつ、パチンコ店をでたところで足が止まった。あしたはイブだというのに、金もなければなんの予定もない。去年のイブは詩織と食事をしたあと、バーをはしごしてからホテルに泊まった。ホームセンターのバイトと借金でやりくりしていたものの、一年前はまだ余裕があったのだ。

詩織はこのあいだ逢ったきり連絡がない。一度メールを送ったが返事はなかった。イブに逢う気がないとなると、やはり本気で別れるつもりらしい。

「あたしももう若くないし。自分のことをゆっくり考えたいと」

と詩織はいった。

彼女の台詞を裏返せば、こちらのことは考えていないという意味になる。将来を約束したわけではないが、四年もつきあった彼氏がいちばん困っているときに別れるとは薄情だ。

いや、いちばん困っているときだからこそ、別れるのかもしれない。

いずれにせよ、いまは詩織のことより、あしたのイブが気になった。

このところずっと家にこもって、ネットで就職やバイトを探している。年末とあって、ほとんど求人はない。まとまって募集がでるのは年が変わってからだろう。あしたから正月明けまで悶々《もんもん》としてすごすのかと思ったら、暴れだしたいようないらだちを感じる。

もし父に相談したら、甘えるなというだろう。

自分でも考えが甘いのはわかっている。だが、ずっと警察勤めの父に、仕事もなく時間を持てあます苦しさは理解できない。その苦しさをまぎらわすためには金がいる。

てっとり早いのは借金だが、量販店にいる頃に作ったクレジットカードはどれも限度額いっぱいまで遣っているから、すでにキャッシングの枠はない。

利息を払い続けるのが精いっぱいで、元金はそのままになっている。月末になれば、その支払いの金も工面する必要がある。

新たに借入れをしたいが、無職ではサラ金ですら相手にされない。ひさしぶりにパチンコをしたのも、どうにかして金を作れないかと思ったからだ。

借金のことは父に話していない。カード会社三社に合計二百万も借りていると知ったら、激怒するにちがいない。いくら怒っても借金を肩代わりしてくれるならいいが、父に限ってそれはない。なによりも世間体を重んじる性格だけに、家を追いだされる可能性すらある。

地の底に沈みこむような気分で溜息をついたとき、パチンコ店の前の電柱に眼がいった。

パソコンで作ったような粗末な貼り紙に「スピード融資！　主婦・学生・フリーター歓迎審査・保証人不要・ブラックＯＫ」とあって、その下に携帯の電話番号が記されている。

いままで意識しなかったが、これが悠斗のいっていた０９０金融らしい。

「パチ屋まで金持ってくるけ便利やぞ」

悠斗の台詞を思いだすと気持が揺らいだ。

利息は法外だが、短期間で返済すれば平気だともいっていた。ここでいくらか借りたら、もうひと勝負できる。しかし負けたらどうするのか。借りる金額にもよるが、最悪の場合、パソコンや服をリサイクルショップに売ればなんとかなりそうだった。

それで返済はできるとしても、相手は非合法の金融だけに不安が残る。

そんなところで借金をするのは、警察官である父の顔に泥を塗るようなものだ。といって家に帰ったところで、なんの進展もないのはたしかだった。このままじッとしていても金が入るあてはない。月末の支払いをすますためには、どのみちパソコンや服を売るはめになる。だったら一か八か勝負したほうが、金が増える可能性があるだけましではないか。

遼平は携帯を手にして逡巡《しゅんじゅん》した。

悠斗に電話して、いつも使っている090金融を教えてもらおうかと思った。悠斗が借りているところはトサンだから、ほかにくらべて利息が安いといっていた。

だが口の軽い悠斗に090金融から借りたと知られるのは厭だった。ひとまず電話で利息を訊いてから、借りるかどうかを決めればいい。

遼平は大きく息を吸いこんで、貼り紙の電話番号を押した。

呼出し音が鳴るか鳴らないかのうちに、はい、と男の声がした。

「あの、貼り紙を見たんですけど」

「あそう。どのくらいいるの？」

予想外に快活な声だった。

「ええと、利息はどのくらいでしょうか」

「うちはトサン。いまどこにおると」

「そ、外ですけど」

「なんていう町？」

ためらいつつ町名をいうと、ああ近所やん、と男はいって、

「どっかで待ちあわせしょうか。そのへんにファミレスあるやろ」

「ええ」

「じゃ、ちょっと待ってね。すぐかけなおすから。この番号でいい？」

男はそういうなり電話を切ったが、十秒も経たないうちにかけなおしてくると、

「なら十五分後でいい？　免許証か保険証あったら持ってきて」

すぐにでも貸してくれそうな勢いに釣られて、つい承諾した。

男はこちらの服装を訊くと、自分は黒の革ジャンでセカンドバッグを持っているといった。

その時点でもまだ迷っていたが、すっぽかしたら電話がかかってくるかもしれない。ポケットの百円玉を数えてみると、自分のコーヒー代くらいは払える。

逢ってからでも断れると思って、待ちあわせ場所のファミレスにいった。

まもなく革ジャンの男がテーブルのむかいに坐った。短髪で顎鬚《あごひげ》を生やして、二十代後半に見える。もうすこし強面《こわもて》を想像していたが、ふつうの若者のような印象だった。

ウェイトレスが注文を訊きにきてコーヒーを頼むと、

「おれはいい。すぐでるから」

男は片手を振った。ウェイトレスが去ると男は身を乗りだして、

「うちみたいなとこは、はじめて？」

「ええ」

「ブラックとか事故はある？」

「事故？」

「どっか焦げついとうかってこと」

「いえ、延滞はないです」

「優秀やん。で、なんぼつまみたいん？」

「どのくらいまで借りられますか」

「初回は三万まで。実績できたら、もっとだせるけど。ひとまず三万でいい？」

遼平はためらいがちにうなずいた。

「仕事はなんしようと？」

「フリーター。っていうか無職です」

「あそう。住まいはアパート？」

「実家です」

「ふうん、家族は何人？」

「父親だけですけど」

「おとうさんの仕事は？」

「――そこまでいわないと、だめですか」

「まいいや。じゃ住所と地図書いて。あと携帯と自宅の電話番号も」

男はセカンドバッグから紙とペンをだして、テーブルに置いた。地図といわれて不安になったものの、いまさら断れなかった。遼平がペンを置くと、男はもう一枚紙をだして、

「これに住所氏名と借入れ金額を書いて」

紙のいちばん上には借用書とあったが、書面はやけにシンプルで、金利も返済期限も書いていない。恐る恐るそれを指摘すると、男は白い歯を見せて、

「覚え書きみたいなもんやから、気にせんでええよ。うちみたいなとこは借用書を書かせん場合も多いんやけど、口約束やとお客さんも心配でしょ」

借用書を書き終えて、冷めたコーヒーを啜っていると、男は携帯をこちらにむけて、

「はい顔あげて、こっち見て」

ライトが点灯して、カシャッとシャッターの音がした。

「もうすぐやから、もうちょっとだけつきあってね」

男はそういって立ちあがった。

遼平はレジで勘定をすませてから、男と一緒に店をでた。男は急ぎ足で歩きながら、

「おれ吉田《よしだ》っていうから。携帯入れといてね」

「はい」

「きょうはなんしよったと？　マルハマでもいっとったん？」

「――なんでわかるんですか」

「そらわかるよ。マルハマはうちの客多いけね。あそこで打つんなら、開店からいかなつまらんよ。みな必死やけ、ええ台坐ったら動かんもん」

「そうなんですか」

吉田は近くのコンビニにいくと、遼平が持ってきた免許証と保険証をコピーした。

「はい、お待たせ」

コンビニの駐車場で、吉田はセカンドバッグから現金をだした。

受けとった札を勘定したら、二万一千円しかなかった。

「利息ぶんひいてあるから。十日後に三万の返済ね」

吉田は十日後に必ず連絡するよう念を押して、踵《きびす》をかえした。

6

「これを、いったいどこで手に入れた？」

誠一はテーブルの上の紙を凝視したまま訊いた。

それが、と武藤は口ごもって、

「パクらんて約束してもらえますか」

「おまえをか」

「いえ、それを持ってきた奴っす」

「約束はできんが、このまま黙って帰すわけにもいかん」

「やっぱりね。いらんことしたなあ」

武藤は紙に手を伸ばした。誠一はその手を払いのけて、

「馬鹿。これ以上、指紋をつけるな」

「そげないいかたせんでもええやないすか。なんの名簿かわからんけど、片桐さんの名前があったけ、気になって持ってきたのに」

「それはありがたいと思うちょる。しかしこれは大変な書類や。おれにできることはなんでもするけ、出所を教えてくれ」

武藤は黙って視線を落とした。

白玉ぜんざいとコーヒーが運ばれてきたが、ふたりとも手をつけない。誠一はウェイトレスにビニール袋を持ってこさせると、そのなかに捜査員名簿を入れた。

ふと武藤が溜息をついて、

「それを持ってきたんは、うちのメンバーす」

「名前は」

「奥寺《おくでら》って奴です。おれよりひとつ年上なんすけど、高校中退してプーやってます」

「ひとつ上ちゅうことは十八か。そいつがどこで見つけた？」

「奥寺はときどき日雇いのバイトしよるんですけど、こないだは事務所の引っ越しやったそうです。ほんで荷物を運びよったら、事務所にでかい金庫があったちゅうんですよ。事務所の者《もん》が金庫のなかを整理しよったらしいんですが、なかに手提げ金庫が入っとうのが見えて

――」

「それをパクったんか」

「みたいす。事務所の者《もん》が便所いっとう隙《すき》に。奥寺はそんままばっくれて、おれンとこに金庫持ってきたんす」

「完璧に窃盗やないか。おまえも共犯になるぞ」

「そんときゃあ、パクったとか知らんやったんです。奥寺は最初、拾うた金庫やて嘘いいよ

ったですから。なんか金目のもんが入っとらんやろかちゅうけ、バールでこじ開けたら、なかは書類ばっかで、がっくりしたです」

武藤は金庫を捨ててくるよういったが、ふと書類のなかに誠一の名前を見つけた。不審に思って奥寺を問いただすと、バイトの派遣先で盗んだことを白状したという。

「ほんでその金庫があったんは、なんちゅう会社か」

「伊能《いのう》建設ていうてました」

伊能建設といえば、県下では大手の企業だが、暴力団とのつながりが取り沙汰されている。経営者の伊能は若い頃に暴力団組員だったという噂もある。

「金庫を盗んだのは、いつ頃か」

「それはようわからんですけど、おれンとこへきたんは、きのうの夕方す」

「金庫とほかの書類は」

「知らんです。奥寺に持って帰らせたけ」

「いますぐ、その奥寺ちゅう奴を呼べ」

「パクるんすか」

「まだわからん。そいつは常習犯か」

「そんなんやないです。ただ最近は090《ゼロキューゼロ》金融に追いこみかけられちょったけ、せっぱ詰まっとったみたいですけど」

「はよ連絡せい。とりあえず事情を聞くだけや」

武藤は渋ったが、強引にうながすと携帯をだして電話をかけた。武藤は舌打ちをして、

「あの馬鹿が。電源切っちょうです」

「ほかの書類には、なにが書いてあった」

「そこまでは見ちょらんです。金目のもんやなさそうやったけ」

「奥寺になんべんでも電話して、金庫と書類を捨てんようにいうとけ。もし捨てとったら、拾いにいかせろ。おれは先にでるけど、状況がわかりしだい、何時でもかまわんけ連絡してくれ」

誠一は捜査員名簿と伝票を持って立ちあがると、白玉ぜんざいに顎をしゃくった。

武藤はおずおずとうなずいて、スプーンを手にした。


誠一はネオンが灯る街を足早に歩いた。

顔見知りの少年たちから途中で声をかけられた。

ふだんなら情報収集を兼ねて立ち話をするところだが、足は止まらなかった。

捜査四課の捜査員名簿が外部に流れていた。しかも名簿にあったのは以前の住所である。

その前は官舎に住んでいたが、妻の史子が近所づきあいを厭がりだしたせいで賃貸マンションに引っ越した。

十年前、所轄へ転任してまもなく史子と離婚して、実家で暮らすようになった。当時はひとり暮らしだった母も同居していたが、母は一年後に心筋梗塞で逝った。それがいま住んでいる一戸建てである。

賃貸マンションに住んでいたのは四年ほどで、流出したのは当時の住所である。捜査四課が地下カジノや違法風俗店の摘発で失敗を繰りかえしていた時期と重なる。つまり自分を左遷に追いこんだ捜査情報の漏洩とつながりがある可能性が高い。

捜査員名簿を持ちだした犯人を暴けば、自分にかけられた疑惑を晴らせるかもしれない。そのためには、まず伊能建設をあたって書類の入手先を調べたい。

もっとも勝手に動いているのが但馬にばれたら、横槍《よこやり》を入れてくるに決まっている。しかし正直に報告したところで、他部署に気兼ねする但馬のことだから、管轄外を理由に自分が捜査をするのは認めないだろう。

条川署にもどると、刑事課の送致係で盗難届を調べた。

なかば予想していたものの、伊能建設は盗難届をだしていなかった。手提げ金庫を盗まれたのに気づいていないのか、あるいは金庫など知らないととぼけるつもりか。

仮に前者であったにしても捜査員名簿の存在を認めるはずがないから、事件に気づいた時点で後者になるだろう。したがって奥寺という男の証言が必要になる。奥寺が手提げ金庫を盗みだしたと証言しなければ、捜査員名簿と伊能建設を結びつけることができない。

武藤は見逃して欲しい様子だったが、奥寺には窃盗を認めてもらうしかないだろう。

誠一はうわついた気分で、武藤からの電話を待った。

だが夜が更けても連絡はなかった。痺れを切らして武藤に電話すると、

「奥寺はまだ携帯の電源切っとうです。うちの者《もん》をあいつのアパートいかしたら、玄関のドアは開いちょったけど、留守やったていいよったです」

「奥寺はひとり暮らしか」

「ええ。前はかあちゃんと住んどったんですけど、かあちゃんが男と夜逃げしたんで」

「奥寺がいきそうな場所はわからんか」

「わからんすね。最近は借金の取立てから逃げまわりよるけ」

「取立てが怖いんなら、部屋をでるときは鍵締めるやろ」

「そらそうすね。コンビニでもいったんやろか」

玄関のドアが開いていたと聞いてから、胸騒ぎがしていた。

いまから奥寺のアパートへいこうといいかけたとき、課長席の無線機がピーピーと鳴った。

「本部から各局。条川署管内で変死。受令機呼びだし中」

「条川です。どうぞ」

「一一〇番通報。場所、北区森林公園内で変死、人着《にんちゃく》、二十歳前後の男性、竜の刺繍《ししゅう》のジャンパーにジーパン。通行人からの通報。詳細受理中、どうぞ」

「条川署了解。扱い江崎《えざき》」

「条川三から本部。芦原町《あしはらちょう》から直行」

どうしたんすか、と電話口の声でわれにかえった。誠一は声をひそめて、

「奥寺はきのう、どんな恰好しとった？」

「スカジャンでしたけど」

「竜の刺繍のか」

「なし知っとうとですか」

誠一は携帯を切るなり、部屋を飛びだした。

7

イブの日は朝からどんよりと曇っていた。

遼平は十時の開店からパーラーマルハマでパチンコを打った。きのうも打つつもりだったが、開店からいけという吉田の忠告を守って、おとなしく家に帰った。

無一文だと居ても立ってもいられなくなるのに、借金とはいえ手元に金があると気分が落ちつくのが不思議だった。

ゆうべ父は当直でも入ったのか、家に帰ってこなかった。

おかげでのんびりすごせたが、ゆうべ署に泊まったのなら、今夜は早めに帰ってくるだろう。せっかくのイブに父と顔をつきあわせて、気まずい時間をすごすのはごめんだった。なんとしても金を儲けて、どこかへ遊びにいきたかった。

開店から気合を入れて台を選んだ甲斐《かい》があって、最初は調子よかった。五千円の投資で確変の大当たりをひいた。そこから三連チャンしたあと、さほど時間を空けずに単発の大当たりがきて、一時はドル箱を三杯積んだ。

キリのいいところでやめようと思っていたら、それっきり大当たりは途切れた。すでにドル箱は空で、ふたたび現金を遣うはめになったが、すでに残り六千円にまで減っている。090金融から受けとったのが二万一千円だから、一万五千円の負けだ。まだ夕方とあって挽回する時間はあるものの、持ち金が尽きれば、その時点でアウトである。

遼平は焦りをおぼえつつ、あたりを見まわした。

すっかり熱くなっているせいか、まわりの客たちはみんな大勝ちして、自分ひとりが負けている気がする。なにもかも裏目にでるように、どこかで誰かが自分を陥《おとしい》れているのではないか。そんな妄想に浸りつつ、後悔も湧いてくる。

ドル箱を三杯積んでいたときにもどりたい。

あのときやめていれば、今夜の呑み代はあったのだ。

もっとも、いまだって打つのをやめれば焼鳥くらい喰えるし、悠斗のバーでちびちび呑む手だってある。しかし玉皿が空になると、そんな考えは吹き飛んで、なにかに憑《つ》かれたように千円札を玉貸し機にすべりこませている。たった千円稼ぐのにバイトなら一時間以上も働かねばならないが、パチンコでなくすのは三分とかからない。

「いまやめたってだめなんだ。０９０《ゼロキューゼロ》金融の返済もあるんだから」

後付けでそんな理由を自分にいい聞かせるが、玉は見る見る減っていく。

財布を開くと、いつのまにか五千円も遣っていて、千円札が一枚しかなかった。

「――終わったな」

遼平はひとりごちて、最後の千円を玉貸し機に入れた。

あとのことはなにも考えられなかった。背中が焼けるような焦燥だけがある。

玉皿の玉が数えられるくらいまで減ったとき、確変絵柄でスーパーリーチがかかった。玉の量からいって、恐らくこれが最後のチャンスだろう。

祈るような気持の一方で、どうせはずれるのだから期待してはいけないという思いもある。

遼平はハンドルから手を放して、煙草に火をつけた。

画面の液晶は、まだ回転を続けている。

絵柄の動きがスローになると、緊張に耐えきれなくなって眼をつぶった。

次の瞬間、大当たりを告げる音楽が響いた。

薄暗い店内にはユーロビートのBGMが流れている。店を広く見せるためか、壁面の至るところに鏡が貼られ、天井からさがったシャンデリアの光を照りかえしている。

遼平は鏡に映った自分を見ながら、手櫛《てぐし》で髪型を整えると、黒服の男が差しだしたおしぼりで手を拭いた。イブだけに、ずらりとならんだボックス席は客で埋まって、ドレス姿の女やサンタの恰好をしたボーイがあわただしくホールを行き交っている。

ティファナというキャバクラの店内である。

腕時計を見ると八時半だった。ほんの三時間ほど前までは絶望的な気分でいたのに、いまはキャバクラのソファでふんぞりかえっているのが愉快だった。

あれから大当たりは十九回も続いて、換金すると八万円を超えていた。

090金融で借りた二万一千円をひいても六万円以上の勝ちである。先月までバイトをしていたホームセンターは時給七百五十円だったから、おなじ金額を稼ぐには、ゆうに八十時間は働かねばならない。

現金なもので、やはりパチンコにいって正解だったという気がする。パーラーマルハマをでたときは悠斗の店にいくつもりだったが、牛丼屋で腹ごしらえをして夜の街を歩いていたら、不意に気が変わった。せっかくのイブなのに男と呑んでもつまらない。

ひさしぶりで金があるのだから、女っ気《け》のあるところへいこうか。そんな気分になったとき、樹里の名刺を持っていたのを思いだした。

「わー、マジできてくれたん」

派手なロングドレスを着た樹里が駆け寄ってきて、隣に腰をおろした。キャバクラは家電量販店に勤めていた頃、同僚ときて以来だが、指名をしたのははじめてだった。

樹里は手際よく水割りを作ると、遼平の前にグラスを置いて、

「マジでうれしい。携帯の番号も聞いてなかったから、もう逢えないかと思ってた」

「それは大げさやろ。悠斗に訊けばわかるのに」

「だって、そんなことしたら、気があるってばれるやん」

「えッ」

「もう。いちいちいわせないの」

樹里は肩を寄せてくると、遼平の太腿《ふともも》に手を置いた。

こういう場所は不慣れなせいか、細い指先の感触に軀が火照《ほて》った。遼平は動揺を悟られないよう、水割りのグラスを口に運んだ。樹里はドレスの胸元から白い谷間を覗かせて、

「遼ちゃんって呼んでもいい？」

「ああ」

「イブなのにきてくれたってことは、もしかして彼女おらんと？」

「こないだ別れた」

「ラッキー。って彼女には悪いけど」

「そんなこといって、悠斗とつきあっとるんやないの」

「ちがうよ。悠ちゃんは、ただのお客さん。あたしも悠ちゃんの店で呑んだりするけど」

「そうかあ。てっきり彼氏かと思うたけど」

「ね、乾杯しよ。なんか頼んでいい？」

「いいよ」

「ありがとう。ドリンクは前金で千円なの」

千円札を渡すと、樹里は片手をあげてボーイを呼び、カクテルを注文した。

ボーイはまもなくカクテルを運んできたが、樹里は乾杯するなり席を立って、

「ごめん。店長に呼ばれたから、ちょっと待っててね」

樹里がいなくなったあと、このあいだ悠斗が連れてきた美希という女が隣についた。

わあ、ひさしぶり、と美希は笑顔を見せて、

「きてくれてよかった。樹里ちゃん、ずっと逢いたがっとったけ」

社交辞令と思いながらも悪い気はしなかった。

「なんか忙しそうやね」

「樹里ちゃん指名が多いけね。あたしはヘルプばっかり」

「ヘルプって、ほかの子の手伝い？」

「そう。だから気ィ遣って、くたびれるの。なんか呑んでいい？」

料金がかさむのは厭だったが、樹里の友人だけに機嫌を損ねたくなかった。遼平が千円札を渡すと美希はビールを注文して、ふたたびグラスをあわせた。

美希はよほど喉《のど》が渇いていたのか、一気にビールを呑んで、

「よくくると？　こういう店」

湿った声で訊いた。遼平が首を横に振ると、

「ふだんは、どんなとこで呑むと」

「あんまり呑まない。金がないし」

「こないだは、いっぱい呑んでたやん」

「まあね」

美希はそこそこ顔だちが整っているが、好みではない。ドレスのスリットから見える脚は太目だし、樹里にくらべていくぶん老けている。

「歳はいくつだっけ」

「いくつに見える？」

「いくつかな。女の子の歳はようわからん」

「こないだ、はたちっていうたやん。樹里ちゃんと一緒よ」

「へえ」

「なにそれ。あたしって、そんなに老けとる？」

「樹里ちゃんおらんけ、おもしろくないんでしょ」

「そんなことないよ」

「じゃカラオケ歌う?」

「いまはいい」

「いいや」

弾まない会話を続けていたら、美希もボーイに呼びだされて席をはずした。

それからは誰もつかずにひとりで呑んだ。店の奥では大学生くらいの男たちがカラオケを歌っている。さすがに退屈してきた頃、ようやく樹里がもどってきた。

「待たせてごめんね。あっちこっち呼びだされて厭ンなる」

「樹里ちゃんは売れっ子なんだってね」

「そんなことないけど——」

と樹里がいったとき、ボーイがテーブルの前で膝をついて、小声でなにかいった。

「やだ、もう時間だって。まだいられる?」

遼平はうなずいて財布をだした。

店に入ったときの料金は五十分五千円だったのに、延長料金は五十分七千円だった。樹里とゆっくり話せるならいいと思ったが、それからも彼女はしょっちゅう呼びだされては席を空けた。そのたびにヘルプの女がついてドリンクをねだり、美希とおなじような会話が繰りかえされる。

ようやく樹里がもどってくると、計ったように五十分が経って、ボーイが延長料金を請求してくる。いいかげんで帰ろうと思うものの、酔いがまわってきたのと樹里と話し足りないのとで、ふんぎりがつかない。樹里はそんな内心を察したように遼平の腕にすがって、

「もしよかったら、ラストまでいて。ご飯食べにいこ」

携帯の番号を教えあって、近くのショットバーで待ちあわせることにした。

閉店まで呑んで店をでると、氷雨《ひさめ》が降っていた。

見送りにきた樹里と別れてから、恐る恐る財布を覗いた。何回延長したかおぼえていないが、持ち金は六万円近く減っていた。調子に乗って馬鹿げた浪費をしたと悔やみつつ、樹里に逢えるなら仕方がないという気もした。元手は減らしていないし、きのうの夕方の段階からすれば、じゅうぶん勝っている。キャバクラで遣ったぶんは、またパチンコで稼げばいい。

ショットバーのカウンターで、酔い覚ましにコーラを飲んだ。

腕時計の液晶は一時をすぎた。

とうに店は終わっているはずだが、樹里はあらわれない。我慢できずに携帯に電話してもつながらない。店にもどってみようかと思ったとき、樹里からメールがあった。同僚が店で倒れたから、病院へ付き添いにいくという。見え透いた嘘だと思いながらも、ほんとうであって欲しかった。

「ぜったい今度会ってね。マジごめんなさい」

という文面のあとに、おじぎの絵文字がある。

遼平は溜息をついて椅子から腰をあげた。

8

音声を消したテレビの画面で、お笑い芸人のコンビが若い女たちとはしゃいでいる。イブのせいか、どのチャンネルもバラエティばかりだった。

ニュース以外はほとんどテレビを観ないから、どんな番組だろうと興味はない。にもかかわらず、ついテレビの電源を入れてしまう自分がうとましかった。

誠一はリビングのソファにもたれて、芋焼酎の湯割りを呑んでいた。

ゆうべは署に泊まって、家に帰ってきたのは午前十時をすぎていた。

二階の様子を窺《うかが》うと息子はいなかった。おおかたイブにかこつけて遊びにいったのだろうが、身近で事件が起きただけに行方が気になった。

森林公園で発見された変死体は、無線を聞いて予想したとおり、奥寺だった。

武藤を連れて現場にいくと、公園を流れる小川のなかで遺体はうつ伏せになっていた。

公園といっても、あたりは鬱蒼《うっそう》とした森で、この季節はひと気がない。小川は両岸をコンクリートで固められて、大きな側溝のようになっている。コンクリートの岸はかなりの高さがあるから、転落死か溺死かもしれない。

武藤は逆上したあげく、犯人に復讐するという。誠一はそれをなだめて、

「早まるな。事故の可能性もある」

「そんなはずないすよ。片桐さんだってそう思うとるでしょう」

「まあな。でも犯人《ホシ》はこっちで捕まえる。復讐なんか考えるな。奥寺がおまえに捜査員名簿を渡したて犯人に喋《しゃべ》っとったら、おまえも狙われるぞ」

「上等やないすか。奥寺の仇《かたき》や。仲間集めて返り討ちにしてやりますわ」

「仲間を集めるのはええが、ボディーガードがわりにして、おとなしゅうしとけ。なんかあったら、すぐおれに連絡せえよ」

武藤を帰したあと現場に残って、鑑識係の香坂《こうさか》に所見を訊いた。

香坂は同期で任官して交番勤務も一緒だった時期があるが、途中から警察学校の鑑識専門課程に入って鑑識係員になった。知りあったときから出世に興味がない男で、ずいぶん前に巡査部長になったきり昇任していない。

香坂は紺色の作業着姿で小川の岸にしゃがみこんで、しきりに首をかしげている。

「落ちたのはこのへんやろけど、足をすべらせた形跡がないんよ」

「ちゅうことは、誰かに投げこまれたんか」

「かもしれん」

司法解剖の結果がでないと断定はできないが、恐らく他殺だろう。

犯人は手提げ金庫を奥寺が盗んだと知って、返却を迫った。金庫がどうなったのかは不明だが、犯人は金庫の中身を外部に知られるのを恐れて、奥寺を殺害したのではないか。

つまり伊能建設がもっとも疑わしい。捜査員名簿の件はしばらく伏せておくつもりだったが、殺人が起きたのでは黙っているわけにいかなかった。

条川署にもどると、但馬に伊能建設を調べさせて欲しいと頼んだ。奥寺の殺害容疑で探りを入れて、警察内部の密告者を暴こうと思った。けれども但馬は例によって慎重で、解剖の結果を待てという。

「捜査員名簿は、どう説明するんですか。これだけでも伊能建設はおかしいやないですか」

「おかしいのはたしかや。けど奥寺は自殺か事故ちゅう線もある」

「タイミングがよすぎますよ。鑑識も奥寺が足をすべらせた形跡がないていうてます」

「奥寺は金貸しに追われとったそうやないか。自殺の動機はじゅうぶんある」

「自殺やったとしても伊能建設の事務所から、これがでてきたんです」

誠一はデスクの上の捜査員名簿を顎でしゃくった。

「奥寺が伊能建設から金庫を盗んだちゅう証拠はどこにある。被害届もでとらんのに」

「自分に都合が悪くなるようなことで、被害届をだすわけないやないですか」

「なら、証拠は武藤の証言だけやの」

「おっしゃるとおり証拠は弱いですが、なんとかします」

但馬は神経質に眼をしばたたくと、

「捜査員名簿の入手先が証明できんやろうが。武藤はチンピラまがいの高校生や。あいつの証言だけで捜査令状《ガサジョウ》はとれん。伊能建設はうさん臭い会社やけど、政治家ともパイプがある。証拠もなしに揺さぶったら、山かえされるぞ」

「いまさら山かえされても平気です。わたしはこの名簿を横流しした奴のせいで──」

「濡《ぬ》れ衣《ぎぬ》を晴らしたいちゅう、おまえの気持はわかる。しかし守秘義務は生涯継続しても、公訴時効は秘密漏洩の時点から三年や。いまさら監察官室も動かんやろ」

「それならそれでかまいません。奥寺の検視に立ち会ってきます」

「つまらん。おまえは生活安全課《セイアン》の人間や。よその事件《ヤマ》に首突っこむな」

それから、と但馬は続けて、

「捜査員名簿の件は黙っとけよ。マスコミに漏れたら騒がれるぞ」

思わずかッとなってその場を離れたが、但馬の反応はあらかじめ予想していた。但馬に渡したのは、武藤から受けとった捜査員名簿のコピーである。

テーブルの上には、ビニール袋に入った本物の捜査員名簿がある。

これを使って、ひとりでも捜査を進めてやる。

誠一は冷めかけた湯割りをあおって、宙をにらんだ。

9

パーラーマルハマはいつものように混んでいた。

年明けから四日が経って、きょうは平日だが、まだ正月休みの連中が多いらしい。

遼平は台の上にあるデータカウンターを見ながら、千円あたりの回転数を数えていた。

いくらか波はあるが、平均して十四、五回しかまわらない。いま打っている台の大当たり確率は三百九十分の一で、千回まわしても当たらないのはざらだから、もうすこしまわる台で打ちたかった。

ところが店内は満席で、台を移ろうにも空きがない。どこかに空きができると、すかさず誰かが坐るか煙草やライターで台を押さえていく。盗まれる心配をしていないのか、車のキーや携帯で台を押さえる者もいるが、おおかた頭に血がのぼっているのだろう。

「みんな、よく金があるよな」

遼平は胸のなかでつぶやいた。

大当たりをひかなければ、三十分で一万円が消えていく。

いまが昼の二時だから、十時の開店から大当たりしてない者は八万円負けている計算だ。

遼平は二万円の投資でドル箱を四杯だしているから、ほとんどチャラである。

隣にいる茶髪の中年女は朝から打ち続けて一度も大当たりしていない。女は能面のようにこわばった顔で、しょっちゅう玉貸用のボタンを押している。いつも開店から打ちはじめて、夕方には帰っていくから主婦らしい。ドル箱を積んでいるのを見たことがないが、亭主は女房の素行を知っているのだろうか。

もっともこの店に通いつめているのは、自分もおなじである。たまたま勝ちが続いているからいいようなものの、いったん負けはじめたら、たちまち隣の女とおなじ状況になる。

樹里が勤めているキャバクラ——ティファナは年末から正月休みで、きょうから営業している。樹里からは何度も、逢いたいとメールがきた。どうせ逢うなら店以外で逢いたかったが、彼女は休みのあいだ実家に帰っていたという。

このあいだは待ちあわせをすっぽかされただけに、ほんとうかどうか疑わしい。単なる営業だと思いながらも、いくらかは自分に気があるように感じる。それをたしかめたいのと酒を呑みたいのとで、きょうはティファナに寄るつもりだった。だが財布のなかには四万円しかない。

イブにティファナへいったときは、調子に乗って六万近くも遣った。

きょうはもっと倹約するにせよ、三万円は必要だろう。いま持ち玉を換金すれば六万円になるから、きょう呑むぶんには足りるが、あしたからのパチンコ代が心もとない。ゆとりを持って呑むためには、最低でも二万円は勝ちたかった。

イブに大勝ちして以来、毎日のようにパチンコを打っている。ティファナで散財したぶんを除いても、トータルで十五万円以上は勝った。そのわりに金が残っていないのはカードの支払いをしたり、０９０金融の利息を払ったり、正月に悠斗の店で呑んだりしたせいだ。

０９０金融の返済日は一月二日だった。

正月だから休みかと思ったが、電話は即座につながって、このあいだ逢った吉田とパーラーマルハマの駐車場で待ちあわせた。吉田は疲れた顔でやってきて、

「この時期はめっちゃ忙しいんよ。正月は客が多いけ、どこのパチ屋も釘締めとうやろ。みんな大負けして融資申しこんでくるけね」

遼平が三万円をかえそうとしたら、大丈夫？　と吉田は訊いた。

「正月は、なにかと金がいるやろ」

「それはまあ」

「まだパチンコ打つんやろ。元手はある？」

「そんなにないですけど」

「ならジャンプしたら？」

「ジャンプ？」

「利息だけ返済するってこと。だから三割の九千円」

いわれるままに九千円を差しだすと、吉田はそれをセカンドバッグにしまった。

「いいんですか」

「いいよいいよ。じゃあまた十日後ね」

悠斗が雇われ店長をしているバーも、その日から営業していた。悠斗に電話で誘われて顔をだすと、正月休みで里帰りした高校の同級生たちが集まっていた。ちょっとした同窓会という雰囲気で、みんなは盛りあがっていたが、遼平はおもしろくなかった。

ひさしぶりに顔をあわせた同級生たちは、

「いま仕事なんしよるん？」

口を開けばおなじことを訊く。

なんの気なしに訊いているにせよ、無職と答えるのは恥ずかしい。相手によっては、頭のてっぺんから爪先まで値踏みするような視線をむけてくる。

ほんの数年前までは、おたがいの職業など気にしなかったのに、いまはそれがいちばんの関心事らしい。二十五歳とはそういう年齢なのか。

それとも自分が無職だから、ひがみっぽくなっているのか。同級生のなかでも、悠斗たちのように高卒の連中がそれなりに稼いでいるから、劣等感をおぼえる。

みんなの輪から離れて呑んでいると、

「こないだ樹里の店いったやろ」

悠斗がカウンターのむこうでいった。遼平はどきりとしつつ、

「なんで知っとうと」

「樹里が店の帰りに寄ったんよ。大晦日《おおみそか》の前くらいやったかの」

「ふうん」

「指名したんやろ。喜んどったぞ」

「ああ」

指名したことまで喋っているとは不快だったが、悠斗と樹里がどういう関係なのかわからないし、彼女に気があるのを悟られたくなかった。

遼平はフォアローゼズのロックをあおると、おどけた表情を作って、

「キャバクラやらめったにいかんけ、酔うてしもうてさあ。六万も遣うたちゃ」

「ようそんな金持っとったの」

「これよ、これ」

パチンコ台のハンドルをまわす手つきをした。

「ええのう。おれあ、有馬《ありま》で大負けしてからズタボロよ」

悠斗は苦笑して、遼平のグラスにフォアローゼズを注いで、

「樹里はおまえに気があるみたいやけ、また店にいってやってくれ」

悠斗の台詞を真に受けたわけではないが、美希も似たようなことをいっていた。もっとも

樹里の本心がどうあれ、キャバ嬢に熱をあげている場合ではない。

そういう意味でいえば、パチンコも０９０金融に借金を作るのも論外だ。年が明けたのだから、すぐにでも就職活動をすべきである。

だが年が明けたというのに、あいかわらず求人はない。ネットや求人情報誌にUターン特集と銘打った記事はでているものの、みな低賃金の中小企業で安定とはほど遠い。

むろん文句をいえばきりがない。どこかで妥協するしかないのはわかっている。けれども踏んぎりをつけるには、なにかしら背中を押してくれるものが欲しい。

たとえば樹里とうまくいったら、職探しにも弾みがつくような気がするが、そんな理屈をこねるのは現実逃避かもしれない。父ならきっとそういうだろう。

元旦に顔をあわせたとき、父はおめでとうもいわずに、はよ就職せい、といった。

「もうたいがい休んだやろが。夢ばっかり見らんで現実を見ろ」

あらためていわれなくとも、いずれは現実にむきあうはめになる。

いや、無職で苦しんでいるいまだって現実だ。遅かれ早かれ不本意な職場へ追いやられるのなら、もうすこしだけ自分の時間に浸りたかった。

10

条川署の生活安全課は二階にある。

窓際の棚に少年係の湯呑みとポットが置かれている。インスタントの味噌汁に湯を入れにいくと、横に鉄格子のはまった窓から鉛色の空が見えた。

年末からずっと憂鬱《ゆううつ》な天気が続いているが、冷えこむわりに雪は降らない。暖房をきつめにしているせいか、年が明けてまだ五日目なのに神棚の鏡餅は青カビを吹いている。

誠一はポットから味噌汁に湯を注いで、自分のデスクにもどった。

壁の時計は三時をさしている。きょうは冬休み明けに開催する非行防止教室や少年サポートセンターとの打ちあわせで、朝から忙しかった。コンビニ弁当で遅い昼食をとっていると、宇野がこわばった顔でデスクの前に立った。

「お食事中すみません。ちょっといいですか」

「どうしたんか」

「いまエアガン売っとった店の社長がきとるんです。応接室で待たしとるんですけど——」

二日前、改造したエアガンで通行人の老人を撃った十八歳の少年が逮捕された。

宇野は少年がエアガンを購入した店に連絡して、商品の写真を撮らせてくれと頼んだが、断られたという。

「撮影を断ったくせに、なし、ここへくるんか」

「きのう電話したとき、ぼくのいいかたが悪かったみたいで」

「なんちいうたんか」

「資料に必要やから写真撮らせてくださいって頼んだんですけど、仕事の邪魔ていわれて。こっちも仕事ですから、なんとかお願いしますていうたんです」

「それだけで文句いうてきたんか」

「協力せんのやったら、捜査令状《ガサジョウ》とって家宅捜索《ガサイレ》してもええかて――」

誠一は割箸を置くと溜息をついて、

「そげなこというけや」

「すみません」

「ほんで、相手はなんちいうとるんか」

「電話切ってから怖いでたまらんで、眠れんようになったちゅうんです」

「すみませんでしたて、ていねいにあやまっとけ」

「それが、どうしても責任者と話したいて――」

「おらんていうちょけ。実際、重久はおらんのやけ」

「いまから弁護士を呼ぶちゅうんですけど、どうしましょう」

誠一は黙って立ちあがった。

警察官の発言の揚げ足をとって難癖をつけてくる奴はいくらでもいる。相手をするのは面倒だったが、小学校の窓ガラスが投石で割られた事件で、重久と戸塚は出払っている。

宇野と一緒に応接室に入ると、不精髭《ぶしょうひげ》を生やした中年男がパイプ椅子にかけていた。

男は名刺をだせといったが、いま切らしていると断った。

「捕まったんはその子で、うちはなんも悪いことしとらんでしょう。うちで売っとうのはぜんぶ合法のエアガンなんやから。それやのに家宅捜索するちゅうのは、どういうことですか。うちを脅迫しとるんやないですか」

男は唇の端に泡を溜めながら一気にまくしたてた。

宇野は交番勤務から転任して日が浅いのと、日頃から法知識のない少年の相手をしているとあって、つい高圧的ないいかたになったらしい。

「どうしてくれるんですか。おれはずうッと眠れんで、商売あがったりや。家内はいつ家宅捜索されるんかて怖がってしもて、ノイローゼなっとうとですよ」

「ご心配をおかけして恐縮です。お店にうかがったりはしませんので、ご安心ください」

「なら、なんで写真撮るとかいうとね」

「ご存知のとおり、最近は凶悪な少年犯罪が多発しておりまして、われわれも必死で事件の防止に努めているところです。もちろんエアガンを販売しても問題ありませんし、お仕事の邪魔になるかと思いますが、資料として写真が必要なんです。なにとぞ撮影にご協力いただければ――」

「最初ッからそういういいかたすればええけど、そのひとはなんで脅迫するん」

男は宇野を顎でしゃくって、

「こっちは精神的な被害を受けとるんよ。家内は精神科の病院いくていうちょるし、親戚に相談したら、みな損害賠償の裁判せいていいよる」

「そんな大げさな」

宇野が口をはさもうとするのを誠一は制して、

「わたしのほうでしっかり指導しますので、今回はご容赦ください」

男はなおも文句をいったが、やがて喋り疲れたような表情で帰っていった。

すみませんでした、と宇野が頭をさげた。誠一は廊下を歩きながら、

「感情的になるな。あれぐらいで腹かいとったら、きりがないぞ」

デスクにもどってコンビニ弁当の残りを食べていると、宇野が前にきて、

「やっぱり、あいつの店にいこうと思います。あの店は銃のカスタムもしよったて犯人《ホシ》がいうちょったですから、違法なエアガンがあるかもしれんです」

「やめれ。これ以上こじらすな」

でも、と宇野は声をうわずらせた。

「ぼくは正しいことをやっとるんですよね。ぼくのいいかたは悪かったけど、やっとうことはまちごうとらんですよね」

誠一はうなずいて弁当をかきこんだ。

なにが正しくて、なにが正しくないのか。

そんな疑問に悩んだ頃が懐かしい。といって答えが見つかったわけではなく、そういうことを考えなくなっただけだ。任官して三十年近くのあいだには、あきらかな不正が正義としてまかりとおるのも見たし、あきらかな正義が犯罪として裁かれるのも見た。

そのたびに憤りを感じつつ、なにもできなかった。

誠一自身が捜査情報の漏洩という、あらぬ疑いで左遷されたのもそうだが、この世は理不尽なものだとあきらめるしかなかった。むろんそれで気持がおさまったわけではない。

理不尽なことは、いまも毎日のように起こっている。

森林公園で発見された奥寺の遺体は、司法解剖どころか行政解剖もおこなわれず、行政検視のみで溺死と判断された。つまり単なる事故としての処理である。

通常、他殺の疑いがある遺体は司法検視を経て司法解剖へまわされる。

他殺の疑いがなくても、食中毒や伝染病など死因の特定が必要な場合は行政検視を経て、行政解剖あるいは承諾解剖がおこなわれる。

事件性の有無を判断する検視は検視官もしくは警察官が担当し、死因や死亡時刻など総合的な判断をおこなう検案、ならびに行政解剖は都道府県知事が任命した監察医がおこなう。ただし監察医が置かれているのは東京二十三区、横浜市、名古屋市、大阪市、神戸市だけである。これらの地域では解剖の際に遺族の承諾は必要ないが、それ以外の地域では遺族の承諾が必要な承諾解剖となり、解剖にかかる費用は遺族が負担する。

変死者に遺族がいなかったり、所在不明の場合は承諾は不要で、費用は各自治体が負担する。もっとも自治体は解剖のための予算はたいして持っておらず、県によってはわずか数体ぶんである。

予算が上限に達してしまえば解剖はできない。当事者意識の低い自治体の協力が得られないせいで、警察が予算をやりくりして解剖をおこなっている県もある。

こうした複雑な仕組みは予算の捻出はもちろん、死因の究明にも障害となっている。

条川署のように監察医がいない地域の場合、解剖には遺族の承諾が必要だが、遺族のなかに加害者がいれば承諾などするはずがない。したがって解剖すれば発見できたはずの事件を、みすみす見逃している可能性がある。

監察医がいない地域では検案は警察医が担当し、本部へ提出する死体検案書を作成する。

警察医は嘱託で開業医がおもである。開業医だからといって必ずしも問題があるわけではないが、条川署の嘱託である牧野《まきの》という医師は、内科が専門のうえに八十近い高齢である。

奥寺は伊能建設の事務所から、捜査員名簿の入った手提げ金庫を盗みだしている。

誰かに殺された可能性はじゅうぶんあるのに、死体所見だけで溺死という判断は、どう考えても納得できなかった。

奥寺の遺体は引きとり手のないまま、市の委託を受けた葬祭業者によって火葬にされた。天邪鬼の武藤はメンバーで葬儀をすると息巻いたが、騒ぎに発展するのを警戒して、誠一が引き止めた。

遺体発見の当日、検視の指揮をとったのは組織犯罪対策課の相良《さがら》である。

相良は六つ年下の警部補だが、警部昇任が近いという噂だった。つまり誠一とちがって上層部の信任が厚い。しかしその日の当直主任は刑事課の馬場《ばば》課長で、現場にも立ち会った。それが検視の段階で、なぜ畑ちがいの相良になったのか。

刑事部にいって相良にわけを訊くと、

「あの晩、馬場課長は署にもどってから、急に体調崩したんですよ。なんか頭が痛いちゅうて。刑事課の連中も別件で出払っとったけ、自分に声がかかったんです。おかげで女房と飯喰う約束がふいになりました」

「なし行政検視だけですませたん？　てっきり司法解剖と思うとったけど」

「あの奥寺ちゅうのはシンナー中毒やったですよ。ジャンパーのポケットにC瓶《びん》が入っとったし、森林公園でもしょっちゅう吸うとったって、近所の者《もん》もいうとるです。夜中にシンナーで酔うて川に落ちたとでしょう。ようある話ですわ」

C瓶というのは清涼飲料水の瓶で、シンナーの売人が販売に使う。馬場によれば、奥寺が住んでいたアパートの部屋からも大量のC瓶が発見されたという。

「だからちゅうて、死体所見だけで溺死と断定するんは乱暴すぎる。おれが現場にいったとき、鑑識の香坂主任は他殺を疑《うたご》うてたぞ」

「川っぷちに足跡がないちゅうんでしょう。離れたところから飛びこんだんやないですか」

「そら不自然よ。伊能建設と捜査員名簿の件は聞いたやろう」

「たしかに聞いとりますけど、奥寺が死んだんとは別件ですよ」

「そう簡単に決めつけんでくれ。奥寺が他殺てわかれば、大きな事件《ヤマ》になるかもしれん。あらためて司法解剖するわけにいかんのか」

その時点では、奥寺の遺体はまだ署内の死体安置室に置かれていたから、状況しだいでは司法解剖に切り替えることは可能だった。だが相良は首を横に振って、

「奥寺の軀に外傷はなかったし、誰かと揉みおうた形跡もない。牧野先生も溺死やけ、解剖までせんでええていうてました。鑑識もそれで納得しとったですよ」

「要するに面倒やったちゅうことか」

「そんなんやないですよ。自分は元捜一の人間ですけ、検視には自信がありますし、最終的に刑事課長にも確認をとりました」

相良はあきらかに気分を害したようで、ちいさく舌打ちをして踵をかえした。

現場の状況だけ見れば、手間のかかる司法解剖をしないのは無理もない。

奥寺はシンナー中毒のうえに090金融の借金を焦げつかせていたというから、事故か自殺の可能性はじゅうぶんある。自分が相良の立場であっても、おなじ判断をしたかもしれない。しかし奥寺は伊能建設とのあいだにトラブルの火種を抱えていた。

奥寺が持っていたはずの手提げ金庫はアパートの部屋にも残されておらず、中身の書類ごと行方不明になっている。奥寺がどこかへ捨てたとも考えられるが、金庫を奪いかえしにきた誰かに殺害された可能性は否定できない。

そもそも捜査員名簿が、なぜ伊能建設の事務所にあったのか。十年以上も前のものとはいえ、県警本部の極秘資料が流出したのは見すごせない問題だ。

伊能建設は、ただでさえ暴力団とのつながりを噂される企業である。そんな企業が捜査員名簿を持っていたということは、なんらかの犯罪に加担していたと見るのがふつうだろう。

仮に伊能建設が直接関わっていなくても、捜査員名簿の入手経路はあきらかにしたい。

県警本部の誰が捜査員名簿を流出させたのか。それを暴けば、自分を含めて濡れ衣を着せられた捜査員たちの汚名をそそげる。にもかかわらず但馬は証拠が弱いというのを理由に動こうとしない。相良は奥寺の死をあっさり事故で処理してしまった。

理不尽なことには慣れている。

だが自分の人生を変えた捜査員名簿の流出だけは、うやむやに終わらせたくなかった。

その日の夕方、署の駐車場から西浦《にしうら》に電話をかけた。西浦は条川署の隣町を管轄する言蔵《ことくら》署の交通課捜査係長で、誠一が県警本部にいた頃の同僚である。当時は親しかったが、誠一とおなじく捜査情報の漏洩を疑われて所轄へ飛ばされた。

西浦もあちこちで冷や飯を喰わされた末、言蔵署に落ちついた。

交通課捜査係は交通事故を専門にあつかう関係上、路上での勤務が多く、招集が頻繁なため、各部署のなかでもっとも過酷な労働条件を強《し》いられている。さらに交通違反の取締りや罰金の徴収で、市民から白い眼で見られるだけに精神的にも負担が大きい。

「おう、ひさしぶりやの」

西浦は意外に明るい声で電話にでたが、きょうも路上で勤務中らしく、車の騒音が耳障りだった。誠一が事情を説明すると、西浦は急に声を落として、

「そんで、おれにどうせいちゅうんね」

「どうせいちゅうわけやないが、おたがい濡れ衣を着せられたんや。なんとかして犯人《ホシ》を挙げたいと思わんか」

「犯人《ホシ》を挙げたいんはやまやまやけど、おれに動ける時間はないぞ」

「そらわかっとう。ただ、ちょっとでも情報があったら教えて欲しいと思うての」

「あんまり波風立てんほうがええ。また本部ににらまれたら往生するで」

「もうええよ。定年まで待たんでも、辞める覚悟はできちょる」

「おれはようないぞ。末のガキが来年大学やけの」

「そげん大きゅうなったとか」

「おう。おれたちが歳とるわけよ。おまえンとこのぼっちゃんはどげしよる」

「うちの息子はつまらんよ。いっぺん就職したけど、すぐケツ割ってしもての」

それからは世間話でお茶を濁したが、西浦は暗に巻きこまないでくれといっている。

いちばん親しかった西浦がこの調子では、ほかの同僚に連絡するのはためらわれた。下手に騒ぎを大きくして本部に伝われば、春の人事でまたしても飛ばされかねない。

自分だけならどこへ飛ばされてもかまわないが、遼平をひとりにするのはまずい。職もなく収入もないのに、ひとり暮らしなどすれば、ろくなことにならない。

最近はどこに泊まっているのか、遼平はたびたび家を空けている。叱りつけるのにも疲れて放置しているものの、いまどきの二十五歳は少年と大差ない。

昔とちがって周囲の眼がないだけに、いったん足を踏みはずせば、どこまでも転落してしまう。いまだに親がかりなのは情けないものの、遼平が自立するまでは最低限の面倒はみるしかないだろう。

誠一は重い足どりで駐車場をあとにした。

11

大当たりを告げる、けたたましい音楽が隣の台から響いてくる。

あッというまに十連チャンを超えて、椅子の後ろにはドル箱が積みあげられている。茶髪の中年女が夕方まで粘っていた台だが、いま打っているのは大学生くらいの若い男である。中年女が帰ったときに台を移ろうかと思ったら、すかさず隣の男が玉皿に煙草を置いた。

遼平は怨めしい気分で隣から顔をそむけると、腕時計に眼をやった。

いつのまにか六時をすぎて、空腹と疲労が烈《はげ》しい。

午後二時に四杯あったドル箱はぜんぶ呑まれて、夕方には現金を遣いはじめた。途中で一度、大当たりをひいたものの連チャンはなく、持ち金はすでに一万五千円に減っている。隣の台の勢いを見ていると、これ以上打ってもでる気がしない。自分の投資した金が隣から吐きだされているように思える。

玉皿が空になったところで席を立った。

きょうはあきらめて、あした出直そうと思った。だが、たった一万五千円では復活の可能性は極めて低い。なぜドル箱がなくなった時点でやめなかったのか。

なぜもっと早く隣の台に移らなかったのか。次々と後悔が湧いてくるが、それにもましてティファナにいけないのがつらい。

樹里はこっちの状況も知らないで、何時にくるのとメールで訊いてくる。一万五千円でもティファナで呑めなくはない。しかし指名料や女たちのドリンク代を考えると、五十分いるのがせいぜいで、一回でも延長すれば金がほとんどなくなってしまう。

いったん家に帰るつもりでパーラーマルハマをでたが、なかなか足が進まない。懐がさびしくなったせいか、寒さが一段と身に沁みる。どこかに金でも落ちていないかと未練がましくあたりを見まわしていたら、またしても090金融の貼り紙が眼についた。店名は書いていないが、いま借りているのとはべつの番号だから、ちがう店だろう。

090金融に二件も借りたら、どうしようもなくなる。そう思いつつ、樹里に逢いたい気持はますますつのる。この090金融がいま借りているのとおなじトサンなら、三万借りて二万一千円が手元に残る。持ち金の一万五千円を足して三万六千円。遅い時間からティファナにいけば、ラストまでいて樹里と食事にいくくらいはできるだろう。

「きょうだけめいっぱい遊んで、あしたから職探しをしよう」

そんな都合のいい台詞が頭に浮かんでくる。踏んぎりをつけるにはいい機会だとも思った。

遼平は携帯を手にすると、熱に浮かされたような気分で090金融の電話番号を押した。

すぐに電話がつながって、はい、と男の低い声が答えた。貼り紙を見たというと、男はどこにいるのかと訊いた。パーラーマルハマの前だと答えたら、こちらの服装を訊ねて、

「すぐいくけ、そこの駐車場で待っとって」

まもなく白いクラウンが駐車場に停まった。

運転席の窓から、赤ら顔の中年男が顔をだして、

「乗って」

薄い眉毛と陰気な奥目が不気味だったが、助手席に乗りこんだ。

黒いジャージを着た男は、遼平を値踏みするようにじろじろと見て、

「はじめてやないんやろ」

「——ええ」

「なんぼいるん?」

「とりあえず三万で。それと利息はいくらでしょう」

「まあ待ちない。審査するけ、これ書いて」

０９０金融で審査があるのかと首をかしげていると、男はだるそうな手つきでクリップボードにはさんだ借用書をだした。借用書の項目は吉田のところよりも多く、住所氏名、年齢、職業、自宅と携帯の電話番号、両親の職場と友人の連絡先まであった。

父の職場は公務員でごまかしたが、男に名前を書けといわれて、仕方なく、誠一と書いた。

友人は誰にするか迷った末、きちんと返済すれば問題ないと思って、悠斗の名前を書いた。

男は後部座席からノートパソコンをだして、運転免許証と保険証をハンディスキャナーで

読みこんだ。さらにデジカメで遼平の顔写真を撮った。

「じゃ、おりて外で待っとって」

男にいわれて車をおりた。

男は携帯で誰かと話していたが、まもなく電話を切って手招きした。

遼平が車に乗ると、男は分厚い財布から札を差しだした。

恐る恐る受けとったら、一万円札と五千円札が一枚ずつしかない。あの、と遼平はいって、

「希望は三万なんですけど」

「うちはトゴやけ、それでええんよ」

強面《こわもて》の雰囲気に圧《お》されて利息を訊いていなかったが、トゴなら十日で五割という暴利である。三万借りて一万五千円では、手持ちの金とあわせても三万にしかならない。

だが、いまさら断るのは怖かったし、三万でもティファナにいけると思うと、先のことまで考えがおよばない。いや、先のことなど考えたくなかった。

金を財布にしまうと、男はどろりと濁った眼をむけて、

「おれは渡辺《わたなべ》や。わかったか」

「――はい」

「返済は遅れんようにの。うちは追いこみ厳しいけ」

凄《すご》みのある声におびえつつ、車をおりた。

渡辺という男はクラウンの窓越しに片手をあげて、駐車場をでていった。そのときになって、彼の小指が欠けているのに気がついた。

烈しい喉の渇きで眼を覚ました。

一瞬、自分がどこにいるのかわからなかったが、眼の前のパソコンを見て、ここがネットカフェなのを思いだした。リクライニングチェアから軀を起こすと、ずきりと頭が痛んだ。パソコンの横にミネラルウォーターのペットボトルがある。三分の一ほど残ったそれを一気に飲み干したが、喉の渇きはいっこうにおさまらない。もっと冷たい飲みものが欲しかった。けれども頭が脈打つように痛みを増して、動く気力が湧かない。

遼平はちっぽけなデスクの上から煙草をとって、百円ライターで火をつけた。煙を吸いこむと、いがらっぽい苦みとともに、酸《す》っぱい液体がこみあげてきた。食道が焼けるような苦しさに煙草を揉み消して、リクライニングチェアにもたれかかった。

ティファナで安酒を呑んだせいか、ひどい二日酔いだった。

ゆうべは個室ビデオがいっぱいで、ここに泊まった。くる途中で牛丼屋に寄ったような気がするが、はっきりしない。ところどころ記憶が途切れている。

金もないのに呑みすぎたのが失敗だった。毎度のことながら、悔やんでももう遅い。失敗というなら、その前のパチンコも０９０金融で借金をしたのも、すべてが失敗だった。

ゆうべは焼鳥屋とショットバーで時間を潰して、十一時頃にティファナへいった。

この時間なら、閉店まで呑んでも持ち金が足りるだろうと思った。ところが遅い時間だというのに店内は混んでいて、女たちがあちこちのボックスを飛びまわっている。

「遅かったね。メールくれないから、振られたかと思った」

樹里は笑顔で迎えてくれたが、イブにきたときとおなじで、すこし喋ったと思ったら呼出しがかかる。樹里がいなくなると、やはり前とおなじで美希がヘルプについた。

「なんでこんなに客が多いんやろ」

自分のことを棚にあげていうと、美希は煙草を吹かしながら、

「この時間にくるお客さんは、アフター狙《ねろ》うとるけね」

「アフターってなんだっけ」

「店終わってから、呑みにいったり食事いったりすること」

そういう眼で見ると、どの客も樹里を狙っているように見えてくる。

けれども彼女が自分に気があるのなら、ほかの誘いを断るはずだ。もっともアフターとやらにいこうにも、金のかかる店にはいけない。ひょっとして樹里がおごってくれたり、自分の部屋に招いてくれたりしないだろうか。甘すぎると思いつつ、わずかにそんな期待もある。

「きょうは終わってから、どうすると」

樹里がもどってきたときに訊くと、彼女は細い眉をひそめて、

「こないだすっぽかしちゃったから、きょうはぜったい逢いたい」

「じゃあ、どっか飯喰いにいく?」

「うん。でも店長が急にミーティングやるっていってんの。もうマジうざい。どうなるかわかんないけど、ラストまで待てる?」

閉店時間になると、早く帰れといわんばかりに店内が白々と明るくなった。

店にくるまでは、あれほど楽しみにしていたのに、終わってみればむなしいだけだった。

思ったとおり料金は足りたが、それでも二万近くかかった。

樹里は隣に坐るなり、両手をあわせて、

「ごめん。やっぱりミーティングやるって」

「ミーティングは何時に終わるの」

「そのあとみんなで食事いくから、きょうは無理みたい」

さすがにうんざりして腰をあげた。待たせるだけ待たせて、ドタキャンを喰わせられては愛想が尽きる。新たな借金まで作って金策をした自分がみじめだった。

樹里は店の外まで見送りにきたが、遼平は前をむいたまま急ぎ足で歩いた。

ビルの廊下の暗がりにきたとき、樹里が両手を首にまわして唇を寄せてきた。おずおずと唇をあわせると、樹里は舌をからませてきた。遼平は夢中でそれを吸った。

別れ際に樹里は耳元に唇を寄せて、

「きょうはマジでごめんね。次はぜったい時間空けとくから」

躯は疲れきっているのに、樹里の唇の感触を思いだすとうっとりする。いいようにあしらわれている気もするが、彼女を信じたいという思いもある。いずれにしても、ティファナにいく金を作らなければ樹里には逢えない。

あちこちで携帯のアラームが鳴りはじめた。

まだ朝の七時だというのに、あわただしくブースをでていく物音がする。こういうところから出勤する連中は、どういう仕事をしているのだろう。しかしそういう自分は仕事すらなく、財布の中身も空に近い。あるのは090金融とカードの支払いだけだ。

二日酔いのせいで、ただでさえ自己嫌悪に陥っているときに借金のことを考えると、どこかへ姿をくらましたくなる。もうパチンコで一喜一憂している余裕はない。

そもそも、きのうで踏んぎりをつけようと思っていたのだ。

この窮地を脱するには、一日も早く就職を決めて安定した収入を得るしかない。

仕事さえ決まれば、父もいくらか援助してくれるかもしれない。ここまでせっぱ詰まっても、そんな期待をしている自分に嫌気がさすが、それが自分なのだという気もする。

伝票を見ると、まだ退出時間まで余裕がある。

遼平はパソコンを立ちあげると、うつろな表情で求人を探しはじめた。

12

その日の朝、県警本部長の白峰正行《しらみねまさゆき》が条川署を訪れた。

県警本部から連絡があったのは昨夜で、署長の成瀬《なるせ》をはじめ上層部は血相を変えた。県警本部長の訪問は、所轄にとって殿様がくるのとおなじである。

おかげできのうは深夜まで、書類の作成や課内の清掃に追われるはめになった。とはいえ、やっきになっているのは上層部と彼らのおぼえがめでたい連中だけで、ほかの署員は一様に不満げだった。

きょうは成人式とあって警備が忙しい。少年係も朝から応援に駆りだされるのに、本部長に振りまわされているひまはない。重久もうんざりした顔で、

「去年の夏も初度《しよど》巡視でうちへきたのに、またくるんですか」

「古巣やけ、うちに愛着があるんやないか」

白峰はキャリアとあって、三十そこそこで条川署署長を務めている。そのあと本庁課長補佐や出向を経て、県警本部長に就任したのは去年の春だった。小規模警察本部だから階級は警視長だが、まだ四十二歳という若さである。自分より十歳下なのに階級は四つも上だ。

大卒のノンキャリアが最短で出世しても警視長になるのはごくまれで、なったとしても定

年間際だ。退官まで警部補の誠一にとっては、それすらも縁がない。キャリアが誠一とおなじ警部補になるのは任官と同時の二十二、三歳だから、生きている次元がちがう。

登庁してまもなく全署員が大会議室に集められ、白峰の訓示を受けた。

白峰は神経質そうな細面《ほそおもて》で、黒々とした髪を七三にわけている。色白で童顔のせいか、まだ三十代でも通りそうだった。白峰はマイクの前で甲高《かんだか》い声を張りあげて、

「われわれは現在、行政と一丸になって暴力団壊滅に全力をあげております。しかし暴排条例の施行以降も、暴力団がらみの犯罪はあとを断ちません。この条川署管内でも、暴力団を締めだした企業や商店をおどしたり、みかじめ料の徴収にフロント企業を使ったり、むしろ圧力に抵抗するような動きがみられる。県警では七年前から組織犯罪対策課を設置して——」

白峰は暴力団の壊滅には組織犯罪対策課だけではなく、全部署が協力して取り組まなければならないと語ったが、いまのところ筑仁会にさしたる動きはない。

このタイミングで、なぜそんな話をするのか不可解だった。もっとも本部長といえど上の思惑で動いているから、なにか事情があるのだろう。

白峰は訓示を終えて幹部連中と会議に入り、誠一たちは成人式の警備にむかった。

廊下を歩いていると、九日《きゅうにち》新聞の是永《これなが》が肩をならべてきた。

「いったい何事ですか。本部長が急にくるなんて」

「課長に訊いてくれ」

「本部長の話はなんやったんですか」

「暴追の強化よ」

「それだけで条川署にくるんですか。所轄をまわっとるわけやないんでしょう」

「だから、おれにはわからん」

誠一は足を速めたが、是永は執拗にあとをついてくる。

九日新聞は県下で購読率の高い地方紙で、是永は社会部の警察担当、いわゆる警察《サツ》回りの記者だ。どこの新聞社でも新人記者は警察の取材を担当させられるが、是永は二十九歳とあって警察《サツ》回りにしてはトウが立っている。といって無能だから据え置かれているわけではなく、取材能力の高さを買われて警察担当にとどまっているようだった。

「きょうは成人式ですね。片桐係長も警備にいくんでしょう」

「ああ」

「ついてってもいいですか」

「なしか」

「取材ですよ。荒れる成人式での警察官の活躍を記事に――」

誠一がかぶりを振ると、是永は溜息をついて踵をかえした。

ゆうべからばたばたしているせいで、夜になると目蓋が重い。

デスクの上には、補導した少年から取りあげた煙草が置いてある。業務日誌を書きながら、なんとなくパッケージを見ていたら、無性に吸いたくなった。

疲労がニコチンを求めているのか、禁煙して五年が経つのに、いまだにそんな衝動がある。我慢して湯呑みの茶を啜ったが、署内が禁煙でなかったら恐らく吸っていただろう。

きょうの成人式は予想以上に荒れた。

会場の市民会館では、今年も壇上に駆けあがったり、ヤジを飛ばしたり、喧嘩をはじめたり、新成人のトラブルが続出した。式典が終わってからも、車やバイクの暴走やら、集団での練り歩きやら、泥酔しての迷惑行為やらがあとを絶たず、署員たちは彼らの対応に休むひまもなかった。

もう十時をすぎているのに、騒ぎはまだおさまらない。

さっきも重久たちが、羽織袴《はかま》で暴れていた連中を保護しにいった。誠一の世代の成人式は市民会館で市長や来賓の話を聞いてから、記念品をもらうだけだった。

自分が成人式のときは、ひさしぶりに顔をあわせた仲間と居酒屋に寄って、さして盛りあがるでもなく家に帰った記憶がある。いまさらなにを成人するのかという気分が濃かったが、当時の男たちはたいていそうだろう。

それがいつから会場はおろか、街中でまで狂乱するようになったのか。自分たちの若い頃にくらべて、いまの若者たちは年ごとに幼くなっているように感じる。

「ガキですよ。ガキ」

署にもどってきた重久が毒づいた。

「呑んで暴れとうくせに、しょっぴくぞておどしたら、親にはいわんでくれて泣きだしよる。いっそのこと成人式なんか、やめてしもたらええのに」

「ぼくがはたちンときは最悪ですよ。地元の成人式が平日やったけ、警察学校の教官に年休もらえんですかて訊いたら、辞めてからいけていわれたですよ」

と宇野がいった。戸塚が笑って、

「そんなん、まだましよ。おれなんかもう交番《ハコ》におったけん、休むどころやなかった。スーツ着た若い兄ちゃんたちが騒ぎよるのを注意してから、その日が自分たちの成人式て気がついたわ」

みな警察学校に入れたらええんや、と重久がいった。

「成人式でぎゃあぎゃあ騒ぐ奴は、朝から晩まで寮清掃と武道の特訓じゃ」

誠一は部下たちの会話を聞くともなく聞きながら、ペンを走らせた。

ふと修正液を探してデスクの上を漁っていたら、書類の下にあったクリアファイルが床に落ちた。なかには刑事課でコピーしてきた伊能建設の資料をはさんである。誠一はあわててクリアファイルを拾いあげると、デスクの引出しにしまった。

もっともコピーした資料には、あわてるほどの情報は載っていなかった。ネットでも見られる程度の会社概要や取引先くらいで、捜査員名簿と結びつくものはない。

ただ創業者で現経営者の伊能昭造《しょうぞう》は二十代なかばまで広域指定暴力団、筑仁会の構成員だったのがわかった。伊能が元暴力団組員だったという噂は事実だった。

組を脱退したときの処遇は破門や絶縁ではなく、除籍になっている。破門や絶縁が組織からの制裁なのに対して、除籍は組の承認を得ての脱退である。したがって組との関係がいまだに続いていても不思議はない。

捜査員名簿を入手したのが伊能とは限らないが、暴力団との接点があっただけに、そうした情報を横流ししていた可能性はある。手はじめに伊能の身辺を洗ってみるつもりだった。

「片桐係長――」

廊下で但馬の声がして、業務日誌から顔をあげた。

但馬は声をださずに「か、い、ぎ、し、つ」と唇を動かしてから姿を消した。

急いで会議室にいくと、但馬はドアを閉めるようにいった。

但馬はテーブルのむこうで充血した眼をしばたたいている。白峰が帰ったあとも、ずっと会議室にこもっていたが、またなにかあったらしい。

誠一がパイプ椅子にかけると、

「急で悪いんやが――」

但馬は言葉を選ぶように口をつぐんだ。誠一は怪訝に思いつつ、

「なんでしょう」

「あしたから、組織犯罪対策課《ソタイ》の応援にいって欲しいんや」

「えッ」

「ただの応援や。異動ちゅうわけやない」

「それはわかりますけど、なんでわたしがいくんですか」

「けさ本部長がいうとったやろ。暴力団《マルビー》の対策を強化するて。だからおまえも――」

誠一は但馬がいうのをさえぎって、

「わたしは本部から飛ばされたんですよ。それをいまさら――」

「いうまでもないが、最近の警察官は暴力団《マルビー》との接触ができん。昔みたいに一緒に飯喰うたり、協力費を握らせたりしよったら、すぐ癒着だなんだと騒がれる。それだけに暴力団の内部に詳しい者がおらん」

「しょうがないでしょう。完全に接触を断ったら、なんの情報も入らんですよ」

「それでもやらなしょうがない。本部長は、はよ実績をあげれていうとる。本来は組織犯罪対策課《ソタイ》の連中が気張らないかんのやけど、みな経験不足での。そこでマル暴の腕利きやった、おまえの力を借りたいちゅうことや」

もうじき春やしの、と但馬はつけ加えた。誠一は鼻を鳴らして、

「署長に、お土産持たせろちゅうことですか」

署長の成瀬は準キャリアで、歳は四十ちょうどである。

条川署にきて、もうじき二年になるから、三月の異動で本庁にもどるか県警本部に異動するのだろう。その際に功績をあげさせるのが「お土産」である。やがて重要なポストに就くキャリアや準キャリアに恩を売っておけば、あとあと目をかけてもらえるからだ。

成瀬は本部長の子飼いという噂もあるだけに、張りきるのも無理はない。

但馬は誠一の思いを察したように、

「妙なふうにとるなよ。おまえを名指ししたんは、おれやないぞ。組織犯罪対策課《ソタイ》の二《に》ノ宮《みや》課長が、片桐くんはどうかというてきたんやけの」

「わたしが応援にいったって役にたたんですよ。もう十年も現場を離れとるんですから」

「それは二ノ宮課長と話してくれ」

「わたしがいないあいだ、重久たちへの指示は誰がやるんですか」

「おまえと入れかわりに組織犯罪対策課《ソタイ》から森下《もりした》ちゅう係長がくる。みんなのことは、おれがちゃんと見とうけ心配するな」

溜息まじりに承諾すると、但馬はほッとした表情で、

「まあええやないか。毎日毎日ガキばっかり相手するんも疲れたやろ。たまには暴力団《マルビー》相手にひと暴れしてこい」

翌日は、きのうにもましてあわただしかった。

急に上司が交代するとあって重久たちは動揺していたが、他部署の応援で人員が出入りするのは珍しくない。正式な異動ではないから、課長どうしの合意と署長の承認があれば、たいていの部署に動かせる。

とはいえ、きのう応援を命じられて、きょうから動くのは異例だった。

組織犯罪対策課からきた森下に引継ぎをすませたのは、夕方近い時刻だった。

ゆうべは帰りが遅くなったうえに、応援のことが気がかりで満足に眠れなかった。遼平は自分の部屋にいるようだったが、父親と顔をあわせたくないのか一階にはおりてこない。いいかげんで活を入れようと思いつつ、息子と口論するのも神経が疲れる。声をかけないまま玄関をでたとき、待ちかねたように階段をおりる足音がした。

組織犯罪対策課は三階で、刑事課の隣にある。

課長の二ノ宮は部下たちに誠一を紹介すると、ゆうべの但馬とおなじように会議室へ席を移した。二ノ宮は四十二歳で誠一より十歳も若い。本部長の白峰ほどではないが、この年齢で警部に任官するのはノンキャリアのなかでは相当に優秀である。

誠一もかつては順調に昇進していた。いまとなっては野心などないが、十歳も下の上司を前にすると、そうしたコースからはるかに遠くなったのを感じる。

二ノ宮とテーブルをはさんでむかいあった。下膨れの温厚そうな顔だちだが、エリートらしく眼つきは鋭い。二ノ宮はテーブルに肘《ひじ》をつくと両手の指を組んで、

「捜四にいらっしゃった頃のご活躍は、以前からうかがっております」

馬鹿ていねいな言葉遣いでいった。言葉に訛《なま》りがないのは関東出身のせいだろう。

「特に銃器や覚醒剤の摘発では群を抜いていたそうで」

「大昔の話です。最後は捜査からはずされましたし」

「それは上の思惑でしょう。ぼくも本部と所轄をいったりきたりで、さんざん振りまわされました。次の人事でもどうなるかわかりませんが」

二ノ宮は如才ない笑みを浮かべた。それで、と誠一はいって、

「わたしをこちらへお呼びになったのは――」

「片桐係長には単独で動いていただきたいんです。部下もつけずに申しわけありませんが、そのぶん自由に行動なさってけっこうです」

「もうすこし具体的に、ご指示をいただければ」

「これの摘発をお願いしたい」

二ノ宮は右手を前にだして、指で拳銃の形を作った。

思わず顔を見ると、二ノ宮は強い視線をかえしてきた。

わかりました、と誠一はいって、

「ただ拳銃《チャカ》を挙げるのには時間がかかりますよ」

「まとまった数字が早急に必要なんです。ご承知のとおり時間がない」

「三月の人事ですか」

二ノ宮はそれには答えず、うっすらと微笑して、

「大変でしょうが、昔のパイプを使ってどうにかなりませんか」

「暴力団《マルビー》とはずっと接触を断ってるんで、むずかしいです。このへんの組員はほとんど顔を知りませんし、捜査協力者《エス》もいません」

「こちらで暴力団関係者を紹介できればいいんですが、最近は利益供与が問題になるから、捜査協力者《エス》を作れないんです」

「そのへんは自分であたってみます。ただ昔やってたようなことはできんでしょう」

「むろん正式な手段が望ましい。しかし時間がないんです」

「首なしでも挙げれちゅうことですか」

「係長の判断にまかせます」

「そういういいかたはやめてください。やれていうとるのとおなじやないですか。もし表沙汰になったら、署長の土産どころやないんですよ」

「むろんそういうリスクもありますから、へまをするような奴には頼めない。プロ中のプロということで、片桐係長の名前がでてきたんです」

誠一が黙っていると、二ノ宮は続けて、

「それとこれは、署長やぼくだけの意向じゃないんです」

暗に本部がからんでいるのを匂わせた。いまさら出世の望みはないが、その逆はありえる。

「やっていただけますね」

そう念を押されて、うなずくしかなかった。

13

集合場所のコンビニに着いたのは、六時五十分だった。

朝の乾燥した空気は冷えきっていて、顔の皮膚が突っ張る。最近はめったに見かけなくなった雀が二羽、鳴き交わしながら、まだ暗い空をよぎっていった。

遼平は携帯をだして、集合場所に到着したのを派遣会社にメールした。

コンビニの前には灰皿がある。バイトがはじまったら、いつ煙草が吸えるかわからない。

寒さに足踏みをしつつ煙草を吸った。

四日前は吉田の、きのうは渡辺の090金融の支払い日だった。

むろん全額は返済できず、どちらもジャンプしたが、金策が大変だった。家じゅうの小銭をかき集めても足りず、ブランドものの服をリサイクルショップに売ってまにあわせた。きようからは日銭が入るものの、いつ完済できるのか不安だった。

すこし経って、リュックを背負った男たちがちらほら集まってきた。

若者から中高年まで年齢はさまざまだが、みな一様に表情が暗い。服のあちこちに染みがあったり、色が褪《あ》せていたり、みすぼらしい恰好の者も眼につく。彼らはコンビニに入って、弁当やパンを買っている。自分とおなじ派遣のバイトらしいから、昼飯にするのだろう。

遼平もまねをして弁当を買った。

七時になって、コンビニの前にワゴン車が停まった。車体にはキャストワークスという派遣会社のステッカーが貼られている。運転席から二十代なかばくらいの男がおりてきて、

「はーい、キャストのひとはこっちきて」

間延びした声をあげて手招きした。みんなが集まると男は早口で点呼をとって、

「ひとりきとらんな。ま、ええわ。みんな車乗って」

ワゴン車に乗りこんだのは遼平を含む六人だったが、みなあいさつひとつしない。

ぼんやり下をむいている者、携帯をいじっている者、他人との接触を拒むように目蓋を閉じている者もいる。隣に坐った中年男は遼平が頭をさげても、おどおどと眼をしばたたいただけだった。

車が走りだすと、何人かが早くもいびきをかきはじめた。車内には汗と黴《かび》と煙草のヤニが入りまじったような臭いが漂っていて、これから先が思いやられた。

遼平は土でざらざらするシートにもたれて、きのうの説明会を思い浮かべた。

キャストワークスの支店は古びた雑居ビルにあった。

前日に電話で担当者と話したら、持参するものは身分証明書と印鑑と筆記用具で、履歴書はいらないという。派遣会社の登録は経験がないから要領がわからない。服装も普段着でいいといわれたが、念のためにスーツを着た。

支店のなかはがらんとして、ひと気がない。

五十がらみの男がひとり、奥のデスクで頬杖をついていた。派遣会社の名入りのジャンパーを着ているが、垢染《あかじ》みた顔に不精髭を生やして、とても正社員には見えない。遼平が名前を告げると、登録シートと書かれた紙を差しだして、

「これ書いて、そこで待っといて」

入口のそばにならべてあるパイプ椅子を顎でしゃくった。

募集の内容は時給八百円の軽作業だったが、男のぞんざいな態度に不安がつのった。しかしネットで調べた限り、即日払いのバイトはどこも似たような条件だった。

早く金を作らなければ090金融の支払いがまにあわないし、半月もしないうちにカードの引落しがある。バイトではなく就職先を見つけたかったが、正社員では給料がでるまで時間がかかる。ある程度の蓄えができるまで、日銭を稼ぐつもりだった。

説明会といえば、大学生の頃に何度となく参加した企業説明会のイメージがあった。ところが十人ほどの参加者たちは、スーツどころかジーンズやジャージが大半だった。

履歴書を簡単にしたような登録シートに必要事項を記入していると、社員らしいスーツの男が部屋に入ってきた。三十代前半くらいの男は自己紹介もせず、

「えー、それでは説明会をはじめます。えー、まず登録シートの記入が終わったら――」

しきりに「えー」を連発しながら、派遣業務のシステムについて説明をはじめた。

登録をすませたあと、仕事を希望するときは携帯から派遣会社のサイトにログインし、自動音声のガイダンスに沿って業務の予約をおこなう。さらに業務の前日に確認のメールを送信、当日の出発時と現地到着時にも電話かメールで報告をする。

業務終了後は、派遣先から就業承認コードをもらって勤怠報告をする。日給の即日払いの希望者は事前に申しでる。交通費は往復千円を超えた場合、超過額のみ支給。つまり千二百円の交通費なら、二百円だけもらえるということだ。

「えー、支給額は税金ぶんの五パーセントがひかれます。えー、それから遅刻は罰金二千円、無断欠勤は罰金四千円、えー、どちらも派遣の登録が抹消されますので注意してください」

罰金まであるのかと思ったら、うんざりした。

遅刻や無断欠勤はするほうが悪いに決まっているが、いちいち給与から天引きするのも浅ましい。だいたい罰金という制度が合法なのかどうかも疑問だった。派遣会社は顧客である

企業から日給の倍以上をピンハネしていると聞いたことがある。そこからさらに絞りとるのは派遣会社が強欲なのと、遅刻や無断欠勤をする者が多いからだろう。

過酷な職場は家電量販店で慣れているし、拘束時間も八時間ならたかが知れている。時給がでるぶん、深夜までのサービス残業にくらべればましだと自分にいい聞かせた。

スーツの男は説明を終えたあとで、あしたから働きたい者は、この場で予約ができるといった。さっそくあすの予約を申しでると、集合場所の地図を渡された。

「あしたの現場までは、うちのスタッフが送るから交通費が浮くよ」

ラッキーだね、と男は感情のこもらない口調でいった。

14

「はい、倒しますよ」

坪内《つぼうち》の声とともに診察用の椅子が傾いて顔に布をかけられた。

下顎は麻酔で痺れているが、舌の先で前歯を押してみると、まだ痛みがある。といって、なにもしないうちから五十男が不安がるのもみっともない。

恐る恐る口を開けると、坪内はいまから神経をとるという。

「大丈夫ですか。麻酔効いてる?」

「ふあい」

刀根剛《とねつよし》は口を開けたまま、空気が抜けたような返事をした。

坪内が口のなかに太い指を突っこんできて唇を押し広げ、管のようなもので唾液《だえき》を吸いとった。院長の坪内は五十がらみで、でっぷり肥《ふと》っている。最近の歯医者は患者の獲得競争で大変らしいが、ゴルフ焼けした血色のいい顔はそれなりに稼いでいそうだった。

病院のなかはきれいだし、設備も整っているように見える。けれども初診とあって、腕がいいのかどうか心配になる。

ネットの口コミでは評判がよかったわりに、坪内は口調が荒っぽい。

「痛かったら左手あげて」

といわれたが、痛い目に遭ってから手をあげても遅い。なるべく痛くないようにしてくれと呂律《ろれつ》のまわらない口調でいうと、坪内は鼻を鳴らした。

口のなかに冷たい金属の感触があって、ドリルかヤスリのような機械が耳障りな音をたてはじめた。歯を削っているようで、烈しい振動が歯の根を伝って頭に響く。

喉の奥に水や唾《つば》が溜まっているが、舌がつかえて飲みこめない。息苦しさに軀を反らすと、坪内が肩を押さえて、

「ほらほら、もっと力を抜かな」

そばで作業を手伝っている歯科助手だか歯科衛生士だかが、くすりと笑った。

刀根はこわばった軀を無理にほぐして、あふれてくる液体を飲みこんだ。

ドリルのような音がやんで、前歯に硬いものがねじこまれた。細く尖った針が下顎の骨まで喰いこんでいくようなイメージが湧いて、ふたたび軀がこわばった。

歯の穴からなにかを掻きだすような感触があったと思うと、また硬いものがねじこまれる。恐らく神経をとっているのだろうが、顔に布がかかっているから、よくわからない。もっとも布がなくても見る気はない。

ふと歯の奥に電流のような痛みが走って左手をあげると、

「効かんなあ」

坪内があきれた声でいった。

「あんた、酒はようけ呑むかね」

「ええ」

「せやろう。酒呑みは麻酔が効きにくいんや」

坪内は溜息をついて、追加の麻酔をするといった。

注射針が歯茎に刺さって歯の根に喰いこんだ。針を刺す力にいらだちがこもっているようで、唇と歯茎のあいだが裂けそうに痛い。ふたたび左手をあげかけると、

「我慢せな。酒呑みは麻酔が効きにくいんや」

坪内はそう繰りかえした。

二度目の麻酔でどうにか神経をとったあと歯の穴に薬を詰めて、その日の治療は終わった。くたびれはてて椅子にもたれていると、坪内は歯列を写したレントゲン写真を見せて、

「ここも悪い。ここも悪い。ここもここもここも――」

「そげん悪いですか」

「ああ悪い。虫歯もあるが、歯周病もだいぶ進んどる。なんでこんなに放っといたんや」

「歯医者は苦手なもんで」

「苦手でも辛抱せな。歯周病が悪なったら、もっと痛なるで」

「はあ」

「きょうは酒を呑まんように」

刀根はうなずいたが、実行できる自信はない。

去年の暮れから熱いものが沁みだして、年明けになると、しくしく痛みだした。歯を見た限りでは虫歯に見えなかったから、よくいう知覚過敏かと思っていた。それがいきなり歯を削られたうえに神経を抜かれるとは予想外の災難だった。

それにしても、と坪内はいって刀根の胸を指でつついた。

「あんた、そんなもん入れとうのに痛がりやなあ」

胸元を見ると、シャツがはだけて刺青《いれずみ》が覗いていた。

坪内歯科をでたのは昼すぎだった。外の空気は肌寒くて、雪でも降りそうだった。汚れた

綿のような雲が空一面に広がっている。

坪内歯科の駐車場でシーマに乗って、ルームミラーを覗いた。口を開けると下顎の前歯が一本、根っこだけになっている。このままではみすぼらしいが、炎症がおさまらなければ差し歯はできないと坪内はいった。

坪内歯科でもらった薬袋《やくたい》には抗生物質と消炎剤と鎮痛剤が入っている。食後に服用と書いてあるが、麻酔が醒めないと食欲が湧かない。刀根はドリンクホルダーから飲みかけのミネラルウォーターをとって、抗生物質と消炎剤を飲んだ。

ウブロ・ビッグバンの針は十二時をさしている。

コピー品専門の業者から買った偽物だが、見た目は精巧なのと時間が狂わないのとで使い勝手がいい。家にあるロレックスは型が古いうえに、しょっちゅう時間が狂う。馬鹿高いオーバーホール代を払うくらいなら、歯をきれいにしたい。

刀根はまたルームミラーを覗いて黄ばんだ歯並びを眺めると、車のエンジンをかけた。


堂前総業の事務所に着いて駐車場にシーマを停めた。

駐車場には他県ナンバーのベンツが一台停まっていた。

車内で待機している中年の運転手は見かけない顔だから、来客がいるらしい。

玄関のインターホンを鳴らして監視カメラを見あげた。電子ロックが解ける音とともに部屋住みの湯浅《ゆあさ》がスチールの分厚いドアを開けた。

「ご苦労さんッす」

湯浅は威勢よく叫んで一礼した。

刀根は軽くうなずいて玄関に入った。湯浅は二十八歳で組に入って五年ほど経つが、自分で商売を持てずに部屋住みのままだ。刀根は廊下を歩きながら、

「誰かきとるんか」

「はい。松山《まつやま》組の若頭《かしら》の柳川《やながわ》さんと金岡《かねおか》さんというかたが」

「金岡？」

「昔、熊谷会《くまがやかい》の村木正治《むらきしょうじ》を殺《と》ったとかで」

「ああ、あんときのか」

「先週でられたそうです」

「まだ刑務所《なか》におったんやのう」

応接室に入ると、理事長補佐の関谷《せきや》がソファで新聞を読んでいた。

むかいにかけて煙草をくわえた瞬間、関谷がデュポンを差しだした。

それを片手で制して自分の百円ライターで火をつけた。理事長補佐という肩書は刀根とおなじだが、関谷は四十なかばで組織での序列は下になる。刀根は煙を吐きだして、

「会長《おやじ》は二階か」

「ええ。ちょうど飯《めし》ちゅうです。兄貴もあがられてください」

「おれはよかろう。もうじき帰らないかん」

刀根は派手な螺鈿《らでん》細工のパーティションのむこうを覗いた。

事務室の奥で鶴見《つるみ》が気ぜわしく電卓を叩いていた。まだらに禿《は》げた額とレンズの厚い金縁メガネは、どう見てもその筋とは思えない。

事務局長、と刀根は声をかけて、

「えらい忙しそうですね」

鶴見は顔をしかめて上を指さした。

「金岡はたしかに大功労者やけど、いきなり顔だされても困るわい」

「もしかして放免祝いとか」

「ああ。この金がないときに会長《おやじ》が無茶いうけ、帳尻あわすのが大変よ」

「なんぼ包んだんですか」

鶴見は右手で電卓を叩きながら左手を広げた。

刀根は思わずのけぞった。五十万なら鶴見が帳尻に悩むはずがない。見栄っ張りの堂前のことだから、桁《けた》がひとつちがうだろう。もたもたしていたら自分もとばっちりを喰う。

煙草を揉み消してソファから腰を浮かせたとき、理事長の財津《ざいつ》が二階からおりてきた。

「おったんか、刀根。はよ上にあがらんか」

「急ぎの用があるんですけど、顔ださんとまずいですかね」

「あたりまえやないか。金岡さんにあいさつしとかな」

財津は立ったままで、あわただしく煙草を吸った。三年前に会長が禁煙してから、煙草は一階でしか吸えなくなった。財津が二階にあがるのを待って、玄関脇の警備室にいった。湯浅がパイプ椅子にかけて、警備用のモニターを眺めている。壁一面にならんだモニターには玄関や事務所の周辺が映っている。

刀根は財布からキャッシュカードをだすと、湯浅に暗証番号を教えて、

「おれが見よっちゃるけ、ひとっ走りコンビニまでいってくれ。ＡＴＭで金おろして、ついでに祝儀袋を買《こ》うてきて欲しいんや」

「わかりました。なんぼおろしたらええですか」

「二十万、いや十万でええ」

湯浅は急いで警備室をでていって、刀根はパイプ椅子に腰をおろした。

会長の祝儀にくらべると、いちおうは幹部の自分が十万では釣りあいがとれないが、いまの懐具合ではやむをえない。

湯浅がもどってくると、十万円を祝儀袋に入れて、鶴見に祝儀袋の表書きを頼んだ。

「たまには自分で書いてくれや。このままじゃ過労死するで」

鶴見は愚痴りながらも、祝儀袋に筆ペンを走らせた。

刀根は祝儀袋を懐に入れて、二階の大広間にいった。畳の上には足つきの膳や鮨桶《すしおけ》がならび、会長や理事長たちが松山組のふたりをもてなしている。

主賓の金岡は会長の堂前と松山組の柳川にはさまれて、緊張気味の顔つきだった。部屋住みの若い衆《し》が彼らのあいだを縫って、酌をしたり料理を運んだり、かいがいしく世話を焼いている。

刀根は金岡にあいさつをすませると、周囲に目立たないよう祝儀袋を渡した。

金岡はまだ髪が伸びきらない頭をさげて、丁重に礼をいった。

そのまま大広間をでようとしたら、堂前に呼び止められた。

「おまえも一杯やっていけ」

「しかし車ですから」

「若い者《もん》に運転させりゃよかろうが。誰もおらんのなら茶でも飲んどけ。飲酒運転でひっぱられたら、こっちまでとばっちり喰うけの」

仕方なく隅っこで膝をそろえて、若い衆《し》が注いだウーロン茶のグラスに口をつけた。車の運転がなくても、坪内から酒を止められている。

「しかし最近の極道は行儀ようなったのう。酒は呑まんし喧嘩《ゴロ》もまかん。そのくせ血圧やらメタボやら気にしとる。こげな調子じゃ、下手な堅気よりおとなしいんやないか」

そういう会長も、と財津が笑って、

「煙草をおやめになったやないですか」

堂前が苦笑すると幹部たちも笑った。

堂前は三年前に胃癌の手術をしてから、ひと一倍健康を気にするようになった。最近はジム通いと水泳を日課にしているせいか、還暦をすぎているとは思えないほど血色がいい。

堂前は金岡に徳利を差しだして、

「わしらが弱気ンなっとうのにくらべて、あんたはりっぱやのう。あの村木を殺《と》っただけでも大したもんやが、十七年も勤めあげるちゃあ、近頃の若い者《もん》にはできんことや」

「いまやったら、まちがいなく無期でしょう」

と松山組の柳川がいった。堂前がうなずいて、

「もし釈放《パイ》になっても、死ぬまで執行猶予《ベントウ》持ちで廃業や」

「そういう意味じゃ、金岡はええときに入ったんかもしれんです」

「放免祝いもおおっぴらにやれんご時世や。こげなもてなししかできんで申しわけない」

「とんでもない。ひとこと会長にごあいさつをと思うてお邪魔しただけやのに、こんな席まで設けてもろて、金岡は幸せもんです」

柳川が深々と頭をさげると、金岡もそれにならった。

まあまあ、と堂前はいって不意にこちらを見ると、

「刀根も金岡さんのことは知っとろうが。金岡さんが村木を殺《と》ったけ、うちの商売《シノギ》も大きゅうなったんや。おまえも感謝せないかんで」

「はい」

「おまえ、歳ァなんぼになったんか」

「五十二です」

「金岡さんはまだ四十五やけど、村木殺《と》ったときはヒラの若い衆《し》やった。それがいっぺんで本部長に昇格や。娑婆《しゃば》でチンタラしよる者《もん》は追い抜かれるのう」

こいつはね、と堂前は続けて、

「この歳まで極道やっとるくせに懲役いったことないんですわ」

金岡の視線に眼を伏せた。ほう、と柳川が声をあげて、

「けど懲役いかんですんだちゅうことは、それだけ下手も打っとらんのやから優秀やないですか。できれば懲役やらいかんほうがええ。りっぱなもんですよ」

「こいつがりっぱなもんですか。ただ横着しとっただけですわ。のう刀根」

へえ、と曖昧《あいまい》に笑って頭を掻いた。とたんに堂前が眉をひそめて、

「なんかその歯は。喧嘩《ゴロ》でもまいたんか」

刀根はあわてて手で口を隠して、

「いいえ。歯医者にいったんで」

「みっともないのう。なんぼ銭がないでも歯ぐらい入れんかい」

「——すみません」

「わしを見てみい。ぜんぶインプラントやけ、ぴかぴかやろうが」

堂前が真っ白な歯を剝《む》きだすと、まわりの連中はわざとらしく感嘆の声をあげた。

15

ワゴン車は改築中らしいビルの前で停まった。

あたりは工場や倉庫が建ちならぶ、ごみごみした一角だった。

みんなと一緒に車をおりると、派遣会社の男はビルのなかへ入っていき、ヘルメットに作業着姿の中年男を連れてもどってきた。中年男は真っ黒に日焼けして体格がいい。

「はい整列」

派遣会社の男はふたたび点呼をとってから、隣の中年男を現場監督だと紹介した。

「あとは監督の指示に従って。会社への連絡も忘れんようにね」

派遣会社の男が去ったあと、現場監督に連れられてプレハブの建物へ入った。

作業着の男が五、六人、ストーブにあたりながら煙草を吹かしている。

ここが休憩所らしいが、折畳み式の長い机とパイプ椅子があるだけで、荷物を入れる場所がない。現場監督によれば、作業員用のロッカーはすべてふさがっているという。持ってきたショルダーバッグは仕方なく部屋の隅に置いたが、誰かに盗まれないか心配になった。

　現場監督はヘルメットがいくつも入った段ボール箱を足で蹴飛ばして、派遣の男たちの前に置いた。みんなが先を争うように手を伸ばしたのにならって、遼平もヘルメットをとった。順番が最後になったせいか、ヘルメットはぼろぼろで顎紐はなく、ふちが毛羽だっていた。

「現場におるとき、メットはぜったいかぶっとけよ」

　怪我しても知らんぞ、と現場監督は念を押した。

　何人がかぶったともしれないヘルメットをかぶると、頭皮が痒《かゆ》くなりそうで不快だった。

　現場監督はトイレや事務所の位置を説明してから、きょうの作業はロッカーの引っ越しだといった。ビルのなかにある古いロッカーをすべて外にだして、べつのビルまで運ぶのが派遣の仕事らしい。

　ビルに入ると、どこの会社でも見かけるような縦長のロッカーがずらりとならんでいる。これだけかと思いきや、各階のロッカーをすべて移動すると聞いて、気が遠くなった。しかもエレベーターは使えないから、階段で上り下りするという。

　しばらく軀を動かしていないだけに不安だったが、ここまできた以上やむを得ない。みんなのあとについて最上階の八階まであがり、ふたりひと組になってロッカーを運びはじめた。

　ひとつ目のロッカーを運び終わらないうちに手が痛くなった。

ロッカーの角を持つたびに、手のあちこちが擦り切れる。いま頃になって、みんな軍手をしているのに気がついたが、きのうの説明会でそんな指示はなかった。現場監督に相談しようにも、休むひまがない。

一緒にロッカーを運んでいる男は得意げに自分の軍手を見せて、

「こういう裏にゴムのイボがついたのを買うたほうがええよ」

男は二十代の後半くらいの顔つきで、不健康に肥《こ》っている。埃《ほこり》だらけの銀縁メガネをかけて、扁平な鼻から鼻毛がはみだしている。おおかた軍手くらいでしか優越感に浸れないのだろう。

胸のなかで毒づきながら作業を続けていたが、廊下の隅で使い古しの軍手を拾って、ようやく手の痛みから解放された。それでも作業は楽ではない。ロッカーは空でも重いのに中身が入ったまま鍵のかかったものもあって、運ぶのに苦労する。

階段をおりる途中で若い男にぶつかって、ものすごい剣幕で怒鳴られた。

「おまえら派遣やろうが。仕事の邪魔すんなッ」

男はまだ十八、九に見えるが、ニッカボッカに工具の入った袋をさげて、一人前の職人らしい服装をしている。こうした現場では派遣のバイトはもっとも身分が低いらしい。

肉体的な疲労に加えて精神的なプレッシャーを感じたせいか、昼休みになる頃には胃が痛くなった。昼飯を喰いに休憩所へいくと、せまいプレハブのなかは作業着の男たちでごったがえしていた。

ここも派遣会社のワゴン車のように汗と黴と煙草のヤニの臭いがするが、いまはカップ麺や弁当の匂いが充満している。

派遣の同僚たちは、みな会話もせずに黙々とコンビニ弁当やパンを食べている。こうした生活を続けていると、口をきくのも億劫になるのがわかる気がした。

遼平も割箸を割ってコンビニ弁当を食べはじめた。

レンジがないせいで、飯もおかずもカチカチに冷えている。腹は減っているのに箸が進まないのは、埃でいがらっぽい喉に飯がつかえるせいだ。熱い茶が欲しかったが、湯の入った薬缶《やかん》は作業着の男たちにストーブごと占領されている。

「これじゃ奴隷だな」

遼平は内心でつぶやいた。

求人広告には軽作業と書いてあったのに、実際は重労働である。これで時給八百円は割にあわない。午後の作業を考えると逃げだしたかったが、いままでの苦労がふいになる。

唯一の救いは煙草が吸えたことで、灰皿がわりに水を溜めたバケツが床にいくつも置いてある。最近はどこの職場も禁煙だが、肉体労働に煙草は欠かせないのだろう。

食事を終えてバケツの前で一服していると、ワゴン車で隣に坐っていた五十がらみの男が話しかけてきた。

「キャストワークスは何回目？」

「これがはじめてですけど」

「あそう。ぼくはけっこう長いけど、ここは条件よくないね」

「そうなんですか」

「うん。ぼかあ米松《よねまつ》っていうんだ、よろしくね」

朝はこちらがあいさつしても、ろくに返事をしなかったのに、ひとが変わったように馴れ馴れしい。米松という男は油染みのついたチノパンからぺしゃんこの煙草をだすと、袋のなかに指を突っこんで、

「ありゃあ、一本もない。近くにコンビニあるかなあ」

「よかったらどうぞ」

遼平は自分の煙草を差しだした。米松はすぐさま手を伸ばして、

「悪いね。今度かえすから」

「そんなのいいですよ」

「いやいや、ぼくはひとから借りたものは、ちゃんとかえす主義やから。まあそれが裏目にでたんやけど――」

意味がわからず首をかしげていると、米松は煙草に火をつけて、

「ぼくは半年前まで会社やっとったんよ。社員二十人くらい使《つこ》うてね。それがこの不景気で

ねえ。社員には最後まできちんと給料払《はろ》うとったんやけど、倒産してしもて」

「社長さんだったんですか」

「そうそう」

「どういう会社の？」

「――それはまあ、いろいろよ」

米松は言葉を濁して眼を泳がせた。

どう見ても社長だったとは思えないが、詮索するのも面倒だった。米松はそれから突然無口になって、煙草を吸い終えるとどこかにいった。軍手を自慢していた若い男がそばにきて、

「あいつに煙草たかられたやろ」

「――はあ」

「そうやろ。あいつはいっつもそうなんよ」

ぐふぐふ、と若い男は黄ばんだ歯を剝きだして嗤《わら》った。

16

松山組のふたりが事務所をでたのは、夕方近い時刻だった。

見送りからもどってくると、幹事長の石橋《いしばし》と本部長の難波《なんば》が応接室で愚痴りはじめた。

堂前と財津は会食を中座して、べつの会合にでかけている。

「ここだけの話、会長《おやじ》も見栄張りすぎやで」

と石橋がいった。難波がうなずいて、

「なんぼ功労者ちゅうても、廻り兄弟の舎弟に五百万はやりすぎやろ」

「おれとふたりンときは、柳川の野郎が銭せびりにきよった、ちゅうてこぼしよったで。そんだけ銭が惜しいんなら、半分くらいにしちょきゃええのに」

「そら自分の銭やないからよ。今回のぶんも上納金《ギリ》が太うなって、おれたちへまわってくるんや。なあ事務局長」

鶴見はあいかわらず電卓を叩きながら苦笑した。石橋が続けて、

「あの頃はみな村木を狙《ねろ》とったんじゃ。金岡がやらんでも誰かが殺《や》っちょる」

「しかしなあ、十七年はやおないで」

「松山の本家からは、報奨金で四千万でたらしいぞ」

「四千万と本部長のポストか。松山組も気張っとうの」

「なんが気張っとうか。四千万を十七年で割ってみい。年に二百万ちょっとにしかならんやないか。堅気で貯金したほうがよっぽどましやで」

刀根は事務室で煙草を吸いながら、ふたりの話を聞くともなく聞いていたが、悪口がエスカレートしそうな雰囲気に腰をあげた。よけいなことを耳にはさむと、ろくなことはない。

応接室を通りがてら、ふたりに頭をさげると、

「会長《おやじ》から、えらいいびられとったが、なんかあったんか」

石橋が訊いた。難波が笑って、

「こないだ、事始めの帰りに会長《おやじ》たちとこいつのラウンジに寄ったんや。会長《おやじ》は店の女を必死で口説《くど》きよったけど、とうとう振られよった。おおかたそれが癪《しゃく》に障っとうんよ」

「会長《おやじ》も大人げないのう。インプラントかなんか知らんが、六十一にもなって獅子舞《ししま》いみたいな歯ァして気色悪いで。のう刀根よ」

またしても曖昧な笑みを浮かべるしかなかった。

堂前から邪険にされるのは、いまにはじまったことではない。兄貴分だった池畑《いけはた》が破門されたのを境に、ずっと不当なあつかいを受けてきた。

同年代の石橋と難波が昇進したのにくらべて、刀根は理事長補佐にとどまっている。理事長補佐は関谷のほかにもうひとりいるから、序列としては上から五、六番目で、企業でいえば係長クラスでしかない。かつては組長、若頭、若頭補佐といったわかりやすい階級があったが、十年ほど前に本家の方針でいまの肩書になった。

しかも堂前が思いつきで副会長だの本部長代行だのといった、新たな役職を作るせいで、組での序列はさがりこそすれ、あがる見込みはない。堂前からうとまれているのに首がつながっているのは、上納金《ギリ》を欠かさずおさめてきたせいだ。

はたちで盃《さかずき》をもらってから、さまざまな商売《シノギ》に手をだしてきた。パチンコ屋の景品買い、競馬のノミ屋、水商売や不動産がらみの債権回収《キリトリ》、守代《もりだい》と呼ばれるみかじめ料の徴収、雀荘の経営、絵画や観葉植物のリース、偽ブランド品の販売、居酒屋とラウンジの経営。それ以外にも、競売《けいばい》物件の占有だのテキ屋の手伝いだの、短期間の商売《シノギ》は数えきれないほどやった。

いちばん儲かったのは競馬のノミ屋で、刀根が四十代にさしかかるまでは同年代のサラリーマンの三、四倍の年収があった。けれども電話投票やインターネットの普及でじわじわと客が減ったうえに警察からにらまれて、事務所を畳むしかなかった。

守代の徴収も安定した収入源だったが、これも暴対法が施行されてから、おおっぴらにはできなくなった。かわりにはじめたリース業も、不景気のせいでジリ貧になって廃業した。

いまも続いているのは、ノミ屋の稼ぎでオープンした居酒屋とラウンジだけだ。

どれも堅気相手の店だから、刀根は表にでない。居酒屋はかつての舎弟に、ラウンジは昔なじみの女にまかせている。二軒とも一時は調子よかったが、居酒屋は全国チェーンの低価格路線に押されて、売上げは毎月のようにさがっている。

ラウンジはかろうじて黒字を保っていたのに、誰が密告《さ》したのか、刀根が実質的な経営者だというのが堂前の耳に入った。おかげで事始めの帰りに、堂前や幹部たちを案内するはめになった。彼らがくるような店ではないものの、その筋の経営だと知れたら客の足が遠のく。

ママの満江《みつえ》によれば、堂前たちと顔をあわせたせいで、もう店にこなくなった常連客がいるという。このままの状態が続いたら、店の経営はもちろん、上納金をおさめるのも苦しくなる。去年の秋までは債権回収《キリトリ》の仕事がいくつかあったが、依頼主の企業が暴排条例を警戒して立ち消えになった。

大きな仕事《ヤマ》を踏もうにも、うまい話はないし、この歳で懲役にはいきたくない。

堂前は自分が懲役にいっていないと馬鹿にしたが、組員が懲役にいくのは親分にとってマイナスである。

組員が刑務所《なか》にいるあいだは上納金《ギリ》が入らないうえに、実刑になった原因が組の仕事《ヤマ》だったら、残された家族の面倒をみなければならない。釈放《パイ》されたときには、功労金とそれなりのポストも必要だから、大変な出費である。

しかもいまの法律では、末端の組員の犯罪でも使用者責任を問われるから、親分にまで捜査がおよぶ。そのせいで最近は長い懲役がかかる仕事《ヤマ》を踏んだら、たいてい破門か絶縁を喰らう。

暴排条例が施行されて以降、上の連中はますます神経を尖らせている。

彼らは保身に走る一方で上納金の徴収は怠りない。表向きは違法な行為を禁じているくせに、合法的な商売では得られない金額を要求してくる。

したがってヤクザとしてのキャリアは浅くても金儲けのうまい連中ばかりが重用されて、

長いあいだ組に貢献した中高年は冷遇される。

事務所をでて駐車場にいくと、黒塗りのリンカーンナビゲーターが入ってきた。

理事の反町が車からおりてきて、

「ご苦労さんです。理事長補佐」

反町は慇懃《いんぎん》に頭をさげたが、肩書で呼ばれるのが気に喰わない。自分がすぐ下のポジションまで迫っているのを強調しているように思える。

反町はホストのような細身の黒いスーツを着て、茶髪を長く伸ばしている。まだ三十二歳だが、090金融や風俗店の経営で荒稼ぎしている。噂では振込め詐欺や、架空請求のための出会い系サイトもやっているらしい。幹部なみの上納金《ギリ》をおさめているせいで理事に抜擢《ばってき》されたと聞いた。

「松山組の若頭《かしら》と金岡さんがきとったぞ。あいさつせんでよかったんか」

軽い厭みのつもりでいうと、反町は細い眉を寄せて、

「すみません。出先で聞いて、祝儀は若い衆《し》に持たせたんですけど」

万事に抜け目がないのに一段といらだちつつ、自分の車に乗った。

反町のリンカーンナビゲーターは趣味にあわないが、真新しいベンツやレクサスがならぶなかで、刀根のシーマはいかにも貧相だった。新型のハイブリッドならともかく、十年落ちの中古車である。商売《シノギ》が苦しいいま、新車を買う余裕はない。

金融流れの車ならなんとかなるものの、そこまでして見栄を張る気もない。エンジンをかけると、倹約を嘲笑《あざわら》うようにキューキューと異様な音がした。

刀根は舌打ちをして、暮れかけた街に車をだした。

17

やけに軀がざらつくと思ったら、汗が塩になっていた。腕の筋肉はぱんぱんに張り、足は膝が笑うほど疲れている。けれども一日の作業をどうにかやり遂げたという充実感があった。

ビルからだしたロッカーをトラックに積みこんで、べつのビルまで運んだところで作業は終わった。一時は残業になるかと思ったが、腕時計を見たら、きっかり五時だった。みんなと一緒に最初のビルへもどって、現場監督から就業承認コードをもらった。

遼平は携帯で勤怠の報告をして、あしたの仕事を予約した。

あしたはちがう現場だが、きょうの調子でやれば、なんとかなるだろう。ひと息ついてあたりを見ると、いつのまにか同僚たちの姿が消えていた。

あわてて付近を捜したら、みな駅にむかって歩いている。

てっきり会社の車が迎えにくると思っていたのに、帰りは自腹だと知って落胆した。キャストワークスに日給をもらいにいくつもりだったが、くたびれきった軀はいうことをきかない。日給はあすの朝もらうことにして、まっすぐ家に帰った。

自宅に着いたのは、七時前だった。この時間なら、まだ父は帰っていないはずだ。早くシャワーを浴びてビールが呑みたいと思っていたら、窓に明かりがついている。うんざりしつつ家に入ると、父はキッチンでインスタントラーメンを食べていた。無視して二階にあがろうとしたが、おい、と呼び止められた。

「どこへいっとったんか」

バイトだと答えると、父はテーブルの上のレジ袋を顎でしゃくった。レジ袋のなかには父が買ってきたらしいインスタントラーメンが入っている。

「飯がいるんなら、朝の残りが冷蔵庫に入っとうぞ」

遼平はうなずいて二階へあがった。

親子でインスタントラーメンとは貧しい夕食だが、さっきの態度からすると父はいくらか機嫌がいい。恐らくバイトにいったと答えたせいだろう。そんなに働いて欲しいのなら、小遣いでもよこせばいいのに、そういう金を惜しむのが腹立たしい。

父が食事を終えたのを見計らってシャワーを浴び、インスタントラーメンと飯を食べた。ラーメンは腹に沁みるほどうまかったが、父に小言をいわれるのが厭でビールは呑まなかった。過去に何度か泥酔して帰ったせいか、家で呑むたびに父は決まって白い眼をむけてくる。

腹いっぱいになって自分の部屋でうとうとしていると、樹里からメールがきた。

「会いたい。きょうは店にこないの」という文面だったが、ティファナにいけるはずがない。バイトをはじめたと返信したら、即座に「がんばって！　応援してる」とメールがきた。

どうせ勧誘の一環だと思いながらも気持が弾んだ。

けれども次はいつティファナにいけるのか見当がつかない。早く090金融を完済して、呑みにいけるだけの金を作りたかった。

階下から、父の低い声が聞こえてきた。

携帯で誰かと話している様子だったが、まもなく静かになった。続いて服を着替えているような気配があって、玄関で靴を履く音がした。

「ちょっとでかけるぞ」

父の声に、うんと答えた。ドアの鍵を締める音がして足音が遠ざかった。

時計を見ると十時すぎだった。

18

居酒屋とラウンジの様子を覗いて、マンションに帰ってきたのは九時前だった。

オートロックのドアを開けてエントランスホールに入り、エレベーターで十階にあがった。

玄関のチャイムを鳴らすと、換気扇からカレーの香りが漂ってきた。片足にスリッパを突っ

かけた美奈《みな》がドアを開けて、おかえり、といった。刀根は靴を脱ぎながら、

「かあさんは」

「いるよ。ごはん作ってる」

とうに夕食はすませていると思ったのに、弘子《ひろこ》はキッチンであわただしく包丁を使っていた。まな板の上には不ぞろいに切られたジャガイモが転がり、隣では寸胴鍋《ずんどうなべ》が噴きこぼれている。刀根はガスコンロの火を弱めてから、換気扇の下で煙草を吸った。

「なにをしとるんか」

「カレー作ってんのよ」

「見ればわかる」

「買物いったら帰りが遅くなったの。もうすこし待っててね」

「おれはええけど、美奈と瑛太《えいた》は腹空《す》かしてるだろう」

「いいじゃない。遅くなったおかげで、とうさんと一緒にごはん食べれるんだから」

弘子はそういってから、ちょっと、と唇を尖《とが》らせて、

「そこで煙草吸わないで」

「おまえがここで吸えっていうたんやろうが」

「あたしがいるときはだめ。副流煙は躯に悪いんだから」

弘子は六つ年下で、結婚して二十年になる。美容に金をかけているせいか、見た目は若い

が性格はもっと若い。というより幼くて、家事はなにをやらせても中途半端である。

刀根がそれを責めると、弘子は自分の怠慢を棚にあげて、

「あたし、主婦はむいてないの」

「おれもそう思う」

「でしょう。ほんとは愛人になりたかったの」

「なりゃあよかったやないか」

「だって、いっぺんくらい結婚してみたかったから。ね、もう美奈も瑛太も大きいんだし、あたしと別れてくれない？」

「別れてどうするんか」

「愛人にして。べつのマンションに囲ってよ」

「馬鹿いえ。よけいに金がかかるだけや」

煙草の吸殻を三角コーナーに捨ててリビングにいくと、瑛太がテレビを観ていた。美奈はソファで腹這いになって携帯をいじっている。瑛太は高二で、美奈は大学二年である。ふたりとも父親の職業は察しているようだが、刀根の前ではそれに触れない。

寝室でジャージの上下に着替えてから、キッチンにいった。弘子はようやく切り終えたジャガイモを鍋に入れようとしている。刀根はそれを止めると、

「いまから煮たんじゃ時間かかるやろ」

ジャガイモを皿に盛り、ラップをかけてレンジで温めてから鍋に入れた。

「とうさんが早く帰ってきてよかったあ。あとはまかせたね」

「なにがまかせたや。おれだって疲れとるんぞ」

「だって、とうさんが作ったほうが美味《おい》しいじゃない」

弘子は自分の役目は終わったとばかりに、皿やグラスをリビングに運びはじめた。

刀根は鼻を鳴らして寸胴鍋の前に立った。

味見をすると、市販のルーを溶かしただけの薄いカレーである。若い頃から料理は好きだし、居酒屋をはじめた頃は厨房に立っていたから、カレーのコツはわかっている。ほんとうは玉ねぎやスパイスを炒めたいところだが、そんな時間はない。カレー粉と胡椒《こしょう》で辛さと香りを増して、ヨーグルトとケチャップで酸味を加え、バターとインスタントコーヒーを少量入れてコクをだした。

リビングの窓は、壁一面を使ってあるから見晴らしがいい。

夕食のときに夜景を眺めるのは、刀根の習慣である。眺望のよさに惹《ひ》かれて、この部屋を買ったのは四十前だったが、いまは単に景色を見ているだけで特別の感慨はない。

4LDKの間取りも広く感じたのは最初の数年で、ふた部屋を子どもに占領されてからは、ひとりになれる場所がない。弘子は一戸建てに住みたいというが、いまの商売では当分無理だろう。弘子名義のローンも残っているし、美奈も瑛太もまだまだ金がかかる。これからの生活を考えると頭が痛かった。

四人で食卓を囲むのはひさしぶりだった。刀根の帰りが不規則なのもあるが、最近は美奈が近所のコンビニでバイトをしているせいで、なかなか足並みがそろわない。美奈は夏休みに語学留学をしたいといって、貯金に励んでいる。

「きょうはバイトやなかったんか」

刀根は缶ビールを手酌で注ぎながら、美奈に訊いた。

「きょうは休み。っていうか夜は女の子にバイトさせないし」

「そのわりに毎晩帰りが遅いやないか」

瑛太がにやにや笑って親指を立てると、

「これができたんだよ」

「ちがうわよ。変なこといわないで」

美奈が瑛太の頭をはたいた。弘子が口に運びかけたスプーンを止めて、

「べつに変なことないじゃない。大学二年にもなったら、彼氏くらいいるでしょ」

「かあさんは、よけいなことをいわんでいい」

刀根が口をはさむと、弘子が不意に笑いだして、

「どうしたの、その歯」

「歯医者で削られた。神経とったんよ」

「差し歯とか入れないの」

「入れるけど、まだ先やろ」

「そのままじゃ変よ。ねえ、とうさんの口見て」

「なんか落ちぶれたひとみたい」

「歯がないと、馬鹿っぽく見える」

「やかましい。はよ食べなカレーが冷めるぞ」

はいはい、と弘子がいって、

「それで、なんだっけ。美奈に彼氏がいるんだっけ」

「いないってば」

「瑛太はどうなの。彼女はいるの」

「まあね」

「嘘だよ。瑛太にいるわけないじゃん」

美奈がカレーを頰張ってから、辛ッ、と叫んでグラスの水を飲んだ。

「だんだん辛くなってきた」

「水飲んだら、よけいに辛《かろ》なるぞ」

ほんとだ、と美奈が舌をだしたとき、電話が鳴った。自宅にかけてくるのは女房か子どもの知りあいに決まっているが、弘子は子機を手にしてこちらを見た。

「店からだけど、片桐さんってひとがきてるって――」

19

居酒屋にしては照明を落とした店内に演歌が流れている。

脂《あぶら》と煙で飴色《あめいろ》になった壁に品書の板がならび、カウンターのまんなかに緑色の簀《す》の子を敷いたネタケースがある。店の奥の焼台で、鉢巻に法被姿の男が串をかえしている。

四十代前半くらいの顔つきで、褪せた法被の背中に「とねちゃん」と店の屋号が染め抜かれている。店内は十坪ほどで、十人掛けのカウンターと小上がりがふたつある。

客は誠一だけで、肥った中年女が店の奥であくびを噛《か》み殺している。そろいの法被からして従業員だろうに、ただ突っ立っているだけで愛想がない。

誠一はカウンターに肘をついて、ぐい呑みの冷酒を啜った。

呑みながらするような話ではないが、素面《しらふ》でいうのも気乗りしなかった。

腕時計の針は十一時をまわっている。

注文した鳥皮と軟骨とレバが運ばれてきたが、家を出しなにインスタントラーメンを食べたせいで、手が伸びない。話が早くまとまれば、持ち帰りに包んでもらおうかと思いつつ、息子が帰ってきたときの姿を思い浮かべた。

なんのバイトか知らないが、薄汚れた恰好からして肉体労働だろう。ようやく働く気になったのは好ましい反面、いちおうは大学をでていながら、そんなバイトしか見つけられないのは遼平にも問題がある。といって自分が紹介してやれる仕事もない。

若い頃は知人に頼まれて、つきあいのある企業に就職の口利《くちき》きをしたこともあるが、最近はその手の相談に乗れなくなった。かつては引く手あまただった警察ＯＢでさえ就職難で、警務課の連中は天下り先を探すのに苦労している。

そういう時代に生まれあわせた息子は不憫《ふびん》だが、みながみな職にあぶれているわけではない。たとえ時間はかかっても、自立できる職場を見つけて欲しかった。

二本目の徳利を注文したとき、引戸が開いて刀根が顔をだした。

誠一は無言で片手をあげた。刀根は険しい表情で隣に腰をおろして、

「なし急に店へくるんか。前もって電話くらいしてくれや」

「すまんすまん。けど前の番号はつながらんぞ」

「そら何年も経っとるけ、番号も変わるわい」

「変わるもなにも、どうせ他人名義《トバシ》の携帯やろが」

刀根は返事をせずに芋焼酎のロックを注文した。

「なんか喰わんのか」

「あんたから電話もろたときに喰うとったわい。一家団欒《だんらん》の最中よ」

「嘘つけ」

「嘘やあるか」

「その歯はどげしたんか」

「歯医者で神経抜かれたんや」

「実費か」

「馬鹿いえ。保険証くらい持っとうわい」

「不正使用は犯罪やぞ」

「人聞きの悪いことというな」

刀根は芋焼酎のグラスを持ってきた中年男にむかって、

「えらいひまやのう、兵吉《ひようきち》。なし客がこんのか」

兵吉と呼ばれた男は、全国的な居酒屋チェーンの名前を口にして、

「こないだ通りのむこうにオープンしたけ、みんなそっちにいっとるんでしょう」

「あげな店、安いだけが取柄やないか。うちのほうが味は百倍ええ。おまえもそう思うやろが」

「まあ、そうですけど――」

兵吉は気のない返事をして、無精髭の伸びた頬を指でぼりぼり掻いた。兵吉はかつて刀根の舎弟だったが、いまは堅気で雇われ店長だという。

「うちだって、その気になりゃあ全国展開くらいできる。もうちょっと気合入れてやれ」

「全国展開するには、経営者に問題あるんやないか。堅気にならな表にでられんやろ」

誠一がいうと刀根は鼻を鳴らして、

「いらん世話じゃ。それよりなんの用か」

兵吉にちらりと眼をやると、気配を察したように焼台へもどった。

誠一は声をひそめて用件を切りだしたが、刀根はたちまち顔をしかめて、

「ひさしぶりで逢《お》うたと思うたら、そげな話か。あんたは生活安全課《セイアン》やなかったんか」

「こないだから組織犯罪対策課《ソタイ》の応援しちょる」

「あっちやらこっちやら、あんたも大変やの」

「急で悪いけど、何挺かだせんか。首なしでええ」

「いまはそげなツテないで。抗争《でいり》もないけ、扱うとう者《もん》もおらん」

「ロハでとはいわん。なんぼか警察《カイシャ》にださせる」

「どうせハシタ金やろ。あんたに自腹切らせるンも悪いけの」

「まあそういうな。呑みながら、ゆっくり考えてくれ」

刀根は不機嫌な顔で正面をむくと、グラスを傾けた。なにか裏があるのか、こちらの意図を考えているらしい。誠一はカウンターに頬杖をついて、冷酒を啜った。

刀根と知りあったのは、誠一が三十代前半で県警本部の捜査四課にいるときだった。

警察庁主導の大々的な銃器摘発キャンペーンを受けて、各県警は実績をあげようとやっきになっていた。押収した拳銃の数がそのまま組織の評価となるだけに、署長はもちろん部課長たちも必死で部下の尻を叩いた。

銃器摘発キャンペーンの開始とともに、拳銃を持って自首すれば、その罪を軽減または免除するという自首減免規定が新設されて、以前より銃器の摘発は容易になった。

にもかかわらず県下では、所轄はおろか県警本部さえ、いっこうに数字があがらない。このままでは県警の面子《メンツ》が丸潰れとあって、幹部たちは非常手段にでた。

捜査四課課長だった長船を通じて、暴力団と交渉してでも拳銃を押収するよう捜査員たちに命じた。むろんストレートな指示ではなく、指示とみなされる言質《げんち》は避けていたが、予算の存在を匂わせた。捜査協力者《エス》に対する報酬があるということは、やらせ捜査の黙認を意味している。

誠一は当時交際のあった捜査協力者《エス》たちを使って、やらせ捜査を開始した。

彼らが入手した拳銃はそのままでは摘発しない。駅のコインロッカーに入れさせたり、空き地に埋めさせたりといった偽装をする。そのあと匿名の通報をさせて、拳銃を押収するというやりかたである。

そうして摘発した拳銃は被疑者不詳――つまり首なしと呼ばれる。

誠一はやらせ捜査に疑問を抱《いだ》いていたが、上司の命令には逆らえない。被疑者に自首させたところで自首減免規定で罪を免除されるのだから、結果はおなじだという思いもあった。

誠一たち捜査員はたちまち多数の拳銃を摘発して、県警本部の面子は保たれた。けれども上層部はさらに実績をあげるよう要求してきた。次々と課せられるノルマに捜査協力者たちのルートも絶えて、拳銃の摘発数はしだいに減っていった。

ちょうどその頃、筑仁会の三次団体である堂前総業の幹部だった池畑が賭場の借金を焦げつかせたのを理由に破門された。池畑は捜査協力者《エス》のひとりだったが、組からのさらなる制裁を恐れてか行方をくらました。

絶縁に等しい赤字破門とあって、ヤクザとしての再起は不可能である。池畑が博打にのめりこんでいったのは、捜査協力者《エス》としてのプレッシャーがあったかもしれない。

責任を感じた誠一は、池畑の弟分だった刀根剛に連絡をとった。池畑の行方はわからなかったが、それを境に、ときおり刀根と顔をあわせるようになった。おたがいに当たり障りのない情報を交換する程度のつきあいだったが、あるとき刀根が経営するノミ屋に捜査が入るのを知った。

むろん捜査情報を漏らすわけにはいかず、刀根に対しても口をつぐんでいるしかなかった。ところが家宅捜索《ガサイレ》が間近に迫った頃、長船からふたたび拳銃捜査の依頼があった。長船は拳銃の摘発数がさがったのを上から責められているようで、なんとかしてくれと泣きついてきた。

拳銃と引換えなら、長船は刀根のノミ屋に眼をつぶるかもしれない。思いきって相談すると、拳銃が摘発できれば今回は見逃してもいいという。

誠一は刀根を呼びだして、何挺か拳銃をだせないか訊いた。その時点でも家宅捜索《ガサイレ》の件は伏せていたが、刀根は事情を呑みこんで捜査への協力を承知した。

後日、刀根が調達してきた拳銃でノルマはクリアした。それからも長船の要求に応じて、刀根に拳銃を仕入れさせた。けれども十数年前、他県で大がかりなやらせ捜査が発覚して、組織全体を揺るがす事件へ発展したのを機に、そうした手法は用いられなくなった。

やがて誠一は捜査情報の漏洩を疑われて所轄に飛ばされ、刀根はノミ屋を畳んで店の経営に専念するようになったから、それっきりふたりの関係は絶えていた。

刀根はしばらく考えこんでいたが、不意に溜息をついて、

「やっぱり無理や。金は欲しいけど、あぶない橋は渡りとうない」

「金以外のことでもええ。できる範囲で相談に乗るぞ」

「あいにく目こぼししてもらうような商売《シノギ》はしちょらん」

「ラウンジがあるやないか」

「意地の悪いことといいなさんな。おれをおどす気かい」

「おどしとうわけやない。生活安全課《セイアン》として心配しちょるだけや」

「それでじゅうぶん、おどしやないか。風営法でごちゃごちゃいわれたらかなわんわ」

刀根はグラスをあおって、

「おれもいっぱいいっぱいなんや。これ以上ににらまれたら破門か絶縁や」

「誰ににらまれちょるんか」

「会長《おやじ》と理事長よ」

「おまえの上納金《ギリ》がすくないけか」

「それだけやない。てっぺんが変わるかどうかでいらついちょる」

「総長の具合はどうなんか」

「ようわからん。まだ入院したままや」

「田所《たどころ》が逝くか引退したら、跡目は理事長の志賀《しが》か」

「せやろの」

「おまえンとこの会長は志賀一派か」

「うちの会長《おやじ》はコウモリやけ、旗色がええほうにつくわい。きょうも松山ンとこの金岡に片手も祝儀包んどったわ。松山は志賀とべったりやけの」

「放免祝いは禁止や。おまえが密告《さ》したちゅうて、暴対法違反でひっぱっちゃろうか」

「あほか」

「話はもどるけど、どうにかならんかの」

「ならん」

「なしか。おまえンとこの社に迷惑はかからんやろ」

「あんたとこうしちょるだけでも、なんいわれるかわからん。いうちょくけど、おれは捜査協力者《エス》でもなんでもないけの。あの頃みたいなことは、もうやれんぞ」

それからも説得を続けたが、刀根は首を縦に振らない。誠一はあきらめて勘定を頼んだ。きょうのぶんはいらないと刀根は金を押しもどしたが、強引に支払いをすませて店をでた。

20

朝の六時にキャストワークスへいって、きのうの日給をもらった。

現場にむかう途中、コンビニで弁当とマスクと軍手を買った。コンビニで軍手を売っているとは、この歳になるまで知らなかった。ふつうの軍手が百円で、掌側にゴムのイボがついたのが二百円だった。自腹の二百円は惜しかったが、きのう現場でイボつきがいいと教わったから、そっちを選んだ。

「すぐ使いますか」

レジの男が訊いた。なにげなくうなずいたあとで、自分とおなじように朝から軍手を必要とする客が多いのだと気づいた。最近は派遣や日雇いで働く者が増えているのだろう。

遼平はコンビニの前で煙草を吸いながら、キャストワークスでもらった地図を広げた。

地図にはマーカーで印がつけられている。場所は郊外の総合病院である。きょうは単独の派遣だから、ひとりで市営バスに乗って現地へむかった。

ゆうべは早めに眠ったのに、きのうの引っ越し作業の疲れは抜けていない。腕も足も筋肉痛で硬くこわばっている。きょうも引っ越し作業だったら耐えられる自信がないが、キャストワークスの担当者によれば廃材の撤去らしい。

「平気平気。単純作業だから、どうってことないよ」

担当者は説明会のときに司会をした男で、口調の明るさに反して無表情だ。

廊下ですれちがった年配の男たちは、日給の入った薄い封筒を破りながら、

「あいつは口から音をだしよるだけよ。おれらを人間と思うてないもん」

早朝だというのにバスは満員で、通路に立っているのがやっとだった。何人かがおりていったと思ったら、それ以上の人数が乗ってきて、混雑は増す一方だった。

時間帯のせいかスーツ姿はわずかで、みすぼらしい服装の乗客が多い。自分とおなじ派遣のバイトらしい若者たちもいる。

遼平の隣で、薄くなった髪を横に撫《な》でつけた男が吊革を握っている。

風邪でもひいているのか、しきりと洟《はな》を啜りあげる音が耳につく。父よりも十は年上に見えるが、こんな年齢になっても早朝から出勤しているのが信じられない。襟のボアが毛羽立ったナイロンジャンパーに作業ズボンという恰好からして、軀を使う仕事だろう。

二十五歳の自分がたった一日で息切れしているのに、この男はどのくらいのあいだ下積み仕事を続けてきたのか。この男とおなじ年齢になる日がくるとは想像もつかないが、父も三十年近く働いているのだから、やがて自分もそうなるのかもしれない。

ゆうべ父は深夜に帰ってきたらしい。けさ家をでるときにキッチンのテーブルに焼鳥とおにぎりの包みがあったから、どこかで呑んできたのだろう。朝食がわりに食べようかと思ったものの、父の思惑どおりに行動するのが厭で手をつけなかった。

バスをおりて、しばらく歩くと防護ネットと足場に囲まれた病院が見えてきた。

病院の前の駐車場に、作業着の男たちが集まっていた。

キャストワークスからきたと告げると、現場監督らしい中年男が手招きをして、

「おう、派遣くんか。遅いやないか」

男は肉づきのいい顔をしかめたが、腕時計に眼をやると、まだ八時である。

「ほら、もう体操はじまるぞ。荷物は詰所に置いとけ」

男はお決まりのプレハブ小屋を顎でしゃくった。詰所とはなにかと思ったら、きのうの現場と似たような作りで、要するに休憩所らしかった。荷物を置いてもどってくると、すでにラジオ体操の音楽が流れていて、みんな躯を動かしている。

「ほらほら派遣くん、もたもたすんなよ」

男の罵声に周囲から笑い声が起きた。

遼平は男たちの後ろにならんで、体操をはじめた。

拘束時間は九時から五時までのはずなのに、どうして文句をいわれるのか。それにもまして気に喰わないのが、派遣くんという呼びかたである。キャストワークスから自分の氏名は伝わっているはずなのに、名前で呼ばないのは人格を認められていない気がする。

ラジオ体操が終わると、現場監督の指示で仕事を振りわけられた。

遼平は三人の男と一緒にボイラー室にいくよう命じられた。

現場監督は二十代なかばくらいの体格のいい男を指さして、

「要領は牛越《うしごえ》が知っとうけ。ちゃんということ聞いて作業して」

残りのふたりは五十がらみで頭のてっぺんが禿げた男と、はたちそこそこに見える若い男だった。五十男が山岸《やまぎし》で、若い男は野間《のま》と名乗った。

ボイラー室は窓もなく薄暗かった。現場監督に借りたヘルメットと作業着は、どれだけ使いまわしているのか、廃品といってもおかしくないほど汚れていた。

「とりあえずダクトとパイプばらそうか」

牛越という男は天井を指さしていった。

コンクリートが剝きだしになった天井には太い金属のパイプが縦横に走っている。これをどうやってはずすのかと思っていると、牛越は床の工具箱を蹴飛ばして、

「サンダーとゴーグルはここに入っちょうけ。おれは野間とダクトやるけ、山ちゃんはこい

つとパイプ切って。きょうは怪我せんようにせな、つまらんよ」

「へえ。大丈夫です」

山岸は卑屈に頭をさげた。さっきは派遣くんで、今度はこいつ呼ばわりである。

軍手をはめながらいらだっていると、牛越が飛んできて、

「おまえ、ラバ手持っちょらんそか」

「ラバ手？」

牛越は舌打ちをして、

「これやけ派遣は好かんのよ。山ちゃん、どっかからラバ手持ってきて、こいつにやって」

へえ、と山岸がいった。おまえさあ、と牛越はいって、

「山ちゃんの中指見てみ。きのうサンダーで切っちょるんよ」

山岸の中指には汚れた絆創膏が巻かれている。

「そのイボつきはゴムがすぐだめになるんや。ラバ手しちょっても怪我するのに、そげな軍手したらつまらんど。わかっちょるんか、お」

牛越のいいかたには腹がたったが、ごつい体格に圧されてなにもいえなかった。

山岸はボイラー室をでていくと、指先と掌がゴムでコーティングされた軍手を持ってきて、遼平に渡した。これがラバ手というものらしい。

「ラバー軍手とかゴム軍手とかいうけどの。サンダーは使《つこ》うたことある？」

山岸はそういって、工具箱から円筒形の電動工具を取りだした。先端に丸いヤスリがついている。これでパイプを切るのだと聞いて、ぞッとした。

「ぼくははじめてですけど、素人が使うのはあぶなくないですか」

「あぶないよ。きのう指切ったら骨がでたもん」

山岸は絆創膏を巻いた中指を突きだした。

「労災とかおりないんですか」

「ああやこうやいいよったら首ンなるよ。おれがヘマしたんやけ、しゃあないわ」

「山岸さんも派遣ですか」

「いや、おれは寮生」

寮生とは建設会社の住込みだというが、骨が露出するような怪我をしたのに補償はおろか、休みもとれないとは信じられない職場だった。

きのうの引っ越しのほうが怪我の危険がすくないぶん、まだましだ。

山岸がゴーグルとマスクをつけているのを見て、遼平もそれにならった。安い水中メガネに毛が生えたようなゴーグルで視界が曇っている。

山岸は脚立にのぼり、天井の巨大なパイプにサンダーをあてがった。電源を入れてヤスリが回転すると、おびただしい火花が散って、電鋸《でんのこ》のようにパイプを切っていく。

遼平は脚立の脚を動かないよう支えた。焼けた鉄粉が降ってきて、作業着の肩を焦がした。

現場の雰囲気は最悪だが、手伝いだけなら楽だと思っていると、

「はい交代」

山岸は脚立をおりてきて、作業をするよううながした。

しぶしぶサンダーを握って脚立にのぼり、切りかけのパイプにむかった。最初は不安だったが、どうにかパイプを切りはじめた。しかし楽な作業ではない。

ときおりヤスリの刃がすべってサンダーが跳ねかえってくるし、焼けた鉄粉が顔に飛んでくるから、花火を浴びているように熱い。ゴーグルとマスクのなかにも鉄粉が入って、皮膚がざらざらする。

キャストワークスの担当者は単純作業だといったが、作業が単純なだけで、とんでもない重労働だ。危険な作業なのに手当もつかず、時給八百円はありえない。そのうえ現場はふたりきりだから、サボることすらできなかった。

昼休みになって詰所でコンビニ弁当を食べた。

牛越はどこかへ食事にいって、一緒にいるのは山岸と野間である。ふたりは会社から支給されるという粗末な弁当を蓋で隠すようにして食べている。

「おいちゃんは派遣長いと?」

野間に訊かれて、むッとした。

「派遣は最近やけど、おいちゃんはないやろ」

「歳はなんぼなん」

「二十五だよ」

「なら、おいちゃんやん」

野間は無邪気に笑った。遼平は苦笑して、

「きみはいくつなの」

「十八」

「野間は十五ンときから現場におるけ、おれより長いよ」

と山岸がいった。勤め先は山岸とおなじ建設会社で、やはり住込みだという。そんな若い頃から住込みで働くとは、どういう家庭で育ったのか。

派遣は楽しいのかと野間に訊かれて、かぶりを振ると、

「おいちゃんも寮生なったらええやん。寮はテレビもエアコンもあるし、三食ついとうけ飯の心配もせんでええよ。諸式《しょしき》でなんでも買えるけ、金がのうなっても安心ばい」

「諸式？」

「ツケのことたい」

と山岸がいった。

「煙草も缶ビールも五割増しやけ、外で買《こ》うたほうがええ。寮におったら部屋代やら飯代やら天引きされるけ、なんぼ働いても銭が残らん。野間は外の世界を知らんけ、寮生がええと

思うちょるんよ」

「でもヤマさんは前の会社首になったんやろ。結局うちで働くんなら一緒やん」

「そらそうやけど、歳喰ったらしんどいで。いまさら職人にもなれんし」

「おれはがんばったら社員なれるかもしれんて、牛越さんがいうとった」

「社員なるのはええけど、読み書きできないかんやろうが」

「自分で勉強せいって、牛越さんからもいわれた」

「あのひとも寮生なんですか」

「牛越さんは社員やけ、通い」

「山岸さんたちは社員やないんですか」

「ちがうよ。おれだんは寮生やけ」

寮生と社員のちがいが理解できないが、劣悪な環境なのはわかる。

日給を訊いたら、ふたりとも八千円だという。

八時間労働なら時給千円だから、キャストワークスの時給八百円より多い。けれども部屋代で一日二千五百円、食事代で千五百円、テレビや布団のリース代という名目でも天引きされて、手取りは四千円あるかないかだといった。

「――四千円ですか」

「それでも囲い屋の世話ンなるよりええ。なあ野間」

「けど囲い屋のところは働かんでええんやろ」

「あれは飼い殺しやからの。表向きはＮＰＯとかいうとるけど、逃げたらしばかれるで」

囲い屋とは、ホームレスや多重債務者に住居を斡旋して生活保護を受けさせ、そこから食費や家賃といった名目で、支給された生活保護費の大半をピンハネする商売だという。

「ただ飯喰うて生きとうだけよ。そんなんで税金遣うたら申しわけない」

「ヤマさんはまじめやねえ」

「まじめちゅうほどやない。躯が動くうちは働かんとの」

自分よりはるかにひどい待遇で働いているふたりを見ると、贅沢はいえないように思える。そんな気持になったせいか、午後からの作業をなんとかこなして定時になった。牛越は会社に呼ばれたといって途中でいなくなったから、三人で詰所にもどった。

眼球は鉄粉が入ったようでごろごろするし、鼻と口のなかも真っ黒だった。こんな現場はもうこりごりだと思ったが、山岸はなにが気に入ったのか、

「あしたもおいで。あしたはサンダー使わんけ、きょうみたいにしんどくないよ」

そうしたらええやん、と野間もいった。

「でも、あしたの行き先は派遣会社が決めるから――」

「おれが牛越さんにいうとっちゃる。牛越さんは伊能建設の社員やけ、派遣会社にいうてもろたら、どうにでもなるけ」

どうするか迷ったが、べつの現場で初対面の連中と作業をするよりは楽そうだった。

遼平が承知すると、ふたりは笑顔でうなずいた。

21

刀根と逢って二日が経った。

朝、登庁するなり二ノ宮に呼ばれて会議室に入った。

首尾はどうかと訊かれて返答に窮した。かつて誠一が掌握していた捜査協力者《エス》たちは、十年のあいだに消え失せていた。消息を絶っていたり組織から離れていたり、協力を頼めるような状況ではなかった。唯一あてにしていた刀根からは、にべもなく断られた。

誠一は二ノ宮に状況を説明して、

「全力でがんばりますが、まだ時間はかかりそうです。まずは筑仁会とのツテを作らないと、なんの情報も入ってきませんので――」

「しかし時間がないから、片桐係長にお願いしたんです」

「相手が暴力団《マルビー》とはいえ、拳銃《チャカ》を挙げるには信頼関係が必要ですから。誰か捜査協力者《エス》になりそうな者と、顔をつないでいただけないでしょうか」

「ぼくも、うちの連中にそれとなくあたってみたんです。でも感触はよくなかった。昔とちがって、そういう捜査方法に反感を持っている者が多いです」

「といいますと」

「正義感が強いというか、コンプライアンスに拘泥するというか、微罪であっても見逃せないという意識が高いんです。自首減免なんかすべきではないという意見もあるくらいですから、首なしの拳銃などもってのほかで――」

「組織犯罪対策課《ソタイ》がそういう姿勢じゃ、まずいんじゃないですか」

「ぼくもそう思います。片桐係長には、あらためていうまでもないことですが、組織犯罪を根絶するには外から攻めるだけではだめだ。末端をいくら捕まえたって中枢を破壊しなければ、なにも変わらない。そのためにはある程度の犯罪を見逃したり、司法取引をしてでも組織に喰いこむ必要がある。ところが若い奴らは、そのへんの機微が呑みこめない。正義を振りかざすだけじゃ、なんの解決にもならんのに、自分はまちがっていないという感情ばかり優先している」

「どうして、そんなふうになったんでしょう」

「恐らくメディアの影響でしょう。汚れたものは見たくないし、見せたくない。女子どもの発想ですよ。てなことをいえば差別だなんだと叩かれるから、そういう批判もできない。窮屈な世の中になったもんですよ」

　二ノ宮はそういって笑った。彼の意見には同感だったが、それほど署内の反発が強いなかで、やらせ捜査の片棒を担がされるのは納得いかなかった。けれども二ノ宮は周囲の反発が強いからこそ、ほかに頼める者がいないのだと強調した。

「部下たちに協力させたいのはやまやまですが、今回の件は署内に広めたくないんです。監察官室に知られたら一大事ですからね。そういうわけで――」

「ひとりでやれちゅうことですね」

「申しわけない」

二ノ宮はきっぱりした口調で話を打ち切った。

組織犯罪対策課の部屋に誠一のデスクはない。

二ノ宮は自分の隣に臨時の席を用意しようとしたが、周囲の眼がわずらわしくて断った。ただの捜査応援でないのは誰の眼にもあきらかだから、デスクにいると、あれこれ干渉される。課の人間とはなるべく関わらないようにして、必要なときだけ空いたデスクを使う。

部屋の隅っこにある物置がわりのデスクで、筑仁会の資料に眼を通していると、

「どこを狙《ねろ》ちょるかと思うたら、やっぱり筑仁会ですか」

係長の相良が話しかけてきた。誠一はさりげなく資料を伏せて、

「課長からはなんも聞いとらんの？」

「ええ。あのひとは秘密主義ですけ」

相良は角張った顔に笑みを浮かべた。柔道の高段者という噂で両耳が潰れている。組織犯罪対策課が捜査四課と呼ばれていた頃は、その筋と見まちがえるような恰好の者が多かった。しかし最近は強面の捜査員はすくなくなって、服装もふつうの刑事と変わりない。相良も髪は短髪で体格はたくましいが、紺のスーツに地味な臙脂《えんじ》のネクタイをしている。

「筑仁会は、もうじき大がかりな組織の改編があるらしいですな。総長の田所が病気で引退して、現理事長の志賀が跡目を継ぐちゅう話です。志賀が跡目になったら派閥が変わるけ、執行部は総入替えやないですかね」

「それはちらっと聞いたけど、まだ本決まりやないやろう」

「ほう。誰から聞かれました」

「誰ちゅうか、呑み屋で聞いただけよ」

「もし組が割れるようなら、一気に揺さぶりかけるチャンスですわ」

「ああ」

「いまは理事の反町ちゅうのがやっとう090《ゼロキューゼロ》金融を追うとるんですけど、なんか情報ないですか。課長にはこれしときますけ」

相良は唇の前にひと差し指を立てた。

反町というのは、武藤がホストたちと揉めているときにあらわれた男だろう。

「いっぺん顔は見たが、特に情報はないな」

「そうですか。まあ、おたがい壊滅へむけてがんばりましょう」

「壊滅？」

「筑仁会に決まっとうでしょうが。このあいだ本部長もおっしゃったやないですか。暴力団《マルビー》のおらん平和な世の中を作るために、当県警が全国に先駆けようて。本部長の期待にそむかんよう、今年こそ筑仁会を壊滅せにゃいかん」

「意気込みはわかるけど、そう簡単にはいかんやろ」

「そら大変やけど、死にもの狂いでがんばります。今回は本部捜四のエースやった片桐係長もおられるけ、われわれも心強いですよ」

「おれは捜四におったちゅうだけで、エースやないよ」

「いやいや、ご活躍は以前からうかがっとります。片桐係長がまた本部へもどられる前に、しっかり勉強させてもらわないかんです」

棘《とげ》のあるいいかたが癇《かん》に障った。

自分が捜査情報の漏洩を疑われて所轄へ飛ばされたのは、相良も知っているだろう。本部へもどることなどないと知りながら、見え透いたおべんちゃらをいっている。

奥寺の死を単なる溺死で処理したのもいまだにひっかかっているが、組織犯罪対策課《ソタイ》にいるあいだはうまくやるしかない。

「おれは単独の捜査やけ、役にたてるかどうかわからんよ」

「まあそうおっしゃらんと。われわれもできる限り協力しますけ、がんばってください」

相良がその場を離れると、誠一は軽く息を吐いて資料を片づけた。

白峰をはじめ歴代の本部長は暴力団壊滅を叫ぶが、状況は一進一退で暴力団の勢力は衰えない。相良は、今年こそ筑仁会を壊滅させると真顔でいった。相良は本気でそう思っているのか。暴力団さえいなくなれば、世の中が平和になると考えているのか。

暴力団対策法に続く暴力団排除条例で、たしかに暴力団は弱体化している。今後も法改正で活動範囲をせばめていけば、遠からず暴力団は壊滅する。

相良のような警察官は、そのとき快哉《かいさい》を叫ぶだろう。

警察庁の官僚たちも、ついに悲願を達成したと胸を張るだろう。

けれどもそれは暴力団の看板を掲げる組織が消滅したというだけで、彼らがいなくなったわけではない。大部分は地下に潜伏してマフィア化する。暴力団はすでにフロント企業で一般社会に進出しているが、その傾向はさらに強まる。

一方で組織が解体されて統制を失った連中は凶悪犯罪に手を染め、暴力団という商売敵《がたき》が消えた外国人犯罪グループが一挙に勢力を増すだろう。

暴力団は表だって看板を掲げているから、それとわかるのであって、厳密な定義はされていない。暴力団とは「その団体の構成員（その団体の構成団体の構成員を含む）が集団的に又は常習的に暴力的不法行為等を行うことを助長するおそれがある団体をいう」と暴力団対策法にあるが、暴力団かそうでないかを最終的に判断するのは警察である。一般市民にまぎれてしまえば、警察であっても区別はつかない。たとえばマフィアは徹底した秘密主義だけに本拠地がどこなのか誰がメンバーで誰が協力者なのか、組織の実体がつかめない。組織の秘密を漏らした者は親兄弟から親戚、恋人に至るまで復讐の対象となる。暴力団がマフィア化して誰が構成員なのかわからなくなれば、現在のように法でひとくくりに規制できなくなる。彼らとの接触も断たれるから、有力な捜査情報も得られない。市民はどこに潜んでいるともしれない暴力団員や、外国人グループの無差別的な犯罪におびえるはめになる。

さらに暴力団の存在を禁忌視《タブー》することで、市民にもさらなる危害がおよぶ。ささいな利益供与であっても、密接交際者とみなされれば社会的に抹殺される。それがマフィア化した暴力団の付け入る隙になる。わざわざ暴力など用いなくても、その人物との接触を仄《ほの》めかすだけで失脚へ追いこむことができる。

警察側も法の拡大解釈によって、個人のプライバシーや表現の自由を侵害する恐れがある。いかなる悪も許さないというのは聞こえがいいが、過剰になった正義は市民の首をも絞める。相良のように捜査の現場にいる人間なら、そうした事情は呑みこんでいるはずだ。にもかかわらず、今年こそ筑仁会を壊滅させるといった無邪気な正論を口にするのは疑問だった。

午後、駅前のラーメン屋で遅い昼食をとった。

署をでる前に少年係の部下たちとすれちがった。やけにあわてているから重久に理由を訊くと、中学生がネットで殺人予告をした疑いで家宅捜索にいくという。重久は大きな眼に疲れをにじませて、

「親が子どもにネットなんかさせるけですよ。ネットのせいでどんな馬鹿でも全世界にメッセージを発信できるんやから、事件が増えるに決まってます」

重久は子どもが苦手なのと同様、ネットにも敵意を持っているらしい。誠一もネットをはじめＩＴ文化の恩恵はたいして受けていないが、いまの仕事を続ける以上、時代についていくしかない。

カウンターに置かれたラーメンに箸をつけたとたん、携帯が震えた。

相手は天邪鬼の武藤だった。誠一は舌打ちをして電話にでると、

「なんか。いま忙しいんやけどの」

「奥寺の件はどうなっとうですか。まだ犯人は捕まらんとですか」

「検視の結果は事故の疑いが強い。しかし捜査は続けとる」

「あれからいろいろあたってみたんすけど、奥寺のまわりに犯人らしい奴はおらんです。でも、あれはぜったい事故なんかやないすよ」

「他殺ていいたいんか」

「奥寺は伊能建設の者《もん》に殺《や》られたんやないすかね」

「なんでそう思う」

「伊能建設はおんなじ敷地に、赤溝組《あかみぞぐみ》ちゅう子会社持っとって、そこにタコ部屋みたいな寮があるらしいす。その寮におった者《もん》に聞いたら、そうとうひどいらしいですよ。奴隷みたいにこき使うし、ピンハネもひどいて」

「だからちゅうて、奥寺を殺ったことにはならんやろう」

「そうすけど、片桐さんに訊いたら、なんか知っちょうかと思うて」

「おまえは高校生やろが。いらんこと考えんでええけ勉強せい」

はいはい、と武藤は生返事をして、

「最近、誰かに見張られとるような気ィするんです。ゆうべは車に轢《ひ》かれそうになったし、その前はポストの中身を抜かれちょったです」

「犯人《ホシ》の心あたりはないんか」

「おれは敵が多いけ、わからんです。こないだ揉めたホストの奴らかもしれんけど」

「あぶないのう。気ィつけないかんぞ」

「平気っす。おれは誰にもやられんすよ」

「ちゃんと話を聞け。ええか、伊能建設のことは誰にもいうなよ。会社を嗅《か》ぎまわったりもするな。なんか妙なことがあったら、すぐおれに連絡せい」

誠一は電話を切って、スープのなかで伸びた麺を見つめた。

事件当初に危惧《きぐ》したとおり、殺された奥寺は犯人に問いつめられて、武藤に捜査員名簿を渡したと喋ったのかもしれない。それが伊能建設かどうかはべつにして、武藤を狙う可能性はじゅうぶんある。となると口封じのために、誰かを張りつかせておくべきだろう。

誠一は重久に電話して、武藤の周辺を警戒するよう頼んだ。組織犯罪対策課へ応援にいかされているとはいえ、本来は少年係だし、重久は直属の部下である。

「武藤の世話まで手がまわりませんよ。あんな馬鹿、どうなってもええやないですか」

重久は愚痴ったが、どうにか説得した。

「できる範囲でええ。それと、この件は但馬課長にいうなよ」

22

気温は低かったが空は快晴で、おだやかな陽射しが心地よかった。

遼平はネコと呼ばれる一輪車を押して、病院の建物を出入りしていた。材木やコンクリートの破片といった廃材を捨てるガラ出しという作業である。

野間が初日にいったとおり、キャストワークスからはおなじ現場にいくよう指示された。きょうで六日目だけに、山岸と野間とはだいぶ親しくなった。ふたりとも人なつこくて作業のコツを教えてくれたり、体調を気遣ってくれたりする。

昼休みに詰所でコンビニ弁当を食べていると、山岸から呑みに誘われた。

「安くて旨《うま》い居酒屋があるけ、こんど三人でいこうや」

「ええ。ただ今月は金を貯めなきゃいけないんで——」

０９０金融と月末の支払いで、しばらくはどこにもいけそうにない。山岸は自分がおごるといったが、手取りが四千円の日給では、そんな余裕はないだろう。

「悪いですよ。山岸さんのおごりなんて」

「よかよか。遠慮せんでええて」

「そこまでいわれたら甘えますけど、野間くんは未成年でしょう」

「そんなん関係ないよ。十五ンときから呑んどうもん」

と野間は笑った。

ふたりと対照的に牛越とは相性が悪かった。

牛越は自分が社員だというのを鼻にかけていて、山岸と野間を顎で使う。遼平に対しても、あいかわらずおまえ呼ばわりで名前をおぼえようとしない。不慣れなせいで作業がもたつくたび、牛越は細く剃りこんだ眉を吊りあげて、

「おまえ、マジでやる気あるそか。いままでの派遣のなかで最低やぞ」

これでもかとばかりに侮辱してくる。そのつど腹がたつものの、下手に逆らえばこの現場

からはずされるだろうし、逆ギレされるのも怖い。

黙って頭をさげていると、牛越は馬鹿にしきった嗤いを浮かべて、

「おまえ、歳なんぼか」

「二十五ですけど」

「おれと一緒やん。もしかして大学でとんか」

「ええ」

「おれは高校中退よ。せっかく大学でたのに、ドカチンなったちゃ笑えるのう」

牛越は大嫌いだが、彼のいうとおり大卒の学歴はなんの役にもたっていない。へらへらと愛想笑いを浮かべる自分が情けなかった。


午後になって、牛越は不意に姿を消した。

初日も会社に呼ばれたといって現場を離れたが、きのうもそうだった。山岸によれば、牛越は仕事を抜けだしてはパチンコをしているという。遼平はあきれて、

「みんな働いてるのに、ひとりだけサボっていいんですか」

「ええよ。おってくれても仕事が楽になるわけやないけ」

山岸は平気な顔でいった。

「でも会社は給料払ってるんでしょう。現場監督にいったほうが――」

「つぁーらん、つぁーらん。牛越は現監《ゲンカン》と仲ええけ」

「仲がええけって見逃すんですか」

こないだ詰所で聞いたんやけど、と野間がいった。

「現監はサラ金から金借りられんようなって、あっちこっちで借金しとるて。牛越さんからも借りとうていいよったけ、サボったたちゃ文句いわんよ」

現場監督と牛越がつるんでいては話にならないが、借金の話は耳が痛かった。

きょうも仕事が終わってから、吉田に利息を払わねばならない。できれば完済したいが、持ち金は足りないし、渡辺の支払いもすぐにくる。

時給八百円で八時間働いて六千四百円。そこから税金五パーセントと自腹の交通費や弁当代をひくと、手取りは五千円ちょっとしかない。

このままでは利息を払うだけで日給が消え失せる。いっそのことパソコンや残りの私物を売ってでも、090金融を清算したほうがいい。きょうの仕事が終わったら、急いで家に帰って金策をしようと思った。

夕方、まもなく仕事が終わる時間になって、牛越がもどってきた。

牛越はいままでサボっていたのをごまかすように、あわただしく作業をはじめた。パチンコの成績はかんばしくなかったらしく、険しい表情でセメント袋を運んでいる。

ナイロン袋に入った廃材をトラックに積みこんで、空になった一輪車を押していると牛越

とすれちがった。牛越はセメント袋を肩に担いで歩きながら、

「おら、邪魔邪魔ッ」

勢いよくぶつかってきた。思わずよろめいて、ベニヤの囲みを蹴飛ばした。

とたんにニッカボッカの中年男が駆け寄ってきて、すさまじい剣幕でわめき散らした。

「なんしよるか、きさん。型枠壊す気かッ」

遼平は平謝りにあやまったが、男は唇の端から泡を飛ばして怒鳴り続ける。

牛越もひきかえしてきて、それに加わった。牛越のせいでベニヤにぶつかったのに、こちらをかばうどころか、男と一緒になって責めたててくる。

「よそまで迷惑かけて、どげするんか。このド素人がッ」

「そこまでいわんでもいいやないですか」

さすがに逆上して言葉をかえした。

「牛越さんがぶつかってきたけ、足がふらついたんです」

「なんいいわけしよんかッ」

牛越は一段と声を荒らげると、太い腕を突きだした。

分厚い掌で胸を押されて、地面に尻餅をついた。怒りのせいか痛みは感じなかった。

家電量販店に勤めていた頃、店長の石井からもさんざん怒鳴られた。理不尽なことをいわれるのはしょっちゅうだったが、手をあげられたりはしなかった。遼平は尻餅をついたまま、

「ひとがあやまっとるのに、暴力ふるっていいんですかッ」

「なんが暴力か。おまえがへなへなやけ、ちょっと触っただけで倒れたんやないか」

野次馬の男たちから笑い声が漏れた。いつのまにか周囲に人垣ができている。人垣のなかには山岸と野間の顔もあるが、取りなすこともできずにおろおろしている。

「もうええよ。こいつに気ィつけるようにいうとってくれ」

ニッカボッカの男が照れくさそうにいった。

すみません、と牛越はしおらしく男に頭をさげてから、こっちにむきなおると、

「とにかく仕事の邪魔すんな。わかったか、この腐れ派遣が」

このへんで折れるべきだと思いつつ、ついよけいなことを口走った。

「牛越さんは、いままでパチンコしとったんでしょう」

「あん?」

「仕事をサボってたくせに、えらそうなこといわんでください」

牛越は見る見る顔を真っ赤にして、

「なんハッタリかましよんか。ぶち殺すぞ、こらッ」

ものすごい力で胸ぐらをつかみあげられて、爪先立ちになった。牛越は遼平のヘルメットを地面へ放り投げて拳をかまえた。もう殴られると思ったとき、現場監督が割って入った。

「なん喧嘩しよんか。ええかげんにせい」

牛越はしぶしぶ遼平から手を放した。現場監督は舌打ちをして、

「ふたりとも喧嘩やらせんで、まちっと仕事しょうや」

「ぼくは仕事してました。牛越さんに突き飛ばされただけで――」

「嘘いうな、きさんッ」

牛越が喰ってかかるのを現場監督は制して、

「わかったわかった。もうええけ、派遣くんは帰れ」

急《せ》きたてられて詰所にいった。現場監督から就業承認コードをもらって、服を着替えた。

牛越と揉めた以上、あしたはべつの現場へまわされるだろう。山岸と野間にひとことあいさつしたかったが、牛越が一緒にいるせいで近づけなかった。

遼平は暮れかけた道を歩きながら、悔しさに目頭を拭《ぬぐ》った。

23

緊張がほぐれたせいか、金属のコップを手にした指がぶるぶると震えた。

うがいをしようにも下顎が麻酔で痺れて、うまく口をすすげない。唇の端から水が垂れてエプロンを濡らした。椅子の横にあるシンクに吐きだした水は、血で真っ赤に染まっている。

歯科助手の若い女から止血用の綿を口に含まされて、奥歯のなくなった歯茎で噛んだ。

「三十分くらい噛んでてくださいね。きょうはこれで終わりです」

次回はなにをするのか訊きたかったが、口が開けられない。

刀根は診療用の椅子からおりて受付にいった。

受付の女は抗生剤と鎮痛薬をだすと、服用の方法を説明して、

「きょうはお酒をひかえてください」

刀根は顔をしかめてうなずいた。

「お大事にどうぞ」

お決まりの文句を背中で聞きながら、坪内歯科をでた。

駐車場でシーマに乗って煙草に火をつけた。煙を吸いこむと違和感があって、綿を噛んだままなのを思いだした。血を吸って赤黒くなった綿を口からだして、灰皿に捨てた。

差し歯もできていないのに、いきなり歯を抜かれるとは思わなかった。あいかわらず麻酔が効かないせいで、抜歯のあいだは脂汗をかいた。しかし院長の坪内は患者の苦痛に無頓着で、手をあげようが躯を突っ張らせようが、我慢しろとしかいわない。

「こんなんなるまで放っとくけやろう。このままとったら、もっと痛《い》となるよ」

なんとかしろと凄みたいところだが、歯科助手の女は、

「もうすこしですから、がんばってくださいね」

子どもをあやすような口調でいう。

わがままな患者といわんばかりだが、どう考えても尋常な痛みではない。常人なら失神してもおかしくないと思いながらも、小娘に笑われるのが厭で激痛に耐えている。よその歯科医院へいこうにも、麻酔が効かないのではおなじである。

刀根は煙草を消して窓を開けると、赤い唾を吐いて車をだした。

まだ昼前とあって事務所のなかは静かだった。応接室はがらんとして、ひと気がない。パーティションのむこうでは、事務局長の鶴見がきょうも電卓を叩きながら頭を抱えている。

刀根は応接室のソファで週刊誌を読んでいた。実話系と呼ばれる、その筋専門の情報誌だが、最近は青少年保護育成条例の影響で、書店やコンビニでは買えなくなった。

組関係の取材記事と人事の情報ばかりで、娯楽的な要素は皆無である。条例で規制するまでもなく、中高生は手にとらない。中高生の頃からこんな雑誌を読んでいたら、将来は大物になるかもしれない。

ドアが開いて、会長の堂前と理事長の財津が入ってきた。

ソファから立ちあがって一礼すると、財津が上にむかって顎をしゃくった。

堂前と財津はエレベーターに乗ったが、刀根は階段で三階にあがった。組長室のドアをノックして、堂前の返事を待ってから、なかに入った。

堂前は両袖のついた巨大なデスクに足を投げだしていて、隣に財津が立っている。壁の上には代紋の入った額と堂前総業の名入りの提灯《ちょうちん》が飾られている。その下に毛皮のコートを羽織った堂前の写真がある。五年ほど前にスタジオで撮った写真だが、自分の部屋に自分の写真を飾る神経がわからない。

「条川署の刑事《デコ》は誰を知っとうか」

堂前が無表情にいった。

「――どういうことでしょう」

「どういうもこういうもあるか。誰を知っとうかて訊きよんや」

堂前が舌打ちをすると、財津が代わって口を開いた。

「刑事《デコ》が反町ンとこの金融を洗うとるらしい。商売《シノギ》やめりゃあ簡単やけど、いっぺんで売上げが落ちる。おまえのほうで話通《ナシ》せんか」

「面倒やろがケツ持っちゃれ。反町はまだ若いけ、警察《ヒネ》に顔きかんのじゃ」

「しかし、いまは話ができる者《もん》がおらんですが」

「おらんのなら、おまえがツテ作れ」

堂前に無理をいわれて、誠一の顔を思い浮かべた。

「そういえば、取引を持ちかけてきた者《もん》がおりますけど――」

「取引ちゃなんか。商売《シノギ》の見返りに密告《さ》しよりゃせんやろうの」

「とんでもないです」

「ならなんか。どういう取引か」

仕方なく誠一との話を口にすると、堂前はうなずいて、

「ちょうどええやないか。紐付きがでらんのやったら安いもんよ。その片桐ちゅう奴に拳銃《チャカ》だしちゃれ。そんかわり、反町ンとこの手入れはなしや」

「反町はこのことを知っとるんですか」

「知らん。反町はうちの稼ぎ頭や。おまえが下手打って、あいつまで持っていかれたらどうするんか。カタがついたら、わしからいう。そんときゃ、あいつも筋通すやろ」

わかりました、と刀根はいって、

「拳銃《チャカ》はどっから持ってきましょう」

「あほう。仕入れからなんから、おまえがやるんじゃ」

反町がいくら稼ぎ頭だろうと、二十も年下の若造である。

親子ほど歳の離れた自分が、どうして尻拭いをしなければならないのか。反町は090金融どころか、振込め詐欺までやっているという噂がある。090金融や振込め詐欺のように貧乏人や年寄りを喰いものにする商売《シノギ》は、昔気質《かたぎ》の組なら許されない。

堂前は使用者責任を問われるのが怖いくせに、反町の商売《シノギ》は黙認している。文句をいいたいのをこらえて歯のない奥歯を噛み締めると、口のなかに血の味が広がった。

24

その夜、早めに退庁して伊能建設の本社へむかった。

いうまでもなく伊能昭造の身辺を洗うのが目的である。ツテはまったくないが、個人的な捜査とあって誰にも知られたくない。自分の足で聞き込みするしかなかった。

手はじめに伊能が出入りしていそうな店をまわるつもりだった。店によっては呑む必要があるから、車は使わずバスと歩きである。

伊能建設の本社は、街の中心からすこし離れた住宅街にあった。

広々とした敷地には高い塀がめぐらされて、なかの様子は窺えない。いかめしい黒塗りの門のむこうに三階建ての本社ビルがあり、その横にプレハブの建物がいくつもならんでいる。建物の雰囲気からして作業員の宿舎らしかった。

門の脇には警備員室があって、制服の中年男がこちらを見ている。

事前に調べたところでは、変死した奥寺が引っ越しのバイトにいったのは昔の本社で、ここ数年はサテライトオフィスとして使われていた。引っ越し後は閉鎖されているが、あるいは業績が悪化したのかもしれない。

誠一はさりげなくあたりを観察しつつ、ひと気のない夜道を歩きだした。

周辺にはぽつぽつと飲食店があるが、どれも大衆むけで伊能昭造が顔をだすような雰囲気ではない。社員がいそうな店を探していると、縄暖簾《なわのれん》のむこうに作業着の背中が見えた。赤提灯には、おでん青葉《あおば》とある。

ガラス戸を開けると、店主らしい還暦くらいの男が、らっしゃい、と小声でいった。

店内のカウンターには肉体労働者ふうの客がならんでいた。作業着の胸に伊能建設の刺《し》繍《しゅう》がある者もいる。

おでんを肴《さかな》に生ビールを呑んで、店が空《す》くのを待った。店主はうさん臭そうな眼をむけてくるだけで愛想ひとつついわない。誠一は客が途切れたのを見計らって、

「ここは伊能建設さんの社員がようくるでしょう」

「そりゃ近いけんね」

店主はぶっきらぼうにいった。

「社長もくる?」

「こんよ。こげなとこへくるもんか」

「なんでやろう。美味しいのに」

世辞をいっても店主は不機嫌そうに、

「おたくは、伊能さんの知りあいかなんか?」

「うちの会社が部品を納入しよるんよ。いっぺん社長にあいさつせないかんけど、いっつも

すれちがいでね。もうじき、このへんに支店だすかもしれんけ、そのときはよろしくね」

商売になると思ったのか、店主は硬い顔つきのまま玉子豆腐の小鉢を前に置いた。

サービスだといわれて礼をいうと、店主はふと思いついたように、

「このへんなら、ときどき扇《おうぎ》寿司に顔だすちゅうとったなあ」

店主に場所を訊いたあと、勘定をすませて店をでた。

扇寿司は住宅街によくある小体《こてい》な店だったが、この界隈《かいわい》では垢抜けていた。

夫婦者らしい板前と女将《おかみ》が切り盛りしていて、近所の住人らしい年配の客が多かった。一《いち》見《げん》の客は珍しいようで、みな素性を詮索するような視線をむけてくる。

誠一は付け台の隅に腰をおろすと、芋焼酎の湯割りとヤリイカの刺身を注文した。

伊能のことを訊ねると、板前と女将はとまどったように顔を見あわせた。どちらも三十代後半に見える。誠一はさっきの店と同様、近所に支店ができると嘘をついた。

女将はたちまち相好《そうごう》を崩して、

「こっちへこられたら、ぜひ使ってくださいね」

「ええ。そうさせていただきます。きょうあたり、伊能社長は呑みにでられてますかね」

「この時間やったら、社長はあそこやないですか。ええと――」

女将は店名をど忘れしたようで板前に声をかけた。

「伊能社長がよういくバーはなんやったかね。あの、地元の偉いさんたちが常連の――」

「おまえはほんと忘れっぽいのう。ノワールやないか」

タクシーで繁華街にでて、飲食店が軒を連ねる通りを歩いた。

板前に聞いたテナントビルの一階にノワールと看板がでていた。女将はバーだといったが、重厚な店構えからして値が張りそうだった。個人的な捜査だから自腹なのが痛い。

オーク材のドアを開けて薄暗い店内に入ると、黒服の男がうやうやしく頭をさげた。

誠一は男に案内されて、カウンターのスツールにかけた。店内には低い音量でジャズピアノが流れている。初老のバーテンにジントニックを注文して、店内を見まわした。

三つあるボックス席はどれも客でふさがっていて、女たちが接客している。カウンターには恰幅《かっぷく》のいい中年男がひとりいて、若い女が前についている。

ジントニックを呑みながら従業員に話しかける機会を窺ったが、バーテンは注文をこなすのであわただしいし、女たちはみな接客中である。料金がかさむ前にでなおそうかと思っていたら、着物姿の女が背後に立って一礼した。

ほっそりした顔だちで、一重の眼が涼しげだった。歳は四十そこそこに見えるが、もっと若いのかもしれない。女が差しだした名刺には、ママの肩書と綾乃《あやの》という名前があった。

綾乃は微笑して、隣に坐ってもいいかと訊いた。

誠一がうなずくと綾乃はスツールに腰をおろして、

「どなたかのご紹介ですか」

とっさにさっきの嘘がでてこなくて、ちがうと答えた。けれども、どこかで切りださなければ本題に入れない。誠一は透明に泡だったグラスを口に運んで、

「伊能さんがお見えになると聞いたもので」

「あら、お知りあい？」

「昔、お世話になったんです。社長はおぼえてらっしゃらないと思いますが」

綾乃は一瞬、視線をからめてきたが、すぐに眼元をなごませて、

「よろしかったら、お名前を――」

「原《はら》です」

県警本部にいた頃、ときどき使った偽名である。

次は仕事を訊いてくるのが水商売の常だが、綾乃はそれ以上は訊かず、酒もねだらない。知らん顔をしているのも不粋な気がして、なにか呑むよううながすと、

「それじゃ、おなじものをいただきます」

ジントニックを注文した。誠一は綾乃とグラスをあわせて、

「最近、伊能さんはこられてますか」

「ええ、ゆうべもお見えでしたけど、きょうは――」

と綾乃がいいかけたとき、カウンターにいた客が口をはさんだ。

「きょうはこんでしょう。あしたが早いですけ」

「そうなんですか」

「きのうコースまわったとき、地鎮祭ていうとったですよ。ええと、なんとかいう老人ホームの――」

カウンターの客は伊能のゴルフ仲間らしい。伊能のあしたの行動がつかめたから席を立ってもよかったが、ついラフロイグのロックを注文した。グラスを傾けると潮とピートの香りが鼻に抜け、しょっぱさと仄かな甘さが舌に沁みる。

「シングルモルトがお好きなんですか」

綾乃が訊いた。

「好きなのは好きですけど、こういう場所だから呑んでるだけです。晩酌は焼酎ですから」

「晩酌は奥様と？」

「いえ、ひとりです」

「じゃあ独身でらっしゃるの」

「まあ、いまは」

「ってことは、あたしとおなじバツイチ？」

誠一はうなずいた。よかった、と綾乃はつぶやいて、

「あたし性格悪いから、家庭円満なお客さまに妬《や》いちゃうんです。あたしも再婚してやるっ

て、そのときは張りきるんですけど、自分の歳を考えたら、すぐ落ちこんじゃって」

「失礼ですけど、ママは――」

「四十七です」

「ぜんぜんそんなふうに見えませんね」

「やだ。もうお婆ちゃんですよ」

綾乃は着物の肩をぶつけてきた。

史子とおなじ歳だと思ったせいか、まだ団欒があった頃のわが家が脳裏をよぎった。

25

朝の五時半だというのに、外は深夜のような闇だった。

街灯の下で、紙吹雪《かみふぶき》のように小雪が舞っている。遼平はパーカーのフードを目深《まぶか》にかぶって、駅へむかう道を歩いていた。

寒いから早く駅舎へ入りたいのに、のろのろとしか歩けないのがじれったい。凍《い》てついたアスファルトに足をとられて、何度か転びそうになった。

現場へ直行なら、家をでるのはもうすこし遅くてもよかったが、けさはキャストワークスの事務所に寄らねばならない。きのう現場で牛越と揉めたせいで、きょうはべつの現場にいかされるだろう。せっかく山岸と野間となかよくなったのに残念だった。

もっとも、きのうの帰りにメールで勤怠報告をしても連絡はなかったから、あるいは現場を移らなくてすむかもしれない。いずれにせよ、まだ精算していない給料が二日ぶんあるから、それをもらっておきたかった。

きのうは仕事が終わったら金策をするつもりだったが、牛越とのトラブルで調子が狂った。家に帰って金になりそうな私物を見繕《みつくろ》っていると、売るのが惜しくなったせいもある。

いちばん値がつきそうなノートパソコンも、ネットで相場を調べたら、買値の半額以下にしかならなかった。いずれ就職が決まればパソコンは必要になるだろう。新たに買いなおすほうが高くつく。

あきらめて吉田への返済はジャンプしたが、そのせいで、ほぼ二日ぶんの稼ぎが無意味に消えた。あさってはもう渡辺の支払いだと思ったら、めまいがする。

このままでは090金融の返済すら追いつかないし、月末の引落しも迫っている。まとまった金を作るには、新たに借りるしかない。

三社あるクレジットカードはずっと返済を続けているから、借入れ残高はすこしずつ減っている。本来ならば返済したぶん、ショッピングとキャッシングの枠は増えているはずだ。

けれども貸金業法の改正によって、年収の三分の一までしか融資ができなくなったという理由で、何年か前にキャッシング機能を止められた。その後はさらに年収証明を求められ、無職になったのを正直に申告するとショッピング枠すらなくなった。おかげでいまあるカードは、返済する以外に使い道がない。

審査の甘そうな金融機関をネットの巨大掲示板で調べていると、過去に任意整理や自己破産をした者でもカードが作れたという書き込みがあった。どうやら金融機関の審査では、過去に問題があったかどうかよりも、いま債務がすくないことのほうが重要らしい。

きちんと利息を払い続けている人間が馬鹿を見るような話だが、そういう基準では、無職で二百万もの借入れがあっては審査が通らないに決まっている。

けれども、だめでもともとである。書き込みにあった信販会社をいくつか選んで、ウェブサイトからカードの申込みをした。

電車をおりて駅舎をでると、雪は本降りになった。

横断歩道で信号を待っているだけで、見る見る肩に雪が積もる。

躯にまとわりつく雪を振り払いながら、キャストワークスのある雑居ビルに駆けこんだ。

事務所に入って、きょうの現場を訊きにいくと、

「あれ、どうしたの」

担当者の男は上目遣いでいった。遼平は眼をしばたたいて、

「えっと、きょうの現場は――」

「現場って、きのうメール見なかった？」

「いえ、届いてませんけど」

男はあくびをしながら、パソコンを覗きこんでマウスを動かした。送信メールをチェックしているらしい。おっかしいな、と男は首をかしげて、

「まいいや。きみは登録抹消されてるから、仕事はもうないよ」

「えッ」

「伊能建設の社員さんと喧嘩しただろ。それ以上いわなくてもわかるよね」

「そんな——からんできたのは牛越さんですよ。むこうがぶつかってきたのに文句いうから、ひとこといいかえしたんです。そしたら、なおさら怒って、ぼくを突き飛ばしたんです。暴力をふるったのは牛越さんで、喧嘩なんかしてません」

「どうだか知らないけど、派遣先でトラブっちゃどうしようもないって。うちに仕事の依頼がなくなったら、きみが責任とれる？」

「そういわれたら困りますけど、事実関係も調べんで一方的に首なんて——」

「事実がどうだろうと、揉めちゃだめなの。そういうルールなんだから」

遼平はなおも抗議したが、男はそういうルールだと繰りかえす。

あまりに理不尽な対応で、頭に血がのぼった。

しかし男はこんな状況に慣れきっているらしく、顔色ひとつ変えない。押し問答を続けていると、出勤してきたバイトの男たちが背後に行列を作って、早くしろと愚痴りはじめた。

ひきさがるのは悔しいが、仮に男が折れたところで好ましい展開があるわけではない。大雪の降るなかを、新たな現場でこき使われるだけだ。下手をすれば、揉めた腹いせに過酷な現場にまわされるかもしれないと思ったら、怒る気が失せた。

あきらめて経理のデスクにいって、残りの給料をもらった。

茶封筒をその場で覗いてみたら、八千円ちょっとしか入っていない。六千四百円の日給から五パーセント税金をひいて六千八十円。それが二日ぶんだから一万二千百六十円あるはずだ。驚いて担当の老人に文句をいうと、

「喧嘩は無欠あつかいだから、そのぶん罰金ひいてあるよ。四千円」

喧嘩が無断欠勤あつかいとは聞いてないし、そもそも喧嘩などしていない。遼平がそう訴えても、担当の老人は眼をしょぼつかせるだけだった。七十は越えていそうな顔つきだが、こうしたクレームに対応するために、わざと高齢者に経理をやらせているのかもしれない。

事務所の備品でも盗みたくなるのをこらえて、キャストワークスをでた。

いま家に帰ると、父と顔をあわせるかもしれない。

駅前のバーガーショップに入って、二百円の朝食セットを食べた。こんな時間から店内は混みあっている。勤め人たちにまじって、ホームレスらしい中高年の男たちがいる。空のカップを前にうつむいていたり、テーブルに突っ伏して眠ったりしているが、寒さしのぎに入ってきたらしい。

朝食セットを食べ終わっても、まだ帰るには早い。

時間潰しに客が置きっぱなしにしていったスポーツ新聞を読んだ。

求人欄を見てもパチンコ店やソープランドの募集くらいで、勤まりそうなバイトはない。むしゃくしゃしているせいか、風俗関係の記事ばかり眼につく。そんなことを考えている場合ではないと思いつつ、写真つきの記事を読んでいると、しだいに欲求がつのってくる。

そういえば、ゆうべ樹里からメールがあって、バイトの調子はどうかと訊いてきた。なんとかやってると返信したものの、そのバイトもう首になった。樹里を口説くどころか、テイファナにいくだけでも、いまの自分には手の届かない贅沢だ。

ようやく外は明るくなって、雪の降るなかを通勤の人波がすぎていく。

それをぼんやり見つめていたら、不意に詩織が恋しくなった。彼女とは去年の暮れに逢って以来、音沙汰がない。イブの前にメールを送っても返事はなかったが、四年もつきあったのに、あんな別れかたでよかったのか。

別れた時点ではさほど未練はなかったのに、いま考えると、かけがえのない存在に思える。そう感じるのは恋愛感情ではなくて、単に気持が弱っているせいではないか。そんな思いも胸をかすめたが、昼飯でも食べないかとメールを打った。

家に帰ってきたのは八時だった。

父はすでに出勤していて、キッチンのテーブルにはラップをかけた塩鮭がある。自分に喰えというつもりらしいが、父がそんな気遣いをするのもバイトをしていたからだ。

あしたからは、前とおなじように息苦しい生活がはじまる。

自分がバイトにいかないのを見て、父はたちまち不機嫌になるだろう。理不尽な理由で解雇されたといったところで、父には通じない。

家電量販店を辞めたときも、どれほどひどい職場なのかを説明したが、まったく耳を貸さなかった。どんなブラック企業だろうと、辞めた息子が悪いと考えているらしい。

だらだらテレビを観ていたらメールの着信音が鳴った。急いで携帯を見ると、やはり詩織からだった。メールには、いいよ、とだけあった。

26

ワイパーで寄せられた雪が、フロントガラスに扇形の模様を描いている。

街中は積もっていなかったが、郊外にでるにつれ積雪が増えてきた。窓の外は一面の雪景色で、民家も田畑もべつの土地へきたように真っ白だった。道路沿いに連なる山々も白く染まっているが、雪のあいだから覗く山肌が拳銃のシルエットに見える。

誠一はハンドルを操りながら苦笑した。

「どうですか。まだ挙げられそうにないですか」

二ノ宮は、きのうもプレッシャーをかけてきた。

いうまでもなく拳銃の催促である。早く入手先を見つけたいが、頼みの綱だった刀根に断られたとあっては簡単にいかないだろう。おたがいに気心が知れていなければ、法に抵触するような捜査はできない。捜査協力者《エス》を作るには金も時間もかかる。

長いあいだ情報交換をしつつ、あれこれ面倒をみてやってこそ、相手も胸襟を開くのだ。相良係長のように、暴力団は悪だから壊滅させるといった単純な考えでは、相手は態度を硬化させるだけで、捜査への協力は望めない。けれども今回は時間も金もない。多少のリスクはあっても拳銃を仕入れるルートを見つける必要がある。

小高い山の麓《ふもと》に紅白のテントを見つけて、カローラのスピードを落とした。

テントの前の空き地には車が何台も停まっている。もうじき地鎮祭がはじまるようで、スーツの男たちが手水桶《ちょうずおけ》の水を汲《く》んでは手と口を清めている。

伊能建設が施工する介護付き有料老人ホームの建設予定地である。

けさネットで調べたら、老人ホームの経営母体は居酒屋チェーンやカラオケボックスを経営するTコーポレーションという地場企業だった。安さを売りに急成長しているが、劣悪な労働環境やワンマン経営といった、かんばしくない噂が多い。

テントの手前でカローラを停めてあたりの様子を窺っていると、シルバーのレクサスLSが空き地にすべりこんできた。レクサスが停まると運転席と助手席のドアが開いて、男がふたりおりてきた。

体格のいい中年男が周囲を見渡し、運転手らしい初老の男が後部座席のドアを開けた。後部座席からおりてきたのは、濃紺のスーツを着た初老の男だった。

白髪まじりの髪を撫でつけて、縁なしのメガネをかけている。ゴルフ焼けなのか日焼けサロンでも通っているのか、浅黒い顔は端整で元ヤクザには見えない。

伊能建設社長の伊能昭造である。

受付から男が飛びだしてきて、伊能と連れの男たちをテントのなかへ案内した。まもなく受付の男もテントに入った。腕時計の針は午前八時をさしている。

地鎮祭がはじまった気配に、誠一は車をおりて歩きだした。雪は小降りになったと思ったら強い風が吹きはじめて、コートの襟を立てても頬がこわばる。

さりげなくテントを覗くと、白装束の神主が榊《さかき》を振りながら祝詞《のりと》をあげている。パイプ椅子に坐った参加者たちに眼を凝らしたが、後ろ姿だけでは誰がきているのかわからない。

誠一はその場を離れると、空き地に停めてある車のナンバーを控えてから、テントの前にもどった。寒さに肩をすくめていたら、空の胃袋から酸味のある液体がこみあげてきた。

ゆうべの酒のせいか胃の調子が悪い。

伊能の聞き込みが目的だったのに、ノワールに寄ったせいで、つい量をすごした。

綾乃の顔を思い浮かべると、胸の奥で弾むものがある。枯れたつもりはないものの、いまさらという気がして、浮いた話には縁がなかった。

職業柄、女との交際に慎重なせいもある。

前科前歴はもちろん多額の借金があったり、身内に暴力団組員や特定の政治団体の関係者がいたり、素性に問題がある相手とはつきあえない。

夜の女との交際も、誠一が若い頃なら身辺調査の対象になった。

プライベートで呑むのは上司や同僚が行きつけの店に限られる。最近の若い警察官はそのへんにルーズだが、あとから女の素性が知れて足をすくわれるのも珍しくない。

綾乃の店にも今後は足をむけないほうがいいだろう。しかしそれを実行できるかというと、いまひとつ自信がなかった。

テントのなかでは鍬《くわ》入れや鋤《すき》入れが終わって、玉串奉奠《たまぐしほうてん》がはじまった。

車にもどって式典が終わるのを待っていると、伊能がテントからでてきてレクサスに乗りこんだ。地鎮祭のあとは参加者に酒や食事をふるまう直会《なおらい》をするのがふつうだが、参加者が多いだけに、べつに会場を設けているのかもしれない。

レクサスが走りだすのを見計らって、誠一は車をだした。

27

テレビでは昼のワイドショーが流れている。女のインストラクターが、一日三分間で下腹をへこませる骨盤ダイエットというのをやっている。

刀根は床に肘枕をして、画面を眺めていた。

腹がでてきたのは三十代になってからだが、以前はでているなりに張りがあった。

それが五十をすぎて、ぶよぶよとたるんできた。鏡に映すと、子どもの頃に寺で見た地獄絵図の餓鬼に似ている。亭主の腹がいくらでようと弘子は無関心だが、美奈がうるさい。けさの食卓でも、満腹してジャージの腹をさすっていたら、

「なにそのお腹《なか》。みっともないよ」

「日本人は腸が長いけ、これがふつうじゃ。腹がでとらんと着物の帯がきれいに締まらん」

「着物なんか着ないくせに。ちょっとは運動したら?」

「とうさんがやるわけないじゃない」

弘子が食器を片づけながらいった。

「家にいるときは毎日ごろんごろんしてるんだから」

「ひとをセイウチかゾウアザラシみたいにいうな」

瑛太はシャツをまくると、六つに割れた腹筋を見せた。刀根は舌打ちをして、

「見苦しいけ、しまっとけ。おれも若い頃はそうやった」

「嘘よ。結婚前からお腹でてたじゃない」

「その前の話や。瑛太もじきに、おれみたいになる」

「ならないよ。それより髭が濃くなるのがやだ。永久脱毛しよっかな」

「馬鹿。男は髭が濃いほうがええ。中東の男は髭生やして一人前や」

テレビの画面でインストラクターが手本を示している。

自分にもできそうな体操の動きに軀を起こした。立ちあがって腰を揺すっていたら、弘子がリビングに入ってきた。刀根はあわてて腰をおろすと煙草を手にとった。百円ライターを擦ったが、ヤスリもレバーも硬いせいで火がつかない。

ええ糞ッ、と刀根は怒鳴って、

「こんなん硬くしやがって。最近の馬鹿親が」

「なによ。馬鹿親って」

「子どもが火ィつけるからって、百円ライターをそのへんに置いとく親が悪いんやろうが。それをライターのせいにしやがるけ、こげなことになる」

「安全のためだから、しょうがないでしょう」

「なんが安全か。百円ライターやら、おれがガキの頃からあるけど、こげな規制するまでは

なんやったんや。子どもがみんな火ィつけるんなら、なんぼでも火事が起きとろうが。いまの親はなんでも他人のせいにして、自分のガキをしつけんけいかんのや」

「いまどき煙草なんか吸うほうが悪いのよ」

百円ライターはようやく火がついた。刀根は煙を吸いこみながら、

「馬鹿いうな。煙草だって、もともとは国が――」

「もういいから、そこで吸わないで。早くむこうにいって」

キッチンの換気扇をまわして煙草を吸っていると、弘子の声が追いかけてくる。

「歯医者いかなくていいの？」

「きょうは夕方からや」

「事務所は？」

「いかん。いちいちしゃあしいぞ」

刀根は溜息とともに煙を吐きだした。

堂前の指示で、拳銃《チャカ》の調達がすむまでは事務所に顔をださなくてもよくなった。月に二回の本部当番も免除されたのは助かるが、金もださなければ仕入れ先も世話してくれないとは無責任にもほどがある。

親が白といえば黒いものでも白といい、という稼業ではあるものの、そんなものは建前にすぎない。現実には利害関係がすべてを左右する。そうでなかったら反町の闇金の手入れを

防ぐために、反町より立場も年齢も上の自分が担ぎだされるはずがない。

一般企業とおなじように年功序列の時代はとうに終わって、たったいま組に貢献している者が重用される。過去の実績がなんの役にもたたないのだから義理も人情もない。残るのはトップと末端だけでファストフードやファストファッションとおなじである。いったん転落したら二度と這いあがれないのも、いまの企業とよく似ている。

堅気とちがうのは、仕事《ヤマ》しだいで懲役や命がかかるくらいだろう。そういう意味では、いまさら拳銃《チャカ》などあつかいたくなかった。警察の後ろ盾があるとはいえ、仕入れの過程でどんなトラブルが起こるかわからない。

やらせ捜査が表向きになりかけたら、警察はそっぽをむくに決まっている。拳銃《チャカ》だけで実弾を持たない単純所持でも、堅気ではないだけに七年や八年は平気で打たれる。実弾を持っていて、加重所持で捕まったら十年以上だろう。

この歳で刑務所《なか》に落ちたら、でてくるときは老人である。

堂前が自分の放免祝いなどするわけがないし、堂前が生きているかどうかもわからない。

仮に十年打たれたら、美奈が三十で瑛太が二十七かと思ったら、頭がくらくらする。

せめてふたりが就職をするまでは商売《シノギ》に精をだして、円満に足を洗うのが理想だが、そのためには堂前に従うしかない。

刀根は短くなった煙草を水道の水で濡らしてから、流しの三角コーナーに放りこんだ。

リビングにもどって携帯を見ると、星山《ほしやま》からメールがきていた。

メールは空でタイトルも本文もないが、アドレスで星山だとわかる。メールがきたのは相談に乗るという意味だ。片桐にはまだ協力すると告げていない。拳銃《チャカ》が手に入るかどうか、ゆうべ星山に訊いてあるから、その返事を待って連絡するつもりだった。

刀根はメールを削除すると、サンダルを突っかけて玄関をでた。

盗聴されてはいないと思うものの、部屋で話すのは落ちつかない。廊下の突きあたりにあるドアを開けて非常階段をのぼり、踊り場に立って携帯を広げた。

星山に電話しようとしたら、急に番号が思いだせなくなった。携帯の電話帳には当たり障りのない番号しか登録していない。組がらみの番号はすべて空でおぼえている。

若い頃は百やそこらはふつうに暗記していたし、事務所当番のときは声だけで相手が誰かわかったが、四十代の後半から物忘れがひどくなってきた。最近は義理事で本家に詰めていても、来客の親分衆の名前がでてこないことがある。

ようやく番号を思いだして星山に電話すると、

「すぐ入るんは三つしかないで。フィリッピンのレンコンふたつと赤星《アカボシ》や」

「なんでもええ。弾丸《マメ》はいらん」

「なら片手やの」

「高すぎるわ。フィリピンのレンコンやら、現地いったら三万もせんやろ。最近はどっこも安なっとんやないんか」

「たしかに相場はさがっとうけど、リスクが大きかろうが。きょうび持ってかれたら、何年打たれると思うとんな」

「そら知っとうけど身内やないか。まちっと勉強してくれんか」

「最近は抗争《でいり》もないのに、なんに使うんか」

「そらちょっといわれん」

「弾丸《マメ》がいらんちゅうことは、警察《ヒネ》がらみか」

「そんなんやないちゃ」

「どうせ首なしやろうもん。銭のことは警察《ヒネ》にいいない」

星山は電話を切った。

28

煙草を灰皿にねじこむと、フィルターの焦げる厭な臭いがした。吸殻が山盛りになっているせいだが、従業員たちは気がつかないのか意図的にか灰皿を替えようとしない。

遼平は溜息をついて、ほとんど空になったコーヒーカップを口に運んだ。

テーブルに置いてある携帯の時計は、一時半をまわった。

ランチタイムが二時までとあって店内は空きはじめたが、まだ詩織はこない。ふたりがつきあっていた頃に、よく待ちあわせたカフェである。十二時半の約束だったのに、詩織はなにをしているのか。催促のメールを送っても返事はない。おおかた仕事が忙しいのだろうが、待っていられなくなった。

遼平はカフェをでて、街の目抜き通りにあるデパートへいった。

エスカレーターで六階にあがり、詩織が勤めている雑貨店を覗いた。

カラフルな店内には陳列棚の商品をいじりながら、スーツを着た若い男と笑っている。店の奥へと入っていくと、詩織はノベルティグッズや日用品がぎっしりならんでいる。店の奥へと入っ

ていくと、詩織は陳列棚の商品をいじりながら、スーツを着た若い男と笑っている。

ひとをこれだけ待たせておいて、男といちゃついていたのかと思ったら、はらわたがよじれるような怒りを感じた。

「ちょっといい?」

露骨に不機嫌な声をかけると、詩織は眉をひそめて、

「いま忙しいんです。外で待っててください」

あやまるかと思ったら、迷惑そうな表情にますます腹がたった。

「ずっと待っとったんやけど」

不穏な空気を察したのか、それじゃまた、とスーツの男は頭をさげて歩きだした。

詩織はそれを追いかけて店をでていった。腕組みをして待っていると、詩織が店の外から

険しい顔で手招きをした。遼平はわざとゆっくりした歩調で店をでて、

「さっきの男とずっと喋ってたの？」

「なにいうてんの、メーカーさんやない。仕事の話しよっただけよ。さっきまで修学旅行の中学生が団体できて、どうしようもなかったんやから」

「メールくらい、くれたらええのに」

「だから、どうしようもなかったっていうてるやん」

「わかった。もう飯いける？」

「ひとりでいって」

「なんで？」

「たまに食事するくらいいいかと思ったけど、もう厭。あたしはここで仕事しよるんよ。ちょっと待ちあわせに遅れたくらいで、いちいち店にこんでよ」

「おれだってきたくなかったけど、あんまり遅いけ――」

「しょうがないやろ。そっちが急にメールしてきたんやから」

遼平は黙って詩織を見つめた。

「なん、その顔」

詩織は大きな溜息をついて、

「もう二度と逢いたくない。電話もメールもしてこんで」

「そこまでいわんでもええやろ。おれはただ――」

「ええけ、はよ帰ってっちゃ」

店のなかから従業員たちが覗いている。遼平は黙って踵をかえした。

デパートをでてから、あてもなく駅前を歩いた。

パチンコ店から主婦らしい中年女がふたりでてきた。ひとりは景品を山ほど抱えている。

「ようけ勝ったねえ」

「ほんとちゃ。五千円しかなかったけ、すぐ負けるやろと思うたけど」

ふたりはそんな会話を交わしながら景品交換所に入った。

さっきまでは空腹だったが、もう食欲は失せていた。

遼平は磁石に吸いつけられるようにパチンコ店へ足をむけた。

29

伊能は地鎮祭を終えて本社にもどった。

カローラをコインパーキングに停めて見張っていると、昼すぎに伊能を乗せたレクサスが本社からでてきた。誠一は空腹をおぼえながら尾行を再開した。

レクサスが停まったのは、駅裏にある条川グランドホテルの前だった。

誠一はホテルの駐車場にカローラを停めて館内に入った。入口の案内板を見ると、三階の宴会場で地鎮祭の直会を兼ねての懇親会があるらしい。

宴会場が混みあう頃合までロビーで時間を潰して三階にあがった。クロークにコートを預けてから会場へ入ろうとしたら、受付の男に記帳を求められた。

上着の襟にTコーポレーションの社章がある。

誠一はすばやく警察手帳を示して、条川署の生活安全課だと名乗ると、

「カラオケボックスの件で、社長に話があってね」

とたんに男はぺこぺこして、どうぞお入りください、といった。居酒屋もカラオケボックスも生活安全課ににらまれるのを恐れているから、捜査には協力的である。

宴会場に入るとTコーポレーションの社長があいさつを終えて、伊能がマイクの前に立った。懇親会はビュッフェ形式で参加者は二百人近くいそうだった。

誠一は立ちならぶ参加者たちのあいだを縫って、ゆっくりと会場を移動した。それとなく顔ぶれを眺めていたら、

「片桐さん」

背後から声をかけられた。振りかえると、見おぼえのある中年男が立っていた。

チャコールグレーの地味なスーツを着て柔和な微笑を浮かべているが、ふつうのサラリーマンにしてはやけに肩幅が広く胸板が厚い。

かつて筑仁会傘下の組員だった鷲尾《わしお》である。

鷲尾は誠一が県警本部を飛ばされる前に引退して、輸入雑貨の販売をはじめたはずだ。組員だった頃は大きな仕事《ヤマ》を踏んでいるという噂もあったが、なかなか尻尾をださない男で、器物損壊や恐喝未遂といった微罪でしか起訴できなかった。

「鷲尾――いや、いまは鷲尾さんやの」

「呼び捨てでええですよ。しかし、こげなところで逢うとは思わんやったです」

なんかの捜査ですか、と鷲尾は声をひそめて訊いた。

「いや、ひと捜しや。おまえこそなんしよる」

「仕事ですよ」

「ひさしぶりやな。歳はなんぼになった？」

「四十五です」

「もうそげなるんかの。まだ輸入雑貨売りよるんか」

「あれは、ずいぶん前に辞めたです」

「いまはなんをしよる」

「まあ、いろいろと」

「ええからいえ」

「イーグルテックちゅう産廃の会社ですわ」

「おまえが社長か」

「ええ」

「大したもんやの。フロント企業か」

「そんなんとちがいますよ。なんも悪いことはしよらんです」

「けど伊能建設と商売しよるんやろ。社長も昔はおまえと同業やないか」

「伊能さんとことは仕事したいけど、うちが取引しよんはTコーポレーションです」

「老人ホームが産廃と関係あるんか」

「ありますよ。おむつやら医療廃棄物やら、ぎょうさんでますけん」

「まあ、がんばっとんならええわ。けど産廃なんかやっとったら、昔の連中がなんやかんやいうてくるんやないか」

「そらいうてきますよ。あいつらも暴排条例でまいっとんでしょう。不法投棄の相談にくる者《もん》もおるし、安するけ拳銃《チャカ》買わんかちゅう奴もおります。最近は抗争《でいり》がないけ拳銃《チャカ》がダブっちょるみたいで――」

「ふうん。ちょっとええか」

誠一は鷲尾の肩に手を添えて、会場の隅に連れていくと、

「いまの話やけど、どこの組の者《もん》か」

「なんがですか」

「拳銃《チャカ》売りにくるちゅう奴よ」

「かんべんしてください。おれが元これやったちゅうだけでもやばいのに」

鷲尾はひと差し指ですばやく頰をなぞって、

「妙な噂でも広まったら、仕事干されますよ。片桐さんの社から、密接交際者て認定されたらどげするんですか」

「それは心配せんでええ。おまえがそっちの人間と商売でもせん限り、うちは動かん。ただ拳銃《チャカ》あつこうとる奴を知りたいんよ」

「おれが密告したていわれたら、今度はそっちから狙われるやないですか」

「それも大丈夫ちゃ。おまえから聞いたちゅうのは、ぜったい漏らさん」

誠一は宴会場をでてホテルのロビーにいった。

玄関のそばで公衆電話を見つけてメモ帳をだした。携帯では非通知でかけるしかないから、
相手はでないだろう。メモ帳には鷲尾から聞きだした携帯の番号が記されている。

相手は王《ワン》という男だが、わかっているのはそれだけだ。

鷲尾は高木《たかぎ》という顔見知りの船員から、王を紹介されたという。

拳銃の売人であること以外、素性は知らないようだった。鷲尾の話を鵜吞《うの》みにはできない
が、ほかにあてがない以上あたってみるしかない。

公衆電話の受話器をあげて百円玉を入れると、メモ帳の電話番号を押した。

呼出し音が鳴るだけで、相手はでない。こちらが公衆電話とあって警戒しているのだろう。いったん電話を切ると、すこし経ってからかけなおした。しかし今度もつながらない。

あきらめて受話器を置こうとしたら、硬貨の落ちる音がした。

誰？　と男のくぐもった声がした。

「――王さんか」

「おまえ誰か」

「――原って者《もん》だ」

「なんの用か」

「取引がしたい」

「うちのことを、どこで聞いた」

「知りあいだ」

「知りあい？　そいつの名前はなんか」

「――高木さんや」

「嘘つけ」

「嘘やない」

「おまえは、おれがどういう人間か知らんやろう」

「信じてくれ。取引がしたいだけなんや」

「誰が信じるか」

誠一は口をつぐんだ。受話器を握った手が汗でべたべたする。

王はしばらく黙っていたが、おい、と低い声でいって、

「どのくらい欲しい」

「二挺でも三挺でもいい」

「そんな細かい商売《シノギ》はしとらん。最低でも十単位や」

「やけに多いな」

「切るぞ」

「待て。そっちの条件でええ。金額を教えてくれ」

「逢《お》うてから話す」

「わかった」

「なら、きょうの夜一時に、いまからいうところへこい」

王は郊外にあるファミレスの名前を口にして、

「誰にも喋るな。おまえひとりでくるんや」

「ああ」

「はめたら、しまえるぞ」

誠一は受話器を置いて、大きく息を吐いた。

最低でも十挺単位しか売らないというのが事実なら、王という男は大規模な密輸ルートを持っているかもしれない。だとすれば首なし拳銃で点数稼ぎをするよりも、捜査員を動員して組織を摘発したほうが大きな成果をあげられる。

だが失敗したら鷲尾に累がおよぶ可能性があるし、密輸ルートも断たれてしまう。ひとまず王に接触して様子を見たほうがいいだろう。

直会の会場にもどって伊能の尾行を続けようかと思ったが、鷲尾がいるだけにやりづらい。

あきらめて駐車場にいくとカローラに乗りこんだ。エンジンをかけたとき、上着のポケットで携帯が震えた。ディスプレイを見ると相手は刀根だった。

30

閉店のアナウンスとともに蛍の光が流れている。

こんな時間まで打ったのは大学のとき以来だった。気持が沈みきっているせいか、蛍の光を聞いていると、胸が締めつけられるように息苦しい。

視界の隅で、液晶画面がめまぐるしく回転している。

十分ほど前までは、リーチがかかるたびに祈るような気持で画面を見つめていた。けれどもいまは放心状態で、うつろな視線は宙を泳いでいる。

いまさら大当たりしても、閉店で出玉は打ち切られるから、粘っても無意味である。といって上皿しかない玉を換金しても仕方がないし、席を立つだけの気力もない。

詩織の店に寄ったあと、まっすぐ帰ればよかったと後悔したのが遠い過去に思える。キャストワークスでもらった八千円は一瞬で消え失せた。

その時点で帰っていれば傷は浅かったが、あれほど現場作業で苦労したのがゼロになったと思ったら、あきらめきれなかった。家に帰ると最後まで残しておいた金目のものを抱えて、リサイクルショップへ走った。

とうとうパソコンまで売ったのに、従業員が差しだした電卓には二万四千円と表示されていた。金を受けとって店をでてから、急ぎ足でパーラーマルハマにもどった。われながらどうかしていると思ったものの、頭のなかは煮えたぎっていた。

周囲に客がいないせいか、自分の台の電子音が大きく響く。

おなじシマには遼平のほかに老人がひとりいるだけだ。従業員たちは早く帰れといわんばかりに、空のドル箱を片づけては雑巾《ぞうきん》で台を拭いている。

店の奥のカウンターでは、ドル箱を壁のように積みあげた台車を囲んで、若者たちが騒いでいる。ひとりが大勝ちしたらしく、仲間から肩を叩かれている。みな大学生くらいの顔つきだが、自分とは別世界の人間に見える。

おなじシマの老人がいなくなったのをしおに席を立った。

魂が抜けたような気分でパーラーマルハマをでると、財布の中身を調べた。

千円札が四枚と五百円ほどの小銭しかない。いま頃になって烈しい空腹が襲ってきたが、家に帰る気はしなかった。

日雇い派遣、パチンコ、090金融、ネカフェ、リサイクルショップ。考えてみると、前に悠斗がいった貧困ビジネスにどっぷり浸かっている。それらを利用するたび、ますます貧しくなっていくが、どうすることもできない。

遼平は肩をそびやかしてバス停へむかった。

31

生ビールのジョッキに口をつけると、歯と歯のあいだがすうすうする。

心なしかビールが歯茎に沁みるようで、刀根は顔をしかめて下顎をさすった。

居酒屋とねちゃんのカウンターである。

もう看板近い時間だが、さっき伝票を見たら、きょうも売上げは悪かった。楊枝をせせるようにシイシイいっていると、兵吉が突き出しのキャベツを盛った皿を前に置いて、

「きょうも歯医者いったんですか」

「おう。いくたんび拷問みたいでたまらんわい」

「歯医者苦手なんすか、兄貴」

「兄貴ちゅうのはやめれ。人聞きが悪い」

兵吉は空っぽの店内を顎でしゃくって、

「誰もおらんけいうとるんです」

「おらんじゃ困るんよ。ぼさっとしとらんで客呼んでこいや」

店の奥に眼をやるとパートの絹代《きぬよ》がたるんだ二重顎に皺を寄せて、あくびを嚙み殺している。兵吉が雇った四十がらみの女で、兵吉とうまがあうという以外になんの取柄もない。

兵吉も組にいた頃からぼんやりしていて、使えない男だった。

それでも舎弟にしたのは、農業をやっている両親が小金持ちで、いざというとき堅気になっても大丈夫そうだったからだ。実家が貧乏だったり連れ合いがいたりすると、兄貴分としては面倒をみないわけにいかない。ところがノミ屋を畳んだのをしおに、自分で商売《シノギ》をかけるようにいうと、とっくに勘当されて収入のあてがないという。

仕方なく堅気にさせて、この店の店長に据えたが、人選を誤ったとしかいいようがない。

「たまには客呼んでくださいよ。おれは仕込みやら料理やら大変なんすから」

と兵吉がいった。ふざけるな、と刀根はいって、

「どこの居酒屋だって、店長ががんばっとうやないか」

「社長はなんもせんのですか」

「その社長ちゅうのもやめろ。おれが経営者なのは秘密なんやけ」

「店の名前で、ばればれやないすか。店にもしょっちゅう顔だすし――」

「やかましい。おまえがちゃんと仕事しよるか気になるんじゃ」

兵吉はそっぽをむいて焼台のほうにいった。

刀根は溜息をつくと煙草に火をつけて、夕方の苦痛を反芻《はんすう》した。

「きょうはスケーリングですよ」

坪内歯科にいったら、歯科衛生士の女がマスク越しにいった。

「スケーリング？」

「ええ。歯石をとるんです」

歯石といわれて身構えた。昔は歯石といえば、いかにも痛そうな鉤型《かぎがた》の器具でがりがり削るのがふつうだった。けれどもいまは、高圧の水流だか超音波だかで歯石をとるらしい。

それでいくぶん安心していたら、歯茎の深い部分の歯石をとるからと麻酔をされた。

麻酔の注射はたまらなく痛いし、例によって効かない。

水が噴きだす管を口に突っこまれたせいで、唾液が喉に溜まってむせる。鼻で息をしろといわれても、生まれつき鼻の通りが悪いから満足に呼吸ができない。

知覚過敏なのか歯周ポケットとやらが深すぎるのか、歯と歯茎のあいだに水が入るたび、ぴりぴりと電気を流したような痛みがある。

刺青《スミ》を入れるのがこれくらい痛かったら、きっと初回で逃げだしていただろう。

歯石をとるのは歯のためだとしても、歯の一部を削られているような心地がする。いっそのこと歯石が大きくなって、歯のかわりをしないものか。

くだらない考えで気をそらしながら、なんとか痛みをごまかした。ようやく治療が終わって、うがいをしたらシンクのなかが血まみれになった。

引戸が開いて、誠一が入ってきた。

誠一は隣に腰をおろすと、兵吉がおしぼりを差しだすのを制して、

「きょうは呑まれん。車やし、これから用事がある」

「えらい忙しいの」

刀根は片手を振って兵吉を遠ざけてから、

「用件はさっき電話で話したとおりじゃ。こないだは断ったけど、おまえが困っとるのに知らん顔するのも悪い気がしての」

「恩着せがましいことをいうな。で、何挺だせそうなんか」

「三つよ。ただ仕入れに片手かかる」

「えらい高いやないか。そんなんだせんぞ」

「なら、ひとつかふたつにするか」

「それでも高いやろ。今回は見送るかもしれん」

「なんかそれは。おまえが拳銃《チャカ》だせていうたんやろが」

「おまえに断られたけ、べつのツテを見つけた」

「誰のツテか」

「そげなことといわれるか。いまから相手と逢《お》うてみる」

「そっちのほうが安かったら、どげするんか」

「どうもせん。拳銃《チャカ》は仕入れんでええ」

「ちょう待て。そら困るわ」

「なしか」

「会長《おやじ》がいうとるんよ」

「なんて」

「取引の見返りに、うちの若いのがやっとう090金融《ゼロキューゼロ》を目こぼししてもらえて」

「知るか。おまえが断ったけ、あきらめたんやろが」

「なら、おれの立場はどげなるんか」

「うちの上司の判断しだいよ。いま頃ンなって泣き入れるんなら、まちっとはよ連絡せい」

誠一が店をでていくと、パートの絹代があくびを噛み殺した。

32

深夜のファミレスは、空いているわりに騒々しかった。呑んだ帰りらしい若者たちが、なにがおかしいのか真っ赤な顔で笑い転げている。ソファにのけぞっていびきをかいている中年男や、押し殺した声で口論をしている水商売ふうのカップルもいる。

誠一はぬるくなったコーヒーを啜って、窓の外に眼をむけた。

時刻はすでに一時をまわっているが、王という男はあらわれない。素性のわからない相手との取引を警戒するのは当然だから、すっぽかされても不思議はない。あるいは店の外から、こちらを監視しているのかもしれない。

もし王と取引できなかったら、拳銃の仕入れは刀根に頼むしかない。しかし取引の見返りに090金融を見逃すという条件を、二ノ宮が承知するだろうか。

ふと従業員の男がテーブルを見まわしながら通路を歩いてきて、

「お客さまで、原さまはいらっしゃいますか」

誠一が返事をすると、店に電話がかかっているという。王からの電話にちがいない。

レジカウンターにいって、従業員から子機を受けとった。

「日暗《ひぐらし》埠頭の四番倉庫へ移動しろ。三十分以内だ」

王はそれだけいって電話を切った。

日暗埠頭は海峡に面した港湾地域で、付近には卸売市場や発電所がある。ここから三十分以内で着くには、かなり飛ばさねばならない。

急いでファミレスをでてカローラを走らせた。いちいち場所を移動させるとは誘拐犯なみの慎重さで、王が拳銃をあつかっているのはガセではなさそうだった。いったんファミレスで待たせたのは、こちらの人相や仲間の有無を確認したのだろう。

尾行がないかルームミラーを何度か覗いたが、それらしい車はなかった。

単独で行動するのは不安だが、王との件は二ノ宮に報告していないから応援は頼めない。仮に応援を頼めたとしても捜査員がいるのがばれたら、すべてが台なしになる。


日暗埠頭に着いて倉庫街を流していくと、スレート葺《ぶ》きの大きな建物の壁に日暗倉庫とペンキの文字があった。四番倉庫を見つけてから、すこし離れた路上にカローラを停めた。

外灯がまばらに灯った通りは暗く静まりかえって、ひとの姿はない。

車をおりて歩きだすと、潮の香りを含んだ風が吹いてきた。凍てついた道路に靴音が響くのを避けて、爪先立ちになった。あたりを窺いつつ倉庫のドアノブをまわしたが、鍵がかかっていた。あきらめて踵をかえそうとしたとき、背中に硬いものがめりこんだ。

「ウゴクナ。ウゴイタラ、ウツ」

背後で男の声がした。片言からして王ではなさそうだった。

全身がこわばって口のなかが渇いていく。

抵抗するべきか迷ったが、背後で拳銃の遊底《ボルト》をひいたような金属音がした。ゆっくり両手をあげると、眼だけが開いたスキーマスクの男が前に立った。

男は革手袋をはめた手に黒いポリ袋を持っている。

それを頭からかぶせられたが、抵抗はできなかった。ポリ袋には通気孔のつもりか、口のあたりに爪楊枝で突いたような穴が点々と開いている。

男に命じられるまま誠一は両手をあげた。男は手際よくボディーチェックをして、

「没問題《メイウエインテイ》。アルケ、ハヤクハヤク」

背後の男が拳銃の銃口らしいもので背中を押した。

背中をつつかれながら歩いていくと、スライドドアが開く音がして車に乗せられた。

車種の見当はつかないが、バンかワゴンだろう。車のなかは煙草のヤニと香水が入りまじったような臭いがした。シートに腰をおろしたら、硬い感触が首筋に移動した。

「オマエ、ヒトリカ。ダレカイルカ」

「誰もいない」

「ホントカ。ウソダッタラ、コロス」

背後の男は甲高い声で叫んで、ぐいぐい首筋を押す。薬でもやっているのか異様に興奮し

ている。いまにも引き金《トリガー》をひきそうな気配に、額から汗がにじんだ。首が折れそうなほどつきまわされて、前のめりになっていると、

「住手《ジューショウ》！」

くぐもった声がして銃の感触が消えた。

電話で聞いた王の声だった。誠一は大きく息を吐いて、

「物騒な出迎えやの」

「黙っとれ。おれの質問にだけ答えろ」

「その前にこの袋をとってくれんか。息苦しくて話せん」

「つまらん。初回はこれがルールや」

誠一はうなずいた。王の声は機械を通したように金属質の響きがある。

「おまえは誰か」

「原っていうたやろ」

「名前やら信用できるか。筋者には見えんが、どこの者《もん》か」

「盃はもろてないけど、つきあいはある」

「どこと？」

「――筑仁会とか、いろいろや」

「なんが欲しいんか」

「それも電話でいうたやないか」

「なんをいうたんか」

「拳銃《チャカ》が欲しいていうたやろ」

「なんに使う」

「関東で欲しがっとう組があるけ、そこへ流す」

「どこの組か」

「――それはいえん」

おまえ、と王は笑いを含んだ声でいって、

「嘘ばっかりつきよろうが」

「そんなことはない」

「まあええ、なんぼいるんか」

「取引は十挺単位やろ。とりあえず、それだけ欲しい」

「種類は？」

「急ぐんや。すぐ入るもんで、値段が安いのがええ」

「ロッシでええんか」

「ロッシ？　そげなもんがあるんか」

「あったらおかしいか」

「──いや、金額を教えてくれ」

「なんぼだせる」

「そっちの値段があるやろう」

「いいからいえ」

「十挺なら、二本くらいか」

「はっきりいわんか」

「──二百だ」

「舐《な》めとんか、こらッ」

「だから、そっちの値段を教えてくれ」

「弾丸《マメ》込みで、その倍や」

「そんなにはだせん。もうすこし、なんとかならんか」

「なら、話は終わりやの」

王が中国語でなにかいった。

硬いものがふたたび首筋に喰いこんだ。金属の冷たい感触に鳥肌が立った。

「待てッ。金は用意する」

誠一はうわずった声で叫んだ。

33

氷だけになったグラスをカウンターに押しだした。しかし悠斗は気づいた様子がない。ごめん、と声をあげたら、ようやく近づいてきた。

悠斗がグラスを替えようとしたが、遼平は手を振って、

「いいよ。そのままで」

「えらいピッチが早いの。もう五杯目ぞ」

「そんなに呑んだ？」

「おう。パチでやられたけ、いらついとんか」

「まあね。退職祝いも兼ねてるし」

「ふうん」

悠斗は気のない返事をすると、フォアローゼズをメジャーカップで量って、氷を足したグラスに注いだ。友だち相手だというのに一オンスずつ几帳面《きちょうめん》に量るのが腹立たしい。

空きっ腹で呑んだせいか、もう酔いがまわっている。

突き出しのピーナツはとっくにたいらげて、なにかつまみが欲しかったが、持ち金はわずかである。つまみを注文するくらいなら、そのぶん呑んだほうがいい。

悠斗のバーの店内である。

カウンターの奥に大学生らしい若い女がふたりいて、悠斗はその前にばかり立っている。ほかに客はいないから紹介してくれてもよさそうなものだが、それもない。もっとも紹介してくれたところで、金のない無職の男など相手にされないだろう。

キャストワークスの給料もパソコンや私物を売り飛ばした金も、あッというまに消え失せた。詩織とはよりをもどすどころか、完全に愛想を尽かされた。

せめてティファナにいきたかったのに、それもできなくなった。樹里には、この店にいるとメールしてあるが、いまのところ返事はない。

何時かと思って手首に眼をやると、腕時計がないのにとまどった。

腕時計もリサイクルショップに売ったのを、すっかり忘れていた。腕時計まで二束三文で売る必要はなかったが、パチンコ代が欲しい一心で熱くなりすぎていた。

携帯で時刻を見ると一時をまわっているから、ティファナはもう閉店した頃だ。ほとんど期待はしていなかったが、やはり樹里はこなかった。

この店のチャージは五百円で、いちばん安いフォアローゼズ一杯が六百円だから、いまの時点で勘定は三千五百円である。持ち金は四千円ちょっとだから、ぎりぎりあと一杯呑める。

とっくに最終のバスはないし、いまの持ち金ではタクシーにも乗れない。これ以上遅くなったら、父がうるさい。もう一杯呑んでから、歩いて家に帰るつもりだった。

たちまちグラスを空にしてお代わりを注文したとき、ドアが開いて樹里が顔をだした。

樹里は一瞬とまどった表情になったが、すぐ笑顔になって、

「あら遼ちゃん、まだおったん」

「帰ったほうがよかった？」

「そんなんやないよ。ここにおるってメールくれたやない。だから寄ったんよ。ただ店が遅なったけ、もう帰ったかと思ったの」

悠斗がバーボンのロックグラスを遼平の前に置いて、

「なんだ。おまえら、待ちあわせしとったんか」

「そうよ。ねー遼ちゃん」

樹里は隣に腰をおろすと腕に手をまわしてきた。彼女と待ちあわせたわけではないが、こういう展開になったら、そう思われても仕方がない。

「なに呑もっかなあ」

樹里はドリンクメニューを手にしてつぶやいた。

遼平は席を立ってレジのそばにいくと、悠斗を手招きした。

悠斗は首をかしげて近寄ってきた。あのさ、と遼平は声をひそめて、

「悪いんやけど、きょうのぶん置いといてもええ？」

「置いとくって、ツケか」

「――うん」

「おれは雇われやけん、勝手にツケできんぞ。ちゅうか、金持ってないんか」

「いままで呑んだぶんはあるよ。パチンコでやられたちゅうたやん」

「なら、いっぺんチェックせえよ。おれが一杯くらいおごるわ」

「一杯じゃ、ちょっと――」

「なん甘えとんかちゃ。一杯じゃ足りんのか」

「おごりやないでええけ、一万くらい貸しといてくれん？」

悠斗は溜息をついて財布から一万円札をだすと、

「大丈夫か、おまえ。バイトも首なったんやろ」

「――うん。でも、このぶんはちゃんとかえすけ」

遼平は拝むようにして札を受けとった。これで樹里とゆっくりすごせると思ったが、席にもどったとたん、若い女がふたり入ってきた。樹里は笑顔で女たちに手を振って、

「もう、なんしよったん。先にきとるて思うとったのに」

「ごめんごめん。途中でホストの子にちょっかいだされたけ」

ふたりの女は樹里の隣に坐った。どうやら樹里は彼女たちと待ちあわせしていたらしい。

ということは自分がいようといまいと、この店にくるつもりだったのだ。

樹里は女たちの名前を口にして、以前勤めていた店の同僚だといったが、なにも頭に入ら

ない。いらだちを鎮めるようにグラスをあおっていると、樹里は悪びれた様子もなく、

「このひと遼ちゃんっていって、うちのお客さん」

「あ、そうなん。よろしく」

「どうもですう」

女たちが愛想笑いを浮かべてグラスを寄せてきた。仕方なく乾杯したものの、この連中の呑み代まで自分にまわってくるのではないかと肝を冷やした。

勘定をべつにしてくれというのも、雰囲気に水を差すようで切りだせない。悠斗はこちらの懐具合を知っているのだから、そのへんは配慮してくれるだろう。

女たちは内輪の話で盛りあがっている。樹里がときおり声をかけてくるが、酔っているのと気持が沈んでいるのとで話に乗れない。ずっと空腹を我慢していたせいか、なにか食べたいのを通り越して眠気が襲ってきた。

34

冷えきった軀を湯船に沈めると、うめくような吐息が漏れた。

誠一は熱い湯で何度も顔を洗ってから、浴槽のなかで背中を伸ばした。

寒さと緊張でこわばった筋肉がゆっくりとほぐれていく。目蓋を閉じて浴槽の縁に頭をも

たせかけると、銃口でつつきまわされた首筋に鈍い痛みがあった。

あれは、ほんとうに銃だったのか。押しつけられた感触と遊底《ボルト》の音で判断しただけだから、本物とは限らない。王たちの人相はもちろん、彼らが何人いたのかもわからなかった。万一の事態を想定して素性がわかるものは持っていかなかったが、警察官だとばれたら、ただではすまなかっただろう。

日暗埠頭の岸壁から海に沈められたら、行方不明で終わってしまう。用意周到な彼らのことだから、屍体《したい》につける重しくらいは用意していたかもしれない。

取引を渋るのは危険に思えて、二日後に金を用意すると約束した。

ようやく車をおろされたと思ったら、どこだかわからない場所で待たされた。

王たちが去った気配に目隠しのポリ袋をはずすと、そこは倉庫の裏側だった。急いでもとの場所にひきかえしたが、すでに彼らの車はなかった。

残されたものはポリ袋だけである。ありふれた素材だけに出所を特定するのは困難だし、スキーマスクの男は手袋をはめていたから指紋も採取できないだろう。

「次に逢《お》うたときが勝負やな」

誠一は目蓋を開けて、ひとりごちた。

二ノ宮に相談しないとわからないが、四百万もの金は捻出できないだろう。

しかし取引の現場で逮捕すれば、見せ金でまにあう。取調べの際には、むろん情報提供者である鷲尾の名前は伏せる。それでも危険がおよぶようなら警護をつける。

王たちに逢うまでは、ひとまず取引をして彼らの信用を得るつもりだった。だがロッシがあると聞いた以上、逮捕の機会を逃すわけにはいかなかった。

ロッシはロシーとも呼ばれるブラジル製三十八口径の回転式拳銃《リボルバー》である。ロッシは一九九一年に遠洋漁業の船員たちが南アフリカ共和国のケープタウンからマグロ漁船で密輸していたが、九五年に発覚して一味は逮捕された。

密輸されたロッシは合計で八百挺を超えるが、大半は暴力団を通じて売りさばかれて、いまも所在不明になっている。現在までに押収したロッシのなかには、九二年の自民党副総裁銃撃事件をはじめ、さまざまな凶悪事件で使用されたものがある。

それらが九一年に密輸されたロッシだと特定できるのは、捜査員がケープタウンで製造番号を入手しているからだ。事件発生以来、捜査員たちは必死でロッシの行方を追ったが、散発的な摘発しかできなかった。

王たちがあつかっているのが、この事件で密輸されたロッシとは限らない。けれども、もし大量のロッシが摘発できれば、あまたの捜査員がなし得なかった大金星である。

過剰な期待は禁物だと思いつつ、ひさしぶりで捜四にいた頃のような昂《たかぶ》りを感じた。

35

「もう閉めるぞ。はよ起きれちゃ」

悠斗の声で目蓋を開けた。

のろのろと顔をあげると、枕にしていた右腕が痺れている。

いつのまにか、カウンターに突っ伏して眠っていた。酔いはいくぶん醒めたが、頭の芯がずきずきして軀が鉛のように重い。胃袋から酸っぱい液があがってきて、喉と食道に沁みる。

すっかり氷の溶けたグラスを口に運ぶと、下水のような味がした。

どのくらい眠っていたのか、店内には誰もいなかった。

「樹里たちは？」

「とっくに帰ったわい。もうすぐ四時やぞ」

悠斗は煙草をくわえてカウンターをダスターで拭いている。

不機嫌そうな表情に心細くなって、

「どっか飯でも喰いにいこうか」

「またにしょうや。いまからオーナーと逢わないけんし」

「なら帰るよ。計算して」

勘定が一万六千円だと聞いて眼を見張ったが、悠斗は平然とした顔で、

「樹里たちのが入っとうけの」

「連れの女のぶんもってこと？」

「おう。あいつらは帰りがけに、遼ちゃんにごちそうなってええんやろか、って訊きよったぞ。そしたら、うん、て返事したやないか。おまえはそれから、また寝てしもて――」

「おぼえてない」

「酔いちくれちょったけよ。しっかりせんか」

樹里たちにおごるといったつもりはないが、寝ている最中に起こされて、わけがわからないまま返事をした可能性はある。事実がどうであろうと酔ったほうの負けで、確認のしようがない。問題は勘定をしようにも、持ち金が足りないことだ。

遠慮がちに切りだすと、悠斗は舌打ちをして、

「足りんぶんは、おれがだしとっちゃる。けど一万は貸しやけの」

せっかく借りた一万円は財布に一瞬とどまっただけで、レジのなかに消えた。むろん持ち金もぜんぶ払って無一文になった。礼をいうのも馬鹿馬鹿しい気分だったが、悠斗に頭をさげて店をでた。

ネオンの消えた街を重い足どりで歩いていると、しだいに憤りがこみあげてくる。こんなことなら、樹里がこないほうがよかった。ひとに勘定を押しつけて先に帰るとは薄情すぎる。

悠斗にしても、なぜそれを止めないのか。

もっとも彼らにいわせれば、ぜんぶこちらが悪いのだろう。

なにもかもが悪い方向へむかっていくのも、きっと自分のせいだ。父とぎくしゃくしているのは、謹厳実直な生活をしていないせいだ。

金が右から左へなくなるのは、パチンコや090金融に手をだしたせいだ。バイトがうまくいかないのは、会社を見る目がないせいだ。はいはい、と遼平は自嘲気味につぶやいた。

「おれがぜんぶ悪い。なんでもおれが悪い」

ぽつりと頬が濡れたと思ったら、氷雨が降りはじめた。

こんなタイミングで降りだすとは、自分が店をでるのを待っていたような気がする。まだ酔いが抜けていないせいか、それほど寒くはないが、腹が減りすぎて足元がおぼつかない。

これから家まで歩いて帰るのかと思うと気が遠くなる。氷雨でずぶ濡れになって家に着いたら、父の小言が待っている。憂鬱な想像をしているうちに、歩く気力が失せてきた。

思わずよろめいて焼鳥屋のシャッターによりかかった。

ガシャンと大きな音がして、むかいのテナントビルからでてきた女がこっちを見た。

文句でもいわれるかと思ったら、女はおずおずと近づいてきて、

「遼ちゃんやない。こんなとこでなんしよん」

すぐには誰かわからずに眼をこすった。

「あたしよ。ティファナの美希」

「――ああ」

「ああやないでしょう。酔っぱらっとうと?」

美希も酔っているようで呂律が怪しい。上目遣いで顔を寄せてくると、

「あたしのこと、おぼえとう」

「おぼえとうよ」

「どこで呑みよったん」

「悠斗の店」

「そんなら樹里たちも、きとったやろ」

「きたけど先に帰った」

ふうん、と美希はいって、

「もう帰ると? ひまやったら一軒つきあってよ」

「いいけど、金がないよ」

「あたしがおごるよ。安い店やけど」

「マジで」

われながら浅ましいほど大きな声がでた。

美希に連れていかれたのは、朝まで営業している全国チェーンの居酒屋だった。大学生の頃、同級生たちときたときは、値段が安いだけで味はいまひとつだった。けれども、ほかに開いている店がないせいか、それなりににぎわっている。

カウンターの椅子に腰をおろすと、肉や魚が焼ける匂いに腹が鳴った。

「お腹空いとんやろ。どんどん食べり」

美希から勧められるままに、次々と料理をたいらげた。味はあいかわらずだったが、空腹とあって箸が進む。酒は芋焼酎の五合瓶をボトルでもらって、ロックで呑んだ。美希は客と食事にいった帰りだといって、ほとんど食べずにハイボールを呑んでいる。

「きょうアフターいったお客が最悪でさあ」

「なんが最悪やったん」

「カラオケボックスつきあわされて、ずーっと下手な演歌聞かされたと。退屈やけ酒ばっかり呑みよったら、急に胸触ってくるんよ。部屋にカメラあるんやけ、やめてっていうたら、だから興奮するやろうって。もう最低」

美希は先にカラオケボックスをでて、知りあいのスナックで呑んでいたという。

「ひどい目に遭《お》うたね」

「うん。でもよかった。遼ちゃんに逢えたけ」

美希は赤い顔でしなだれかかってきたと思うと、急に軀を離して、

「いけんいけん。遼ちゃんは樹里のお客さんやった」

「べつにいいよ。おれなんか相手されとらんし」

「そんなこというて、いっつも指名しよるやん」

「そうやったけど、もういいよ」

よけいなことはいわないほうがいいような気もしたが、つい悠斗の店でのことを話した。

ひどーい、と美希は眉をひそめて、

「自分たちで勝手に呑みいったくせに、なんで遼ちゃんに払わせると」

「樹里は、おれからメールがきたけ、顔をだしたっていうとったけど——」

「そんなん嘘よ。でも理由はわかるけどね」

「理由ってなん？」

遼平が首をかしげると、美希は眼を光らせて、

「どうしようかな。喋っちゃおうかな。誰にもいわん？」

「うん」

「樹里は悠斗くんとできとうけん」

「えッ」

「樹里は、あの店にしょっちゅうティファナの客を連れていきようと。悠斗くんも自分の店の客を樹里に紹介しようし、ふたりでうまいこと稼ぎよるよ。たぶん、きょうは店が終わっ

たあとデートするつもりやったのに、遼ちゃんがきたけ邪魔やったんやないん」

遼平は芋焼酎を手酌でグラスに注いで、立て続けにあおった。

やはり自分の勘は正しかった。

悠斗から樹里を紹介されたとき、ふたりはつきあっているのではないかと思った。樹里にそれを訊いたら、ちがうと答えたのも、思わせぶりな態度をとったのも、すべて真っ赤な嘘だった。樹里に毎回すっぽかされた理由がようやくわかった。

むろん悠斗も大嘘つきだ。いつだったか、樹里はおまえに気があるといったのは、彼女の売上げに協力させるためだろう。遼平は深々と嘆息して、

「ひでえな。ふたりでおれをだますなんて」

「それが水商売よ。あたしはそこまでしきらんけ、ずっとヘルプばっかり」

美希はふたたびしなだれかかってきた。

遼平はあらためて酔いがまわってくるのを感じながら、彼女の腰に手をまわした。

36

シーマは暗い山道をのぼっていた。外との温度差のせいでフロントガラスが曇る。暖房を弱めて窓を開けると氷雨が降りこんでくる。

刀根は舌打ちをしてインパネの時計に眼をやった。

もう朝の四時だから、街をでてから一時間近く車を走らせている。

星山が用心深いのはわかるが、こんな山奥をうろついていたら、かえって不審がられる。もっとも隠し場所に選ぶだけあって、山に入ってからは対向車も後続車もない。これだけ車の往来がなければ、尾行の有無は即座にわかるだろう。

目印の大木が道路脇に見えてきた。

スピードを落としてガードレールの柱を数えると、十本目の柱の前でシーマを停めた。

刀根は両手に革手袋をはめ、懐中電灯を持って車をおりた。

ガードレールのむこうは切り立った崖で、眼下に白く急流が見える。足元に注意しながらガードレールをまたいで柱の根元を掘っていくと、錆《さび》ついた塗料の缶がでてきた。

缶のなかには古びた釘やネジやナットといった金属ゴミがぎっしり入っている。それをいったん缶からだして蓋の上に置き、缶のなかを探った。

缶の底にコンビニのレジ袋があって、そのなかに油紙の包みが入っていた。包みを開けると黒光りする回転式拳銃《リボルバー》があらわれた。CRSと呼ばれるフィリピン製の拳銃である。セブ島のダナオで作られているらしいが、品質は粗悪で実用性は低い。

ここにくるまでは、拳銃をべつの場所に移すつもりだった。けれども拳銃を運んでいるときに検問にひっかかったらお手上げだし、新たな隠し場所を考えるのが面倒くさくなった。

拳銃を油紙で包み、レジ袋に入れて缶の底にしまった。金属ゴミも缶にもどして蓋を閉め、もとの場所に埋めた。あとは誠一に連絡して回収させればいい。

シーマに乗って山道をくだっていると、思わず溜息が漏れた。

あんな拳銃を買うのに自腹で二十万もだすとは馬鹿げている。誠一はべつのツテがあるといったから、仕入れの金はくれないかもしれない。だが捜査が入るのを防がなければ、自分の首が飛ぶ。無理にでも警察に恩を売って、反町の090金融を見逃してもらうしかない。

二十万の金は、居酒屋とべつに経営しているラウンジから持ってきた。

経営者とはいえ表にはでないから、顔をだすのはひさしぶりだった。

閉店した頃を狙って店に入ると、着物姿の満江がぎょッとした顔で、

「どうしたん、いったい」

「売上げをよこせ」

「あんたのぶんは、ちゃんと払っとうやない」

レジを開けようとするのを、満江はまるまると肥った軀で押しのけて、

「ちょっと、勝手に開けんで」

「ここは、おれの店やぞ」

「なんがおれの店よ。あたしが商売しとうけ、どうにかなっとるんやろ」

「ええから金をだせ」

「なんぼね」

「二十万でええんや」

「こっちはようないよ。なんに遣うんね」

「なんに遣おうと勝手やろが」

「表に貼っとうの見た？」

「なんを貼っとんか」

「暴力団員立入禁止って書いとうやろ」

「ふざけるな」

満江はレジからだした札を数えて、カウンターに放りだした。

「もう店にこんでよ。ただでさえ堂前さんたちがきたせいで、客が減っとんやけ」

満江は昔の女だが、いまとなっては古参の従業員でしかない。もっとも従業員にしては人件費を喰いすぎるし、経営者のいうことを聞かないから、たちの悪い親戚みたいなものだ。

二十万は封筒に入れて星山の使いに渡し、拳銃の隠し場所を訊いた。あの金があれば、もうすこしましな歯を入れられたと思うと腹が立つ。

きのうも坪内歯科で歯石をとったが、治療のあとで院長の坪内に呼ばれた。

カウンセリングルームに入ると、坪内は刀根の歯を撮った写真を示して、

「あんたの歯はぜんぶガタガタや。奥歯なんか根っこもないけ、ブリッジも差し歯もできん。

問診票には保険外の診療も相談したいて書いとったけど、インプラントにするかね」

「なんぼするんですか。インプラントちゅうのは」

「一本が三十万」

「えらい高いな」

「三十万ちゃ安いほうよ。高いとこは五十万以上する」

「しかし一本じゃすまんでしょう」

「そらそうよ。前歯を差し歯にしたんは、いつ頃かね」

喧嘩の相手に下駄で殴られて前歯が折れたときだから、二十代の後半である。

「二十年、いやもっと前やな」

「差し歯もボロボロや。根っこが虫歯やけ、これも作りなおさないかん」

「ぜんぶインプラントで治したら、なんぼかかりますか」

「そうやなあ、五百万はかかるな」

「五百万なんて、そんな金ないわ」

「そらそうやろ。この不景気にそげん持っとうほうが珍しい」

わはは、と坪内は笑って、

「インプラントは無理でも、差し歯をええのに替えるだけで、だいぶちがうよ。セラミックなら見た目もええし長持ちする」

値段を訊くと一本十万円だというが、この金がないときに出費は抑えたい。保険の範囲で治すといったとたん、坪内は無愛想な顔になって、

「それじゃ、お大事に」

さっさと部屋をでていった。若い頃なら馬鹿にするなと凄んだところだが、最近はちょっと怒鳴っただけで警察沙汰になる。坪内と険悪になって治療のときに痛くされても厭だから、黙っているしかなかった。

マンションに帰ってきたのは五時半だった。ドアの鍵を開けて忍び足で部屋に入ると、めざとく弘子が起きてきて、

「どこいってたの」

「どこて、仕事やないか」

「なんか、やばいことしてきたんでしょ」

「――馬鹿いうな」

「顔見たらわかるのよ。もういい歳なんだから、捕まるようなことはやめて」

「心配すんな。刑務所落《なか》ちたことはなかろうが。それより腹が減った」

前科前歴はあるものの重くて執行猶予で、せいぜい拘置所止まりである。われながらうまくしのいだと思う一方で、長い懲役にいった連中に劣等感を抱いてきた。刑務所経験がない

のはヤクザとして貫目に欠けるし、ひとの身代わりで懲役にいく者もいるから、保身とみられても仕方がない。

若い頃はそれなりに覚悟はあったが、そういう機会のないまま歳を喰った。いまさら堂前のために軀を張る気はないし、煙草も酒も禁じられた塀のなかで何年もすごすのは厭だった。

とはいえヤクザを続けている限り、刑務所《なか》に落ちる危険は常にある。いっそ堅気になろうかと思うものの、堂前が許すはずがない。いまでさえ反町の尻拭いという難題を押しつけられているのに、盃をかえすといったら、法外な見返りを要求してくるだろう。

それを無視して破門か絶縁を喰らったら、店は潰されるし家族にも危険がおよぶ。美奈と瑛太は就職や進学で微妙な時期だけに、波風は立てられない。

警察に捕まらず破門にもならず、綱渡りを続けていくしかないだろう。

リビングで朝刊を読んでいると、弘子が即席の茶漬を黙ってテーブルに置いた。

刀根は自分を励ますように、勢いよく茶漬をかきこんだ。

37

その朝、誠一は二ノ宮とふたりで会議室に入った。

王との取引の件を報告すると、二ノ宮は渋い表情で腕組みをして、

「片桐係長を急かしているのは申しわけないが、そういう連中と接触するなら、事前に報告してください。なにかあったら、ぼくの責任なんだから」

「――すみません」

「その王という男は何者なんでしょうね。ほんとうに拳銃をあつかってるのかな」

「現物は見てないんで、恐らくとしかいえませんが」

「係長が頭に押しつけられたのも、本物かどうかわかりませんね」

「まあそうです。ただ感触と音は本物のように感じました」

「王というのも偽名かもしれませんし、名字だけじゃ照会のしようもない。仲間が中国語を喋っていたからといって、外国人とは限らない。そのうえ人相も年齢も不明となると、なんの裏付けもない。動くには時期尚早でしょう」

「取引に応じれば、王たちは拳銃《チャカ》を現場へ持ってくるはずです。現場で遠張りしてもらって、わたしが拳銃を確認してから、現行犯逮捕《ゲンタイ》に持ちこめませんか」

「ぼくが係長にお願いしたのは、潜入捜査じゃありません」

「しかし、ロッシがからんでいるかもしれないんですよ」

「ロッシが大量にでてくるようなら、たしかに大きな功績になる。でも、いまの話を聞いた限りだと、係長が犯意を誘発していると解釈されかねない。もし検挙できても、相手の証言しだいじゃ面倒なことになりますよ。マスコミが違法捜査だって騒ぎだしたら、本部がなんというか――」

「相手は拳銃《チャカ》の売人なんですよ。しかも十挺単位で売るような大物です。こっちが話を持ちかけんでも、はなからそういう商売をしとるんです」

「王との会話だけじゃなく、その証拠がありますか」

じゃあ、と誠一は大きく息を吸って、

「課長は、王たちを見逃せとおっしゃるんですか」

「そうはいってません。内偵を続けて証拠をつかんで欲しい」

「それなら、いったん取引に応じてCDでやるのは――」

「わたしの裁量じゃ四百万も作れません。もし裏がとれても、むずかしいでしょう」

「手ぶらで取引せいちゅうんですか」

「なにも係長が危険を冒す必要はない。べつの人間を接触させたらどうですか」

「べつの人間?」

「ええ。その筋の捜査協力者《エス》なら、自然に接触できるでしょう」

二ノ宮が会議室をでていくと、誠一はテーブルに両肘をついて頭を抱えた。

どうして二ノ宮は、王たちの摘発に二の足を踏むのか。

証拠が必要の一点張りだが、相手の懐に入らなければ証拠はつかめない。うかつに動いて、成瀬の顔に泥を塗るのを恐れているのか。

リスクはあってもロッシが摘発できれば、またとない異動の土産になるはずだ。

潜入捜査もしくは囮《おとり》捜査には、ふたつの考えかたがある。ひとつは、犯意のない者に働きかけて、犯行におよばせてから検挙する犯意誘発型。もうひとつは、すでに犯意を持つ者に犯行の機会を与える働きかけをして、犯行におよんだところを検挙する機会提供型である。過去の判例では、前者は犯罪を誘発するという点で違法だが、後者は適法とされている。違法行為を認知してもその場では検挙せず、組織の全貌を把握してから一網打尽にするのがCD——コントロールド・デリバリーだ。いわゆる泳がせ捜査で、これも適法という判断がなされている。

違法か適法かでいえば、首なし拳銃の押収は、どう考えても犯意誘発型で違法だろう。にもかかわらず、そちらには眼をつぶって、大量摘発の機会を見送るとは理解できない。けれども、わが身の危険を感じたせいで感情的になっていた部分もある。二ノ宮のいうとおり、なんらかの裏付けが必要なのはたしかだった。

取引の期限までに王の素性を探りたい。できれば密輸の証拠も欲しい。

最初の情報源である鷲尾は、自分に王を紹介したのは高木という船員だといった。高木に連絡をとって、王の素性を訊きだそうと思った。

会議室をでて廊下で鷲尾に電話すると、高木は海外へ出航しているという。

「海外のどこか。いつ日本にもどってくる」

「さあ、中国か東南アジアやないですか。いつもどるか知らんです」

連絡先もわからないと聞いて、誠一は舌打ちすると、

「王ちゅうのは、どんな奴か」

「なんですか、藪《やぶ》から棒に」

「おまえは高木の紹介で、王に逢《お》うたていうとったやないか」

「歳は中年に見えたけど、帽子にサングラスやったけ、ようわからんですよ。ちゅうか、片桐さんはなんしようとですか。おれの名前をどっかでだしとらんでしょうね」

鷲尾は狼狽《ろうばい》するばかりで、なにも訊きだせなかった。

王との一件を話そうかと思ったが、鷲尾は伊能建設がらみの直会に顔をだしているだけに、どこがどうつながっているか知れたものではない。下手に情報を漏らすのはためらわれた。

こうなったら、べつの筋から王の素性を探るしかない。刀根はゆうべ逢ったとき、拳銃を入手できるような口ぶりだった。拳銃の売人なら、王のことを知っているかもしれない。

その場で刀根に電話したが、つながらない。

何度もかけなおすと、しばらく呼出し音が鳴ってから、刀根の眠そうな声がした。

「まだ寝とったんか」

「まだもなんも、さっき寝たばっかりや。けど、ちょうどよかった」

「なんがちょうどええんか」

「拳銃《チャカ》を仕入れたぞ」

「――なんだと」

「あんたが困っとったけ、協力しちゃろうと思うてよ」

「まだ協力せんでええ。上司の判断しだいていうたやろうが」

「なしてか。一挺でも多いほうがよかろうもん」

「待て。ここでは話せん。かけなおす」

誠一は電話を切ると、溜息をついて階段を駆けおりた。

38

遼平はせまいベッドで毛布にくるまっていた。

ちいさな液晶テレビではお笑い芸人の不倫疑惑について、コメンテーターたちが埒のあかない議論を続けている。ワイドショーをぼんやり眺めていると、司会者が三時を告げた。さっき起きたばかりだが、隣に美希の姿はなく、浴室からシャワーの音が聞こえてくる。

美希が住んでいる賃貸マンションである。

1LDKの部屋は床に衣類が散らばっていて、ガラステーブルの上に空き缶やペットボトルがひしめいている。派手な洋服がぎっしりかかったパイプハンガーは斜めに傾いて、有名ブランドの紙袋や空き箱が壁際に積みあげてある。

お世辞にも片づいているとはいえないが、四年もつきあった詩織が親元に住んでいたから、ひとり暮らしの女の部屋は珍しかった。酔っぱらった美希の肩を抱いて、このマンションに着いたのは朝の八時頃で、外はすっかり明るくなっていた。

部屋まで送ってくれというから、もしやと思ったら、美希は部屋に入るなり唇を重ねてきた。そのままベッドにもつれこんで、なるようになった。

このところご無沙汰だっただけに昂りは大きかったが、酔っていたせいで最後まではたどり着けず、どちらからともなく眠りこけていた。

美希とのそれはよかったのか、そうでもなかったのか、記憶が曖昧だった。いずれにせよ、きのうの悲惨な状況を考えれば、ようやく幸運に恵まれたと考えるべきだろう。

美希は冷え性なのか、暖房が効きすぎて蒸し暑い。ベッドから這いだして煙草を吸っていると、軀にバスタオルを巻いた美希が浴室からでてきた。

化粧を落とすと眼がひとまわりちいさくなって、肌の荒れが目立つ。ヒールを脱いだせいで、背もだいぶ低くなった。美希はタオルで気ぜわしく髪を拭きながら、

「シャワー浴びたら?」

「うん。もうちょっとして」

美希は髪にタオルを巻いて隣に坐った。

「あーもう厭。仕事いきたくない」

「まだ早いよ。出勤は夜でええんやろ」

「六時から同伴があると。その前に美容院いかないけんし」

「忙しいんやね」

「もううんざり。土建屋のおやじと焼鳥やら喰いたくないっつーの」

「同伴はしょうがないでも、美容院はいかんでいいんやないん」

「だめ。四時に予約しとうけ」

「四時やったら、もうすぐやん」

部屋を追いだされそうな気配に落ちつかなくなった。

「どうするん。あたしはでかけるよ」

「――じゃあ用意しようか」

「ここにおるんなら、おってもいいけど」

「どうしようかな」

考える顔つきで宙に眼をむけたが、もう気持は決まっていた。

美希はそれを見透かしたように、

「好きにして。でも、おるんやったら、あちこち触らんでね。散らかっとうし」

「うん」

美希はテーブルに肘をついて煙草をくわえた。気兼ねしているつもりはなかったが、自然と百円ライターに手が伸びて、彼女の煙草に火をつけた。

美希は頬を膨らませて煙を吐きだすと、視線を前にむけたまま、

「遼ちゃん、あたしのこと好き？」

39

刀根は非常階段の踊り場で、携帯を片手に気ぜわしく足踏みをしていた。

誠一はすぐにかけなおすような口ぶりだったのに、まだ電話がない。非常階段は吹きさらしとあって、ジャージ越しに朝の冷たい空気が忍びこんでくる。

耳はかじかんで、サンダル履きの爪先も芯まで冷えてきた。万一盗聴されていたら事だし、弘子が聞き耳をたてていそうだから外にでてきたが、いいかげん痺れが切れてきた。

もう部屋にもどろうと思ったとき、ようやく着信があった。

「遅いやないか。なんしよったんか」

「警察署《カイシャ》でるのに手間どった。おまえも外におるんか」

「おう。寒いけ、ちゃっちゃっと話そう」

「さっきもいうたけど、なし勝手に仕入れたんか。別口があるていうたやろうが」

「そげないいかたせんで、よかろうもん。すこしでも役にたっちゃろうと思うてよ。拳銃《チヤカ》置いた場所いうけ、はよ取りいってくれ」

「見返りがどうのこうのいうたって知らんぞ。おまえが勝手にしたんやけ」

「そう勝手勝手いいないな。そっちがいいだした話やないか」

「どこで仕入れたんか」

「そんなん教えられんわ」

「まあええ。そいつに連絡とって、王ちゅう奴のことを知らんか訊いてくれ」

誠一は王について説明したが、拳銃をあつかっている中国人らしい男というだけでは要領を得ない。誰から王を紹介されたのかと訊いても誠一は答えずに、

「とにかくすぐに情報が欲しい。おまえの拳銃《チヤカ》の話はそのあとや」

電話は切れた。刀根は舌打ちをして星山の電話番号を押した。

早い時間のせいか星山は不機嫌な声で、そんな奴は知らないといった。

「誰か心あたりないかのう。ロッシちゅう拳銃を、ようけ持っとうらしいんやが」

「ロッシちゅうたら、スミス&ウェッソンのコピーやの。ブラジルのメーカーはとっくに倒産しとうけ、二十年くらい前に南アフリカから入ってきたやつやろう。警視庁がらみの犬が、まとめて隠しとうちゅう噂を聞いたけどの」

「犬？」

「おまえみたいに刑事《デコ》とつるんどう奴よ」

「おれはなんもつるんどりゃせん。そげなことより中国人で拳銃《チャカ》あつこうとる者《もん》を知らんか。中国人の業者なら、王ちゅう奴を知っとうかもしれん」

「関わらんほうがええぞ。最近は警察《ヒネ》の締めつけが厳しいけ、どこの組も身動きがとれん。おかげでこっちにも黒社会《チャイニーズマフィア》の連中が入ってきとうのはたしかや。あいつらは銭のためなら親でも殺すけ、おまえなんか、あッちゅうまに殺られるで」

「べつにおれが拳銃《チャカ》仕入れるわけやない」

「なら、なんで嗅ぎまわっとんか」

「知りあいが調べて欲しがっとうけよ」

どうせ警察《ヒネ》やろが、と星山は嗤って、

「まあ、あたるだけあたってみちゃろう。うちの商売《シノギ》を邪魔くる奴は、黒社会《チャイニーズマフィア》やろがなんやろが、見逃すわけにいかんけの」


午後、銀行に寄ってから事務所に顔をだした。

幹事長の石橋と本部長の難波が応接室でテレビを観ている。刀根はその前をすぎて事務室にいった。事務局長の鶴見は眉間に皺を寄せてパソコンをいじっている。デスクの前に立っても、エクセルのデータをにらんだまま身動きもしない。

刀根は懐から銀行の封筒をだしてデスクに置いた。鶴見はようやく顔をあげて、

「会費か。えらい早いやないか」

「ええ。次はいつこれるかわからんので」

「月寄りにはくるやろう」

「いえ。会長《おやじ》から、でらんでええていわれてますけ」

鶴見は封筒から八枚の一万円札を抜いて、デスクの引出しにしまった。

会費とはギリともいう上納金のことだ。堂前総業の場合、理事長が十五万、幹事長と本部長が十二万、役付きの幹部が八万、一般の組員が四万である。

もっともこれは最低でも必要な金額で、それ以上払うぶんには上限がない。反町のように、自分の立場の何倍もの上納金を納めている組員もいる。

上納金は組の維持費に遣われるが、義理事や出費が多い月は臨時徴収として、さらに金を納めなければならない。上納金が払えないと組への借金というあつかいになり、延滞が半年を超えると破門になる。堂前総業は、おなじ筑仁会傘下の組にくらべて上納金が高額だけに、

「うちの会長《おやじ》は身内に商売《シノギ》かけとんやないか」

そんな陰口をきく組員も多い。しかし会長の堂前は、筑仁会本部に納める上納金を増やすことで、組の立場が向上するのだから当然だという。

刀根は応接室へいってソファに腰をおろした。

部屋住みの湯浅が茶を持ってきた。煙草をくわえると湯浅が百円ライターで火をつけた。湯浅は一礼してその場を離れた。刀根は煙を吐きだして、

「最近、うちの縄張《シマ》で、中国の連中が拳銃《チャカ》さばいとうらしいの」

「誰から聞いたんか」

石橋が訊いた。

「誰ちゅうことはない。ただの噂よ」

「星山は知っちょるんか」

「さあ、同業者やけ、知っとるんやないか」

自分が王のことを伝えたのは黙っていた。近頃の拳銃《チャカ》は、と難波がいって、

「どうやって運びよる？　まだ船の上で積み替えしよんか」

「漁船は港で踏みこまれたら、しまいやけのう。昔はヨットで運びよる奴も多かったが」

「浮きで目印つけた拳銃《チャカ》をヨットでいったん海に沈めとって、あとからゴムボートで回収したほうが安全よ。ゴムボートやったら、どこでも陸揚げできるけの」

「米軍の横流しはどうなんか。二十年くらい前にフィリピンの基地が撤退したときは、横田基地から中古の拳銃《チャカ》が山ほど流れたちゅう話やが」

「いまはロシアやろ。ちょっと前もロシア製のロケットランチャーが警察《ヒネ》に見つかっとろうが。船員が持ちこむのもあるが、漁船が蟹と一緒に仕入れちょるていうとったぞ」

「拳銃《チャカ》の部品ばらして、中古車に仕込んで持ってくる奴もおったの」

「なんにせよ、最近は抗争《でいり》がないけ、拳銃《チャカ》やら用事ないわ」

「ロケットランチャーなんか、なおさら用事ないぞ」

警備室に詰めていた福地《ふくち》が顔をだして、おやっさん、おもどりです、と小声でいった。福地は二十代なかばで、湯浅とおなじ部屋住みだ。

堂前が入ってくると、ソファにいた三人は立ちあがって一礼した。

堂前の後ろには理事長の財津と反町がいる。堂前はこちらを見向きもせずに、ひとりでエレベーターに乗って三階にあがった。

石橋と難波は財津に呼ばれて席を立ち、三人は階段をのぼっていった。

「会長《おやじ》は機嫌悪そうやの」

ええ、と反町はいって刀根のむかいに腰をおろすと、

「本部でなんかあったみたいで。直参昇格《じきさん》がどうとかって――」

「おおかた根回しがうまくいかんやったんやろ。会長《おやじ》は名誉が欲しいか知らんが、いまの体制で直参なっても上納金《ギリ》が増えるだけやけどの」

「理事長補佐、もうお昼は召しあがりました？」

「いや、喰うとらん」

「よかったら、つきあっていただけませんか」

「会長《おやじ》たちと喰うたんやないんか」

「いえ、きょうはあの調子ですから」

刀根は反町と一緒に事務所をでた。

反町は顔も性格も気に喰わない。いちばん気に喰わないのは、自分よりはるかに稼いでいることだが、堂前から手助けしろといわれた以上、つきあわざるをえない。わざわざ拳銃《チャカ》を仕入れたのも警察に恩を売って、反町の闇金を守るためだ。

反町のリンカーンナビゲーターで、郊外のステーキハウスにいった。

刀根は特大のサーロインと生ビールを注文したが、反町は小食で、ちっぽけなフィレとサラダだけだった。車だから呑まないのかと思ったら、もともと呑めない体質だという。

反町はウーロン茶で乾杯を求めてくると、慇懃に頭をさげて、

「会長《おやじ》から聞きましたが、理事長補佐は、うちのためにお力添えをいただいてるそうで
――」

「その理事長補佐ちゅういいかたは、どうにかならんか。サラリーマンやないんど」

「すみません。じゃあ兄貴、お手数かけますが、よろしくお願いします」

「警察《ヒネ》の様子はどうか。だいぶにらまれとうらしいが」

「条川署の相良って奴が、うちの金融を嗅ぎまわってるんです」

「組織犯罪対策課《ソタイ》の刑事《デコ》か」

「ええ。そいつのせいで支店をふたつ閉めました」

「支店てなんぼあるんか」

「いま残ってるのは五つです」

「まだそげんあるとか。たいしたもんやの」

「支店っていっても、賃貸マンションの一室ですから」

「おまえンとこは、ほかに風俗もやっとろうが。振込め詐欺に出会い系サイトまでしよるちゅう噂やが――」

「そっちは若い者《もん》が勝手にやったんです。いまは体裁悪いんでやめさせてます」

「いっぺん勉強させてもらわないけんの。おれンごと古い商売《シノギ》しかできんようじゃ、これからの時代は飯喰われんわ」

「そんな――こっちこそ、兄貴みたいに堅い商売《シノギ》がやりたいですよ」

反町は白い歯を見せてステーキを器用に切りわけた。スーツの袖口からダイヤをちりばめたランゲ&ゾーネが覗いている。この時計ひとつでマンションが買える。

刀根は自分の袖をひっぱって偽のウブロを隠すと、不器用に皿を鳴らしてステーキを切った。焼き加減はレアなのに歯が悪いせいでなかなか嚙みきれない。

刀根は反芻する牛のように口をもぐもぐしながら、

「ところで、王ちゅう中国人を知らんか。拳銃《チャカ》あつこうとうらしいが」

「さあ、そっちには詳しくないんです。荒事《あらごと》は苦手ですから」

「おれだって得意やない。けど、うちの縄張《シマ》を荒らしとうちゅう噂がある。そのうち調子こいて、ほかの商売《シノギ》もやりだすかもしれん。本部に知れたら、縄張《シマ》の管理が悪いて、やかましいわれるけ――」

肉を嚙みながら喋っていると、下の前歯の隙間に筋の塊《かたまり》がはさまった。

吐きだすのも見苦しいから舌でほじくったが、いっこうにとれない。坪内歯科がなかなか差し歯を入れないから、こんな目に遭う。刀根は作業をあきらめて、

「とにかく、なんか情報があったら教えてくれや」

「若いのに訊いてみます。それと今回の件がうまくいったら、兄貴にはめいっぱいお礼させていただきます。家でも車でも、ご希望がありましたら、なんでもいってください」

思わずごくりと唾を呑んだ。とたんに歯の隙間から筋の塊がはずれて喉につかえた。

刀根は烈しく咳《せ》きこみながら、水の入ったグラスをあおった。

40

空は淡い茜色《あかねいろ》に染まって、家々の影が濃くなってきた。

誠一はカローラの運転席で肉まんを齧《かじ》りながら、フロントガラスに眼を凝らしている。

埃と湿気で曇ったフロントガラスは外の様子が見えづらいが、そのぶん相手からの目隠しにもなる。住宅街の路地にあるコインパーキングである。

カローラを停めている位置からは伊能建設の正面入口が見える。

夕方になって門を出入りする人や車の数が減ってきた。ここへきてから二時間が経つが、伊能昭造は姿を見せず、捜査の役にたちそうな人物もあらわれない。もっとも空いた時間が惜しくて張りこんだだけだから、収穫がないのはやむをえなかった。

遅い昼食がわりにコンビニで買った肉まんは汁気がすくなく、ぱさついている。三分の一ほど残して空のレジ袋に放りこみ、ペットボトルの茶を飲んだ。

車の前に宅配便のトラックが停まり、制服を着た若い男が荷物を抱えて走っていく。遼平とおなじくらいの年齢に見えるが、近くの商店に駆けこむと笑顔で頭をさげている。

遼平はどこにいったのか、おとといの夜から帰っていない。

友人の家に泊まっているのかと思いつつも、ずっと携帯にでないのが気がかりだった。

ゆうべ二階にあがってみると、ノートパソコンや洋服がなくなっていた。

ようやくバイトをはじめた様子だったが、他人の家から通うとは思えないから、恐らく辞めたのだろう。あるいはそれを咎められるのを恐れて、家をでたのかもしれない。

携帯をだして遼平の番号を押した。

お客様がおかけになった電話は——というアナウンスの途中で電話を切って、王の番号を押した。王に電話するのはきょう三度目だが、こっちも電源を切っているようでつながらない。携帯は署で貸与されるものではなく、誠一の私物である。

個人所有の携帯電話を勤務中に使用するのは公私ともに禁じられているし、自分の番号を王に知られたくなかった。けれども裏稼業の人間を装うのに、携帯がなくては不自然だった。どんなチンピラでも他人名義《トバシ》の携帯くらいは持っている。といって他人名義《トバシ》の売買は犯罪だから入手できない。署で貸与される携帯は共用で、業務連絡以外の使用は禁止されている。正規の捜査なら専用の携帯を借りられるが、それもできないとあって自分の携帯を使うしかなかった。

王には二日後に金を用意すると約束したから、今夜が取引の期限である。

二ノ宮の協力を得られなかったせいで四百万の金は用意できず、きのう銀行で定期を崩して二百万をおろしてきた。半額では相手にされないかもしれないし、もし回収できなかったら、かなりの痛手だ。だが見せ金くらい用意しなければ、はなから取引にならない。手ぶらできたと相手に知れたら命の危険もある。

王の正体はいまだにつかめていない。刀根に拳銃がらみの業者をあたらせたが、これといった情報はなく、あらためて警察の資料を調べても該当する人物はいなかった。

二ノ宮は確実な証拠がない限り、本格的な捜査はできないといった。けれども、いったん取引が失敗すれば、ふたたび王と接触するのは困難だろう。二ノ宮がいったように捜査協力《エス》者に証拠を押さえさせるのが無難だが、刀根にしても見返り欲しさに動いているだけだ。具体的な報酬を提示しなければ、あぶない橋を渡る者はいない。

このまま指をくわえていたら、ロッシの大量摘発というチャンスを見逃してしまう。上司の命令に反したうえに、二百万も身銭を切るほど価値があるのか疑問だが、せっかく組織犯罪対策課《ツタイ》の応援にきたからには、なんらかの実績を残したかった。

刀根には取引の際に同席するよう頼んである。

その筋の人間が現場にいたほうが相手を信用させやすいし、王やその仲間に顔見知りがいないか、面割《めんわり》させる目的もある。場合によっては部下に尾行させてアジトをつきとめたい。だが王と連絡がつかなくては動きようがない。

誠一は車をおりると、精算機で料金を払ってコインパーキングをでた。

あたりはすっかり暗くなって、街並に明かりが灯っている。

二百万の金は持ち歩くのが面倒だから自宅に置いてある。王との取引がどうなるかわからないが、ひとまず家に帰るつもりで車を走らせた。

41

ガラステーブルの上に、吸殻が溜まった灰皿がある。

自分の吸殻はすでに吸いつくして、どれもフィルターだけになった。美希の吸殻は残っているが、自分の煙草とは銘柄のちがうメンソールだし、フィルターには口紅がついている。それでも吸わないよりはましだった。

遼平は苦い煙を吐きだしながら、テレビの前であぐらをかいた。

画面の隅に表示されている時刻は六時半になった。この時間はニュースか子どもむけの番組ばかりで、どのチャンネルもつまらない。

美希はきょうも同伴だといって、一時間ほど前にでかけていった。

煙草代を借りたかったが、ベッドでうとうとしていたせいで、うっかりいいそびれた。シケモクばかり吸っているから口のなかはヤニの味がして、喉がいがらっぽかった。

美希の部屋に泊まって二日目になる。

これほど長居するつもりはなかったが、あッというまに時間が経った。おたがい物珍しかったせいか、きのうもきょうもベッドを共にした。美希は最初のときこそ恥じらう素振りを見せたが、しだいに大胆になって、終わったあとも裸で部屋をうろついている。

「遼ちゃんって、けさは自分で冷え性だというわりに汗ばんだ軀を押しつけてきて、

「何人って、いままで何人くらいつきあったん」

「そんなにおらんよ。美希ちゃんは？」

「あたしもぜんぜん遊んでないよ。前の彼氏と長かったけ」

「何年くらい？」

「高校一年のときから大学一年までやけ、三年かな」

美希が大学にいたとは初耳だったし、彼女はたちのはずだ。どこの大学かと訊くと、美希は地元で名の知れた市立大学の校名を口にして、一年で辞めたといった。

「店にはいうてないんよ。大学いっとったとかいうたら、意地悪する子がおるけね」

「そうなんだ」

「彼氏が医者の卵でさあ、親も医者やけ、お金があるやろ。あたしが大学入ってから、ふたりで遊びまわっとったら、単位がとれんで辞めたと。うちの家は厳しかったけ、留年したらつまらんていうし――」

「彼氏はどうなったん」

「親のコネがあるけ、勉強せんでも平気。もうじき医者になるんやないの」

美希は腹這いになって煙草に火をつけると、

「結婚しようていわれたんやけど、むこうの親が反対してだめになって――あたしも家を追いだされたけ、水商売に入ったと」

どことなく不自然な話に思えたが、うかつに問いただして彼女の機嫌を損ねたくなかった。

きょうは昼頃に起きて、美希が買ってきたコンビニ弁当を食べた。

彼女はキッチンが汚れるのが厭だから、料理はほとんど作らないという。そのせいか、乱雑な部屋のなかでキッチンだけは新居のようにきれいだった。

食事のあとは、美希がレンタルビデオ店で借りてきたDVDを観た。DVDは何年か前の邦画で、吉原を舞台にした時代劇だった。時代考証を無視したけばけばしい衣装やBGMがロックなのは最近の流行りらしい。でてくる女優たちも現代風のメイクや口調で、とても花魁《おいらん》や遊女には見えない。あえてミスマッチを狙ったキャスティングなのはわかるが、演技が軽すぎるし脚本もいいかげんで、観るのが苦痛だった。

美希はそうした矛盾が気にならないようで、スナック菓子を齧りながら、熱心に画面を見つめている。彼女は濡れ場になると眼を光らせて、

「ああいうの、してみたいと思う?」

「これってやらしいよね。興奮する?」

いちいち感想を訊かれて返事に困った。

美希は濡れ場に刺激されたのか、映画が終わると急に求めてきた。さすがに疲れをおぼえたが、それが自分の役目のように思えて応じるしかなかった。

美希はここにいろとも帰れともいわない。遼平も自分の意志がはっきりせず、今後のことを口にするのがためらわれた。そのくらいだから、彼女と交際するのかどうかもわからない。

はじめて部屋にきたとき、あたしが好きかと美希に訊かれて、好きだと答えた。

そのときの状況からすると、そう答えざるを得なかったが、必ずしも嘘ではない。外見は樹里のほうが好みにしても、それ以外は美希に軍配があがる。一文無しの自分に酒と飯をおごり、部屋に泊めてくれたのだから、好意を持つのは当然だろう。

そう思うわりに恋愛感情が薄い気もするが、それについては考えたくなかった。父になんの連絡もしていないことや、顔をあわせたときの反応についても考えたくなかった。

唯一はっきりしているのは、今夜もここに泊まるということだ。

美希が帰ってくるのは、早くても午前一時をすぎる。それまで部屋でじッとしているのは退屈だった。美希から合鍵は渡されているが、外で時間を潰すような金はない。

女性週刊誌とコミックが何冊かならんでいるだけの本棚に洋酒の瓶があって、硬貨がぎっしり詰まっている。これを遣えば煙草が買える。しかし黙って手をだすのは気がひけた。遣わずにいることで誠実さをアピールできるような気もする。

退屈しのぎに携帯を手にしたら、ディスプレイが真っ暗だった。

父から何度か電話があったのがわずらわしくて、無視して電源を落としたのを忘れていた。携帯をテーブルに置いて、シケモクを漁っていたら指先が灰で汚れた。

洗面所で手を洗っていると、不精髭の伸びた顔が鏡に映った。

寝間着がわりに美希から借りたトレーナーの襟から、汚れたTシャツが覗いている。まだこの部屋に泊まるなら、下着の替えくらいは持ってきたほうがいい。

いつ家に帰るべきかと考えながら、壁にかかったカレンダーを見て、ぎょッとした。渡辺の０９０金融の支払いがきょうなのを、すっかり忘れていた。今回も利息だけ払ってジャンプするしかないが、それでも一万五千円が必要だった。あと六日で今月も終わりだからカードの引落しもあるし、その翌日は吉田の０９０金融の支払日である。

このあいだ申し込んだカードの審査結果は、けさ携帯に届いた。

せっかくお申込みをいただきましたが、弊社規定によりご希望に沿えない結果となりました。誠に申しわけございません。

どの信販会社も似たような文面のメールを送りつけてきた。ネットの掲示板には、任意整理や自己破産をした者でも審査に通ると書かれていたのに、あっさり断られたのはショックだった。どうやら自分に金を貸してくれるのは、０９０金融だけらしい。

しかしこのままでは、それすらも借りられなくなってしまう。売れそうなものは売りつくしたから、自宅にはもう金目のものはない。なにかあるとすれば、父の金か私物だろう。

そんなものにまで手をだしたら、親子の仲がますます険悪になるが、押入れでもひっかきまわせば、持ちだしてもばれないものがあるかもしれない。

テレビでは七時のニュースがはじまった。七時なら父はまだ帰っていないだろう。ふだんの帰りは早くても八時をすぎるから、この時間は留守のはずだ。

携帯の電源を入れて、非通知で自宅に電話した。父がでたら即座に切るつもりだったが、呼出し音は鳴り続けている。電話を切って急いで服を着た。

遼平は硬貨の入った瓶から、百円玉を何枚かつかみだして部屋をでた。


わが家に着くと、思ったとおり誰もいなかった。

最初に和室の押入れを調べたが、古い家電品や洋服ばかりで売れそうなものはない。リビングのサイドボードと食器棚の引出しのなかも、がらくたしかなかった。

本棚にいくつか高そうな本があるが、一冊や二冊では値がつきそうもない。家具類はなくなったのが目立つうえに、運ぶのが大変だった。

和室にもどって洋服箪笥《だんす》の引出しを片っぱしから開けていくと、いちばん上の段が動かない。小物を収納するための引出しだけに貴重品が入っていそうな気がする。

上下左右に揺らしながらひっぱって、やっとの思いで開けてみたら、使用済みの通帳や証書類が入っていた。金目のものがないのに落胆しつつ引出しの底を探ると、銀行の名前が記された分厚い封筒がでてきた。それを手にしたとたん、鼓動が速くなった。

封筒のなかには、一万円札がぎっしり入っていた。

二センチほどの厚さだから、軽く百万以上はあるだろう。

父はこんな大金をなぜ家に置いているのか。理由はわからないが、これだけあれば一万や二万くすねても、ばれないかもしれない。だが一万や二万では支払いに足りない。思いきって五、六万でもいいような気がする。

「どうしよう――」

いくら持ちだすか迷っていると緊張が高まってくる。尿意をおぼえつつ足踏みをしていたら、外で門扉の開く音がした。とっさに身を硬くして耳を澄ませた。

空耳だったのか、なんの物音もしない。

ほッと息を吐いたとたん、玄関のほうから鍵を開ける音が聞こえてきた。あわてて封筒をもとの位置にもどすと引出しを閉めようとした。ところが奥がつかえて箪笥に入らない。強引に押したら、引出しが途中で動かなくなった。

「やばいやばいやばい」

遼平は胸のなかでつぶやいた。顔から血の気がひいていくのがわかる。

玄関のドアが開いて靴を脱ぐ音がする。焦って力まかせにひっぱったら、引出しがすっぽり抜けて尻餅をついた。弾みで中身が飛びだして、通帳や書類が畳に散らばった。

背後の足音に振りかえると、もう父が立っていた。

父は一瞬その場に立ちすくんでから、見る見る険しい表情になると、

「きさま、そこでなんしよんかッ」

罵声をあげて詰め寄ってきた。

なんのいいわけも思いつかぬまま腰を浮かした瞬間、平手が飛んできた。頰が弾《はじ》けるように鳴って耳鳴りがした。皮膚が痛みで痺れている。遼平は畳に片膝をつくと頰をさすって、

「なし叩くんね。探しものしとっただけやろ」

「嘘をいうなッ」

いきなり蹴りが飛んできたのを、かろうじてかわした。

「ずっと家におらんと思うたら、盗人《ぬすっと》しに帰ってきたんかッ」

父は畳の上の引出しから、金の入った封筒を手にとってなかを覗くと、

「これを盗もうと思うたんやろが」

「ちがうって。探しものっていうとうやろ」

「ならいうてみい。おれの箪笥で、なんを探しよったんか」

遼平はかぶりを振ったが、いいわけはいまだに思いつかない。

なにかいおうとしても、口のなかがカラカラに渇いて声がでなかった。唾をだそうと喉を鳴らしたら、舌の付け根がずきりと痛んだ。

「――もうええ。でていけ」

父は封筒から札を抜きとると、それを数えて遼平の前に放った。

畳に散らばった一万円札は十枚あった。父は札を顎でしゃくって、

「手切れ金や。二度と家に帰ってくるな」

42

ライオンの雌がガゼルを狩っている。

雌ライオンは仕留めたガゼルをひきずって、家族のもとへ運んでいく。子どもたちが獲物に群がっていると雄ライオンがやってきて、全員を追い払った。雌ライオンと子どもたちは、雄が獲物をたいらげるのを遠巻きに眺めている。

美奈はテレビの前で膝を抱えたまま地団駄を踏むと、

「ひどーい。自分はなんにもしないで餌《えさ》を横取りするなんて」

「そういう決まりなんやろ。べつに雄が意地悪しようわけやない」

刀根はリビングの床で肘枕をしながら、あくびまじりに答えた。

テレビの画面では、雌ライオンと子どもたちがようやく獲物を食べはじめた。野生動物の生態を撮影したドキュメンタリー番組である。

「とうさんは男だから、雄の味方するんでしょ」

「うちは逆やろ。雄がとってきた獲物を、雌と子どもが横取りするやないか」

「獲物って、お金のこと？　だったら、あたしだってバイトしとうやん」

「それは、おまえの勝手やろうが。ちゃんと小遣いやっとうのに、服やら携帯で金を遣いすぎるけよ。ちょっとは倹約せい」

「やだ。もっと獲物とってきて。いくらあっても足りないんだから」

「おまえの本業は勉強やろ。学校の先生なったら自分で稼げようが。コンビニのバイトやら、さっさと辞めてしまえ」

「先生になるには社会勉強も必要なの。文句ばっかりいってたら、夜のバイトするよ」

刀根が頭上に拳をかざすと、美奈はぺろりと舌をだした。

美奈はバイトが早めに終わったとかで、珍しく夕方から家にいる。大学をでたら小学校の教師になりたいというが、父親の稼業が稼業だけに世間体が心配だった。できることなら足を洗って、美奈や瑛太に気兼ねのない生活をさせたかった。

けれども円満に足を洗うためには、もっと金が必要だし、組の仕事《ヤマ》も踏まねばならない。反町の闇金を手入れから守るためには、警察にも協力するしかない。

きのう誠一から電話があって、きょうが王との取引だという。

王の素性がつかめていないだけに、誠一は現場に立ちあって面割をしてくれという。警察官が一緒であっても、話の流れしだいでは、なにが起こるかわからない。

危険な取引に関わるのは厭だったが、見返り欲しさに引き受けるしかなかった。もっとも、いまだに連絡がないから、取引は中止になったのかもしれない。

キッチンで肉の焼けるような音がして、ニンニクの匂いが漂ってきた。

なにを作っているのか気になるが、うっかり手をだせば、弘子はこれ幸いと料理をやめて、残りの作業を押しつけてくる。瑛太が自分の部屋からでてくるとキッチンを覗いて、

「やった。きょうはステーキだよ」

肘枕をした手から、がくりと頭が落ちた。昼に続いてステーキというのも食傷するが、それ以上に問題なのは弘子が焼いたことだ。

やがて食卓にでてきたステーキは、予想どおりお粗末だった。

牛肉が安物なのはいいとしても、筋切りをしてない肉は反りかえって、ところどころ焦げている。肉汁はまったくなく、ウエルダンどころかジャーキーに近い。

香りづけのニンニクもすっかり焦がして、厭な匂いと苦みがある。焼くのに使った油は牛脂ではなくサラダ油だから、冷めた揚げもののようにべたべたする。

娘と息子は黙々と食べているが、半分も喉を通らずにナイフとフォークを置いた。

出来合いのポテトサラダを肴に缶ビールばかり呑んでいると、弘子が眉をひそめて、

「どうしたのよ。また美味しくないっていうの」

「いや。ちょっと焼きすぎかと思うての。あと塩胡椒は片面だけでええ」

「やっぱり文句あるじゃない」

「文句やない。提案しよるだけや」

おれも提案、と瑛太がいった。

「ソースはウスターじゃないほうがいいと思う」

「べつにウスターソースかけろなんていってないでしょう。ケチャップでもマヨネーズでも、自分の好きなのをかけたらいいじゃない」

「そういう問題じゃないんですけど」

「もう、あたしが一所懸命作ったのに。とうさんに焼いてもらえばよかった」

だめよ、と美奈が口を尖らせて、

「とうさんが焼いたら、生焼けじゃない。あんな血がしたたるようなの食べたくない」

「馬鹿いえ。レアがいちばん旨いやないか。おまえは肉の味がわからんのよ」

「おれもレアが好き」

「もうごちゃごちゃいわないの。ふたりとも男のくせに細かいんだから」

「かあさんが大ざっぱなだけじゃん」

「あらそう。だったら、とうさんと瑛太のぶんは今度から自分で焼いて」

刀根は素知らぬ顔で腰をあげると、キッチンの換気扇の下で煙草を吸った。

43

誠一はリビングのソファでコーヒーを飲んでいた。

ブラックで濃いめにいれたインスタントコーヒーは空腹のせいか、やけに苦い。テレビをつけたが、めぼしい番組がなくて、すぐに消した。

遼平がでていってから三時間が経った。

無一文で追いだして犯罪にでも関わったら事だから十万円を渡したが、どうせ呑み喰いに遣うだけだろう。金がなくなりしだい、しおらしい顔で帰ってくるのは見えている。すこしは薬が効いて働く意欲がでればいいが、期待はできない。

もっともここ数日は働いていた様子だったから、それがうまくいかなかったせいで、やけを起こしたのかもしれない。二十五歳にもなった息子に甘い顔はできないものの、こういうときに母親がいないのは責任を感じる。

テーブルの上で携帯が震えた。相手は王だった。一瞬で気持が張りつめた。

急いで通話ボタンを押して、原だと名乗ると、

「金は用意できたか」

王は抑揚のない声でいった。

「ああ。ただ、いまは二百万しかない」

「話がちがうやないか」

「残りはすぐに用意する。これで半分だけでも売ってもらえんか」

「――まあええやろ。十一時に条川グランドホテルのロビーにこい」

そんな人目につく場所で取引はできない。とっさに返事をためらっていると、

「なんで黙っとる。文句あるんか」

「いや、大丈夫や」

「もし揉めたら面倒しいけの。おたがい手ェだせん場所がええやろ」

「わかった。そっちは何人でくる？」

「どうでもよかろうが」

「うちもひとり連れていくぞ。このあいだみたいに拉致られたら、たまらんけの」

王は鼻を鳴らして電話を切った。腕時計の針は十時をさした。

ホテルまでは飛ばせば二十分で着く。誠一は刀根に電話した。

刀根は眠そうな声で同行を渋ったが、強引に説得した。

「ええか。十時四十五分に条川グランドホテルのロビーや。おれは先にいって待っとる」

「なんか気色悪いの。拉致られたりせんやろうの」

「そのときはそのときや」

「それが刑事《デコ》のいう台詞か。護身用に自分の拳銃《チャカ》くらい持ってこいよ」

「馬鹿いえ。拳銃《チャカ》の売人の前でニューナンブやらだせるか」

「だしたときは弾くときやろうが。正体がばれたってかまわんやないか」

「ふざけるな」

「心配やのう。匕首《ドス》でも持っていこうかのう」

「持ってきてみい。銃刀法違反でしょっぴいちゃる」

誠一は電話を切って服を着替えた。

その筋に見えるよう黒っぽいスーツに黒いコートを羽織り、金の入った封筒をセカンドバッグに入れて家をでた。遼平に金を渡したせいで百九十万しかない。カローラをコンビニの駐車場で停めると、ＡＴＭで十万円をおろして封筒に入れた。

王との取引は部下にも知られたくない。だが王たちの正体をつかむには万全を期したほうがいい。彼らと揉めた場合も考えると、刀根とふたりだけでは不安だった。

車を走らせながら重久に電話した。重久は急な電話に驚いた声で、

「係長、どうされました」

パトロール中なのか無線の音がうるさい。

「いまどこか」

「ちょっと手が空いたんで、武藤の様子を見にいくところです」

「誰が一緒におる」

「宇野ですけど」

「急で悪いけど、遠張りしてくれんか。宇野は武藤ンところいかせて、いますぐ条川グランドホテルにきてくれ。おれは捜査協力者《エス》とロビーにおる」

「捜査対象者《マルタイ》の人着《にんちゃく》を教えてください」

「人着はわからんし人数もはっきりせん。おれたちが接触した相手を尾行してくれ」

「わかりました」

「この件は誰にもいうな」

条川グランドホテルに着くとカローラを地下駐車場に停めて、ロビーへむかった。

ロビーではパーティの帰りらしい着飾った男女が赤い顔で立ち話をしている。あたりを見まわしたが、王たちらしい人物はいない。

誠一は玄関とロビーが見渡せるよう、いちばん奥のソファにかけた。玄関の回転ドアのむこうに、さりげなくこちらを窺っている重久の姿が見えた。

十時五十分になって、ようやく刀根があらわれた。ジャージの上にダウンジャケットという恰好で、隣に腰をおろそうとする。誠一はそれを制して、

「もっと離れて坐れ。それにその服はなんか。そこらのおっさんにしか見えんやないか」

「そこらのおっさんで悪かったの。あんまり急がすけ、着替えるひまがなかったんじゃ」

刀根は離れたソファに坐って携帯をいじりはじめた。ゲームでもしているらしく、ピポピポという電子音が耳障りだった。

誠一は周囲に眼を配りつつ、王がくるのを待った。だが十一時をまわっても姿を見せない。王の携帯に電話すると、またしても電源が切れている。

十二時になってロビーは閑散としてきた。刀根が携帯をしまうと大きく伸びをして、

「どうやら、すっぽかされたみたいやの」

「ああ」

「もう帰ろう。あんまり遅なったら、ガキどもに怒られる」

「子どもとはうまくいっとんか」

「まあの。おれの子にしたら、できがええ」

「おまえに似らんでよかったの」

「いらん世話じゃ。おまえンとこも息子がおるやろう。元気しとうかい」

「つまらん。仕事も辞めてふらふらしとる」

「おやじが厳しいことばっかりいうけやろ。若いときは遊ばしてやらな」

「ヤクザにいわれとうないわ」

あきらめて腰をあげたとき、重久が回転ドアを抜けて、こっちにむかってきた。

「もうええぞ。帰れ」

誠一が前をむいたままいうと、刀根は足早に去っていった。

入れかわりに重久が緊張した面持《おもも》ちで駆け寄ってきて、まずいです、といった。

「どうしたんか」

「いま宇野から電話があって、武藤が襲われたそうです」

「誰に」

「わかりません。武藤がアパートをでてきたところを襲われたみたいです。血まみれで意識もないんで、ひとまず救急車を呼んだとしか――」

誠一は溜息をついて宙をあおぐと、重久をうながして走りだした。


武藤の住んでいるアパートは住宅街の一角にある。

タクシーで現場に着いたとたん、けたたましいサイレンを響かせて救急車が走っていった。古ぼけた木造モルタルのアパートの前は、近所の住人らしい野次馬が集まっている。人混みを掻きわけていくと、宇野が夜目にも青ざめた顔で駆け寄ってきた。

宇野によれば、武藤はすでに病院へ搬送されたという。さっきの救急車がそうだったらしい。犯行現場はアパートの前で、階段の下におびただしい血痕があった。

武藤は母親の富子と二階の部屋に住んでいるが、富子は自分が経営しているスナックに出勤していて留守だった。武藤は父親を幼い頃に亡くして、富子が家計を支えている。

宇野はアパートのむかいの路地に覆面パトカーを停めていた。その位置からは、外廊下の手すり越しに武藤の部屋が見える。事件の直前、ドアが開いて武藤がでてきた。武藤は外出する様子だったが、階段が反対側にあるせいで一瞬姿が見えなくなった。

「もう外にでてくるかなと思うたら、どすどすッて鈍い音と、ひとが倒れるような音がしたんです。あわてて車をおりて見にいったら――」

武藤が階段の下でうつ伏せに倒れていた。

頭から大量に血が流れていて、声をかけても返事がない。

あたりを見まわすと、犯人とおぼしい人影が三人、路地のむこうへ走っていった。

宇野は急いで三人のあとを追ったが、入り組んだ路地のせいで、まもなく見失った。宇野は重久に電話してから条川署に事件を報告し、一一九番通報をしたという。

「被疑者《マルヒ》の人着《にんちゃく》は？」

「後ろ姿は男でした。三人とも身長百七十から百七十五くらいで――」

「はっきりせんか。歳は？　頭髪《ハツ》は？」

「すみません。暗くてよく見えませんでした」

宇野は唇を結んでうなだれた。一緒に張っていた重久をはずしたのは自分だし、今回の張込みは正規の捜査ではないだけに強くはいえなかった。

条川署の管轄区域には、すでに緊急配備《キンパイ》が敷かれているが、めぼしい情報は入らない。

機動捜査隊《キソウ》に続いて鑑識班が到着した。もし武藤が死亡したら、暴行殺人事件として捜査本部《チョウバ》が立つだけに現場の空気は張り詰めている。

鑑識作業がはじまると、母親の富子に電話して事件を伝えた。富子は気丈でうろたえた様子はなく、すぐ病院にいくといった。

誠一は重久と宇野を現場に残して、武藤が搬送された市立病院にいった。

車は鑑識のパトカーで、鑑識主任の香坂が一緒である。武藤の傷から凶器を推定したり、躯に付着した犯人のDNAを採取したりするのが目的である。

「さっき重久に訊いたら、被害者《マルガイ》は最近ホストと揉めとったらしいの」

「ああ」

「犯人《ホシ》はそいつらか」

「かもしれんが、べつの線もありうる」

但馬から口止めされているだけに迷ったが、思いきって捜査員名簿の件を喋った。

初耳やの、と香坂は訝《いぶか》し気な表情でつぶやいて、

「そんな名簿あったら、ふつう指紋《モン》くらい採取《と》るのにな。鑑識にはまわってきとらんぞ」

「どうせ上が隠したんやろ。マスコミに漏れるのを怖がっとんかもしれん」

署に提出したのは捜査員名簿のコピーで、実物を持っているのは自分だとはいえなかった。

市立病院に着くと、武藤は手術室に運びこまれていた。

手術室の前には富子の姿があった。店からそのまま駆けつけたらしく、厚化粧でラメ入りのドレスを着ていた。犯人の見当がつかないか訊いたが、富子はかぶりを振って、

「うちの馬鹿息子がご迷惑かけて申しわけないです。勉強ちゃひとつもせんで、いっつも喧

嘩ンじょうしよるけん、こげなこつになってしもて――」

富子は何度も頭をさげた。

こういう事態を警戒して重久や宇野を張りこませていたのに、事件を防げなかった。部下にまかせるのではなく、自分が武藤を警護していればよかった。むろん現場にいたところで、武藤を救えたかどうかわからないが、王のせいで時間をむだにしただけに悔いが残る。

武藤がリーダーを務める天邪鬼のメンバーたちが手術室の前に詰めかけてきた。

彼らは今夜グループの集会をおこなう予定だったが、時間になっても武藤はこないし携帯もつながらない。不審に思って富子に連絡して、事件を知ったという。

「武藤さんやったんは、ぜったいホストの奴らや」

「あいつら、今度こそぶち殺す」

少年たちは、このあいだ揉めたホストたちが武藤を襲ったと決めつけている。いまからでも仕返しにいくというのをどうにかなだめて解散させたのは、明け方近かった。

ホストたちが犯行におよんだ可能性は否定できないから、調べてみる必要はある。しかし最初の読みどおりなら、奥寺の死はやはり事故ではなかったことになる。

奥寺は伊能建設の事務所から手提げ金庫を盗んだ。

金庫のなかには、県警本部捜査四課から流出した捜査員名簿が入っていた。他人に見られたら都合の悪い書類が、ほかにもあったかもしれない。いずれにせよ、それらが明るみにでるのは犯人にとって好ましくなかった。

そこで犯人は手提げ金庫を取りもどそうと、奥寺を捕まえて口封じのために殺害した。遺体は事故にみせかけて、森林公園の小川に投げこんだ。

犯人が金庫を回収したかどうかは不明だが、捜査員名簿は武藤の手に渡っていた。奥寺がそれを犯人に漏らした場合、武藤が狙われると踏んだから、重久たちに警戒を頼んだのだ。

したがって武藤を襲った犯人は、奥寺を殺害したのと同一人物だろう。犯人は武藤も殺すつもりだった。しかし宇野があらわれたせいで、その場から逃走したのかもしれない。

三人の男は何者なのか。

犯行は一瞬でおこなわれただけに、武藤が顔や服装をおぼえているかどうかわからない。それ以前に意識がもどらない恐れもあるが、一日も早い回復を祈るしかなかった。

44

薄曇りの空を鴉が一羽舞っている。

仲間でも呼んでいるのか、かあかあと間抜けな声が耳障りだった。

遼平は寒さに肩をすくめて煙草を吸っていた。パーラーマルハマの駐車場である。

景品交換所の前ではジャージにどてらを羽織った中年男がふたり煙草を吸いながら、あの台はどうのこの台はどうのとパチンコ談義に余念がない。寒いのに店へ入らないのは金がないせいか。それともそれほどパチンコが好きなのか。

もっとも、そういう自分も店に入ると、つい打ってしまうかもしれない。店内で待ってもよかったのに外に立っているのは、それが怖いからだ。

ゆうべは、とうとう実家を追いだされた。

父は二度と帰ってくるなといった。過去にも父は逆上すると、似たような台詞を口にしたが、今回はたぶん本気だろう。そう思うわりに勘当された実感はない。

手切れ金だといわれつつも、十万円が手に入ったときは得したような気さえした。どうせ家に帰れないのなら、あの封筒の金をぜんぶ持ちだせばよかった。そんな思いも湧いてくるが、あのとき父が帰ってこなかったとしても、そこまでの度胸はなかっただろう。いずれにせよ、さほど不安を感じないのは、まだ手元に金があるせいかもしれない。

携帯で時刻を見ると十時半だった。

０９０金融の渡辺はまだ姿を見せない。電話してから三十分近くも待たされている。

きのうが返済日だったし、勘当の代償に十万円が入ったから、元金の三万円を全額かえそうと思ったのに、渡辺はあしたの返済でいいという。きょうまで延ばしても、そのぶんの利息はとらないといったが、ほんとうかどうか不安だった。

ようやく白いクラウンが駐車場に入ってきた。渡辺が車をおりてきて、すまん遅なった、といった。いつもの黒いジャージを着て、ヴィトンのセカンドバッグを小脇に抱えている。

渡辺は寒そうに両手をポケットに突っこんで、

「ゆうべは全額返済するていうとったけど、大丈夫か」

遼平はうなずいて三万円を差しだしたが、渡辺はポケットから手をださず、

「ジャンプしたほうがええんやないか。いまから打つんやろ」

「いえ、打ちません」

渡辺は眉間に皺を寄せて遼平をにらむと、

「どうしたんか。大勝ちでもしたんか」

「そんなんやないですけど、ずっと借りてたら利息が大変ですし」

「なら、こうしょうか」

渡辺は不意に表情をやわらげて黄ばんだ歯を見せると、

「兄ちゃんはだいぶ実績できたけ、上の者《もん》に相談して融資枠を五万まで増やしてもらおう。ほんで利息はトゴからトサンにさげちゃる。特別サービスじゃ」

「でも、いったんかえしておきたいんで――」

「なら三万だして完済し。あらためて五万貸しちゃるけ」

一時的にでも金が増えると思うと気持が揺らいだ。渡辺は続けて、

「またすぐ金がいるごとなるぞ。いま借りちょかんと、枠も増やせんし、利息もさげられん

かもわからん。あとで後悔するんやないか」

もうすこしでうなずきそうになるのを、遼平はかろうじてこらえて、

「やっぱりいいです。きょうは完済します」

渡辺はまた眉間に皺を寄せたが、しぶしぶ金を受けとって帰っていった。

ついでに吉田のところで借りた三万円も完済しようかと思ったが、返済日まで何日かあるし、持ち金が四万円に減るのも不安だった。カード会社の引落しぶんも口座に入れたら、残りはほとんどなくなってしまう。

そう考えると持ち金がなくなるのは、あッというまである。

父から勘当されても開きなおれたのは、美希の部屋という居場所があるせいだ。けれども一緒に住んでと請われたわけではなく、同棲する約束をしたわけでもない。美希がなにもいわないのをいいことに、なんとなく居候を続けているだけだ。

もし彼女が臍《へそ》を曲げて、部屋を追いだされたらどうするのか。そんなことすら想定していない自分に嫌気がさして、にわかに心細くなった。部屋をでたとき美希はまだ眠っていたが、特に書き置きはしていない。彼女が眼を覚ましたら、居候がようやく実家へ帰ったと思うかもしれない。

遼平は急ぎ足で駐車場をでるとコンビニに寄った。美希がいつも食べているスナック菓子やケーキを買いこんで、彼女のマンションにむかった。

45

集中治療室《ICU》の窓から朝の光が射しこんでいる。

武藤は包帯で頭をぐるぐる巻きにされて、ベッドに横たわっていた。口に酸素マスクをつけ、手と腕に点滴の針が刺さり、シーツの下から導尿カテーテルの管が伸びている。ベッドからはみだしそうなほど大きな軀はぴくりとも動かない。かろうじて生きている証拠に、胸がわずかに上下しているだけだ。

ベッドの脇の丸椅子に、母親の富子が憔悴《しょうすい》した顔で坐っている。

武藤は後頭部の強打による頭蓋骨陥没骨折と脳挫傷の重傷で、深夜に緊急手術を受けた。

執刀医は四十がらみの小柄な男で、手術はひとまず成功したといったが、

「このまま意識が回復せずに脳死したり、植物状態となる危険もあります。意識が回復しても、なんらかの後遺症が残る可能性が高いですね」

「後遺症とは――」

「記憶障害や言語障害、手足の麻痺《まひ》です。それ以外にも、集中力が欠けて計画性のある行動ができない遂行機能障害や、感情的になったり暴力的になったり、世の中への関心を失ったりする社会的行動障害を起こす場合もあります」

十七歳の若さでそんな状態に陥るとは、あまりにも不憫である。

あらためて犯人に対する怒りがこみあげた。

看護師たちが入ってきたのをしおに集中治療室をでた。

天邪鬼のメンバーが四人、廊下の長椅子に暗い表情で坐っていた。ゆうべ解散させたが、心配で残っていたらしい。早くひきあげるよううながしてから、条川署へむかった。

明け方に帰宅して、小一時間しか眠っていないだけに目蓋が重かった。

条川署に着くと、さっそく二ノ宮に呼びつけられて会議室に入った。

「ゆうべから大変なようですが、天邪鬼云々《うんぬん》は生活安全課《セイアン》の仕事でしょう。片桐係長にはこっちの応援にきてもらってるんです」

「それは重々わかってます」

「わかってないじゃないですか。いいかげん成果をだしていただかないと――」

上司とはいえ、十歳も年下の男から頭ごなしにいわれると癇に障る。

見通しはどうかと訊かれたが、王との取引が失敗したのをいうわけにはいかない。こうなったら、刀根が仕入れたという拳銃を摘発して、この場をしのごうと思った。

「一挺だけですが、捜査協力者《エス》と話がつきしだい、挙げられそうです」

「だったら早いほうがいい。きょうにでもいけそうですか」

「たぶん」

「じゃあ、お願いします」

「わかりました。ただ捜査協力者《エス》に対する見返りは――」

０９０金融の件を口にすると、二ノ宮は首をひねって、

「相良係長は頑固ですからね。どこまで譲歩するかわかりませんが、とりあえず話してみましょう。それから、いうまでもないことですが、この捜査は極秘です。捜査協力者《エス》の件も含めて、くれぐれも外部に漏らさないようお願いします」

会議室をでてから、隣の刑事課にいって鑑識係を覗いた。

香坂が紺色の制服に白手袋で、デスクの顕微鏡を覗いている。

「あれから、なんかわかったか」

「いや、あいかわらずや」

香坂は顕微鏡から顔をあげて、

「被疑者《マルヒ》のＤＮＡがでてこんかと思うて、病院で武藤の爪や手も調べたが、なんもでてこんかった。たぶん急に殴られて、そのまま昏倒したんやろう。現場の血痕や微物にも、被疑者を特定できそうなもんはない」

「凶器はなんと思うか」

「傷の形状からして、ハンマーとか鉄パイプとか、金属製の鈍器やろう」

香坂と喋っていると、生活安全課課長の但馬から内線が入った。

「そげなところでなんしようか。すぐ会議室へこい」

誠一は溜息をついて、ふたたび会議室にいった。

但馬はテーブルのむこうで腕組みをしていた。いつものように銀縁メガネの奥の眼をしばたたいているが、テーブルの下の足も気ぜわしく貧乏揺すりをしている。

「ずいぶん勝手なまねをしとうそうやの」

但馬は上目遣いでいった。

「重久と宇野はおまえの部下やけど、おまえはおれの部下や。武藤を遠張りするならするで、なんでひとこと報告せんのか。おまえの代打でうちにきとう森下も気ィ悪くしとうぞ」

「申しわけありません」

誠一は立ったまま頭をさげた。

「組織犯罪対策課《ソタイ》へ応援いっとうのに、勝手な判断でうちの連中を動かすな。そげん武藤のことが気になるんやったら、自分で張っときゃよかったやろう。重久や宇野をひっぱりまわして、おまえはなんをしよったんか」

「――べつの捜査がありまして」

「あっちやらこっちやら色目使わんでええけ、与えられた任務をきちんとこなせ。スタンドプレイで手柄あげようなんち考えるな」

「そんなつもりでは――」

「武藤の件はうちと刑事課でやる。もう関わるなよ」

「でも、あいつはわたしに打ち解けてくれとうです。意識がもどったら、いろいろと訊きたいこともあるんです」

「打ち解けとうなら、なし天邪鬼を解散させんのか。うぬぼれるんもたいがいにせい」

「――はい」

「これ以上、勝手なまねするんやったら覚悟せえよ。もうじき人事やしの」

もういけ、と但馬はドアに顎をしゃくった。

一礼して会議室をでると、きのうから何度目かわからない溜息をついた。

二ノ宮も辛辣《しんらつ》だが、但馬のほうが底意地が悪い。

この調子では激務の交通課か僻地の地域課へ飛ばされるかもしれない。自分の手柄のためには無理な要求をして、いざとなったら責任を押しつけてくる上司たちに怒りを感じる一方で、それならそれでいいと開きなおる気持もある。

とうに出世はあきらめているし、息子もだめになる一方だ。定年まで八年のあいだ、やれるだけやってみて、我慢の限界がきたら辞めればいい。

階段で一階におりると駐車場にでた。

上着のポケットから携帯をだして、刀根の番号を押した。刀根はまだ寝ているのか、なかなかつながらない。つながらなければ何度でもかけるつもりだった。

「拳銃《チャカ》挙げりゃええんやろ。糞ったれがッ」

呼出し音をむなしく聞きながら、胸のなかで毒づいた。

46

刀根は坪内歯科をでて駐車場でシーマに乗った。

下顎の前歯は薬の詰め替えが終わったとかで、やっと仮歯が入った。ルームミラーを覗いて口を開けると、煙草のヤニで汚れた歯のあいだに白い歯がある。

一本だけきれいなのは不自然でバランスが悪い。坪内によれば仮歯はプラスチック製で、歯ぎしりをしたり硬いものを噛んだりすると、折れる場合があるらしい。

差し歯が入るのは全体の治療が終わってからだというから、ずいぶん先になりそうだった。それまでにどれだけ口のなかをいじられるのか。考えただけでうんざりする。

刀根は煙草に火をつけると、ヘッドレストに頭をもたせかけた。

けさは早くから誠一の電話で起こされたせいで、まだ眠気が覚めない。誠一はようやく拳銃《チャカ》の取引を承知して、隠し場所を教えるようにいった。

「教えるんはええけど、見返りはしっかり頼むで」

「前いうとった090《ゼロキューゼロ》金融やろ」

「そうよ。もう上に話してくれたんか」

「ああ。けど確約はできんぞ」

「そんなええかげんなこっちゃ困るわい。おれの立場はどげなるんか」

「こっちだって立場がある。とりあえず一挺挙げな、上も信用せん」

「信用したら、相良ちゅう奴はおとなしゅうなるんやの」

「あんまり期待すんな。せいぜい手心を加えるくらいしかできん」

「その手心が問題よ。家宅捜索《ガサイレ》の情報があったら教えてくれ」

「ええか。いうとくけど、おれは犯罪の片棒は担がんぞ」

「どういう意味か」

「おまえがいうとるのは捜査情報の漏洩やないか」

「そこはそうならんごと、うまくやるわい。前もそうやったやないか」

「前とは状況がちがう。それに前だって捜査情報は漏らしとらん」

「はいはい。そやったの」

「なんかそのいいかたは」

「そげ恰好つけんでもええやないか。おまえの建前は尊重するけん」

「なんが建前か。ごちゃごちゃいうなら、この話はなしや」

「ちょう待ちない。おれに電話してきたんは誰じゃ。ゆうべも拳銃《チャカ》の売人あたったり、ホテルで張り込みつきおうたり、さんざん協力しとうやないか」

「それには感謝しとう」

「それだけかい。おれはおまえの部下やないんぞ。拳銃《チャカ》は挙げたいけど、金も見返りもだしとうない。それで協力せいちゅうのはむちゃくちゃやないか」

「その090金融《ゼロキューゼロ》やっとうのは、反町ちゅう奴やったの」

「おう」

「いまのうちに身のまわりをきれいにせいていうとけ。商売《シノギ》でしょっぴかれんでも、別件で逮捕状《フダ》がでたら、なんもならん。いまいえるのはそのくらいよ」

曖昧な返事は不満だったが、強くですぎて取引がふいになったら藪蛇である。

拳銃を埋めた場所を誠一に教えてから電話を切った。

090金融の捜査をどこまで抑えられるか気がかりだったが、与えられた役目はひとまず果たしたのだから、堂前に報告しておくべきだろう。

刀根は煙草を消してシーマを走らせた。

事務所に着いて応接室に入ると、まだ昼前だというのに堂前がソファに坐っていた。

最近日課になっているジムの帰りらしく、ジャージ姿で首にタオルを巻いている。理事長の財津もおなじ恰好だから、ご機嫌取りにお供をしてきたのだろう。財津は堂前のむかいにかけて、ふたりを囲むように幹事長の石橋と本部長の難波が立っている。

あーいかんいかん、と財津が大きく伸びをして、

「きょうも会長《おやじ》に負けてしもうた」

「なんして負けたとですか」

石橋が訊いた。

「ベンチプレスよ。六十一にもなって軽く百キロあげようけん。太刀打ちできんばい」

「百キロちゅうたら、若い者《もん》でもそうそうあげきらんでしょう」

「おれもぜったい無理やな」

と難波がいった。堂前は相好を崩してジャージを脱ぎだすと、上半身裸になって力こぶを作った。肩まで刺青の入った腕に筋肉が盛りあがっている。石橋と難波が感嘆の声をあげて、

「ほう。たいしたもんやなあ」

「若い頃よりすごいやないですか」

堂前はよほどうれしかったのか、インプラントの真っ白な歯を剝きだして、

「インストラクターの兄ちゃんは四十代の軀ちゅうとったがの」

ボディービルダーよろしく、さまざまなポーズをとりはじめた。取り巻きたちはいちいち感心して拍手までしている。このぶんでは拳銃の話はできそうもない。肉体自慢が終わるのを待つにしても、堂前がいては煙草も吸えないのがつらかった。

マンションに帰ってひと眠りしようと、こっそり踵をかえしたとき、

「刀根ェ」

堂前の声に、ぎくりとして振りかえった。

「どこいきよるんか」

「いえ、ちょっと外で煙草を」

「まあだ煙草やら吸いよんか。たいがいでやめれ。もう街も吸うところなかろうが」

「――はあ」

「おまえも筋トレくらいしたらどうなんか。見てみいその腹を」

取り巻きたちがこっちをむいて笑い声をあげた。堂前はジャージに袖を通しながら、

「極道も昔みたいに不摂生しよる時代やないぞ。先のわからん稼業なんやけ、軀が資本やろが。体力のない奴は相手されんし、病気でもなったらしまいやぞ」

「すみません。気ィつけます」

「ほんで、なんか。こないだの件はどげなっとんか」

「きょう話をつけました」

「ほうか。なら大丈夫やの」

「ぜったいとはいえませんが――」

「なん甘いこといいよるんか。ぜったい大丈夫になるよう、ぴしゃッとやれ」

刀根は曖昧に一礼して事務所をでた。

玄関脇の軒下に立つと監視カメラの死角なのを確認してから、煙草に火をつけた。煙と溜息を一緒に吐きだしていたら、反町のリンカーンナビゲーターが駐車場に入ってきた。

反町は車をおりると、こちらに気づいて頭をさげた。ウエストを絞ったスーツが華奢《きゃしゃ》な軀によく似合っている。自分が着たらボタンをとめるどころか、袖すら通らないだろう。

反町は刀根の前で足を止めて、

「理事長補佐──いや兄貴、どうしてこんなところに」

「会長《おやじ》が一階におるけ、なかで吸えんのじゃ」

「大変ですね。煙突みたいに煙吹いとった会長《おやじ》がヘビースモーカーだったんでしょう」

「おう。昔は会長もへビースモーカーだったわ。それがいまじゃ健康フェチやけの」

反町は苦笑して歩きだした。拳銃のことはいえないが、誠一の忠告は伝えておくべきだろう。反町にはしっかり恩を売って、それなりの見返りをもらいたい。

「いまがんばって、相良を抑えとうけの」

刀根が声をかけると、反町は足を止めた。

「おまえはおまえで用心しとってくれ。090《ゼロキューゼロ》金融に家宅捜索《ガサ》が入らんでも、別件で持っていかれたら往生するけ」

「ありがとうございます。いまのところ別件の心配はないんで大丈夫です。090《ゼロキューゼロ》金融さえ抑えていただけたら、なんとかなりますんで」

「追いこみも、ほどほどにしとけよ。客が密告《さ》したら、警察《ヒネ》も動かなしょうがないけの」

「わかりました。しかし、さすがは兄貴ですね。どこの組も暴排条例のせいで大変だっていうのに、警察《ヒネ》を抑えられるんですから」

まあの、と刀根は煙草を吹かして、

「年の功ちゅうやつよ」

「ほんとに助かります。今回のお礼は、きっちりさせてもらいますから」

ようやく聞きたかった台詞を聞けて満足した。

反町が事務所に入ったあと、ドアが開いて財津がでてきた。

財津の視線は刀根の口元にむけられている。

こんなところで吸うなといわんばかりの表情に、煙草を指でつまんだら、空気が乾燥しているせいかフィルターが唇に貼りついた。思いきって剝《は》がしたとたん、鋭い痛みとともに唇の皮が剝け、同時に指先が煙草の火に触れた。

「あちちちち」

熱さに飛びあがって手を振りまわすと、吸殻が玄関先に落ちた。財津は眉をひそめて、こっちを見ている。刀根はえへへと笑って吸殻を拾い、急ぎ足で駐車場にいった。

その日の夕食は鶏鍋だった。

鶏肉や野菜といった具材は、刀根が商店街で見繕って買ってきた。

わざわざ自分で作る気になったのは拳銃の取引を終えて肩の荷がおりたのと、たまにはヘルシーなものが食べたかったからだ。弘子の料理は雑なだけでなく、塩分やカロリーが高い。鶏肉なら低カロリーで高蛋白《こうたんぱく》だし、値段も安い。

昆布と酒と鶏ガラでとったダシ汁に、すりおろしたニンニクを入れ、塩麴《しおこうじ》で味をつけた。塩麴を使ったのは、塩分が控えめなのに旨味とコクがでるからだ。

弘子は刀根の後ろで満足そうに腕組みをして、

「きょうは楽ちんだわ。これで洗いものまでやってくれたらねえ」

「馬鹿いえ。亭主が飯作るってだけで上出来やろが」

「だって作ってくれるのはいいけど、すごい散らかすじゃない」

「片づけなんか考えとったら、旨いもんは作れん」

「あらそう? 一流の料理人は片づけもうまいって、テレビでいってたけど」

「やかましい。突っ立っとらんで皿でも持っていけ」

弘子と瑛太が早く食べたがるのを制して、美奈がバイトから帰ってくるのを待った。先に食べたら娘に悪いというよりは、料理の腕を自慢したかった。

美奈が帰ってくると四人はリビングで鍋を囲んだ。

刀根は土鍋の前に陣取って、タイミングを計りながら具材を入れた。

まだ食べごろでない肉や野菜に妻子が箸を伸ばすたび、もうちょい待て、と止める。いい具合に煮えたらオタマですくって小鉢に入れ、早く食べろ、と急きたてる。美奈と瑛太はそれがまどろっこしいようで、自分が食べたいものを勝手に放りこもうとする。

「もう、いちいちうるさいなあ」

と美奈がいった。

「なにから入れたっていいじゃん。どうせ煮るんだから」

「馬鹿。ちゃんと順番があるんや。味が落ちるやろうが」

瑛太が弘子の顔を見て、

「こういうひとを鍋奉行っていうんでしょ」

「とうさんが奉行のわけないでしょ」

「あ、そうか。罪人のほうだよね」

「ふざけるな」

鍋をたいらげてシメのうどんを煮ていたとき、テレビでローカルニュースがはじまった。見おぼえのある山道が画面に映って、アナウンサーの中年男が喋りだした。

「警察によりますと、けさ十時頃、暴力団組員が拳銃を山に埋めたとの情報を受け、署員が付近を捜索したところ、フィリピン製とみられる拳銃一挺を現場近くの道路脇で発見しました。警察では拳銃についてくわしく調べるとともに、銃刀法違反容疑で暴力団組員の行方を追っています」

菜箸を持ったまま画面を見つめていたら、ちょっと、と弘子がいって、

「どうかしたの。もう煮えすぎてるんじゃない？」

刀根はあわててかぶりを振ると、土鍋のなかに菜箸を伸ばした。

47

誠一が条川署にもどってきたのは、夜の八時だった。

途中で市立病院に寄ったが、武藤は意識不明のままだった。医師の話では意識を回復するにしても患者によって時期はまちまちで、数日から数年まで大きく幅があるという。

「まったく予断を許しません。このまま亡くなるケースも多いですから」

組織犯罪対策課に入ると、二ノ宮がわざとらしく手を叩いて、

「よくやった。署長も喜んでたよ」

ほかの捜査員たちはおざなりな拍手をして、微妙な視線をむけてくる。よそ者が手柄をたてたのを妬《ねた》んでいるようでもあるし、ほかの思惑を感じているようでもある。テレビでは、いましがた拳銃摘発のニュースが流れたらしいが興味はなかった。

きょうは午後から組織犯罪対策課や鑑識の連中と一緒に、拳銃の捜索に立ちあった。捜索

といっても、あらかじめ隠し場所は聞いてあるから、ただ地面を掘っただけだ。

だが錆びた塗料缶から拳銃がでてくるのを見たとき、越えてはいけない一線を越えてしまったような後ろめたさがあった。

二ノ宮は警察の功績を強調するためか、捜査の過程で拳銃の情報をつかんだとマスコミに伝えたようだった。匿名者からの通報では印象が薄いし、やらせ捜査が表沙汰になって以来、マスコミは決まって疑惑の眼をむけてくる。

「まだ一挺だが、やっと実績をあげた記念に、ちょっとだけいきましょうか」

二ノ宮はそういって盃をあおる手つきをした。武藤のことを考えると呑みたい気分ではなかったが、０９０金融の件を訊いておきたかった。

誠一は承知して、二ノ宮とふたりで退庁した。

二ノ宮に連れていかれたのは、条川駅のそばにある小料理屋だった。

十人も入れば満席になりそうな店で、カウンターのむこうに中年の女将と従業員の若い女がいた。二ノ宮は熱燗《あつかん》で、誠一は冷酒を呑んだ。肴は鯵《あじ》と鯖《さば》の刺身と水炊きである。

女将と従業員はこちらの職業を心得ているようで、仕事の話になるとさりげなく厨房に姿を消した。頃合を見計らって０９０金融の件を訊ねたら、

「思ったとおり相良くんは渋ったよ。元締めの反町って奴を、近日中に別件で縛るつもりだったらしい。どこからストップがかかったのかって、さんざん訊かれたけど、まさか

捜査協力者《エス》からの依頼とはいえんしね」

「無理をいって申しわけありません」

「いやいや、無理いってるのは上の連中ですよ。署長の異動土産にしても、こういう捜査をやらせるのはまちがってる。ぼくも片桐係長もあぶない橋を渡らされて、いい迷惑だ。なにかあっても上は知らん顔して、こっちに責任を押しつけてくるんですから」

「上が保身に走るのは、いまにはじまったことやないでしょう」

「いや、それでも昔は組織として、いい意味で身内をかばう体質があった。でもいまは、ちょっとでも不祥事があったら即座にトカゲの尻尾切りで、部下を首にするじゃないですか」

「民間企業もそういう傾向が強いみたいですね」

「いまの時代、どこもブラック企業化してますからね。ほんのひと握りのトップが富と権力を独占して、あとは末端の社員だけになってる。いわゆる二極化ってやつです。中間層がいないからトップをいさめる者はいないし、末端が逆らったら即解雇で、ほとんど独裁政権ですよ。その点うちは、ぼくみたいな中間管理職がいるだけましかもしれません」

二ノ宮は赤みのさした顔で笑うと、仕事の話を切りあげて、

「片桐係長は、たしか息子さんとふたり暮らしですよね」

いきなりプライベートな話題を振ってきた。

遼平は家をでていったままだし、史子は離婚したあとで逝っただけに家庭の話はしたくな

かった。警察官にとって、家庭不和や離婚は不適切な問題である。昔ほど詮索はされないし、人事への影響もないという建前だが、上司や警務課はしっかりチェックしている。

しかし二ノ宮は離婚のことには触れず、徳利を差しだして、

「一戸建てにふたりかあ。うちとおんなじだ」

「あれ。課長は官舎にお住まいじゃなかったんですか」

「いやいや、官舎なんかに住んでたら、しょっちゅう警電で呼びだし喰うし、家内がひとづきあいが苦手でね。上司の奥さん連中におべっか使うのが厭だっていうから――」

誠一は笑って盃をあおると、

「うちもそうでした」

「おかげで上からしょっちゅう厭みをいわれたよ。おれが官舎住まいなのに、おまえが戸建てに住むなんて、まだ早いって。でも、このまま官舎にいると家内のストレスも溜まるだろうと思ってね」

もっとプライドが高くて冷淡な男だと思っていたが、一緒に呑んでみると、だいぶ印象がちがう。口うるさい但馬とちがって打ちとけられそうな気もする。

もっとも五十をすぎると、肚《はら》を割って話せる相手はなかなか見つからない。あるいは自分がそんな気持になれないのか。

店の勘定は二ノ宮が持った。次は自分が案内しようと思ったが、

「呑んだあとでも、家で飯を喰わんと家内がうるさいんでね」

おかげでメタボですよ、二ノ宮は笑って下腹をさすった。

二ノ宮が帰ったあと、ネオン街に足をむけた。

中途半端に酒が入ったせいか、もうすこし呑みたかった。居酒屋で軽くひっかけるつもりだったが、客引きたちが寒そうに肩をすくめる通りを歩いていると、綾乃の顔がちらついた。

ノワールはプライベートで呑む店ではないし、素性がばれるリスクもあるから、もう顔をださないつもりだった。

けれどもノワールのあるテナントビルが見えてくると、無意識に歩調が速くなった。ただ呑むだけならともかく、伊能建設に関する聞きこみができるかもしれない。

自分にそういいわけしてオーク材の重たいドアを開けた。

「あら、原さん」

と綾乃にいわれるまで、この店で偽名を使っていたのを忘れていた。

「いらしてくれたんですね。うれしい」

この前は着物だったが、今夜は軀の線があらわな黒いドレスを着ていた。

店内は空いていてボックス席に案内された。職業柄、女に囲まれて呑むのは気が咎める。

カウンターのスツールに腰をおろしてジントニックを注文した。

綾乃は前につこうとしたが、電話が入って席をはずした。ジントニックを呑みながら、ふと脇を見たら、やあどうも、と恰幅のいい中年男が会釈した。この前きたときに逢った伊能のゴルフ仲間である。だいぶ酔っているようで眼が据わっている。誠一は笑顔をかえして、

「たしか、伊能さんのお知りあいでしたよね」

「ええまあ。ゴルフして呑むだけやけど」

「景気がいいんですね」

「うちは火の車。商売のこと考えよったら寝られんようになるけ、毎晩呑みようとです」

「そんなふうには見えませんが」

「いやいや、いまはどこも大変よ。伊能さんとこもゼネコンにいじめられようし」

「ゼネコン？」

「西急《せいきゅう》建設がね。あそこはやかましい会社やけ」

ドアが開いて、スーツをきた初老の男が入ってきた。日焼けした顔に縁なしメガネをかけて、白髪を撫でつけている。どこかで見た顔だと思ったら、伊能昭造だった。

噂をすれば影や、と隣の男がつぶやいて、伊能に手を振った。

おお、と伊能は顔をほころばせて、

「ここにおられたですか。どこかで呑んでるだろうと思いましたけど」

「それはおたがいさま。社長こそ、どこで呑みよったですか」

「気を遣うだけの接待ですよ。園部《そのべ》社長、せっかくだから一緒にどうですか」

「申しわけないけど、もう帰ります。いまからコレと待ちあわせちょるけ」

園部と呼ばれた男は小指を立てて笑うと、スツールから腰をあげた。

電話を終えた綾乃が、女たちと一緒に園部を見送りにいった。伊能は背後のボックス席に坐って、おしぼりで手を拭いている。思わぬところでチャンスが巡ってきた。このまま粘って伊能を尾行しようと思ったが、綾乃は店にもどってくると、

「原さん、伊能社長がお見えですけど」

ボックス席を掌で示した。誠一はあわてて手を振って、

「いや、きょうは遠慮しといたほうが――」

綾乃の声が聞こえたようで、伊能がこっちを見た。以前この店にきたときは伊能の知人を装っただけに、知らん顔はできない。仕方なく会釈すると伊能は眼をしばたたいて、

「はて、どこでお目にかかったかな」

「昔、社長にお世話になったんですって。ね、原さん」

綾乃が念を押すようにいった。

誠一は焦りをおぼえつつ、伊能建設の資料にあった取引先を思い浮かべた。不動産や工務店ではボロがでそうな気がして、明和《めいわ》サッシという建材メーカーの名前を口にした。

「その節は大変お世話になりまして――」

ボックス席の前にいって頭をさげると、伊能は首をかしげて、

「明和サッシとはいまでもつきあいあるけど、原さんて名前には記憶ないなあ」

「だと思います。ずいぶん昔のことですから」

「ちなみに上司はどなたでした」

「いや、もう気になさらないでください。いまはちがう仕事ですし――」

「よかったら、名刺をいただけますか」

焦りをおぼえつつ上着の懐を探った。むろんそういう仕草をしただけで名刺などない。偽名を使うからには架空の肩書を作っておくべきだった。

「すみません。ちょうど切らしておりまして――」

伊能はあきらかに不審な眼をむけてきたが、かえす言葉が見つからない。完全に失敗したと思ったとき、綾乃が笑顔で口をはさんだ。

「原さんは、杉浦《すぎうら》さんの部署にいたんですって」

「杉浦か。あいつと一緒にやってたのか」

「でも、うまがあわなくて辞めたそうなの」

「そりゃ思いだしたくないのも無理はない。あんないいかげんな奴の下じゃあ、原さんもだいぶ苦労しただろう。杉浦のせいで、明和サッシはしばらく門前払いしてたからな」

意味がわからずとまどっていると、綾乃がちらりと眼くばせをして、

「ごめんなさい、原さん。勝手に喋っちゃって」

「いえ、大丈夫です」

女たちが嬌声をあげて伊能を囲むように坐り、そこで会話は途切れた。

誠一は安堵《あんど》の息を吐いてカウンターにもどった。伊能に顔をおぼえられた以上、尾行はできなくなったが、いま席を立つのも不自然だった。綾乃がどうして助け舟をだしたのかも知りたかった。

ジントニックのグラスを空けてから、ラフロイグのロックを呑んだ。

三十分ほど経って伊能は腰をあげた。べつの店にいくらしく若い女を連れて店をでた。

綾乃はそれを見計らったように隣に坐った。

「さっきはどうも」

誠一が頭をさげると彼女は微笑して、

「ごめんなさい。よけいなことだったかしら」

「いえ、おかげで助かりました。でも、どうして――」

「知りたいですか」

「ええ」

「だったら、ほんとうのお仕事を教えて」

綾乃はまっすぐ視線をからめてきた。一度しくじったせいか適当な嘘がでてこない。

それでもなにかいうべきだと思ったが、黙ってロックグラスに眼をむけた。

綾乃はくすりと笑って肩を寄せてくると、

「呑みましょう。おなじのをいただいてもいい?」

「どうぞ」

思わずかすれた声がでて、誠一は酔いがまわったのを感じた。

48

一月の末から荒れ模様の天気が続いている。

きょうから二月に入って寒さは一段と厳しくなった。天気予報の最低気温は氷点下に近い。もっとも部屋のなかは暖房が効いているうえに石油ヒーターまで入っているから、暖かいのを通り越して汗ばむほど暑い。美希は寒いというから仕方がないが、換気もしない部屋に朝から晩までこもっていると頭がぼんやりしてくる。

遼平はカップ麺の蓋を開けると、スープや薬味の袋を破ってカップのなかに入れた。ポットの湯が沸いたが、美希はベッドで頭から毛布をかぶっている。彼女が腹が減ったというからカップ麺を作りはじめたのに、また眠ったらしい。

美希の部屋に泊まりはじめて八日が経った。いつのまにか料理や洗いものは遼平の役目になった。料理といってもインスタントがほとんどだから、たいした手間ではない。両親が離婚してからは自分で食事を作ることが多かっただけに炊事は慣れている。

むしろ自分の役目ができたことで、居候の許可がおりたように感じる。いちいち美希の機嫌を窺っている自分が情けないが、実家へもどるわけにはいかなかった。

父に勘当されたのは、まだ美希に話していない。せっぱ詰まって転がりこんできたと思われたくないし、彼女の反応が怖かった。できれば美希のほうから同棲を持ちかけられないかと期待したが、そういう素振りもないままにずるずると時間が経った。

きのうはカード会社の引落し日だったが、携帯の通話料金だけ入金して、カードのぶんは払わなかった。どうせ家に帰れないのなら、請求がきても怖くない。親から勘当された身で、律儀に返済しなくてもいいように思えた。

それでも持ち金は四万四千円しかなくなった。

美希に負担をかけないよう、食べものや煙草や下着を自分で買ったのと、彼女が休みの日に焼鳥とカラオケボックスをおごったからだ。金はどうしたのかと美希に訊かれて貯金をおろしたと嘘をついたが、それが災いして出費がかさんだ。

きょうは吉田の090金融の返済日で、完済すると残りは一万四千円になる。

カード会社の借金は延滞しているのに、090金融に払うのは馬鹿馬鹿しい。さんざん高い利息を払ったのだから、吉田はとっくに元をとっている。

思いきって踏み倒しても、こっちの居所がばれない限り心配はない。吉田の電話番号を着信拒否《チャッキョ》にしておけば、取立てで責められることもない。もともと違法な商売だけに法的な手段はとれないから、吉田もじきにあきらめるだろう。

心配なのは、実家に請求がいくことだ。０９０金融から金を借りたのが知れたら、父は激怒するにちがいない。だが肝心の息子は自分が追いだしたのだ。どれだけ怒ったところで、顔をあわさない限り平気である。とは思うものの、やはり踏み倒すのは不安で、どうするべきか決心がつかない。

「いま何時？」

美希が毛布をかぶったまま鼻声で訊いた。

遼平は床に転がった目覚まし時計に眼をやって、二時半、と答えた。

「嘘マジで？　もう起きなきゃ」

部屋は四階だが、窓を開けても隣のマンションの壁しか見えない。

そのせいかカーテンはいつも閉めきっていて、部屋の照明はつけっぱなしである。外の光が入らないから時間の感覚がない。

美希は寒い寒いとこぼしながらベッドをでてきて、カップ麺を食べはじめた。

「遼ちゃんは食べんと」

「おれは先におにぎり喰ったから」

「それだけで足りる？」

「うん。じッとしてると、あんまり腹減らない」

「そうよね。遼ちゃんプーやもんね」

「プーっていわれると、なんかやだな」

「でもそうやん」

「もうじき仕事探すよ」

「なら家に帰ると？」

遼平はぎくりとしつつ、

「帰ったほうがいいかな」

「そうはいうてないけど、遼ちゃんはどうしたいん」

「――迷惑やなかったら、もうすこし一緒にいたい。美希ちゃんは？」

「あたしも遼ちゃんとおったら楽しいよ。でも貯金とかないし、店の稼ぎもすくないけ、なんもしてあげられんし――」

「そんな無理いわんよ。いまだって自分の飯くらいはどうにかしようやろ」

「うん。でも仕事するんやったら、服とかどうするん」

「買うよ」

「買うって、そんなにお金あるん」

「あんまりないけど」

「もったいないやん。うちにおるにしても、いっぺん家帰って持ってきたら」

「どうせたいした服ないし、おやじと逢いたくないけ」

そうなん、と美希は声を落として、

「遼ちゃんがうちにおること、いうていい？」

「誰に」

「みんなに訊かれるんよ。最近あたしがはよ帰るけ、男できたんやないかって」

「いうてもいいよ。でも悠斗とか樹里があっちこっちで喋るやろ」

「あたしと住んどうて知られたら厭なん？」

「そんなんやないよ。ただ噂になったら、まわりがうるさいかと思うて」

「あたしは平気」

「――ならいいよ」

美希はカップ麺をたいらげて煙草に火をつけた。

どうして美希は自分との関係を周囲に喋りたいのか。美希の部屋に居候していると知ったら、悠斗たちから冷やかされるだろう。その悠斗が樹里とできているのが腹立たしいし妬ましい。もし眼の前にいるのが樹里だったら、いまとは反対に同棲しているのを吹聴したくなるかもしれない。

そう考えると居候をしているのがつらくなる。いっそでていきたい気もしたが、父に頭をさげて実家にもどるのは厭だった。

「どうしたん、ぼうッとして」

「べつに、なんでもない」

「ねえ遼ちゃん」

美希が煙草を消すと、隣に坐って顔を間近に寄せてきた。

「あたしのこと好き?」

「——うん」

「だめ。ちゃんといって」

何度おなじことをいわせるのかと思いつつ、好きだと答えた。

そのあと唇を寄せてくるのも、いつもとおなじである。萎《な》えた気分で唇を重ねながら、
090金融は踏み倒すことに決めた。

49

目覚まし時計のアラームが七時に鳴って、誠一は眼を覚ました。
いつになく冷えこんだ朝で、布団をでたとたん胴震いがした。テレビの電源を入れてから
カーテンを開けた。窓の外はどんよりと薄暗く、小雪がちらついていた。

洗面所にいくときに玄関の三和土《たたき》を見た。遼平の靴はない。階段を見あげると二階のドアは開いている。遼平がいれば必ずドアを閉めるから、まだ帰っていない。

息子はいったいどこで寝泊まりしているのか。

ホテルはもちろんネットカフェや漫画喫茶でも、長居をすれば十万円くらいすぐになくなる。いまだに帰ってこないということは、誰かの家に転がりこんでいるのだろう。

ゆうべ家に帰ったら、留守電に男の声が入っていた。

「吉田です。遼平くん、大至急電話ください」

着信は昼と夕方の二回で、録音されていた台詞はまったくおなじである。

友人にしては事務的な口調だし、自宅にかけてくるのも不自然だった。

職業柄、厭な直感があったが、遼平に伝える気にはなれなかった。いま電話すれば、もう勘当が解けたと思うかもしれない。

むろん帰ってきてかまわないし、帰らなければどうしようもないはずだ。

しかし父親が呼びもどしたのでは灸《きゆう》をすえた意味がない。息子が自分の意志で帰ってくるまで待つべきだと思った。

顔を洗って髭を剃り、朝食がわりにインスタントのオニオンスープを啜った。

テレビの天気予報では、今週はこの冬いちばんの寒波《キンパイ》が到来するという。

交通課の署員はこれから取締りが大変だろう。真冬の深夜に緊急配備で駆りだされて、朝まで路上に立っていたのは交番勤務の頃だったか。県警本部にいたときも、骨まで凍るような寒さのなかで足を棒にして聞き込みを続けた。組織犯罪対策課《ソタイ》の応援という名目で、やらせ捜査を押しつけられたのは不満だが、寒空の下で震えずにすむのだけはありがたい。

もっとも二ノ宮は、さらに拳銃を挙げるよう催促する。

「次も頼みますよ。もう二月なんだから急いでください」

もう二月なんだからというのは、三月の異動を仄めかしている。署長の成瀬が異動する前に、銃器の押収実績という「お土産」を持たせなければならない。それが二ノ宮の評価につながり、ひいては自分の今後を左右する。準キャリアの成瀬が異動するのは本庁か県警本部だが、県警本部長の子飼いという噂だから、後者の可能性が高い。

成瀬はひとあたりがいいだけで、小役人を絵に描いたような事なかれ主義の男である。準キャリアという中途半端な立場のせいか、とにかく無難に事を運ぼうとする。

去年、地域課の若い巡査が交番に届けられた拾得物の処理を忘れて、保管期限の三か月を超過するという事件が起きた。拾得物は財布で中身は五百円だったが、巡査はそれをデスクの引出しに入れたまま書類手続きすらしていなかった。

財布を拾ったのは小学一年生の女児で、母親からの問合せで事件が発覚した。

問題の巡査は上司とともに女児と母親に拾得物を渡して謝罪したが、まもなく依願退職した。通常なら訓戒処分ですむ話だし、事件は表沙汰になっていない。にもかかわらず巡査が退職させられたのは、成瀬が責任を問われるのを恐れたせいらしい。

「常に安心安全が第一。全署員が一丸となって万全の態勢で努力してください」

訓示のときに成瀬はいつもそういうが、

「あれは自分のことやろ。署長の安心安全を守れていうとるんよ」

と陰口を叩く者もいる。

そんな保身一辺倒の男のために、汚れ仕事をするのは馬鹿馬鹿しい。

そもそも保身が最優先なら、やらせ捜査などもってのほかだが、もし事が露見すれば知らん顔を決めこむ腹だろう。

誠一はいらだちをこらえつつ、服を着替えて玄関をでた。

カローラに乗りこんで凍てついた道を走っていると、市立病院の前をすぎた。

武藤はいまだに寝たきりで意識がもどらない。病院には毎日のように顔をだしているが、回復の兆しが見られないのが心配だった。重久によれば現場周辺を聞き込みした結果、いまのところ目撃者《マルモク》はなく犯人《ホシ》の見当はつかないという。

天邪鬼と揉めたホストたちは、武藤が襲われた時刻に店で接客をしていたのが、刑事課の調べで判明した。客の証言で裏がとれたから彼らはシロで、犯人はべつにいる。

もし武藤の意識が回復しなくても、せめて犯人《ホシ》は挙げてやりたい。けれども武藤を襲ったのが伊能建設の関係者だったら、恐らく捜査は難航する。事実、奥寺の死は事故として片づけられた。これから自分だけでも調べを進めなければ、事件の真相は闇に葬られるかもしれない。

これから捜査を進めるうえで、伊能昭造に逢ったのは失敗だった。綾乃が助け舟をだしてくれなかったら、知合いを装ったのがばれて伊能に警戒されていただろう。

それにしても綾乃は、なぜ自分を助けてくれたのか。正体を見破られているような不安をおぼえる一方で、べつの意図もありそうだった。あの夜は綾乃に勧められるまま看板まで呑んで、足元がおぼつかなくなるほど酔った。彼女は店の外まで見送りにくると、

「あたしももう帰るから、一軒だけつきあって」

耳元でそうささやかれて、誘惑を振り切るのに苦労した。自分の職業を考えて、かろうじて踏みとどまったが、自由のきかないわが身がもどかしかった。

伊能には顔を知られてしまったから、尾行はむずかしくなった。会社の前で張りこんだところで、いつになったら収穫があるかわからない。このへんで捜査の方向を変えたほうがよさそうだった。

ノワールで園部という客が口にした台詞がひっかかっている。

「いまはどこも大変よ。伊能さんとこもゼネコンにいじめられようし」

ゼネコンとはどこかと訊くと、園部は西急建設だと答えた。

西急建設は東京に本社を置く中堅ゼネコンで、伊能建設の資料では取引先になっていた。

企業の規模からして、むろん伊能建設が下請けのはずだ。両社のあいだでトラブルが起きているとしたら、伊能建設にとっては深刻な問題だろう。

伊能はかつて筑仁会の組員だったし、伊能建設はその筋との関係が噂されている。今回のトラブルにも暴力団がからんでいる可能性があるだけに、真相を知りたかった。

条川署に着いて組織犯罪対策《ソタイ》課に顔をだすと、二ノ宮がさっそく拳銃の件を急《せ》かしてきた。刀根には次の拳銃を仕入れるよう依頼してあるが、まだ連絡はない。

「できれば首つきがいいんです」

いつもの会議室で二ノ宮はそういった。

「新聞記者《ブンヤ》連中の眼もありますからね」

「といいますと」

「首なしばかりじゃ、またやらせかって騒ぎだす奴もいるんですよ。捜査協力者《エス》か、その知りあいにでも、拳銃《チャカ》を持って出頭させられませんか」

「それはむずかしいと思いますが」

「今度はしっかり経費もだします」

「しかし十万もでらんでしょう。そのくらいで動く奴はおりませんよ」

「いや、一本くらいは用意できます」

「一本もですか」

「通報だけでも拳銃が押収されれば、報償制度で一挺十万円でるんです。首つきなら、その十倍だしてもいいでしょう。なにしろ緊急ですから」

「出頭させて、そのまま豚箱行きなんてことはないでしょうね。自首減免規定のほうは——」

「心配ありません。いちおう送検はしますけど起訴猶予です」

「まあ声はかけてみますが——」

「なんとか頼みます。これで一段落しますから。ね、係長」

二ノ宮は眉を八の字にして両手をあわせた。

小料理屋で一緒に呑んでから、二ノ宮は打ち解けた態度で接してくる。誠一も以前より好感を持っているが、親しくなったぶん無理難題を吹っかけられるのは迷惑だった。その場は曖昧に返事をして会議室をあとにした。署の玄関をでて駐車場にむかっていると、

「片桐係長、ちょっといいですか」

九日新聞の是永が追いかけてきた。

「このあいだ見つかった拳銃の件ですが、なにか進展はありませんか」

「いまのところないよ」

「暴力団組員が現場に拳銃を埋めたって情報はどこから入ったんですか」

「記者発表で聞いたやろ。まだ捜査中やけ公にできんって」

「拳銃はＣＲＳですよね。いまどきの暴力団があんな粗悪なのをあつかいますかね」

「なんがいいたい？」

「組織だった犯行の感じがしないんです。拳銃は時代遅れだし、辺鄙《へんぴ》な場所に一挺だけ埋めてるし。たまに匿名電話で拳銃のありかを伝えてきたってケースがあるでしょう。ほんとはああいう感じじゃないんですか」

遠回しな表現だが、是永はやらせ捜査を疑っているのかもしれない。匿名の電話によって拳銃が押収された事件で、捜査員の自作自演がのちに発覚した例もある。二ノ宮が急がせるから、拳銃の種類や発見の状況まで配慮ができなかった。

誠一はそういってごまかしたが、是永は駐車場までついてきて、

「おれはよう知らん。くわしいことは課長に訊いてくれ」

「もうすぐ年度末ですもんね」

「おい。それはどういう意味か」

つい声を荒らげた。なんでもないです、と是永は頭を掻いて、

「毎日デスクに怒られてるんです。キャンペーン記事しか書けんのなら辞めちまえって」

「最近は特ダネがないもんな。けど、おまえさんの歳は怒られるのも仕事のうちよ」

「係長もそうでしたか」

「そうもなにも、いまだに怒られっぱなしよ」

おれは五十二歳やぞ、とつけ加えると、是永は笑って足を止めた。

誠一はそのまま車に乗りかけたが、ふと思いついて、

「ところで西急建設に知りあいはおらんか」

「特に知りあいはいませんけど、もしかして事件ですか」

「気が早いのう。まだそんな段階やないぞ」

「そういえば、経済部に同期がいるんで訊いてみましょうか」

「頼む」

是永はその場で電話すると、送話口を手でふさいで、

「条川支店の支店長と顔なじみだそうです。どうされますか」

「すぐにでも紹介して欲しい。ただし、この件は内密にしてくれ」

「了解です。でも事件がらみになったときは、うちをいちばんに頼みますよ」

誠一は苦笑してうなずいた。

50

尖ったものがキリキリと前歯の奥にねじこまれていく。

そんなに深くまで入れなくていいと思うのに院長は力まかせにねじこんでから、煙突掃除

みたいにゴシゴシ動かして、なにかをこそぎとっている。

刀根は診察用の椅子で、苦痛に顔をゆがめていた。

虫歯の治療のために古い差し歯ははずされて、前歯のなかをいじられている。鋭い器具が出入りする感触に軀をこわばらせていると、

「上の歯は神経ないんやけ、そんなん緊張せんでええよ」

院長はそういったが、次に尖ったものをねじこまれたとき、鋭い痛みに手足が突っぱった。

「すまんすまん。歯の根っこに触ったみたいや」

ほら見ろ、と内心でつぶやいて次の苦痛に身構えた。

院長によれば、もうじき虫歯の治療を終えて、新しい差し歯の土台を入れるという。そうなったら、とうとう治療の苦痛から解放される。あとはきれいな差し歯が入るのを待つだけとあって、もうすこしの辛抱だった。

きょうは早い時間に予約していたから、診療は午前中で終わった。坪内歯科をでるとシーマに乗って、まっすぐ家に帰った。弘子は朝からデパートの物産展にでかけていった。美奈と瑛太も学校にいって留守だが、何日か前にネットで注文した荷物が昼に届く。

外は粉雪が舞っていて、車を乗り降りするだけで身震いするほど寒かった。

刀根は部屋にもどるとTシャツとトレパンに着替えた。

暖房をめいっぱい効かせたリビングは、外とは別世界のように暖かい。弘子がいると節約

だ節電だとうるさいが、ひとりのときはのびのびできる。

刀根は鋏《はさみ》を片手にあぐらをかいて、いましがた届いた宅配便の段ボール箱を開けた。

ふたつの段ボール箱からでてきたのは、ステンレスのダンベルと腹筋用の座椅子である。座椅子はリクライニング式で、足を固定するバーがついている。筋力に応じて背もたれの角度を調整できるから、軀への負担がすくない。

いつだったか通販で買った、巻くだけで腹筋を引き締めるというベルトは、高周波だか干渉波だか電気の刺激が痛いのとジェルを塗るのが面倒で長続きしなかった。なんとかキャンプという弘子が買ってきたDVDは軍隊式のエクササイズだったが、映像を観ただけでやる気が失せた。しかし今度は続けるつもりだった。

特に自分の体型が気になっていたわけではないが、堂前のぎらぎらしたインプラントの歯を思いだすと対抗心が湧いてくる。堂前はジム通いと水泳が日課とあって、最近はますます血色がいい。最近はなにかといえばもろ肌を脱いで、力こぶや大胸筋を誇示している。

還暦をすぎて年甲斐もないと冷ややかな眼をむける一方で、コンプレックスも感じる。インプラントほど白くはならないにしろ、自分も歯の治療は続けているから、それなりに見られる歯になるはずだ。堂前より十近くも若いのに、まだ老けこんではいられない。

いまだってその気になれば、若い女のひとりやふたりはこしらえる自信がある。きれいな歯になって腹をひっこめて筋肉をつけたら、ますます浮いた話もでてくるだろう。

刀根は上半身裸になると、ダンベルを両手に持ってトレーニングをはじめた。

だが何分と経たないうちに頭の血管が切れそうになってダンベルを置いた。全身から汗がにじんで、両腕はもう筋肉痛になっている。長いあいだ運動などしていないのに、無理して十キロのダンベルを買ったのがいけなかったらしい。

「まあ、初日はこげなもんやろう」

刀根は自分にそういい聞かせて腹筋用の座椅子に坐った。

こちらは背もたれを斜めにしているうちは苦にならず、何度でも腹筋ができる。しかし調子に乗って背もたれを水平に倒したとたん、起きあがるのがつらくなった。すこし休憩するつもりで座椅子の上で大の字になっていたら目蓋が重くなった。

「なにしてんの。そんなところで裸になって――」

どのくらい経ったのか、弘子の声で目が覚めた。弘子は両手にデパートの紙袋をさげて足元に立っている。刀根は座椅子に寝転がったまま目蓋をこすって、

「えらい早いの。もう買物すんだんか」

「あんまり外が寒いから、デパート以外は寄らなかったの。でも、この部屋は暑すぎよ」

弘子は床にあったリモコンを拾ってエアコンを切ると、

「なんでこんなに暖房強くするの。馬鹿みたいに刺青だして」

「誰が馬鹿みたいか。ちょっと運動しとったんや」

「なにが運動よ。また使いもしないもの買って」

刀根はようやく軀を起こすとTシャツを着て、

「今度はちゃんと使う。見ろ、この座椅子はこうやって――」

「はいはい。もういいから片づけて。すっごい邪魔だから」

「なんかその言い草は。おまえだって、おれが元気なほうがよかろうが」

「だからいってるのよ。急に運動なんかしたら軀を壊すじゃない」

「おれがそんなやわな――」

といいかけたとき、背中がぞくぞくした。室内の気温が急にさがったせいか、鼻もむずむずする。思わずくしゃみをしたら洟が垂れてきた。

「ほらあ、無理するからよ。よけいなことするひまがあったら、仕事してちょうだい」

弘子は溜息をついてキッチンにいった。

刀根はティッシュで洟をかんで、あの馬鹿が、と毒づいた。

仕事ならいわれなくとも、ちゃんとやっている。ついこのあいだも警察に拳銃を摘発させた見返りに、反町の闇金に捜査が入るのを防ぐという離れ業《わざ》をやってのけた。

拳銃の仕入れでは身銭を切るはめになったが、破門の危機は脱したし組のなかでの株もあがった。もうじき反町から、たんまり見返りがくるだろう。

誠一からは次の拳銃の仕入れを頼まれているが、星山には連絡していない。このあいだは反町の件があったから、やむなく自腹を切っただけで、今度はただで動くつもりはない。

それなのに誠一はけさの電話で、首つきをだせないかと無理をいってきた。

「なんとかならんか。上は金だすていうとる」

「そらむずかしいわい。暴排条例の前なら若いのに持っていかせたけど、最近はおたがい犬猿の仲やけの。なんぼ自首減免ちゅうても、下手に出頭したら、なんされるかわからん」

「上が大丈夫ていうとるんや。心配せんでええ」

「そういわれても、やりそうな若い衆《し》はおらんしのう」

「その歳で手下もおらんのか」

「舎弟なら兵吉がおるけど、あれは店長やけの」

「なら、おまえがやるか」

「馬鹿いうな」

「金は百万でるぞ」

刀根は思わず生唾を呑んで、

「そ、それは裏金ちゅうやつか」

「知らん。予算のことは、おれたちじゃわからんけの」

「上が勝手にやりくりするんは、どこも一緒やの」

「なんの金でも、百万なら文句なかろうが」

百万もらって無罪放免なら、悪い取引ではない。

星山のところでいちばん安い拳銃はいくらするのか。この前買ったフィリピン製は二十万も吹っかけられたが、あれとおなじ値段で仕入れたとすると差し引き八十万。自腹で払ったぶんの穴埋めをしても六十万の儲けである。

だが警察に出頭するのは気が進まなかった。形だけでも調書をとられるのはわずらわしいし、なにかの手ちがいで逮捕されたら、たまったものではない。誠一にはひとまず検討すると答えておいた。

刀根はのろのろと座椅子を畳んで、隣の和室の押入れにしまった。

キッチンの換気扇の下で煙草を吸ってから、ダンベルも片づけようとしたが、腕が痛くて持ちあげるのに苦労する。面倒臭くなって足で蹴飛ばしていると弘子がもどってきて、

「そうそう。今月はいつもより多めにちょうだいね」

「多めって、金か」

「そう。高校の同級生の娘さんが月末に結婚するの」

「そんなもん、菓子折りでもやっとけ」

「だめよ。披露宴にでるんだから」

「なし披露宴やらでるんか」

「呼ばれたんだから、しょうがないでしょう。だから御祝儀と、あたしの服で出費がかさむ

の。着物にしようかと思ったけど、二次会もいくからドレスのほうがいいし――」

「知らん。勝手にやりくりせえ」

「ちょっと、なにいってんの。そんなこというんなら、いますぐ禁煙して」

刀根は溜息をついてダンベルを爪先で転がした。

「もう、なにをもたもたしてるの」

弘子はダンベルを片手でひょいと持ちあげて部屋の隅へ持っていった。

51

西急建設条川支店は、駅から徒歩で五分ほどのオフィスビルにあった。

二階の受付で名前を告げると、四十がらみの痩せた男が奥からでてきた。外回りが多いらしく顔は陽に焼けているが、頬は病人のようにげっそりこけている。

「はじめまして。支店長の堺《さかい》です」

男は会釈すると、さりげなく外へ目配せした。

堺に案内されたのはビルの一階にある喫茶店だった。二時までのランチタイムをすぎて店内は空いていた。せまいテーブルでむかいあうと、堺はあらためて名刺をだした。

誠一はそれを受けとっただけで自分の名刺は渡さなかった。

ビジネスの常識からすれば失礼だが、警察官はめったに名刺を渡さない。悪用を防止するためでもあるし、後々のトラブルを避ける意味もある。

是永の同期を通して、堺は誠一が何者か知っている。しかし用件は伝えていないだけに、堺は不安げな面持ちだった。伊能建設の件で、と切りだしたとたん、やつれた顔に動揺の色が浮かんだ。

「伊能建設さんで、なんかあったんでしょうか」

「そういうわけではないんですが、暴排条例が施行されてから、建設業界で暴力団がらみの事件が頻発しておりまして、われわれとしてはそうした犯罪を未然に防ごうと――」

それとなく探りを入れると堺は溜息を漏らして、

「やっぱりその件ですか」

「その件というと、今回のトラブルですね」

誠一はふたたびカマをかけた。

外は雪が降っているのに堺はハンカチをだして額の汗を拭うと、

「もうご存知のようだからお話ししますけど、口外しないでいただきたいんです」

「もちろん。わたしがきたことも同様に願います」

堺はうなずいた。誠一は眼で先をうながした。

「実は本社のほうから、伊能建設さんとの取引を停止するよう指示がでておりまして」

「それは暴排条例にともなってということですか」

「そこまで明確なものじゃないんですが、かんばしくない噂のある取引先は、この機会に発注をやめようというのが本社の方針でして。ここだけの話、あの会社は工賃が高いわりに仕事も雑でしたから。いま発注している工事が終わりしだい、取引停止になります」

「しかし伊能建設はすなおに承知せんでしょう」

「ええ。わたしが窓口なもんで大変です」

「脅迫や厭がらせはありましたか」

「直接にはありません。ただ交渉をはじめてから、会社や自宅に無言電話がかかってきたり、怪しい車に尾行されたり、家の前に知らない男がいたり、気味の悪いことが続いてるんです。一週間ほど前にも、自宅の庭に猫の死骸が投げこまれてました」

「それは悪質やな。その車と男について、くわしく教えてください」

堺は首を横に振って、よくわからないんです、といった。

「車は窓にスモークを貼ったグレーのワゴンで、男はサングラスをかけてましたから」

「警察には相談されましたか」

「猫の件は交番に相談しましたが、庭に迷いこんで死んだのかもっていわれました。うちの家族も猫を投げこんでいる現場を見たわけじゃないんで、それ以上いえませんでした」

「刑事事件にならない範囲で厭がらせをしてるようですね」

「でも業界的には、うちの会社が伊能建設さんをいじめてるって見方のようです。いまのところ伊能建設さんがなにかやってるって証拠はありませんから――」

堺はまたハンカチで額の汗を拭って、

「本社はさっさとカタをつけろっていうし、伊能建設さんは取引継続を訴えてくるし、板挟みでどうにもなりません」

「いまの段階では伊能建設が厭がらせをしとる証拠はないから、警察も動きづらいですね。なにかあったら、という言いかたはしとうないんですが――」

「伊能建設さんにはそちらのOBもいらっしゃるんだから、無茶なことはしないと思うんですけど、妙な出来事がこうも続くと心配です」

「OB?」

「警備担当に渕上《ふちがみ》さんって方がいるって聞きました。だいぶお歳のようですけど」

「――渕上さん」

誠一はつぶやいたが、心あたりはなかった。

52

刀根は夜になるのを待って事務所にいった。

あれからしばらく迷ったが、今月の出費を考えると、やはり金が欲しかった。といって警察に出頭するのは厭だから、適当な奴がいれば声をかけるつもりだった。たった一日の仕事だし、若い連中なら十万も握らせれば喜んで引き受けるだろう。

腕時計の針は七時十分をさしている。この時間になると堂前はたいてい食事にいく。それを見計らって顔をだしたが、思ったとおり堂前はいなかった。理事長の財津もいないせいで、事務所のなかはくつろいだ雰囲気が漂っている。

玄関脇の警備室では部屋住みの湯浅が携帯をいじっていて、応接室では幹事長の石橋と本部長の難波が缶ビールを呑みながら、テレビのバラエティ番組を眺めている。パーティションを隔てた事務室を覗くと、事務局長の鶴見がデスクに突っ伏して眠っていた。

刀根は階段で二階にあがった。

大広間には若い連中が七、八人いて、飯を喰ったり花札《ハナ》をひいたりテレビゲームをしたりで騒々しい。理事長補佐の関谷は畳に腹這いになって、部屋住みの福地に背中を踏ませている。こちらに気づいて何人かが腰を浮かせたが、刀根はそれを制して、

「誰か小遣い稼ぎしたい奴はおらんか。一日で十万やる」

声をかけると三人が手をあげた。

「ただし秘密厳守や。口の軽い奴と警察《ヒネ》からにらまれとう奴はつまらん」

「なんをするとですか」

ひとりの男が訊いた。

「あるもんを運んでもらう。危険はないけど面倒な仕事《ヤマ》や」

「あるもんちゃ、なんか」

背後で野太い声がした。とたんにその場にいた全員がこわばった顔で立ちあがった。恐る恐る振りかえると堂前が立っていた。

ご苦労さんッす、と全員が一礼した。刀根もあわてて頭をさげた。

「刀根、ちょっと上にこい」

堂前は天井を顎でしゃくった。

刀根は脱力感をおぼえつつ、堂前のあとについて三階にあがり会長室に入った。堂前はデスクの引出しからリボンのついた箱をだしてヴァンクリーフ&アーペルの紙袋に入れて、

「これを忘れとったんや。きょうはコレの誕生日やけの」

第一関節が欠けた小指を立てた。はあ、と刀根は気のない相槌《あいづち》を打った。

「えらい呑気《のんき》にしとうが、反町ンとこは大丈夫やろうの」

「はい」

「なら、ぼちぼち当番もできるの」

まだ当番はしたくない。そう思って反射的に、ただ、といった。

「ただ、なんか」

「また拳銃《チャカ》だせていわれとうです」

「警察《ヒネ》も欲が深いのう。なら、もう一挺だしちゃれ。反町ンとこの守り代や」

「でも、今度は首つきがええていわれたんで――」

「おまえがいかんかい」

「えッ」

「拳銃《チャカ》の仕入れにかかる銭は反町にださせる。それならよかろうが」

「――まあ、そうですけど」

きさん、と堂前は濃い眉を寄せて、

「まさか若い者《もん》いかせようと思うて、さっき座敷で声かけよったんやなかろうの。右も左もわからん奴に警察《ヒネ》いかして、妙なこと唄《うと》うたらどげするんか」

「ち、ちがいます。あれは別件です」

「なら、すぐにでもいってこい。どうせ半日仕事やろが」

刀根は力なくうなずいた。

53

「この冬いちばんの寒気の影響で、今夜は氷点下の厳しい冷えこみになるでしょう」

テレビの画面で気象予報士がいった。マジで、と美希が叫んで、

「氷点下ってどんだけ寒いん。もう外でるのやだ」

遼平は流し台で洗いものをしながら、リビングの目覚まし時計を振りかえって、

「もうすぐ七時半になるよ」

「やっべ。遅刻しそう」

美希は壁に立てかけた姿見を覗きこんで、大きな付け睫毛をいじっている。居候という身の上のせいか、美希が出勤の支度をはじめると、なんとなくそわそわする。自分だけじッとしているのも悪い気がして、この時間に洗いものや掃除をはじめる癖がついた。

美希もそれを当然と思っているようで、ゴミを捨てといてだの、夜食を買っといてだの、あれこれ注文をつけてくる。ほかにいくあてがない以上、彼女に従うしかないが、その範囲は日増しに拡大している。このあいだまで洗濯は美希がやっていたのに、何日か前から自分の役目になった。そのうち家事全般を押しつけられそうなのが憂鬱だった。

マンションの外では、さっき呼んだタクシーがクラクションを鳴らしている。美希はあわただしくコートを羽織ると玄関にしゃがみこんでブーツを履いた。

「じゃ、いってくるね」

洗剤のついた皿を持ったままうなずいたら、美希は口を尖らせて、

「ちょっとお、お出かけのチューは」

遼平はげんなりしつつ皿を流しに置き、濡れた手のまま玄関にいった。

美希は自分からいいだした癖にこちらの軀を押しのけて、

「口紅がつくから、ちょっとだけね」

触れるか触れないかという程度に唇を重ねて、ようやく部屋をでていった。

遼平は大きな溜息をつくとタオルで手を拭き、効きすぎた暖房を弱めてからリビングの床に腰をおろした。居候をはじめた頃は美希がいないと心細かったのに、最近は彼女が留守のほうが落ちつく。

美希とはどういう関係なのか、自分でもよくわからない。

はじめてこの部屋にきたときは、いまよりもずっと彼女に好意を抱いていた。けれどもそれは一文無しの自分の面倒をみてくれたことへの感謝であって、恋愛感情とはべつのものだった。顔も軀も好みではないし、共通の話題も乏しかった。とはいえ自分から部屋に転がりこんでおきながら、不満をいうのも自分勝手だろう。

せっかく一緒に住んでいるのだから、もっと好きになろうと思った。贅沢をいわずに妥協すべきだと自分にいい聞かせた。だがそんな思いとは裏腹に、日が経つにつれて美希がうとましくなっていく。世間でいう不本意な結婚をしたら、こんな気持になるのかもしれない。

早くまとまった金を作って部屋をでたいが、持ち金はもう四万円を切っている。この金がなくなったら、毎日の煙草代まで美希に頼るはめになる。彼女が金をだすかどうかはべつにして、ますます居心地が悪くなるだけに、急いで金を稼がなければならない。

美希はパソコンを持っていないから、携帯で求人サイトをチェックしている。

就職はもちろんバイトすら見つからないが、求人がまったくないわけではない。日雇いのバイトならいつでもできるから、つい選り好みをしてしまう。

焦って働いてもキャストワークスのような会社だったら話にならないし、外の寒さを思うと肉体労働はしたくなかった。

遼平は煙草を吸いながら、美希が店からくすねてきたというヘネシーの水割りを呑んだ。

ふだんは口にできない酒だが、この部屋で呑んでも旨くない。ひとりでくつろげる時間だというのに、パソコンがないせいで退屈だった。なにかおもしろい番組がないかとテレビのチャンネルをあちこち変えていたら、テーブルの上で携帯が震えた。

ディスプレイには悠斗の名前が表示されている。

悠斗から電話がかかってくるのはひさしぶりだが、電話にでるべきかどうか迷った。悠斗は樹里とつきあっていたくせに、おまえに気があると嘘をついた。しかも悠斗は美希と自分が同棲しているのを知っている。美希がわざわざ樹里にそれを伝えたからだ。

おとといの夜、美希は仕事から帰ってくると、

「遼ちゃんと一緒に住んどうっていうたら、樹里がびっくりしよった」

「もう喋ったの」

「だって、遼ちゃんがいいっていうたやん」

美希は酔っているらしく、赤く潤んだ眼でこちらを見つめて、

「あたしたち、お似合いのカップルだって」

自分がその気になっていた女から、美希とお似合いだといわれたのが腹立たしかった。借金までしてティファナにいって樹里を指名したのは、とんだお笑いぐさだ。あげくにヘルプでついた女と、なりゆきで同棲している。悠斗は悠斗でそんな自分を嗤っているだろう。ひさしぶりに電話してきたのも、どうせ美希と同棲しているのを冷やかすつもりにちがいない。そう思って無視していた。

けれども携帯は震え続けている。いったん留守電に切りかわって着信が途絶えても、すぐに震動をはじめる。あまりのしつこさに、カッとなって携帯を手にとった。

通話ボタンを押して、はい、と不機嫌な声をだしたとたん、

「おまえ、たいがいにせえよッ」

悠斗が怒鳴った。遼平は面食らいつつ、

「ど、どうしたんか」

「どうしたんかやないちゃ。なし、おれの番号教えたんか」

「番号？」

「おう。金貸しから電話かかってきたぞ。片桐遼平はどこにおるんかって」

思わず息を呑んだ。吉田の090金融にちがいない。吉田の携帯は着信拒否《チャッキョ》にしているし、実家には帰らないから大丈夫だと思っていたが、借入れの際に悠斗の名前をだしたのをすっかり忘れていた。なんと答えるべきか迷っていると、悠斗は続けて、

「あれ、090金融《ゼロキューゼロ》やろうが。家には帰っちょらんそか」

「――うん」

「美希ンとこで居候しとうそうやの。いったいなに考えとんか」

「ここを教えたん?」

「そこの住所は知らんけど、ティファナちゅうキャバの美希ンとこに住んどうていうたら、あいつらはソッコーで調べるぞ。よっぽど教えちゃろうかと思うたけど、黙っとってやった。おまえがどこで金借りようと勝手やけど、もうおれの名前だすなよ」

「ごめん。悪かったよ」

「あやまらんでええけ、はよ金かえせちゃ。またおれに電話かかってこうが」

「わかった。すぐかえす」

「金貸しがいうとったで。はよ利息と違約金払うよう伝えてくれて」

「違約金?」

「ちょう待て、メモしとうけ」

電話のむこうで、がさがさと紙の音がして、

「ええと、一日あたり三パーセントの利息と違約金が五万円で、八万三千六百円ていいよった。けど、あしたになったら、また利息が増えちょるぞ」

八万と聞いて頭がくらくらした。違約金など聞いたおぼえはないが、悠斗にいっても仕方がない。吉田と逢わねばならない雲行きにうんざりしていると、悠斗は鼻を鳴らして、

「借金するなら、まちっと上手にせいや」

「――うん」

「すぐ払えよ。八万くらい美希に借りれるやろ」

「それは無理やけど、なんとかする」

「頼むぞマジで」

「うん」

「毎日なんしよる？　美希に喰わしてもらいよんか」

「世話にはなってるけど、飯くらい自分で喰ってる」

「たいがいで働いたらどうなんか。おれだんとちごて大卒やろが」

「仕事は探しよるよ」

「ほんとかあ。ヒモになりよんやないんか」

「ちゃんと探しよるっちゃ」

「ならええわ。店の用意があるけ、もう切るぞ」

悠斗はそっけなくいって電話を切った。

電話にでたときは樹里のことで文句のひとつもいってやろうかと思っていたが、反対にやりこめられた。美希と同棲しているのを知られただけでも恥ずかしかったのに、090金融で借金を焦げつかせているのまでばれてしまった。

借入れのとき、悠斗の名前をだした自分がいちばん悪いのはわかっている。

だが、こちらの事情も聞かないで頭ごなしに罵倒されたのは悔しかった。悠斗はきっと同級生たちにもいい触らすにちがいない。大学の頃や就職が決まった頃は、高卒の彼らに対して優越感を持っていたが、いまや立場が逆になった。

悠斗もそれがいいたくて、大学のことを口にしたのだ。

親友とまではいかなくても、悠斗はずっと友人だと思っていた。しかし樹里のことといい、ひとを見下した言葉といい、とても友人に対する態度ではなかった。もっとも悠斗にすれば、こちらの居場所を吉田に教えなかっただけでも友情だというだろう。

厭な臭いがすると思ったら、灰皿のなかでフィルターだけになった煙草が焦げていた。

薄くなった水割りを灰皿に注いで火を消すと、グラスにヘネシーを注いでストレートであおった。ブランデーが喉を焼いて食道をすべり落ち、ささくれだった胃袋に沁みた。

悠斗への怒りはおさまらないが、そんなことを考えている余裕はない。

早く吉田に金をかえさなければ、また悠斗に電話される。

借金の件は悠斗から樹里に伝わり、樹里から美希に伝わる。居候が090金融に追われているると知ったら、美希はなんというだろうか。

知られたついでに金を借りるのが手っとり早いが、これ以上彼女に弱みを握られたくない。いや、それ以前に貸してくれるとは限らない。機嫌を損ねて追いだされる可能性もある。となると相談できる相手は誰もいない。

父は論外だし、実家に忍びこんだところで、もう売れそうなものはない。このあいだ箪笥にあった大金も、とっくにべつの場所へ移されているだろう。違約金を払わなくてすむのなら、いまある金でぎりぎり完済できる。だが行方をくらましておいて、それを期待するのは虫がよすぎる。相手はふつうの金融ではないだけに、どんな手を使ってくるかわからない。

やはり逃げたりせずに完済しておけばよかった。

またしても目先の欲に惑わされて愚かな失敗をした。どうしようもなく気分が滅入るが、悔やんでいてもはじまらない。問題は、不足分の四万何千円かをどうやって作るかだ。

ヘネシーを呑みながら考えこんでいると、渡辺の090金融が頭に浮かんだ。

このあいだ完済したとき、渡辺は五万まで融資の枠を増やして、利息もトゴからトサンにさげるといっていた。もし五万円を貸してくれたら、その金で吉田のほうを完済できる。

むろん、そのぶんの返済がすぐに迫ってくるから自転車操業になる。だが、ひとまずこの場をしのぐのが先決だった。もし貸してくれるなら、いまからでも借りて、きょうじゅうに吉田の返済を終わらせたかった。時計を見ると、もう八時すぎだった。

遅い時間に電話するのは不安だったが、酔いがまわったせいで大胆になっていた。

「もう、これしかないんだ」

遼平はひとりごちて渡辺に電話した。

緊張しつつ五万円の融資を申しこむと、渡辺は低い声で嗤って、

「ほら見ろ。すぐに金がいるようになるて、こないだもいうたやろ」

「――はい」

「まあよかばい。トサンで五万貸しちゃろう」

「ほんとですか」

「ただし、きょうはもう閉店や。あしたの朝十時にマルハマの駐車場へこい」

これでなんとか助かった。遼平は電話を切ると大きく息を吐いてグラスを傾けた。

54

刀根は住宅街の細い路地を歩いていた。

もう夜明けが近い時刻だが、道のむこうは真っ暗で、ひとも車も通らない。ときおり新聞配達らしいバイクの音が聞こえるだけで、あたりの家々はまだ寝静まっている。街灯の明か

りの下を黒い虫のように雪が舞い、うっすら積もった雪が靴の下でぎしぎし鳴った。

寒さにかじかんだ耳が痛んで、靴の爪先が痺れてきた。いっそ出直したいが、夜が明けたら身動きがとれなくなる。刀根は街灯の下で地図を確認すると、凍てついた道を急いだ。

ゆうべは事務所をでてから星山に電話した。

また拳銃を買いたいといったら、星山は尖った声で、

「こないだのニュース観たぞ。おまえ、うちの者《もん》が隠した場所をそのまま警察《ヒネ》にいうちょろうが。ちったあ場所を動かさんか」

「すまん。ええ場所を思いつかんかった」

「この馬鹿たれが。おまえのせいでうちに家宅捜索《ガサ》入ったら、ぶち殺すぞ」

刀根は星山の怒りをそらそうと話題を変えて、

「ところで、王ちゅう奴の情報は入ったか」

「まだはっきりわからんけど、売人やなさそうや。それらしい奴から拳銃《チャカ》買うた奴がおらん。ほんで、今度はなんがいるんか」

「こないだのボロいやつでええ」

「フィリッピンのレンコンか。あれはチンピラが買《こ》うていったけ、もうないぞ。赤星も予約が入ったし、在庫があるんでいちばん安いんはギンダラやの」

「ギンダラ?」

「おまえそれでも極道か。ギンダラちゅうたら、中国製のトカレフに銀メッキしたやつよ」

「なんでもええ。なんぼするんか」

「弾丸《マメ》付きで四十万」

「また高いのう。弾丸《マメ》やらいらんけ、そのぶんまけてくれ」

「一緒やないとつまらん。こないだ場所を変えんやった罰じゃ」

「そんなに責めんといてくれや」

「拳銃《チャカ》は現場に隠しとるけ、セット売りしかできん」

「もう隠してあるんか」

「こないだ売れかけたんやが、直前に買手の野郎がパクられたけの」

「弾丸《マメ》まで持っとったら、加重所持になるないか」

「どうせ首なしやろが。弾丸《マメ》があろうがなかろうが関係ないやないか」

「それが今度のは首つきなんよ」

「自首なら減免やろう」

「そうかの。そのへんがようわからん」

「知るか。弾丸がいらんのなら、どっかに捨てれ」

星山の剣幕に圧《お》されて、しぶしぶ条件を呑んだ。

四十万とは法外な値段だが、堂前は仕入れの金を反町にださせるといった。堂前には警察から金がでるのは話していないから、百万の金がまるごと懐に入ることになる。そう考えると警察に出頭するのも悪くないように思えた。

銀行のATMでおろした四十万は、駅前のゲームセンターで星山の使いに渡した。

星山の使いは五十代後半くらいの小男で、いつも口にマスクをしている。

男は金と引換えに一枚の紙をくれて、

「公園の便所の左の個室や。ブツは天井裏にある」

それだけいって踵をかえした。

男から渡されたのはネットからプリントアウトしたらしい航空写真だった。写真の隅にちいさな公園がある。どこにも隠し場所を書いていないのは、もしものことを考えてだろう。写真だけなら誰かの手に渡っても意味がわからない。

星山らしい用心深さだが、隠し場所が公園では人目がある時間には手がだせない。しかもトイレの天井裏となると回収するのが厄介だった。

「ひでえ場所を押しつけやがって」

いまさらのように腹がたったが、拳銃は深夜になって取りにいくしかない。

いったん帰ると弘子がうるさいから、とねちゃんで時間を潰したのがまちがいだった。

兵吉に勧められて一杯やっていたら、いつのまにか眠りこんでいた。兵吉に起こされて店をでたのが午前四時で、寒いなかをうろつくはめになった。

繁華街からタクシーに乗ったものの、公園のそばまでいくのはまずい。途中で車をおりて地図を頼りに歩きだした。ところが道が入り組んでいて、なかなか公園にたどり着けない。

耳はちぎれそうに痛み、爪先は痺れて感覚が失せている。昼間から風邪気味だったのが一段と悪化して、洟は垂れるし喉まで痛くなってきた。軀を鍛えようと思った矢先に体調を崩していたら世話はない。腕時計の針は、もう五時をすぎた。

このままでは凍死しかねないと思ったとき、ようやく公園が見えてきた。

ブランコや砂場のむこうに公衆トイレの明かりが見える。

「あったぞ」

と思わず声がでた。周囲に誰もいないのを確認してから公園に駆けこんで、公衆トイレに入った。青白い蛍光灯に照らされたトイレのなかは冷蔵庫のように冷えきっていた。

恐る恐る左手の個室のドアを開けたが、むろん誰もいない。個室に入ってドアの鍵をかけたとき、胸ポケットで携帯が震えた。こんな時間に、いったい誰が電話してきたのか。

弘子だったら面倒だと思いつつディスプレイを見ると、相手は堂前だった。

ぎょッとして通話ボタンを押したとたん、鼓膜が破れそうな怒声が響いた。

「きさん、嘘《ヘラ》ばっか打ちやがって。どげなっとんかッ」

「――な、なにがでしょう」

「いま反町ンとこに家宅捜索《ガサ》が入っとる。すぐ事務所にこいッ」

とっさに耳を疑ったが、もう電話は切れていた。

55

その夜、家に帰ったのは十時すぎだった。

遼平はまだ帰っていないが、留守電にきのうとおなじ男の声が入っていた。

「電話まだ？　遼平くん。もう待てないんだけど」

なにかにいらだっているようで、きのうよりも口調が荒い。

番号は非通知だから相手が誰かわからない。誠一は携帯をだすと遼平の番号を押しかけて、思いとどまった。息子のことは気がかりだが、まだ話をする気になれない。いよいよ困ったときは頼ってくるだろうし、いまは自分のことで手いっぱいだった。

コンビニで買った幕の内をレンジで温めると、弁当を肴に缶ビールを呑んだ。寒々としたキッチンで箸を動かしながらも、渕上という男のことが頭を離れない。

西急建設の堺は、渕上が伊能建設の警備担当者だといった。

堺と別れてから署にもどって調べてみると、渕上隆《たかし》は定年まで三年を残した五十七歳で退官している。退官時の官名は警視で職名は条川署副署長、伊能建設での肩書は警備部顧問になっていた。

十年前のことだから、いまは六十七歳で、もう完全に引退してもおかしくない。データベースで顔写真を見た限りでは、垂れ目で丸顔の温厚そうな男である。

警察ＯＢが建設会社に天下りするのは珍しくないが、伊能建設は暴力団との関係を噂される企業だけに意外だった。フロント企業とは認定されていないから警察ＯＢが就職しても問題はない。とはいえ、ふつうは警務課が斡旋しないだろう。伊能建設のほうからアプローチがあったのか、あるいは署長が人事に口をはさんだのか。

当時の条川署署長は、現在の県警本部長の白峰正行だった。白峰なら渕上が伊能建設に入った理由を承知しているだろうが、むろんそんなことを訊ける立場ではない。

当時を知る人物は周囲にいないから、渕上本人にあたってみるつもりだった。

夕方から伊能建設のそばのコインパーキングで、渕上がでてくるのを待った。しかし渕上は休みなのか姿を見せなかった。あきらめて帰りかけたとき、一台のベンツが伊能建設の門を入っていった。ベンツの運転席には鷲尾がいた。

鷲尾と前に逢ったのは、伊能建設が施工する老人ホームの地鎮祭の直会だった。あのとき鷲尾は産廃処理の会社を経営しているといった。伊能建設との取引は否定したが、あれは嘘だったのか。もっとも伊能建設と仕事がしたいといっていたから、営業をかけているのかもしれない。ただ鷲尾は伊能とおなじで筑仁会傘下の組員だっただけに、なにか裏がありそうな気がする。王の連絡先を聞きだしたのも鷲尾からである。渕上の件と並行して調べる必要がありそうだった。

味気ない食事を終えて、ぼんやりテレビを観ていた。どの番組にも興味はなかったが、音楽を聞く習慣がないだけに、静けさが気になるときはテレビをつけるしかない。入浴して布団に入ったのは一時半だった。

外はまだ雪が降っているのか、暖房は強にしてあるのに底冷えがする。静まりかえった部屋にエアコンの音だけが低く響いている。寝つかれずに暗い天井を見つめていると、わけもなく溜息が漏れる。どうせ眠れないのならノワールに寄ってもよかった。綾乃の顔がちらつくのを振り払うように何度も寝返りを打った。

ふと携帯の震える音に目蓋を開けた。

自分では起きているつもりだったが、いつのまにか眠っていたらしい。充電器の上で携帯のLEDライトが点滅している。枕元の目覚まし時計は五時すぎだった。署からの呼びだしかと思って布団を這いだしたが、携帯を見ると相手は刀根だった。

こんな時間になんの用なのか。舌打ちをしつつ通話ボタンを押すと、

「どうしてくれるんか、こらッ」

刀根はいきなり怒鳴った。

「なし家宅《ガ》捜索《サ》入っとるんか」

「家宅《ガ》捜索《サ》？」

「反町ンとこに決まっとろうが。おまえが止めてくれたんやないんかッ」

「そのはずやけど、誰から聞いたんか」

「うちの会長《おやじ》よ。おかげで事務所に呼びだし喰ろうて――」

刀根は走っているらしく、ぜえぜえと荒い息を吐いて、

「おれの立場はどげなるんか。はよ家宅捜索《ガサイレ》をやめさせれッ」

「とにかく確認する」

「なんが確認か。糞ったれがッ」

罵声とともに電話は切れた。

56

午前九時にアラームが鳴って、急いで目覚ましを止めた。

ううん、と美希は顔をしかめてうなったが、まだ眠っている。

ゆうべ美希はアフターで客と呑んだとかで、朝の五時に酔っぱらって帰ってきた。寝たのは六時頃だから当分起きないだろう。

遼平はベッドから抜けだして服を着替えた。

いつものように部屋は暖房が効きすぎるほど効いている。換気がしたくてこっそり窓を開

けると、冷たい風が吹きつけてきた。やけに寒いと思ったら、隣のマンションとのあいだの細い隙間に雪が積もっていた。カップ焼そばの朝食を終えて部屋をでようとしたとき、

「どこいくん」

美希がベッドのなかから鼻声でいった。

「ちょっと散歩してくる」

「まだ早いやん。もうちょっと寝とき」

「外の空気が吸いたいんよ。暖房で息苦しいけ」

「ふうん」

美希は枕から頭をあげると、寝起きの腫れぼったい眼で室内を見まわして、

「あたしのヘネシー、半分しかないやん。いつのまに呑んだん」

「ゆうべ」

「勝手に呑まんでよ。一緒に呑もうと思うとったのに」

「ごめん」

「すぐ帰るんやろ。帰りに甘いもの買《こ》うてきて」

遼平は胸のなかで舌打ちをしつつ部屋をでた。マンションの外は小雪が舞っていた。

顔の皮膚が突っぱるほどの寒さだったが、暖房の温気《うんき》がこもった部屋をでたせいで気分がすっきりした。美希とふたりでいると息が詰まる。もうすこし、ひとりの時間が欲しかった。

こんな寒い時期に働きたくないが、バイトをはじめたら気がまぎれるだろう。早く金を作らねばならないし、蒸し暑い部屋でこうるさいことをいわれるよりましだ。

屋内のバイトで求人があったら、選り好みをしないで応募してみよう。遼平は自分の白い息を見つめながら、急ぎ足で歩いた。

パーラーマルハマに着いたのは九時五十分だった。

店の入口には、きょうも長い行列ができている。大学生ふうの若い男、なにをしているのかわからない中年男、いましがた亭主を送りだしたらしい主婦、くたびれた顔の老人。みなポケットに両手を突っこんで足踏みをしている。もうじき開店かと思うとパチンコを打ちたくなるが、そんな贅沢はできない。渡辺から五万円を借りて吉田の借金を完済したら、急いでバイトを見つけるのだ。

景品交換所のそばで煙草を吸っていると、白いクラウンが駐車場に入ってきた。

遼平は煙草を灰皿に放りこんでクラウンのそばにいった。

「寒いやろ。車ンなかで話そうや」

渡辺が運転席の窓をおろして手招きした。強面の顔をほころばせて、やけに愛想がいい。

助手席のドアを開けて車に乗りこんだ。とたんに心臓が縮みあがった。

革ジャンを着た顎鬚の男が後部座席で足を組んでいる。

「よう、ひさしぶり」

吉田は笑顔で片手をあげたが、眼は笑っていなかった。

「ど、どうしてここに——」

思ってもいない展開に声が裏がえった。

「どうしてって、おれがおったらいけんか」

口のなかが渇いて言葉がでなかった。遼平くん、と吉田は明るい声でいって、

「なんで、うちの借金飛ばしたん？　このままごまかせると思うたん？」

「い、いいえ、かえすつもりでした」

「嘘つけ。家にはおらんし、携帯もでらんやないか」

「吉田さんがぼくを捜してるって、ゆうべ友だちから電話がありました。それで延滞金のことを聞いたから、このひとに——渡辺さんに借りて吉田さんのぶんを払おうと思って」

「ばあか。おまえがダチの名前いうたんは、おれやなくて渡辺のほうよ」

「だったら、なんで吉田さんが悠斗の番号を知ってるんですか」

「状況がわかっとらんみたいやから、教えちゃろう」

吉田は渡辺を顎でしゃくって、

「うちと渡辺ンとこは姉妹店なんよ」

「姉妹店——」

「チェーン店ってこと。早い話が遼平くんは元締めがおなじ店で借りたんよ。だから遼平く

んの情報はぜんぶ筒抜け。ゆうべ渡辺に五万の融資を申しこんだのもね」

隣で渡辺がにやにや嗤った。で、でも、と遼平は舌をもつれさせて、

「ほんとなんです。渡辺さんに借りた五万で、吉田さんに全額かえそうと思ってたんです」

「まだわかんねえのか。おなじ系列の店で借りたりかえしたりされても困るんだよ」

遼平はうなだれた。

「じゃあ、いこうか」

「――ど、どこへですか」

「ゆっくり話ができるとこさ」

だせ、と吉田がいった。遼平は狼狽したが、抵抗するまもなくクラウンは走りだした。

57

大ぶりなバカラの灰皿に吸殻が盛りあがっている。

ふだんなら吸殻が三本も溜まれば、部屋住みの若い衆《し》を怒鳴りつけて灰皿を替えさせるところだが、周囲には誰もいない。自分がここにいるのを知りながら、茶をだしたきり顔をださないのは舐められているからだ。二階で雑魚寝《ざこね》している若い衆《し》の尻を蹴り飛ばそうかと思いつつ、そんな気力も湧いてこない。

刀根は応接室のソファにかけて、ひっきりなしに煙草を吸っていた。

壁の時計はまもなく十時をさす。堂前はすぐ事務所にこいといったのに、いまだに顔をださない。事務所に着いてから、四時間以上もいらいらしどおしで胃痛が烈しい。しかし当番に聞いたところでは、反町の090金融に家宅捜索《ガサ》が入ったのは事実らしい。堂前から連絡はなく反町の携帯もつながらないから、まったく状況がつかめない。

ご苦労さんッす、と玄関のほうで声がして、鶴見が型崩れした鞄をさげて入ってきた。事務局長という役職のせいか、鶴見はサラリーマンのように朝から事務所にくる。

鶴見は金縁メガネの奥の眼を見張って、

「どうしたんか。えらい早いやないか」

「ええ。反町ンとこに家宅捜索《ガサ》が入ったちゅうけ――」

「どうせ枝の店やろ。上納金《ギリ》みたいなもんよ」

「上納金《ギリ》？」

刀根が首をかしげたとき、警備室のほうが騒がしくなった。部屋住みの福地と湯浅が急ぎ足で入ってきた。福地は二階へ駆けあがっていったが、湯浅はこちらに一礼して、

「おやっさん、お着きです」

鶴見は肩をすくめてパーティションのむこうにいった。福地を先頭にして二階にいた連中がぞろぞろと階段をおりてきた。ほとんど同時に、堂前と財津が入ってきた。反町のところ

にいっていたのかと思ったが、ふたりともジャージ姿である。

組員たちがあいさつするのに堂前は軽くうなずくと、刀根をにらんで上に顎をしゃくった。

堂前と財津はエレベーターに乗ったが、刀根は階段で三階にあがった。

会長室に入ると、堂前は巨大なデスクのむこうで腕組みをしていた。

財津は眉間に皺を寄せて隣に立っている。堂前は探るような上目遣いで、

「どげするんか、刀根」

「――反町は持っていかれたんですか」

「あほか。あいつまでパクられたら、おどれをぶち殺しとうわい」

「反町は身ィかわしとう。家宅捜索《ガサ》入ったんは支店や」

と財津がいった。刀根はほッと息を吐いて、

「よかった。反町は無事やったんですね」

「なんがよかったか。警察《ヒネ》と話ついとんやなかったんか」

堂前はデスクの上の茶を啜った。

「すんません」

「何年極道やっとんか。あやまってすむはずなかろうが」

「けじめつけます」

「どうやってか」

「とりあえず、これで――」

左手の小指を右手でさすったとたん、湯呑みが飛んできた。

避けたい衝動をこらえて眼をつぶった。湯呑みは肩にぶつかって鋭い痛みが走った。

茶が上着やズボンに染みて湯気をあげた。刀根は熱さに歯を喰い縛って床に落ちた湯呑みを拾い、うやうやしく堂前のデスクに置いた。

財津が若い衆《し》を呼ぼうとするのを堂前は制して、

「おまえの薄汚い小指《エンコ》飛ばしたちゃ、一銭もならんのじゃ」

「すんません」

「支店ちゅうても現金から通帳から警察《ヒネ》に押さえられとんぞ。あと顧客名簿もの。なんやかんやで二千万は損こいとうやろう」

「二千万、ですか」

「おう。おまえなんとかせい」

「し、しかし二千万も――」

「舐めとんか、こら。たったいま、けじめつけるていうたやないか」

返事に詰まってうつむいていると、財津が口をはさんだ。

「銭がないんなら、店手放して家売りゃあええ」

「――そんな」

「会長の温情がわからんのか。本来なら赤字破門のところを、二千万で話つけちゃるていうとんじゃ。五十二から堅気ンなっても飯喰えまいが」

「もうええ財津。この馬鹿はなんぼいうてもわからん」

「店も家も売りとうないなら、なんか仕事《ヤマ》踏みゃよかろうが。おまえも極道やったら、二千万ぽっちの銭くらい、ぴしゃッと都合せい」

「銭は今月いっぱい待っちゃる。それでつまらんかったら、おまえとは縁切りや」

わかったか、と堂前はいった。

反町の身柄《ガラ》を押さえられたのならともかく、支店に家宅捜索《ガサ》が入っただけで二千万も損害がでるとは思えない。そのうえそれを肩代わりしなければ赤字破門とは理不尽すぎる。

赤字破門とはすなわち絶縁で、ヤクザとしては廃業を意味する。そんな無茶な要求が呑めるはずもなかったが、この場で逆らってもむだに決まっている。

「わかりました」

小声でつぶやくと堂前は靴の踵《かかと》でデスクを蹴り飛ばして、

「わかったら、はよ銭作りにいかんかッ」

58

誠一は組織犯罪対策課《ソタイ》のデスクでパソコンにむかっていた。

家宅捜索《ガサイレ》の件が気がかりで、けさは早めに登庁したが、二ノ宮はあとで話そうと答えたきり署長室にこもっている。副署長たちも一緒のようだから、なにかあったらしい。

まわりのデスクでは、白手袋の捜査員たちが090金融の書類を調べている。押収した書類は小ぶりの段ボール箱がふたつで、やけに量がすくない。

相良が任意でひっぱってきたのは、反町ではなく大学生でも通りそうな若い男だった。朝からずっと事情聴取を続けているが、どう見ても下っぱで、たいした収穫はなさそうだった。

しかし収穫があろうとなかろうと、どうして二ノ宮は約束を反故《ほご》にしたのか。

いずれ反町の闇金を家宅捜索《ガサイレ》するにせよ、刀根が拳銃摘発に協力した直後だけにタイミングが悪すぎる。会議が終わるのを待つあいだ、西急建設と伊能建設の関わりについてネットで調べてみたが、特に情報はない。

ただ鷲尾が代表を務める会社の詳細はわかった。イーグルテックという社名は前に聞いていたから環境省のサイトで調べると、八年ほど前に県の営業許可がおりている。

さらに情報を求めてキーボードを打っていたら、九日新聞の是永が近寄ってきた。夜討ち朝駆けの職業柄か髪は寝癖で逆立ち、ネクタイはゆるんでいる。

「このあいだは、どうでした」

是永は訊いた。誠一はさりげなくブラウザを閉じて、

「このあいだ？」

「西急建設の支店長と逢ったんでしょう」

「ああ、おかげで参考になった」

「なにか事件の匂いは――」

「ないない。取引先について話しただけよ」

「０９０金融の摘発は進展しそうですか」

「どうかのう。おれは担当しとらんからな」

「片桐係長はいつもそれだもんなあ」

是永は逆立った髪を片手で押さえつけながら、

「書くなっていわれたことは書きませんから、たまにはなんか教えてくださいよ」

「ほんとに知らんのよ。おれは蚊帳《かや》の外やけ」

「署長たちはなに話してるんでしょうね。朝からずっと会議じゃないですか」

「会議はいつものことやろ」

「まあそうですけど、いつもと様子がちがいましたよ」

「どういうふうに」

「けさ署長と副署長が会議室の外で、ひそひそやってたんです。ぼくがそばを通ったら、本部から誰かくるみたいなことをいってましたよ」

反町の闇金の摘発に県警本部も本腰を入れてきたのだろうか。だとしたら、もう防ぎようがない。刀根にはあきらめてもらうしかないが、捜査に協力させるだけさせて、なにもしてやれないと思うと胸が痛かった。

二ノ宮が自分のデスクにもどってきたのは十時半だった。

誠一がそばにいくと、二ノ宮は目配せをして廊下にでた。

ふたりは会議室に入った。二ノ宮は椅子にかけたが、誠一は立ったままで、

「なし止められなかったんですか」

「相良係長によれば債務者からの通報があったそうです。市民の声を無視するわけにいかんでしょう。それに家宅捜索《ガサイレ》したのは、ただの支店ですよ」

「しかし反町の店ですよね」

「そのはずだが、あいつらは巧妙でね。支店ごとに独立した経営をさせてる。だから反町が元締めだって証拠がない」

「だったら、いま事情聴取している奴は――」

「あんなのは逮捕要員でしょう。反町の名前すら知らん」

「でも捜査協力者《エス》は苦しんでます」

「それは気の毒だけど、相良たちの立場もありますからね」

「捜査協力者《エス》にだって立場があるんです」

「こういっちゃなんだが、捜査協力者《エス》はしょせん暴力団《マルビー》だ。どっちの顔を立てるかっていったら、部下を選ぶしかないじゃないですか」

「その暴力団《マルビー》の協力で、拳銃《チャカ》挙げたんやないですか。課長も次は首つきで頼むっていわれたでしょう。だから捜査協力者《エス》と交渉して――」

「それはもう中止したほうがよさそうです」

思わぬ台詞に眉をひそめたとき、ノックの音がして相良が入ってきた。

相良は二ノ宮になにか耳打ちしてから、ちらりと誠一を見て、

「反町ンとこの情報があったら、なんでもええけ教えてくれんですか」

「いまのところないな」

「たまには力貸してくださいや。筑仁会の者《もん》と、しょっちゅう逢《お》うとるでしょう」

「しょっちゅうやないけど、情報があったら提供する」

ヘッ、と相良は嗤って背中をむけると、

「ただ暴力団《マルビー》と逢うだけやったら、密接交際者やないか」

「ちょっと待て。そらどういうことか」

「みないうとうで。筑仁会に情報が漏れるけ、あんたがおるときは捜査会議ができんてな」

「――なんちや」

思わず声を荒らげた。相良は振りかえって、

「どうしたんか。なんか文句あるんか」

「おう、あるよ。おれがいつ情報漏らしたか、いうてみぃ」

「ふたりともやめんかッ」

二ノ宮が怒鳴った。

相良は薄笑いを浮かべて会議室をでた。あとを追おうとしたが、二ノ宮に止められた。

誠一は怒りの矛先《ほこさき》を変えて、さっきの話ですが、と切りだした。

「首つきだすんを中止するとは、どういう意味ですか」

「きょうの午後、監察官がくるんです」

「監察官が？」

「ええ。片桐係長に重要な話があるそうです。いうまでもありませんが、拳銃の捜査に関しては、よけいなことは口外しないように」

「監察官がくるんは、拳銃《チャカ》の件ですか」

「わかりません。しかし首なしの摘発については、おたがい完黙で通しましょう。ぼくと係長しか知らないことなんだから、上に迷惑かけるわけにはいかん」

いいですね、と二ノ宮は念を押したが、自分に累がおよぶのを恐れているに決まっている。やらせ捜査が明るみにでたら知らぬ存ぜぬで、こっちに責任を押しつけてくるかもしれない。

誠一は会議室をでてから、落ちつかない時間をすごした。

監察官室は警察庁と警視庁、各都道府県の警察本部に設置され、警察内部の不祥事や服務規程違反の調査、会計の監査、表彰の審査などをおこなう。

二ノ宮の口ぶりからして、監察官の用件は拳銃がらみのようだった。やらせ捜査のことが刀根から漏れたのか。あるいは相良あたりが匿名で告発したのか。

十年前、捜査情報の漏洩という濡れ衣を着せられて、監察官から尋問を受けたときの屈辱的な気分が蘇《よみがえ》った。またあのときのように根掘り葉掘り質問攻めにあうのかと思ったら、たまらなく憂鬱だった。

しかし生活安全課《セイアン》から組織犯罪対策課《ソタイ》へ応援にきたのも、首なし拳銃を摘発したのも上司の指示である。組織のために行動してきただけで、なにもやましいことはない。

誠一は自分にそういい聞かせて、おびえを振り払った。

59

クラウンが停まったのは、ネオン街のはずれにあるマンションの駐車場だった。

車をおりると吉田と渡辺に前後をはさまれて、薄汚れたエントランスを抜けた。遼平は不安に駆られて、ここはなんなのかと訊いたが、ふたりは答えない。ひどく古ぼけた建物で、空室が多いのか集合ポストからチラシがいくつもはみだしている。

三人は扉の塗料が剝げ落ちたエレベーターに乗った。

各階の押しボタンは誰かが煙草を押しつけたようであちこちが焼け焦げ、床にはデリヘルのチラシやサラ金のティッシュの袋が散らばっている。

まさか吉田と渡辺が裏でつながっているとは思わなかった。借入れの際、悠斗の連絡先をどちらに伝えたのか忘れたのもうかつだった。それさえおぼえていたら、ふたりのつながりに気づいたかもしれない。すこしでも疑いを持てば、渡辺に融資を申しこむようなへまをしなくてすんだのだ。

自分のまぬけさかげんにうんざりしていると、渡辺が背中をこづいて、

「着いたぞ、ぼやッとすんな」

四階でエレベーターをおりると、廊下に沿って金属製のドアがならんでいる。この階は貸事務所として使われているらしく、いくつかのドアには会社名が貼ってあった。吉田は廊下のいちばん奥で足を止め、渡辺がドアの鍵を開けた。ドアには四〇三という部屋番号があるだけで会社名はない。

遼平は吉田にうながされて玄関で靴を脱いだ。

室内はふつうのマンションとおなじ造りで、キッチンと洋室と和室があるが、家具はほとんどなくて、がらんとしている。本来はリビングらしい洋室に事務用のデスクがひとつと、折り畳み式のテーブルをはさんでパイプ椅子がふたつあった。

遼平はパイプ椅子にかけさせられて、むかいに渡辺が坐った。部屋に火の気がないのと、これからどうなるのかという不安で身震いがした。

吉田はデスクの上に腰をおろすと煙草に火をつけて、

「さあ、どうしようか。おれに借りたぶんはいつ払える？」

「急いで用意します」

「信用できんのう。遼平くんは、おれをだまして飛ぼうとしたんやろ」

「いえ、だますつもりはありません」

「いまさらそんなことというて信じると思うか。090金融《ゼロキューゼロ》なんかで借りる奴は、みんな嘘つきよ。よそで嘘ばっかついて首がまわらんようになった奴が、うちで借りるんやけ」

「でも必ずかえします。だから――」

「だから？」

「今回は許してください」

「許すも許さんもない。おれは金かえしてくれっていうとうだけよ。ちがうか」

「――そうです」

「なら、さっさと払え」

遼平は財布をだすと、有り金を手にとって、

「いまはこれだけしかないんです。残りはすぐになんとかします」

「遼平くんは、なんぼ払うつもりなん？」

「なんぼって、元金の三万と、きょうまでの利息と――」

「違約金はどうする」

「だ、だから違約金の五万も払います」

「誰が五万ていうた？」

「ぼくの友だちです。吉田さんから電話があって、そういったと――」

「おまえを誘いだすために安くいうたんよ。自分の借用書をよう見てみい」

吉田は灰皿で煙草を揉み消すと、デスクの引出しから借用書をだしてテーブルに放った。自分の下手な字がならんだ借用書を見ていたら、裏の文言よ、と吉田がいった。

遼平は急いで紙を裏がえした。

契約のときは見ていなかったが、裏面にはびっしりと細かい文字がならんでいる。それに眼を凝らしていると違約金という項目を見つけた。とたんに息を呑んだ。

乙が前記誓約に違反した場合、甲に対し金二百万円の違約金を支払うことに合意する。

「二百万円って、まさか――こんなの、でたらめじゃないですか」

「なんがでたらめか」

吉田は借用書をひったくると氏名の欄を指さして、

「ちゃんとおまえのサインと拇印《ぼいん》がある。融資の条件を確認せんかった、おまえが悪い」

「借金とぼけて飛んだりするけ、こげなことになるんよ」

と渡辺もいった。遼平は嘆息して、

「二百万なんて払えませんよ」

「なしか。バイトもしとらんのか」

「――はい」

「なら親に払ってもらうか。実家の住所はわかっとうけ、集金いってもええぞ」

「それは、それだけはかんべんしてください」

「ええやないか。おまえはどうせ実家におらんのやろが」

0 9 0金融から二百万もの金を請求されているのがばれたら、父は今度こそ親子の縁を切るだろう。どうせ勘当中だからかまわない気もするが、頼れる存在がこの世にひとりもいなくなってしまう。

「実家が厭なら、おやじさんの会社に集金いくか。勤め先をいえ」

遼平はかぶりを振った。父は警察官だなどといえるはずがない。

「そんな虫のいい話が通ると思うか。おまえはおれをだましたんやぞ」

「どこ住んどんか」


「――すみません」

「もうええけ、帰れ。金はおまえの親からもらう」

「お願いです。それはやめてください」

「おまえがどこおるかわからんのに集金のしようがないやないか。いま、どこ住んどんか」

「知りあいのマンションです」

「知りあい？　またごまかすつもりか」

仕方なく美希のことをいうと住所と電話番号を訊かれた。

吉田は携帯をだして美希の番号を押した。借金の話をされたら、美希から追いだされる。

遼平はあわてて止めようとしたが、渡辺に腕をつかまれた。

「こちらは美希さんの携帯でしょうか」

吉田はさっきとは打って変わって、おだやかな声で訊いた。

「失礼ですが、ティファナという店にお勤めですか」

携帯から美希の不審そうな声が漏れてくる。

「いえ、ひとから聞いたもので。はい、すみません。失礼しました」

吉田は電話を切ると、にやりと嗤って、

「よし。この女から集金しよう。キャバ嬢なら金もっとうやろ」

「許してください。なんでもしますから」

両手をあわせて叫んだ。吉田は眼を細めて、

「ほんとやの。ほんとになんでもするか」

遼平は肩を落としてうなずいた。

60

午後になって、誠一はふたたび会議室に呼びだされた。

監察官は錦城《きんじょう》という男で官名は警視だった。錦城は随監のときに何度か見かけたことがある。随監とは随時監察の略で、監察官が所轄や交番を予告なく訪れて、業務運営や服務規律、施設や資材の管理などを抜き打ち検査することだ。

随監のときに聞いたところでは、錦城の歳は五十三だった。そのわりに髪は白いものが多く、目尻の皺も深い。警視にまで昇任するにはそれだけの苦労があったのだろう。

会議室のなかはふたりだけで、錦城はテーブルのむこうに坐っている。

錦城はノートパソコンを立ちあげると、アタッシェケースから事務用の大きな封筒をだした。封筒は証拠品なのかビニール袋に入っている。錦城はそれをテーブルに置いて、

「三日前、本部にこれが送られてきたんです」

誠一はビニール越しに封筒を覗きこんだ。

封筒の表にはパソコンで打ったらしいゴシック体で宛先を印刷した紙が貼られ、宛名は県警本部長様となっている。封筒の消印は市内で、裏にはなにも記されていない。
錦城は両手に白手袋をはめるとビニール袋を開けて、封筒を探った。
封筒からでてきたのは虹色に光るコンパクトディスクだった。錦城はそれをノートパソコンにセットして、ディスプレイをこちらにむけた。誠一は不安に駆られつつ、
「なにかの映像ですか」
「いえ、音声だけです」
錦城がノートパソコンを操作すると、聞きおぼえのある声が流れてきた。
――おまえは誰か
――原っていうたやろ
――名前やら信用できるか。筋者には見えんが、どこの者《もん》か
――盃はもろてないけど、つきあいはある
――どこと？
「これをいったい誰が」
思わず叫んだが、錦城は掌で制した。
――筑仁会とか、いろいろや
――なんが欲しいんか

――それも電話でいうたやないか
――なんをいうたんか
――拳銃《チャカ》が欲しいていうたやろ
――なんに使う
――関東で欲しがっとう組があるけ、そこへ流す
会話はそこで途切れた。誠一は顔から血の気がひくのを感じつつ、
「これは王という男です。わたしはこの男にだまされて――」
「最後まで聞いてください」
錦城が尖った声でいった。まもなく続きがはじまった。
――金は用意できたか
――ああ。ただ、いまは二百万しかない
――話がちがうやないか
――残りはすぐに用意する。これで半分だけでも売ってもらえんか
――まあええやろ。十一時に条川グランドホテルのロビーにこい
ブツリと音がして音声がやんだ。
錦城はテーブルに両肘をつくと白手袋の手を組んで、
「一方の声は片桐係長のものですね」

「ええ。しかし、どうしてわたしの声だと——」

「CD－Rと一緒に、これがあったんです」

錦城は封筒から一枚の紙をだして、テーブルに置いた。その紙には封筒の宛名とおなじゴシック文字が縦書きで記されていた。


条川署の片桐誠一は、暴力団とつるんで拳銃の密輸をしている。


誠一は絶句して、嘘だ、とつぶやいた。錦城は続けて、

「念のため声紋分析にかけました。以前、本部で情報漏洩の騒ぎが起きたとき、係長との会話を監察官が録音したものがありましたんで」

「そこまでせんでも、これを聞かせてくれたら、すぐ認めましたよ」

「誰が録音したか、心あたりはありますか」

「さっきもいった王って男でしょう。ほかに考えられない。それに、あのときの会話はこれでぜんぶじゃありません。編集されてます」

「編集されているかどうかはわかりませんが、相手の声は不自然ですね。ボイスチェンジャーを使っているようです」

誠一はうなずいた。

道理で王の声はくぐもっていた。錦城は続けて、

「最初の会話は屋外、次のは電話ですね。恐らくボイスレコーダーで録音したものをCD－Rに焼いたんでしょう」

錦城によれば、科捜研――科学捜査研究所で鑑定したが、封筒やその中身から指紋は検出できなかった。パソコンの印字やCD－Rにも、いまのところ差出人に結びつく手がかりはないという。

「これは罠です。王が捜査を妨害しようとしとるんです」

思わず声が高くなった。錦城は白手袋をはずすとノートとペンをだして、

「これを送りつけてきたのが王という男だとして、事情を聞かせていただけますか」

「――わかりました」

やらせ捜査の件にはむろん触れられないが、王とは無関係だから話しても支障はない。

妙な言質をとられないよう慎重に言葉を選びながら、王について語った。

捜査の必要性を理解してもらうために、国内に密輸されたまま行方不明になったロッシを王が大量に持っているらしいという点を強調した。

錦城はノートにペンを走らせていたが、誠一が説明を終えると、

「いまひとつよくわからない話ですが、要約するとこうですね。片桐係長は顔見知りの男から、王という男が拳銃を売買していると聞いて接触を図った。最初は日暗埠頭で待ちあわせ

たが、あなたは拳銃らしきものでおどされ、目隠しをされて車に乗せられた。そこで取引の約束をして後日連絡をとった。王が待ちあわせ場所に指定したのは条川グランドホテルのロビーだった。しかし王はあらわれなかった。これでまちがいないですか」

「簡単にいえばそうです」

「CD‐Rに録音されていたのは、冒頭が日暗埠頭で王と逢ったときで、次が条川グランドホテルで待ちあわせる前の会話ですね」

「ええ」

「これは誰の指示による捜査ですか」

「誰というか、わたしの判断です。銃器を摘発するために組織犯罪対策《ソタイ》課の応援にきたんですから――」

「上司の許可は得てないということですね」

「――そうなります」

「報告は？」

「最初に王と接触したときは――」

「そのあとは？」

「しておりません」

「なるほど。ところで係長は、王と連絡をとる直前に口座から二百万円を引きだしていますが、使途はなんですか。二百万といえば、王との会話にでてくる拳銃の価格とおなじですが――」

給与が振りこまれる銀行は市の指定金融機関だから、監察官は不祥事の疑いがある警察官の口座をチェックする。とはいえ金の出入りを調べられるのは不快だった。

「答えてください。二百万円の使途はなんですか」

「なんも遣ってません。家にあります」

「でも銀行から引きだしている」

「王との取引に必要やったからです」

「二百万もの金を渡すつもりだったんですか」

「渡したくはないですが、捜査費用はでらんし、ひとまず取引せな組織の全貌をつかめんからです。王は大量のロッシを持っとる様子でしたから、なんとしても挙げたくて――」

「条川グランドホテルには誰といきましたか」

さっき話したときには刀根が一緒だったことは伏せていた。

だが錦城の冷徹そうな眼は、すべてを知っているように感じられた。下手に嘘をつけば、ますます立場が悪化するだけに事実を述べるしかなかった。

「刀根というのは、条川グランドホテルの防犯カメラに映っていた男ですね」

やはり錦城はホテルまで調べていた。誠一は暗澹《あんたん》とした気分でうなずいた。

「刀根は捜査協力者《エス》だということですが、彼は筑仁会の組員でしょう。取引の際に、どうしてそういう人物を連れていったのですか」

「素性を隠すためです。現役の組員が一緒におれば、王も信じるかと思うたので」

「それも、あなた個人の判断ですね」

「そうです」

片桐係長、と錦城はいって、

「あなたの捜査に対しての熱意は認めます。先だっても被疑者《マルヒ》は不明ながら、拳銃を摘発している。本部にいた頃の活躍にもめざましいものがある。途中で妙な噂がたったのは惜しいですが――」

「あれは濡れ衣です。今回も王の罠なんです」

「そうかもしれません。しかし王という人物と取引しようとしたのは、身勝手な行動といわざるをえない。このCD－Rがマスコミに送りつけられたら、どうなりますか。新聞やテレビは警察官が拳銃の密輸かと騒ぐでしょう」

「王のおどしに屈するんですか」

「この手紙の真偽はともかく、文面からすると単なる告発であって、おどしとはいえません。王という人物がこれを送ったという証拠もない」

「わたしは銃を突きつけられて、騒いだら殺すといわれたんですよ」

「それについても客観的な証拠はないでしょう。目隠しされた状態で拳銃を視認できましたか。王が拳銃を大量に持っているというのも、そういう会話があったというだけで推測の域をでない。もっといえば、王という人物が実在するかどうかもわからないんです」

「だから罠だというてるやないですか」

「わたしが問題にしているのはそこじゃない。マスコミの反応です。片桐係長が潔白だったとしても、囮捜査をしたのではないかと責められる。CD－Rの会話を聞く限りでは、犯意を誘発しているとしか思えませんからね。ひいては組織全体を傷つけることになる」

誠一は大きく息を吐いて、

「だから辞めろと？」

「そうはいってません。このあと二ノ宮課長や但馬課長からも事情を聞きますが、みなさんでよく話しあってください。監察官室としては穏便な解決を望みます」

61

美希は肘枕をしてスナック菓子を食べている。遼平は隣で膝を抱えて再放送の刑事ドラマを眺めているが、内容はまったく頭に入ってこない。

まだ午後の三時すぎだから、美希はのんびりしている。早く夜になって彼女が出勤すればいいと思うせいか、なかなか時間が経たない。美希が出勤したからといって、なにかあるわけではない。ただひとりになりたいだけだ。

吉田との会話を思いだすと、どうしようもなく気持が沈んでくる。なんでもしますと、うっかり口にしたのは失敗だった。いまさらのように悔やんだが、あの状況では逆らいようがない。むこうの条件を呑まなければ許してもらえなかっただろう。

吉田は、あらためて二百万円の借用書を書けといって書類をだした。

書いたらまずいと思ったものの、断ったら父や美希のところへ集金にいくとおどされる。ふたりにうながされるまま借用書に署名して拇印を押した。吉田はそれを懐にしまって、

「金額が多いけ、このぶんの利息は十日で五分に負けといてやる」

「そんな――これにも利息がつくんですか」

「あたりまえやないか。二百万の五分やけ十日で十万や」

遼平はかぶりを振って、

「そんなの、ぜったい無理です」

「一日たった一万やないか。けどバイトじゃ追いつかんぞ。どうやって返済する？」

「わかりません。すこしずつでもかえしていくしか――」

「そんな悠長なことしとったら、借金がとんでもない金額になるぞ」

そういわれても毎日一万円も払えるはずがない。無茶な要求に頭を抱えていると、

「よし。日給一万以上稼げる仕事を紹介しちゃろう」

　意外な言葉に顔をあげた。

「うちの集金をやれ」

「えッ」

「手はじめにマルハマで打ってる債務者を担当しろ。しばらく渡辺についてまわって、仕事をおぼえたら融資もまかせる。売上げは毎日ここへ持ってこい。ここはうちの事務所やからの」

「で、でも金融なんて、やったことないです」

「なんでもするていうたんは嘘か」

「いいえ」

「090金融《ゼロキューゼロ》なんて、慣れりゃあ誰だってできる」

「でも自信がないです」

「弱気なこというな。経営者はおまえやぞ」

「経営者?」

「ああ。おれはおまえに金を貸しとるだけで、おまえがやっとる090金融《ゼロキューゼロ》とは無関係や。おまえはせっせと働いて、おれたちに借金を返済するんや。客とのトラブルは相談に乗ってやるけど、警察《サツ》にひっぱられたときは、おまえがひとりで豚箱に入れ」

「――そんな」

「おれや渡辺の名前をだしたら終わりやと思え。おまえの親から女から、ぜんぶ追いこみかけるぞ。誰とはいわんが、おれたちのケツ持ちはこれやけの」

吉田はひと差し指で自分の頬を斜めになぞった。渡辺が笑って、

「心配するな。そうそう捕まりゃせん」

「じゃ、じゃあ仕事をすれば、給料がもらえるんですか」

遼平くん、と吉田はいった。

「おまえが経営者ていうたやろ。自分の給料は自分で稼がんか。売上げしだいでなんぼでも稼げるよ。ただし借金があるあいだ、そのぶんの利息は売上げから天引きさせてもらう。まあ飯代くらいは残しといてやるけ、がんばれよ」

０９０金融の仕事が自分にできるとは思えなかったし、もし警察に捕まったら父が首になるかもしれない。だが、ほかに二百万もの金をかえすあてはない。仕方なく承諾すると、あすの朝十時にパーラーマルハマの駐車場で渡辺を待つようにいわれた。

ようやく解放されて、この部屋に帰ってきたのは昼前だった。

遼平の顔を見るなり美希は声を荒らげて、

「いままでなんしよったと。すぐ帰るっていうたやん」

「ごめん。ちょっと用事で遅くなった」

「用事ってなん?」

「あしたからバイトすることになった」

「なんの?」

「――単純作業だよ。倉庫の荷物運んだりとか」

　090金融とはいえず、とっさに嘘をついた。

「きょう変なひとから電話あったけど、遼ちゃんがあたしの携帯教えたんやなかろうね」

「ちがうよ」

　立て続けに嘘をついたせいか、耳たぶが熱くなった。

「急にバイトするとかいうし、甘いもの買《こ》うてきてっていうたのに忘れとうし、なに考えとん。あたしが厭やったら、無理してうちにおらんでええんよ」

「甘いのってなにがいい? いまからコンビニいってくるよ」

「もういいって」

　化粧を落とした美希は眉毛がない。彼女は肉だけの眉をひそめて、そっぽをむいた。

　それから三時間以上が経つが、あいかわらず機嫌が悪い。あしたからどうなるか気が気でないのに、美希の機嫌をとっている場合ではない。

　けれどもこれ以上機嫌を損ねて、ここを追いだされたら、どうしようもなくなる。遼平は床に横たわると美希の背中に寄り添って、恐る恐る肩に手をまわした。美希は無視してテレビを観ている。調子に乗って胸に手を伸ばしたら、そっけなく振り払われた。

「もう厭ってば」

と美希はいったが、さっきほど声に棘がない。

思いきって胸をつかんだら彼女の呼吸が荒くなった。美希はこちらをむくと、自分でジャージをたくしあげてブラジャーのなかに指先を導いた。

遼平は安堵しつつ、うつろな気分で胸をまさぐった。

美希は遼平の耳たぶを軽く噛みながら、

「終わってから、ケーキ買《こ》うてきて」

甘ったるい声でささやいた。

62

とねちゃんは珍しく混んでいた。

サラリーマンの団体がカウンターと小上がりで騒いでいる。仕事の打上げらしく、みな明るい表情で酒を酌み交わしているが、こちらの気分が沈んでいるせいか笑い声が耳につく。

兵吉は串を焼いたり酒を運んだり、あわただしく動きまわっている。

刀根はカウンターの隅で芋焼酎のロックを呑んでいた。

突き出しのキャベツをすこしつまんだだけで食欲はまったくない。ひっきりなしに煙草を吸ってはグラスをあおっている。腕時計の針は九時をさしたが、誠一はこない。

待ちあわせは八時だったから一時間も遅れている。夕方に電話で話したとき、誠一はいつになく暗い声で、やばいことが起きたといっていた。署内にいるようで詳細は口にしなかったが、なにがあったにせよ、自分ほどやばい状況ではないだろう。

二千万もの金を今月じゅうに作れるはずがない。

なにか仕事《ヤマ》を踏もうにも、期限が短すぎて絵を描く余裕すらない。やれるとしたら、窃盗や強盗といった行きあたりばったりの仕事《ヤマ》だけだが、盗みは性にあわないし無計画にやっても大金はつかめない。下手を打って刑務所《ムショ》にいくのも厭だ。

いっそのこと金を払わないで、赤字破門になったほうがいいような気がする。しかし堅気になれば組という後ろ盾がなくなるだけに、新たな商売《シノギ》はできない。

それどころか執拗な厭がらせが待っている。

ふつうに引退したのならともかく、赤字破門は組にとって裏切者とおなじである。どんな商売《シノギ》をやろうと、どんな仕事に就こうと、この街にいる限り邪魔が入る。

いま経営している居酒屋とラウンジも、組の連中が出入りして早晩潰されるだろう。どうせ潰されるのなら店とマンションを手放しても大差はないが、たちまち家族が路頭に迷う。

もっとも美奈は大学までやったし、瑛太はもうじき高三だから、父親がいなくてもなんとかやっていける歳だ。しかし女房はどうなるのか。弘子は世間の苦労を知らないし性格も幼いだけに、亭主が無一文になったら取り乱すだろう。

刀根はアイスペールから手づかみで氷をとってグラスに入れ、ボトルの芋焼酎を注いだ。

九時半になって団体客が帰り、客は刀根だけになった。パートの絹代がのろのろと皿や小鉢をさげている。

「兄貴がそんなことするなんて、なんかあったんですか」

「ちょっとごたついとるんじゃ」

兵吉にいっても仕方がないと思いながらも、愚痴をこぼさずにいられなかった。堂前から金をせびられていることを話すと、兵吉はあきれた表情で、

「二千万もだせなんて、会長《おやじ》はひどいですね。子分を守るンが親の務めやろうに」

「いまのヤクザは昔とちごて義理も人情もない。金でしか動かん」

「昔は町内のひととなかよかったし、堅気の子でも行儀見習いきとったのに」

「時代が変わったんや。堅気の世界も金のことばっかりやろが」

「金がないのは、首がないのとおんなじですからね」

「おまえも他人事やないぞ。おれがしまえたら、この店も潰れるんやから」

「それは困りますよ。兄貴。いまのうちに店の権利をください」

「馬鹿ッ。このおれが死ぬか生きるかちゅうときに、店を乗っとるつもりかッ」

思わず声を荒らげたとき、引戸が開いて誠一が入ってきた。時刻はもう十時半だった。

「遅いやないか。なんしよったんか」

「すまん。上の連中にさっきまで捕まっとった。いったん家にも帰ったしの」

「なし家に帰った？」

誠一は黙って隣に腰をおろすと、深い溜息をついた。やつれた表情で、声をかけても答えない。冷酒を二杯、立て続けにあおって三杯目を注文した。誠一がこういう呑みかたをするのははじめて見たが、他人を気遣っているゆとりはない。

刀根は自分がどういう窮地に立たされているか、一気にまくしたてた。誠一は反論もせずに相槌を打っているが、それがますます癪に障る。刀根はひとしきり文句をいってから、

「どうしてくれるんか。このままやと、おれはおしまいじゃ」

「すまん。すくないけど、これでかんべんしてくれ」

誠一はコートのポケットから分厚い封筒をだした。

「これはなんか」

「迷惑料よ。二百万ある」

刀根は封筒を押しもどして、

「こんなんで足りるか。二千万よこせ」

「無理いうな。おれも、もうじき首が飛ぶ」

「なしか。おまえはうまいことやっちょろうが」

誠一はかぶりを振ると、低い声で事情を口にした。匿名の手紙と王との会話を録音したCD－Rが県警本部に送られてきて、いままで上司に責められていたという。

「おまえもカタにはめられたちゅうことか」

「ああ」

「王ちゅうのは、いったい何者なんか」

「それを調べてくれて頼んだやないか」

「約束も守らんくせに頼みごとばかりすんな。次の拳銃《チャカ》も仕入れたんやぞ」

誠一はまたコートを探って、

「だから、この金をとっとけていうとろうが」

「しつこいぞ。そんなんじゃ足りんていうとろうが」

「なら、どうするんか」

「どうもこうもならん。いっそのこと会長《おやじ》しょっぴいてくれんか」

「ネタはあるんか」

「ない。おまえが調べたらええ」

「無理よ。おれはもう捜査からはずされた」

「それであきらめるんか」

「あきらめたくないが、どうしようもない」

「おれはあきらめるわけにいかん。ガキと女房を養わないかん。おまえだって息子がおるやろが」

「どうでもええ。息子はどっかいって帰ってこん」

「なら退職金よこせ」

「ふざけるな」

「ふざけとらん。ヘタレが金持っとってもしょうがなかろうが」

「誰がヘタレか」

「おまえたい。なんでもすぐあきらめるヘタレやないか」

「調子に乗るな、きさんッ」

誠一はいきなり胸ぐらをつかんできた。刀根もすかさず誠一の手首を握った。

ふたりでにらみあっていると、兵吉が割って入った。

「もうやめてください。内輪揉めしとう場合やないでしょう」

刀根はしぶしぶ手を放して、

「こげな奴、内輪やあるか」

「それはこっちの台詞よ」

誠一は残りの酒をひと息にあおると店をでていった。

入れかわりに若い男女が入ってきた。ふたりは職場がおなじらしく、屈託のない笑顔できょうの出来事について語っている。自分にもあんな年頃があった。その頃にはもう盃をもっていたが、いろいろな夢があった。

芋焼酎を啜っていると不意に嗚咽《おえつ》が漏れそうになった。刀根はおしぼりで鼻をかむふりをして、こみあげてくるものをこらえた。

男女の客は電車の時間が気になるようで、早めに帰った。刀根は兵吉を前に呼んで、

「たまには、ふたりで呑むか。なんやったら早めに店閉めて、どっかスナックでも――」

「やけ酒呑んだって、ろくなこたあないですよ。それに今夜はデートですから」

「デート？」

兵吉は店の奥へ顎をしゃくった。

怪訝に思いつつ眼をやると、パートの絹代があくびを噛み殺した。

63

横殴りの雪にネオンが霞《かす》んでいる。

誠一はコートの襟に顔をうずめるようにして、ひと気のない道を歩いた。

とねちゃんで刀根に金を渡したら家に帰るつもりだった。しかし帰ったところでなにがあ

るわけでもない。あすからは組織犯罪対策課《ソタイ》の応援を終えて生活安全課《セイアン》にもどるが、それも束の間だ。依願退職を勧められるか、来月の異動でどこかへ飛ばされる。

監察官の錦城がひきあげたあと、署長の成瀬や副署長たちに根掘り葉掘り事情を聞かれ、ようやく解放されたのは九時すぎだった。成瀬にはさんざん文句をいわれたが、保身を旨としているだけあって具体的にどうしろとはいわない。錦城とおなじで、今後については上司と話しあって決めろという。

二ノ宮とはいつもの会議室で話した。二ノ宮は椅子にもかけようとせず、事務的な口調で、

「お疲れさまでした。あしたから生活安全課《セイアン》にもどってください」

「わかりました。ただ反町に関する捜査の状況は、今後も教えていただけませんか」

「それはむずかしいですね。相良係長もああいう調子だし」

それじゃあ、と二ノ宮は背中をむけた。誠一は溜息をついて、

「課長も、やっぱりそうやったんですね」

「そうとは？」

二ノ宮は振りかえって訊いた。

「前にふたりで呑んだとき、課長とは肚を割って話せるんやないかと思いました。でも――」

「ぼくも肚を割って話しましたよ。しかしベタベタしたつきあいをするつもりはない」

「どういうことですか」

「君子の交わりは淡きこと水の如《ごと》しというでしょう。係長とはいままで協力関係にあったが、ぼくは上司じゃない。あなたが勝手な捜査をやった尻拭いまではできません」

成瀬が異動する手土産としてやらせ捜査を指示したのは自分なのに、逃げを打つ気らしい。もっとも王の件については、二ノ宮のいうとおり自分が勝手に動いたのが原因だから責任を追及しづらい。すべてをぶちまけても証拠がないといわれればそれまでだ。

本来の上司である但馬は、やけになっての暴走を警戒してか、拳銃と警察手帳を預かるといった。それで生活安全《セイアン》課にもどっても仕事はないとわかった。

「もういらんことするな。しばらく頭を冷やせ」

但馬は帰り際にくどいほど念を押した。上司たちの会議はまだ続いているが、あすにはなんらかの処分を言い渡されるにちがいない。

とねちゃんで呑んだ冷や酒がいま頃効いてきて、はらわたがよじれるような怒りが湧いた。なぜ自分だけが詰め腹を切らされるのか。

巡査を拝命してから三十年間、これといったミスもなくまじめに勤めあげてきた。捜査情報の漏洩という濡れ衣のせいで出世の道は絶たれたが、所轄で冷や飯を喰わされる屈辱にも耐えた。それを今度は匿名の手紙ひとつで追いだすのか。

軀は冷えきっているのに頭のなかは火がついたように熱い。新顔らしい客引きがすり寄ってくるのを突き飛ばして繁華街を歩きまわった。ノワールの前を何度か行き来して、いったんは帰りかけたものの、結局ドアを開けていた。

珍しく客はまばらで、綾乃はカウンターのなかで煙草を吸っていた。

誠一がスツールに腰をおろすと綾乃は笑顔で駆け寄ってきて、

「こんな天気だからひまでしょう。そろそろ帰ろうかって思ってたの」

「だったら、おれも退散するよ」

「だめ。きょうはつきあってもらうから」

「強引やな」

「なにがあったのか知らないけど、たまには息抜きも必要よ」

「なにかあったたって、なんでわかる」

「だって、すごく疲れた顔してるもの」

綾乃は手早く帰り支度をすませて誠一をうながした。

ためらいつつ店をでると綾乃は腕を組んできた。一緒に歩いているところを誰かに見られたらまずいと思う一方で、どうせお払い箱だと開きなおる気持もあった。

早めに切りあげるつもりだったが、バーとスナックをはしごして足元がおぼつかないほど酔っぱらった。綾乃と一緒にタクシーに乗ったのはうっすらおぼえている。

だが、そこから先の記憶がない。

頭痛と喉の渇きに眼を覚ますと、上半身裸でベッドに横たわっていた。

枕元のスタンドが見知らぬ部屋をぼんやり照らしている。二日酔いのだるさに、ふたたび目蓋が重くなったが、隣に女の背中があって鼓動が速くなった。

「あら、もう起きたの」

綾乃が寝返りを打ってこちらをむいた。

素肌にシーツを巻きつけただけの姿に思わず眼を伏せて、

「ここは、いったい——」

「おぼえてないの。あたしがうちに誘ったら、うんっていったのに」

「タクシーに乗った記憶はあるけど」

「このマンションに着いたときは、まだ呑むぞっていってたの。でも、あたしがお酒の用意してたら、そのあいだに寝ちゃって」

「申しわけない。すっかり酔っぱらって」

「あやまることなんかないわ。あたしが呑ませたんだから」

ちょっと呑ませすぎたけど、と綾乃は笑って舌をだした。

「じゃあ、綾乃さんとはなにも——」

「ええ、残念ながら。喉渇いたでしょ」

苦笑まじりにうなずくと、綾乃はサイドテーブルにあったミネラルウォーターをこちらに差しだした。誠一はペットボトルをらっぱ飲みしてから、大きく息を吐いて部屋を見まわした。広々とした室内は、誠一には縁のない前衛的な絵画やモダンな調度品が飾られている。

　壁の時計が四時をさしているのを見て腰を浮かした。

「やばい。もう帰らなきゃ」

「仕事を辞めるっていってたのに、どうして急ぐの」

　誠一はぎくりとしつつ、

「そんなこというてた？」

「ええ。もう辞めてやるって」

「ほかには？　仕事の内容とか――」

「ううん。それだけ」

「ほんとうに、それだけ？」

「どうしたの。そんなにあわてて高校生みたい」

　綾乃は笑った。素顔でも垢抜けた雰囲気は損なわれていない。シーツから覗くなめらかな肩と胸元の膨らみが下心をそそるが、そういう関係になるわけにはいかなかった。しかし、どうせお払い箱だと、またしても開きなおりそうな衝動に駆られた。

　そのとき、警察手帳のことが頭に浮かんだ。もしかして綾乃に見られたか、あるいは紛失したかと思って全身に鳥肌が立った。ベッドから身を乗りだして服を探していると、警察手帳は但馬に取りあげられたのを思いだした。ほッと息を吐いたら、綾乃の指先が肩に触れた。

振りかえると、綾乃は誠一の首に腕をまわして唇を寄せてきた。

64

遼平はデパートの紙袋をさげてマンションをでた。

空は分厚い雲に覆われて太陽は見えない。朝の九時すぎとは思えないほどあたりは暗く、冷たい風に胴震いがする。美希の部屋は暖房が効きすぎているせいで、よけいに寒く感じるのかもしれない。たちまち冷えきっていく軀を暖めたくてバス停まで走った。

パーラーマルハマに着くと、駐車場はほとんど満車になっている。

十時の開店まで十五分もあるのに毎朝これほど混んでいるのは、この店の換金率が四円だからだろう。最近は不景気の影響か、換金率が一円――いわゆる一パチの店が増えてきた。一パチでは一万円勝つのもひと苦労とあって、金に余裕のある客は四円の店で勝負する。

もっとも四円のほうがギャンブル性が高いだけで、出玉が多いわけではない。

勝つのも早いが、負けるのも早い。金の出入りが烈しいだけに換金率が四円の店は090金融の得意客が多い。

遼平は紙袋から名刺大のチラシをだすと、駐車場に停めてある車のワイパーに一枚ずつはさんでいく。チラシには「スピード融資！　主婦・学生・フリーター歓迎　審査・保証人不要・ブラックOK」という文字と携帯の番号がある。

はじめて090金融で借りたとき、電柱にあった貼り紙とおなじ内容である。客の車にチラシをはさんだら文句をいわれそうだが、従業員たちは知らん顔をしている。渡辺によれば、この店の店長と話がついているらしい。

090金融の手伝いをはじめて一週間が経った。

渡辺について仕事をおぼえろと吉田からいわれたときは、どうなるのか不安だった。だが、いまのところチラシ配りのほかは渡辺にくっついているだけだ。

渡辺は一日に何度もパーラーマルハマに顔をだして融資や集金をする。その一方で顔見知りの客にも声をかけてまわる。強面の外見とちがって気さくな雰囲気で世間話をしていくが、090金融はそうしたコミュニケーションが大切だという。

「おれたちは密告《さ》されたらしまいやけ、客には愛想ようしとかな。適当におべんちゃらいうとったら、飛んだ奴とか飛びそうな奴の情報も入ってくる。とにかく、はよ客の顔と名前をおぼえれ」

渡辺は客のひとりひとりに遼平を紹介して、

「今度入った若い者《もん》やけ、よろしく頼むわ。ええと、名前は中村《なかむら》や」

勝手に偽の名字をつけられた。どうして中村なのかと渡辺に訊くと、

「名前やらなんだってええけど、平凡な名字のほうが記憶に残らんし、本人を特定されにくい。いざちゅうときの用心や」

そういえば吉田も渡辺も平凡な名字だから、恐らく偽名なのだろう。

この一週間、渡辺のあとをついてまわって融資や集金のやりかたを勉強した。客層は若者から中高年まで幅広い。090金融で借りるくらいだから、みな生活が苦しいはずだが、堅実そうなサラリーマンや、ごくふつうの主婦にしか見えない客も多い。

「外見はあてにならんぞ。うちで借りるような奴はまともやない。なんぼ身なりがきれいでも、尻に火がついとうやつがほとんどよ」

遼平が見た限りでも、みすぼらしい老人がまとまった金を払ったり、派手な服装の若い女が焦げついていたりと、たしかに外見はあてにならないようだった。

店内は防犯カメラがあるから金の受け渡しは駐車場でおこなう。新規の融資は書類を使うが、常連客の融資や返済は携帯にメモする。

警察の捜査を警戒してかメモはすべて暗号で、顧客の氏名は012や123など三桁の数字であらわされる。完済した場合は◎、利息のみ返済したジャンプは○、連絡のとれた延滞は△、連絡のつかない場合は×という記号。超優良客はN、優良客はS、新規客はA、延滞やトラブルが多い客はBといったランク付けもある。全体の顧客名簿は吉田が一括して管理していて、こちらは乱数表を使った暗号になっているらしい。

きのうから遼平も携帯を持たされたが、むろん正規の契約ではなく他人名義の携帯《トバシ》である。ふたつ折りの古くさい携帯で、もし警察に捕まりそうな場合は、まっぷたつに折って便器か側溝へ投げこむようにいわれている。

警察官の息子がれっきとした犯罪に関わっているのは心苦しかった。けれども吉田や渡辺に逆らえば、父や悠斗に連絡がいく。美希の職場と携帯も知られているうえに、マンションの住所も書かされた。090金融を手伝いはじめた夜、渡辺は美希のマンションまでついてきて自分が住んでいるのをたしかめた。ここまで知られたら、もう逃げられない。

唯一の望みは二百万の借金を完済して、この仕事から解放されることだが、十日で五分――一日に一万円もの利息がつくだけに借金はいつまで経っても減りそうにない。

渡辺は毎日帰りに二千円をくれる。朝から晩までパチンコ屋をうろついて二千円では割にあわない。しかも、やっていることは犯罪だ。

「犯罪ちゅうても、たかが出資法違反や。初犯ならよっぽど利益をあげとらん限り、執行猶予がつく。この不景気に一万二千円も日給を払うてやっとんじゃ。一万円は二百万の利息にあてとんやけ、金がもらえるだけありがたく思え」

渡辺はそういったが、一万円ぶんを利息で払っても元金はまったく減らない。一日も休まず働いたところで二百万の借金は残ったままだ。融資から集金までひとりでこなせるようになれば、売上げしだいですぐに完済できると吉田はいった。だがそんな言葉は信用できない。

単純にいえば日給二千円でこき使われているだけで、このままずるずると深みにはまりそうなのが怖かった。

十時の開店時間になって、客の群れがいっせいに店内へなだれこんだ。派手な音楽が鳴り響き、客たちは先を競うように打ちはじめる。みな眼の色を変えて台を見つめているが、かつての自分がそうだったように、あと二時間もすれば大半が財布を空にして去っていく。家に帰るのが厭なら、ATMに走るか090金融で借りるかだ。

渡辺がくるまではリラックススペースと名付けられたコーナーで待機する。そこにはソファやマッサージチェアが設置され、大量のマンガ本や無料のソフトドリンクがある。

遼平はソファに腰をおろして、無料のコーヒーを飲んだ。

じきに退屈してマンガを読みはじめたら、厚化粧の中年女が前に立った。赤いワンピースに薄汚れたボア付きのコートを羽織っている。

「ちょっと、あんた。渡辺さんとこのひとやろ」

「ええ」

「もう負けてしもたわ。一万まわして」

「ぼくはまだ見習いなんで。渡辺さんがこないと――」

「一万くらいええやないの。あんた持っとらんと？」

中年女は甘ったるい声で身をよじった。たるんだ軀から酒と香水の臭いがする。

「五千円くらいしか持ってないですよ」

「五千円でもええよ。はよせな台とられるけ、ちょっといこ」

女は骨張った指で遼平の手首をつかんだ。

「ど、どこにいくんですか」

「トイレに決まっとうやん。五千円ぶんやけ、すぐいってよ」

ようやく意味がわかって、ぞッとした。

あわてて振りほどこうとしたが、女は意外に力が強い。ぐいぐい手をひっぱられて椅子から腰が浮いた。まわりの客たちはこちらを見ながら、にやにや笑っている。

突き飛ばすわけにもいかず焦っていると、

「こらこら、うちの子になんしよんか」

タイミングよく渡辺がきて女はしぶしぶ手を放した。しかし女は執拗で、今度は渡辺にまとわりついて一万円貸せという。渡辺はかぶりを振って、

「だめ。あんたはブラックやけ。どっかで客ひいといで」

女が険しい顔で周囲を見まわすと、男たちはみな顔をそむけた。

ふらふらと去っていく女の背中に渡辺は顎をしゃくって、

「あれは昔キャバクラのナンバーワンやったけど、博打で借金抱えてソープに沈んでの。いまはパチ屋で客ひいても、爺さんくらいしか寄りつかん」

女の顔は中年にしか見えなかったが、まだ三十くらいだと聞いて驚いた。

「さあ、きょうから集金やってもらうぞ」

と渡辺はいった。いよいよ本番かと思うと気が重くなった。

「この店の客で、きょうが返済日の奴を教えちゃるけ、これに金を集めろ」

渡辺は集金用だというセカンドバッグを押しつけてきた。ぱっと見はヴィトンだが、バッグを開けてみると作りは雑で、どうやら偽物らしい。

「優良客以上は、なるべくジャンプさせて、あとはきっちり回収せい」

「ちゃんと払ってくれるでしょうか。ぼくが催促しても迫力ないし――」

「おまえはふつうに喋っとりゃええ。客はみな、おれたちのバックを怖がっとんや」

渡辺は店内をまわって、きょうが返済日の客に声をかけた。勝っている客はその場で返済に応じたが、負けている客はもうすこし待ってくれという。

「なら、あとから中村に金を渡してくれ」

と渡辺はいったが、返済をしないで帰ってしまう客も必ず何人かいるといった。

「そういう奴は、おれが追いこみかける。おまえにも、そのうちやってもらうけどの」

ひと癖もふた癖もある客を相手に、うまく集金できるのか。

不安を感じつつ店内を歩いていたら渡辺が足を止めて、

「おお、ようけ勝っとうないか」

若い男の背中を叩いた。作業着姿で肩幅が広い。男の足元にはドル箱が六つ積んである。

「こないだの三万やけど、いまのうちにもろとこうか」

「勝負中に金だしたらゲンが悪いやん。あとでええやろ」

男は台を見つめたままいった。しゃあないな、と渡辺はいって、

「なら、あとでこいつに渡して。うちの新人やけ」

男が面倒くさそうに振りかえった瞬間、はッとした。

細く剃りこんだ眉と日焼けした顔に見おぼえがある。男も怪訝な表情でこちらを見つめて、

「たしか、うちの現場におったの」

「なんか、牛越ちゃんと知りあいか」

渡辺が口をはさんだ。そういえば名字は牛越だった。この男が理不尽ないいがかりをつけてきたせいで派遣を首になったのだ。遼平は眼を伏せて、

「派遣のバイトでちょっと——」

「おまえ、現場もちゃんとしきらんやったけど、金貸しやらできるんか」

牛越がさっそくからんでくるのを渡辺は制して、

「まあまあ。いまは見習いやけ、大目に見ちゃってや」

牛越は鼻を鳴らして台のほうをむいた。

65

院長は前歯の根っこをあれこれいじっているが、珍しく痛みがない。

刀根はくつろいだ気分で、院内に流れる環境音楽に耳を傾けていた。

今月は二月とあって日が経つのが早い。月末まで二十日もないのに金策のめどはまったく立っていない。呑気に歯医者へ通っている場合ではないが、焦っても状況はおなじである。もし金策ができないまま赤字破門にされたら、歯医者に通うどころではない。治せるときに治しておかなければ、人生のどん底に落ちたうえに歯痛で苦しむはめになる。家族からも見放されて、歯痛持ちのホームレスにでもなったら最悪だ。

虫歯の治療はすでに終わって、きょうは新しい差し歯の土台を植えた。前歯の治療がはじまってから、古い差し歯ははずされてプラスチックの仮歯が入っている。上顎の前歯は六本が差し歯だっただけに、仮歯をはずすと銀色の土台が剝きだしになって不気味である。

その日の治療が終われば、もとどおり仮歯をつけてくれるが、あくまで仮歯だから完全には装着されていない。それだけに不安定で、硬いものを食べたり歯ぎしりしたりすると、すぐにはずれる。

何日か前も家族で夕食の最中に、ぽろりと仮歯がとれて妻子に大笑いされた。

仮歯は入れ歯のようにつながっているから、はずれるときは六本同時で、いっぺんに歯抜けの老人みたいな顔になる。

「はい、きょうは終わり」

と院長がいって診療用の椅子を起こした。刀根はうがいをしてから大きく伸びをした。

「だいぶようなった。前歯もこれで一段落じゃ」

「なら、いよいよ差し歯ですか」

「いいや、次は歯茎。歯石をとる」

「歯石なら、いっぱいとったやないですか」

「それでも歯周ポケットが深すぎるけ、歯茎を切らないかん」

「は、歯茎を切る？」

「フラップ手術ちゅうやつよ」

「しゅ、手術？」

「まず歯肉をメスで切り剝がして、歯の根っこと歯を支えとる骨を剝きだしにする。それから骨にこびりついた歯石を削ったり、溶けた歯の表面を平らにしたりしたあと、歯茎を縫って終わり」

身の毛がよだつような話に気分が悪くなった。刀根はこめかみを指で押さえて、

「手術以外に、なにか方法はないんですか」

「たいしたことないって。ほんま小心者やの」

小心者といわれて頭にきたが、手術の恐怖で怒る元気がなかった。生きるか死ぬかの瀬戸際だというのに、歯医者に通う男は果たして小心者なのか。物事に動じていないという点では大物だろう。手術に関しては動揺したが、それとこれとはべつの話だ。

鬱々とした気分で坪内歯科をでて事務所にいった。

ちょうど昼飯どきだけに堂前と財津がいるかもしれない。途中で事務所に電話をかけて当番に探りを入れた。ふたりとも義理事で留守だと聞いて顔をだす気になった。

事務所にいったところで、なにもすることはない。反町にひとこと詫びを入れたいが、警察を警戒しているようで、ずっと事務所にはきておらず携帯もつながらない。

誰かが大きな仕事《ヤマ》でも持ちかけてこないか。そんな期待もわずかにある。ところが今回のトラブルを組員たちは知っている。情報を漏らしたのは、いうまでもなく堂前か財津だ。みな安定とは縁のない稼業だけに、いったん落ち目になると掌をかえすのは早い。

堂前に忠実な連中は冷ややかな眼をむけてくるし、そうでない連中も巻き添えになるのを警戒して近寄ってこない。なかには同情めいた言葉を口にする者もいるが、具体的な援助はない。他人の不幸は蜜の味で、好奇心から声をかけてくるだけだ。

応接室に入っていくと、それまで大声で笑っていた石橋と難波がぴたりと口をつぐんだ。部屋住みの若い衆《し》たちも気まずそうに眼を泳がせている。

「反町はきちょりませんか」

刀根は誰にともなく訊いた。

「しばらく見らんのう。まだ身ィかわしとんやないか」

石橋が気まずそうな顔でソファから立ちあがった。難波も腰を浮かせて、

「幹事長、もう飯かね」

「おう。ぼちぼちいこや」

「よし、いこういこう」

「飯か。きょうはなん喰おうかのう」

誘いを待つようにつぶやいたが、石橋は片手拝みをして、

「すまん、刀根。ちょっとこみいった話があるんよ」

刀根はうなずいてソファにかけた。

石橋と難波が事務所をでていくと若い衆《し》たちも二階にあがった。石橋も難波もふだん堂前を煙たがっているくせに、こういうときは知らん顔をする。それならそれでかまわないが、こみいった話があるなどと見え透いた嘘をつかれたのが情けなかった。若い衆《し》までが露骨に自分を避けるとは、いよいよ敗残者の烙印《らくいん》を押されたらしい。

刀根は煙草をくゆらせながら床に視線を落とした。

はたちで盃をもらってから三十二年、組のために働いて上納金を納めてきたのに、ひとり

ってている。


の相談相手もいない。人望がないといえばそれまでだが、警察官の誠一ですら首が危うくな
っている。

あのまじめ一筋の男が孤立するくらいだから、警察という組織も落ち目の人間には薄情な
のだろう。もうすこし若ければともかく、五十すぎの男に恩を売っても見かえりは望めない。

なんの得にもならないのなら、水に落ちた犬は叩けということだ。

ヤクザや警察に限らず、老いれば孤独死が待っている時代である。

そもそも他人に期待するのがまちがっているのだろう。後ろ向きなことばかり考えていた
ら事務所にいるのがつらくなってきた。煙草を揉み消して腰をあげたとき、

「刀根よ」

パーティションのむこうで鶴見の声がした。

「まだおったんか」

「はい」

なにかいいたそうな気配を感じて事務室に入った。

鶴見は電卓を叩く手を止めて、傍らの椅子に顎をしゃくった。

刀根がそれに腰をおろすと、鶴見は鼻にずりさがった金縁メガネを指で押しあげて、

「だいぶ往生しとうらしいの。また会長《おやじ》が無茶いうたんやろ」

「まあ、ちょっと――」

「反町ンとこに家宅捜索《ガサ》入ったくらいで、ええ迷惑やのう」

「けど家宅捜索《ガサ》止めるんが役目やったんで」

「家宅捜索《ガサイレ》した組織犯罪対策《ソタイ》課の刑事《デコ》はなんちゅうたかの」

「相良ちゅう奴です」

「そいつとじかに話つけたわけやなかろう」

「ええ」

「なら無理よ。その相良ちゅうのは、このへんの闇金を片っぱしから潰しよる。おれも小遣い稼ぎで出資した闇金を一発で潰された。本部の連中なんか、組どうしで経営しとった闇金をごっそり持ってかれて往生しとったわ」

「本部がそげな調子やったら、反町がやられてもしゃあないですね」

「反町ンとこは支店に家宅捜索《ガサ》入っただけやけ、どうってことない。ほかにくらべたら手加減しとうほうよ。反町の奴、裏で刑事《デコ》とつるんどうて噂もあるけど――」

「そら、どういうことですか」

刀根は身を乗りだした。

「よその闇金はみな家宅捜索《ガサ》入っとうのに、自分とこだけ無事やったらおかしかろうが。目くらましで、わざと自分とこに家宅捜索《ガサイレ》させとるて本部の奴がいうとった。まあ、やっかみでいうとうかもしれんけ、あてにならんけどの」

「反町の家はどこですかね」

「――おまえ、なんか考えとるんか」

「いや、いっぺん詫び入れようと思うけど、事務所にはこんし携帯はつながらんし」

「反町は用心深いけ、決まった場所には住んどらんらしいぞ」

「なら、どこにおるんですか」

鶴見はこれ以上話すのを避けたいのか、横をむいて名刺ホルダーを繰りはじめた。

「事務局長、教えてください」

「そういわれてものう。ようわからんのじゃ」

鶴見は首をかしげたが、ふと手をすべらせて一枚の名刺を床に落とした。刀根は腰をかがめてそれを拾った。名刺には見知らぬ人物の氏名があったが、会社名が条川グランドホテルなのを見て、はッとした。刀根は名刺を差しだしながら鶴見の顔を見つめた。

しかし鶴見は眼をあわせようとせず、

「おお、すまんすまん。まあ、がんばってくれや」

受けとった名刺をホルダーにしまうと帳簿を横目に電卓を打ちはじめた。

66

もうじき昼だというのに窓の外は夕暮れのように薄暗かった。

暖房で曇った窓に、早くよくなって、と指先で書いた文字がある。武藤の仲間が書いたらしいが、集中治療室《ICU》は家族以外の面会はできないから、勝手に忍びこんだのだろう。誠一も警察という立場で面会が許されているものの、十分しかいられない。

武藤はあいかわらず酸素マスクや点滴の管をつけてベッドに横たわっている。

「おい、武藤。ぼちぼち起きんか」

看護師がいない隙に耳元でささやいたが、むろん反応はない。

医師によれば、病状はあいかわらずで回復の兆しはみられないという。ただ日が経つにつれ、意識が回復する可能性が低くなる。武藤には一日も早く植物状態から脱して欲しい。

犯人だけはなんとしても挙げてやりたかったが、それももう不可能に近い。

但馬によれば今月じゅうに依願退職しなければ異動は確実で、事件のなりゆきしだいでは懲戒解雇もありうるという。その場では返答を渋ったが、但馬は毎日のように責めたててくる。けさも誠一が登庁するなり会議室にひっぱりこんで、

「もうたいがいで結論ださんかい。おれの立場もわかってくれ」

「課長の立場はわかります。でも、わたしが辞めたら王たちの捜査は誰がやるんですか。わたしの首を切っただけで、あいつらは野放しですか」

「そうはいうとらんが、下手につついてマスコミに情報漏らされてみい。おまえは懲戒解雇になって、うちの署全体も大恥をかく。おまえだって仲間を巻き添えにしとうなかろうが。いま依願退職しとけば退職金もでるし、本部の厚生課が再就職の斡旋もしてくれるやろ」

誠一が黙っていると但馬は神経質に眼をしばたたきながら、

「おまえの無念さはわかる。おれだってもう五十五や。四十三で警部に昇任したときは野心もあった。この調子でがんばれば、所轄の署長くらいなれるやろうてな。けど、おれもおまえによう似て強情での。上のいうこときかんで勝手な捜査しとったら、このざまよ」

「勝手な捜査とは――」

「おれのことはええけ、自分の心配せい。警察官《サツカン》だけが人生やないぞ」

但馬が依願退職を勧めるのは、必ずしも保身のためだけではなさそうだった。

いまのうちに依願退職するのと懲戒解雇になるのとでは雲泥の差がある。懲戒解雇されたら退職金はゼロだし、再就職もおぼつかない。

懲戒解雇にならなくても、激務の交通課か僻地の交番で定年まで勤めるはめになる。これからの生活を考えたら、すぐにでも依願退職を申しでるのが得策だろう。

けれども家庭はすでに崩壊している。

遼平はいまだに帰ってこないし連絡もとれない。ゆうべ家に帰るとカード会社の督促状が二通届いていた。その前にも一通届いていたが、借入れの合計は三社で二百万もあった。なんに遣ったのかは知らないが、どうせ呑み喰いかギャンブルだろう。

明細を見ると返済は長いあいだ続けている。しかし利用限度額が増えると、すぐにキャッシングしているせいで借入れが減らない。督促状が自宅に届いているのは遼平も知っているはずだから、ますます敷居が高い。こちらから声をかけない限り、家には帰らないかもしれない。ふだんなら頭に血がのぼるところだが、それほど腹はたたなかった。

自分が首になりかかっているのに世間体を気にしても仕方がない。ただせっぱ詰まって犯罪に手を染めていないかが気がかりだった。遼平あての不審な留守電は一週間ほど前から途絶えているが、いま考えると、あれも借金の督促のような雰囲気だった。

このうえ息子が不祥事でも起こせばだめ押しで、王の件がなくても辞めざるをえない。こうなったら、すべてをあきらめて新しい人生を考えたほうがいいようにも思える。この歳からできることなどたかが知れているが、ちがう世界も経験してみたい。

警察を辞めれば、綾乃との交際も遠慮なくできる。このあいだは唇を重ねただけで、一線を踏み越えそうになるのをかろうじて我慢した。綾乃はなにを怖がっているのかと訝《いぶか》って、

「夜の女だって、たまには商売抜きのときもあるのよ」

「わかっとる。でも、いまは無理なんよ」

「じゃあ、いつだったらいいの。原さんがその気になったときには、あたしがそうじゃないかもよ。こういうのってタイミングだから」

誠一は綾乃の額に軽く口づけしてから服を着た。われながら不様だと思ったし綾乃に恥をかかせたような気もしたが、自分は警察官だという自覚がその先へ進むのを許さなかった。

「じゃあ、またな」

綾乃との別れ際にいったのとおなじ台詞をつぶやいて、集中治療室《ICU》をあとにした。武藤の見舞いにいったら、すぐにもどれと但馬からいわれている。

だが署にもどっても、始末書の書きなおしと同僚たちの冷ややかな眼が待っているだけだ。宇野や戸塚はとばっちりを恐れているのか、視線をあわせただけで表情をこわばらせる。

部下のなかで重久だけは以前と変わらず接してきて、

「教えてください。いったい、なにがあったんですか」

事件について知りたがったが、匿名の手紙やCD－Rのことは口止めされている。うかつに情報を漏らして重久を巻きこみたくなかった。

病院をでるとカローラに乗って伊能建設へいった。

いまさらあがいてもむだだと思うものの、ぎりぎりまで自分の捜査を続けたかった。いつものコインパーキングに車を停めて腕時計を見ると十二時だった。

昼休みとあって伊能建設の建物から社員たちが続々とでてくる。みな内勤らしくスーツ姿の男や制服のＯＬが多い。そのなかに紺色のジャンパーを羽織った男がいた。歳は六十なかばに見えるが、垂れ目と丸顔に見おぼえがあった。元条川署副署長で、現在は伊能建設警備部顧問の渕上隆である。

誠一は急いで車をおりると渕上のあとをつけていった。

渕上はまもなく一軒の店に入った。店の前には定食のメニューを書いた看板が立てられ、赤提灯におでん青葉とある。以前、伊能昭造が出入りする店を調べにきたとき、聞き込みに入った店である。夜はおでん屋だったが、昼は定食をだしているらしい。

店主が顔をおぼえていたら面倒だと思いつつ、縄暖簾をはねてガラス戸を開けた。いらっしゃい、と声をあげたのは五十がらみの女で、前に逢った店主はいなかった。店内は半分ほど客で埋まっていて、さっきの女がひとりで切り盛りしている。

渕上はカウンターの椅子にかけて豚汁定食を注文した。誠一はさりげなく隣にかけて、おなじものを注文した。渕上のペースにあわせて食事を終えたところで、

「あの、渕上さんですね」

声をかけると渕上は驚いた表情でこちらを見た。肩書は伏せておきたかったが、それではなにも聞きだせないだろう。警察手帳は但馬に取りあげられたから名刺を差しだした。

渕上はそれを受けとると垂れ目をしばたたいて、

「どういった用件ですか」

「条川署にいらっしゃった頃のことで、いくつかお伺いできればと思いまして——」

「そんな時間はないね。もう会社にもどらないかん」

「じゃあ手短に。退官されて伊能建設に入られたのは、どうしてですか」

「どうしてって、警備の仕事があったからですよ」

「ちゅうことは署の斡旋やないんですね」

「だったらなんですか。なにか問題でも？」

「いいえ、問題はありません。ただ伊能建設には当時からかんばしくない噂がありましたよね。そういう会社にわざわざ再就職されなくても、渕上さんならほかにいくらだって——」

「そんな詮索される筋合いはない。これは正規の捜査か」

「いいえ」

「なら答える義務はない。帰ってくれ」

渕上は勘定をすませて席を立った。誠一はあとを追って店をでた。

急ぎ足で先を歩いていく渕上にならびかけて、

「渕上さんが条川署にいらした当時の署長は、現県警本部長の白峰さんですよね」

「しつこいな。それがどうした」

渕上は顔をむけずに答えた。

「白峰さんは反対せんやったんですか。渕上さんが伊能建設に就職されることに——」

「就職は自分で決めた。署長は関係ない」

「ノンキャリの署長ならともかく、白峰さんはキャリアですよ。なによりも体面を重んじるキャリアが副署長の再就職先を気にしないはずがない。いや、それ以前に副署長のあなたが白峰さんを気遣って伊能建設への再就職は避けるんやないですか」

たいがいにせい、と渕上は声を荒らげて足を速めた。

「これ以上つきまとったら、あんたの上司に苦情いうぞ」

「どうぞ。なんをいわれても怖くない」

「強がりをいうな」

「わたしは、もうじき退官するんです」

渕上は足を止めると険しい顔で振りかえった。誠一は続けて、

「わたしはいま五十二歳です。上司の命令で汚れ仕事も何度かやらされましたが、それ以外はいままでずっとまじめに勤めてきました。でもいまは不祥事の責任をとらされて、依願退職するしかないような雲行きです。渕上さんも叩き上げで副署長になられた方やから、わたしの気持はわかっていただけると思います」

「なんがいいたい？」

「警察官といえど、正義をまっとうするのはむずかしい。なんでも白か黒かでは決着がつかん。グレーで事をおさめにゃならん場合も多々あります。しかし、うやむやにしたらいかん

犯罪もあるんやないですか」

「おれが犯罪に加担しとるというんか」

「いいえ。ただ事情を伺いたいだけです。なんで伊能建設に就職されたのか」

渕上はこちらをにらみつけると、背中をむけて歩きだした。

67

夕方になってパーラーマルハマの客層が変わりはじめた。

主婦たちは夕食の支度があるせいか次々にひきあげて、仕事帰りの男たちが増えてきた。

遼平は渡辺の指示どおり、店内をまわって集金を続けた。ほとんどの客は文句もいわず返済に応じるかジャンプを申しでる。まだ返済できないという客は、渡辺に連絡してじかに話をさせたから面倒な交渉もなかった。

このぶんなら早く帰れるかもしれないと思ったが、牛越の集金で手間取った。渡辺がきょうじゅうに返済するよう話をしたから、そのうち金を持ってくるだろうと思っていた。からまれるのが厭で近づきたくなかったが、ひととおり集金を終える頃になっても声をかけてこない。

痺れを切らして牛越のところにいくと、六つあったドル箱が消え失せていた。牛越は椅子にそっくりかえって、だらしなく足を投げだしている。液晶画面でリーチがはずれ、同時に玉がなくなった。牛越は拳で台を叩いて、千円札を玉貸し機に差しこんだ。

恐る恐る声をかけると牛越は舌打ちをして、

「もう金ないぞ。ぜんぶ呑まれたけの」

「だったら、ジャンプされますか」

遼平はぎごちない口調でいった。やかましい、と牛越は怒鳴って、

「おまえみたいなカスが近寄ってくるけ、ツキがのうなったやないか」

「じゃあ、きょうの返済は無理ですね」

牛越は返事をしなかった。

あいかわらず横柄な態度に胸がむかむかした。遼平は携帯をだして、

「渡辺さんに電話しますから、かわってもらえますか」

「待てこら。誰も払わんとかいうてなかろうが」

牛越はようやく振りかえると三白眼でこちらをにらんで、

「おまえ、山岸と野間を知っとろうが。あいつらに麻雀の貸しがあるけ、集金いけ」

山岸と野間といえばキャストワークスから派遣された現場で一緒だった。山岸が五十がらみで野間はまだ十八歳だったが、ふたりとも牛越とちがって親切にしてくれた。

「もう現場から帰っとう頃や。うちの会社の敷地に寮があるけ、そこいきゃあわかる」

「伊能建設よ。わかったら、さっさといけ」

牛越は犬を追い払うように片手を振ると台のほうをむいた。

遼平はその場を離れて渡辺に電話した。事情を話すと渡辺は集金にいけという。

「本来はそこまでせんで本人に返済させるけど、牛越は上客やけの」

わざわざ集金にいくのは面倒だし、こんな仕事をしているのを山岸や野間に知られたくなかった。そもそも、ふたりが金を立て替えてくれるかどうかもわからない。だが、ひさしぶりに顔を見たいという思いもあった。

遼平は携帯の地図で場所を調べて伊能建設へむかった。

68

インパネの時計は十一時ちょうどをさしている。

刀根はシーマの運転席で大きなあくびをした。夜が更けるにつれて車の出入りが減って、緊張感が薄れてきた。車列のむこうに見えるエレベーターにも動きがない。

条川グランドホテルの地下駐車場である。

一時間ほど前に見まわったとき、反町のリンカーンナビゲーターは停まっていなかった。

反町は用心深いだけに、べつの車に乗っているかもしれない。

このホテルのキーはカード式だから、出入りの際にフロントに寄る必要がない。車で帰ってきた場合は地下駐車場からエレベーターに乗るだろう。そう思って見張っているが、もし徒歩で一階からエレベーターに乗られたら無駄骨である。

ルームミラーを覗くと野球帽とマスクで変装した自分の顔が映る。どちらも百円ショップで買ったせいか、まぬけな強盗のようで落ちつかない。

このホテルに反町がいるのはたしかなのか。そんな不安も感じるが、こんな短時間で結論はだせない。まだ部屋にいるのかもしれないし、外出しているのかもしれない。あるいは反町も自分のように変装していて、うっかり見逃した可能性すらある。

けれども反町を見つけたとして、それからどうするのか。

反町に詫びを入れたところで、月末までに二千万を作らなければ赤字破門という状況はおなじである。仮に反町が取りなしてくれても堂前の気が変わるとは思えない。ならば、こんな張り込みを続けてもむだだが、鶴見は気になることを口にした。

反町が刑事の相良とつるんでいるという。

その噂が事実なら、反町は同業者を――ひいては筑仁会を裏切ったことになる。相良に潰された闇金のなかには、鶴見をはじめ本部が出資していたところもあるらしい。したがって相良との関係が明るみにでたら、ただではすまない。

破門や絶縁どころか命を狙われてもおかしくないだけに、証拠をつかめば反町を揺さぶれる。だが自分ひとりでは限界がある。相良の動きを知るためには誠一の協力が欲しかった。

しかし誠一は、しょせん警察官である。警察の連中は、ヤクザをおなじ人間とは思っていない。自分たちは正義の味方で、ヤクザはすべて悪人だ。ヤクザというだけで犯罪者とみなされる時代とあって、その傾向は一段と強くなった。

捜査に必要なときだけ無理難題を押しつけて、用済みになったら知らん顔をする。誠一にしても、あれほど頼んでおいたのに反町の家宅捜索《ガサイレ》を防げなかった。

結局はほかの連中とおなじで、ヤクザとの約束など守る気がないのだろう。

もっとも誠一は自分もカタにはめられたといった。捜査からはずされて首も飛びそうだといったが、どこまで信じていいのか。いったんは首なしの拳銃《チャカ》を挙げて実績を作ったから、このへんで縁を切ろうと思ったのかもしれない。だとしたら協力を頼んでもむだだ。

反町のことを嗅ぎまわっているのが本人に知れたら、いま以上に追いつめられる。相良からも眼をつけられるだろうし、堂前の耳に入ったが最後、赤字破門を通り越して殺されかねない。そう考えると、たちまち弱気になってきた。午後からなにも食べていないとあって腹も減ってきた。果報は寝て待て、という場違いなことわざも浮かんでくる。

こういう優柔不断さがだめなのだと思いつつ、車のエンジンをかけて地下駐車場をでた。晩酌してから飯でも喰おうと思ったのに、わが家に帰ると弘子は無愛想だった。

「きょうはなんにもないわよ。急に帰ってくるから」

刀根は玄関で舌打ちをしてリビングにいった。

「ここはおれの家やろが。いつ帰ってこようと勝手やないか」

「そりゃそうだけど、ご飯がいるんなら前もってそういってよ」

「何時に帰れるか、おれだってわからん」

「そんなに忙しいんなら、今月は期待できるわね」

「なにを」

「こないだいったじゃない。月末に披露宴があるから多めにちょうだいって」

「忙しいからって稼いどるわけやない。ビールをくれ」

テーブルの前に腰をおろすと、弘子は缶入りの発泡酒を持ってきた。

「なんかこれは」

「あたしが呑もうと思って買っといたの。いいじゃない、たまには」

弘子は発泡酒をグラスに注いだ。刀根はひと口呑んで首をかしげた。

「おれはビールが呑みたい」

「ビールだって発泡酒だって、味はおなじじゃないの」

「馬鹿いえ。カニとカニカマくらいちがうわい」

「だから前もっていわないからよ。なにをいらついてるの」

「正直いうて、いろいろテンパっとる」

「なにがテンパってるの。まさか警察に捕まったりしないでしょうね」

「それはないけど、いろいろ大変なんや。のんびりしとう場合やない」

「そのわりには、まめに歯医者に通ってるわね」

「そっちも大変よ。今度は歯茎を切るそうや」

「わ、痛そう」

「せやろが。おれが厭がったら、ヤブ医者の奴が小心者て抜かしやがった」

美奈と瑛太は父親の相手をするのが面倒なのか、自分の部屋からでてこない。

刀根は発泡酒のグラスをあおって、ふたたび首をかしげると、

「なんだかんだいって、おれは泰然自若としとるの。どれだけ大変なときでも、ゆったり構えてあわてることがない。自分でいうのもなんやけど、意外と大物やないかと思う」

「単に緊張感がないんじゃない。大物っていうより横着者でしょ」

「なんが横着者か。失礼なことというな」

弘子はリビングの隅に置かれたダンベルを指さして、

「あんなもの買って、ほったらかしてるくせに。腹筋するとかいった座椅子は、もう押入れの肥やしじゃないの」

「いまは忙しいていうたやろ。ひまになったらやる」

「嘘ばっかり」

「やるちゅうたら、やるんじゃ」

はいはい、と弘子は腰を浮かせて、

「もうわかったから、ご飯はカップ麺でいい？」

返事をしないで煙草に火をつけた。とたんに弘子は眼を吊りあげて、

「ちょっと、そこで吸わないで」

「ええ糞ッ」

刀根はわめいて勢いよく立ちあがった。

「もうええ。外で飯喰うてくる」

69

とねちゃんの店内は半分ほど客で埋まっている。

誠一が空のグラスを振ると、カウンター越しに兵吉が手を伸ばして、

「冷やじゃ寒いでしょう。燗つけましょうか」

もう四杯目とあって体調を気遣っているらしいが、たいして酔いはまわっていなかった。

このところ酒量が増えているだけにアルコールの飛んだ燗酒では物足りない。

兵吉は三千盛の一升瓶を傾けて、なみなみとグラスに注いだ。

グラスの縁まで盛りあがった酒は、受け皿からもこぼれそうだった。客の視線がないのを見計らって、上着の懐から分厚い封筒をだした。兵吉にそれを差しだして、

「刀根がきたら、これを渡してくれ」

「おれが預かるのはちょっと――」

兵吉は中身を察したらしく片手を振った。

「おれが渡しても、どうせ受けとらん刀根は意地っ張りやから」

兵吉は困ったような微笑を浮かべて封筒を受けとった。

誠一はグラスを手元に寄せて酒を啜った。肴は烏賊《いか》の塩辛だけだ。酒が三分の一ほど減ると受け皿の酒をグラスに移して、それをあおった。

カウンターに置いた携帯はいっこうに鳴らない。なにもかも八方ふさがりだけに、どこから朗報が舞いこまないかと思うが、そんな気配はまったくない。

きょうの午後、伊能建設の渕上を訪ねたときはわずかに期待があった。

渕上はまちがいなく伊能の秘密を知っている。本人に逢ったときはそんな確信を持ったが、なにも聞きだせなかった。やむなく名刺を渡したことで、きょうの件は伊能に伝わっているかもしれない。だとしたら警戒は厳重になるし、渕上に顔が割れたせいで伊能建設にも近づけない。となると最後の切り札をだすしかない。

誠一はこっそり署を抜けだして、自宅から捜査員名簿を持ちだした。但馬に渡したのはコピーで、こっちが本物である。これを鑑識に渡して指紋を調べたかった。誰の指紋が検出されようと、事件はすでに時効だから罪には問えない。仮に伊能の指紋がでてもなすすべはないが、警察官としての人生が終わる前に、すこしでも事件の真相に迫りたかった。

署にもどって鑑識係を覗くと、うまい具合に香坂しかいなかった。

香坂は事情を聞くなり苦い顔つきになって、

「本物を隠しとったなんて、やばいやないか。おれを巻きこまんでくれ」

「そういわんで頼む。おれはもう辞めるんや」

ふたりがむかいあっているデスクには、捜査員名簿が入ったビニール袋が置かれている。

「監察官がきたらしいの。なんをやらかしたんか」

「独断で捜査したちゅうだけよ。後ろめたいことはなんもしとらん」

「指紋《モン》を調べろちゅうても、こいつが流出したんは十年以上も前やろう。でるかどうかわからんぞ。保管状態にもよるけどの」

「変死した奥寺が見つけたときは、手提げ金庫に入っとったちゅう話や。金庫からだしたあと、この名簿に触ったんは奥寺と天邪鬼の武藤やろう。それ以前の指紋《モン》を知りたい」

「同期のよしみや。まあ、やってはみるけど期待せんでくれ」

鑑識係をでて生活安全課にもどったとたん、但馬に呼びつけられた。

昼前に署をでてから但馬は何度も電話してきたが、ずっと無視していた。本来なら処分を恐れて平謝りにあやまるところだろう。しかしひと言詫びただけで、いいわけもしなかった。

但馬はデスクのむこうで腕組みをして、誠一をにらみつけた。

「おまえは開きなおっとんか」

「いえ」

「なんで報告もせんで外出するんか。いまさら幹報になん書かれても平気やろうが、調子に乗るな。署長にねじこんで、きょうから交番《ハコ》に飛ばしてもええんやぞ」

幹報というのは幹部報告の略で、巡査部長以上は部下や同僚の行状について所属長に報告しなければならない。早い話が密告を義務づけているだけに、警察官どうしの信頼関係が築きにくい原因のひとつである。だが但馬のいうとおり、いまの自分にはどうでもよかった。

返事もしないでデスクの前に立っていると、但馬は眼をしばたたいて、

「それだけ勝手な行動をとるちゅうことは、もう肚は決まったんやの」

誠一は答えるかわりに一礼して踵をかえした。

但馬が求めているのは、いうまでもなく依願退職だ。

もはやそれ以外に選択肢はなさそうだが、上司たちをあっさり安堵させるのは悔しかった。意地を張っているうちに匿名の手紙やＣＤ－Ｒの件がマスコミに漏れたら、懲戒解雇を喰らうかもしれない。そうなったときのみじめさを思うと気持が揺らいだ。

十一時をまわって客たちはいっせいに帰った。

店内が急に静かになったせいで有線の演歌が大きく聞こえる。ちびちび呑んでいたつもりなのに、気がつくとグラスが空になっていた。兵吉は心配そうな表情だったが、大丈夫だと念を押しておかわりを頼んだ。店の奥ではパートの絹代があくびを噛み殺している。

五杯目の酒を呑みはじめたとき、ガラス戸が開いた。

刀根が寒そうに肩をすくめて入ってきた。刀根はこちらを見るなり舌打ちをして、

「気ィ悪いのう。なし、こげなときにおるんか」

「おまえこそ、なんしよるんか」

「飯喰いきたんよ。悪いか」

刀根はそっぽをむいてカウンターのいちばん奥に坐った。

「ああ腹減った。とりあえず生と、なんか焼いてくれ」

「なんでそんなとこ坐るんですか。片桐さんの隣にいったらええのに」

兵吉がいうと刀根はかぶりを振って、

「いらん世話じゃや。警察《ヒネ》と呑んだら酒がまずなる」

「おれだって暴力団《マルビー》なんかと呑みとうない」

「ヘッ。ひとが往生しとるのに呑気なもんやの」

「だから、こないだあやまったやないか」

「あやまってすむなら警察《ヒネ》やらいらんわ」

「たいがいにせえよ。しつこいぞ」

「なんがしつこいか。おれが堅気やないと思うて馬鹿にしやがって」

「もうやめましょうよ、兄貴」

兵吉がなだめたのを境に、しばらく沈黙が続いた。

刀根はジョッキをあおりながら煙草を吹かしている。

誠一は残りの酒を呑み干して勘定を頼んだ。兵吉は刀根とのことを気にしている様子だったが、次の約束があると嘘をついて店をでた。

刺すように冷たい風のなかを小雪が舞っていた。

さすがに酔いがまわって意識がぼんやりする。もう帰ろうと思う一方で、じわじわとノワールにいきたくなってくる。綾乃にまた誘われたら、今度こそ一線を越えてしまう気がする。

依頼退職するのなら、それでもかまわない。退職金をもらって再就職先でのんびり働き、綾乃と逢瀬《おうせ》を重ねる。胃袋に穴が開きそうないまの生活にくらべたら、夢のような毎日だ。

綾乃がどこまで本気かわからないが、場合によっては第二の人生が開けるかもしれない。

「――もう辞めちまうか」

胸のなかでそうつぶやいたとき、おうい、と背後で声がした。

振りかえると路地のむこうから刀根が走ってきた。

70

救急車のサイレンがマンションの外をすぎていく。天気は荒れ模様のようで、すこし前から突風が吹いて窓ガラスが震える。天気予報では今夜も氷点下になるという。

遼平はベッドのなかで携帯をいじっていた。

美希の部屋にはパソコンがないから時間潰しといえばテレビだが、深夜は観たい番組がない。どのチャンネルもテレビショッピングか、お笑い芸人が内輪話を喋っているだけだ。いつもチェックするサイトや掲示板はとっくに見終わって、だらだらと検索を続けている。このあいだまでは求人情報を調べていたのに最近は見る気がしない。090金融の手伝いをさせられているせいで就職はもちろんバイトさえ遠のいた。

いつになったら自由の身になれるのかわからないとあって、将来を考える気力が失せていた。こんなことならキャストワークスで日雇いのバイトをしているほうがましだった。当時はあれがどん底だと思っていたが、下には下がある。

きのうは牛越の集金で山岸と野間に逢った。ふたりは伊能建設の敷地にある寮に住んでいた。門の前で警備員に止められたが、内線で山岸を呼んでもらってなかに入れた。

「ひさしぶりやなあ。元気しとったかい」

山岸は笑顔でいった。どうやら遊びにきたと思ったらしい。

おずおずと用件を切りだすと山岸は表情を曇らせたが、まもなく笑顔にもどって、

「金は払うけ、おれの部屋に寄っていき。野間も逢いたがっとうよ」

集金が終わったら帰るつもりだったが、熱心に勧められるまま寮に案内された。

寮はプレハブの粗末な建物で、看板には赤溝組社員寮とある。山岸と野間は伊能建設の社員ではないといっていたから、赤溝組というのが彼らの勤務先らしい。

山岸は寮の前の自動販売機で缶コーヒーを三つ買って、ひとつを差しだした。

遼平は礼をいって温かい缶コーヒーを受けとった。

山岸の部屋は四畳半ひと間で、ひどく肌寒かった。ちっぽけなテレビと炬燵《こたつ》のほかに家具らしいものはない。衣類は針金ハンガーで壁に吊るされ、布団は部屋の隅に畳んである。トイレと風呂は共同で、食事は会社の食堂ですますからキッチンはないという。

寒いやろ、と山岸は詫びて窓際のエアコンを指さした。

「ぜんぜん効かんし、三時間百円もとられるんよ」

壁にリモコンが貼りつけてあって隣にコインを入れる装置がある。寮の生活は天引きが多いと聞いてはいたが、ここまでがめついとは思わなかった。さっきの自動販売機も、寮の住人たちから小銭を稼ぐためにあるのだろう。

湿っぽい炬燵に入って缶コーヒーを飲んでいると、山岸が野間を呼んできた。

「おいちゃんが闇金しようとは思わんかったよ」

野間は感心したような表情でいった。

「すごいねえ。金の計算とかむずかしいやろ」

「あつかう金額がすくないから、そうでもないよ」

「でも、おれやったらしきらんばい。算数苦手やけ」

「やりたくてやっとるわけやないよ。いやいや手伝っとうだけ」

「ふうん。おいちゃんもいろいろ大変やね」

「そのおいちゃんはやめてよ」

「ええやん。山岸さんやら爺ちゃんなんやけ」

「こら、誰が爺ちゃんか」

山岸がにらむと野間は肩をすくめて笑った。ふたりはあいかわらず屈託がない。いや屈託はあるに決まっているが、それを表にだそうとしない。現場の仕事でも寮での生活でも搾取され続けているのに、どうして明るく振る舞えるのか。

しかも集金にきた自分にまで笑顔で接してくる。彼らからなけなしの金を奪うのがつらくなって、自分でも意外な台詞が口をついた。

「やっぱり金は牛越さんからもらうよ。うちから借りたのは牛越さんやし」

「よかよか。負けは負けやけ、ちゃんと払わな。なあ野間よ」

「うん。でも、あれじゃ負けるばい。麻雀やら知らんのに無理やりさせられとうけん」

ふたりは作業着のポケットを探って金をだした。

千円札や小銭がまじった三万円が床に置かれたが、すぐには手が伸びなかった。

「なんしよんね。細かいので悪いけど、はよ持っていき」

「そうよ。ちゃんと仕事せな、おいちゃんが叱られようもん」

遼平は深々と頭をさげて、セカンドバッグに金をしまった。

山岸と野間は今度こそ三人で呑みにいこうという。そんな余裕ができるのはいつなのかと思いつつ携帯の番号を教えあった。門の前まで見送りにきたふたりの姿を思いだすと、胸が苦しくなる。あんなお人好《ひとよ》しでは、これからも損をするばかりだろう。

利にさとい連中からすれば、どうしようもなく愚かだろう。けれども、それでなにが悪いのか。すくなくとも自分は彼らのおかげで荒《すさ》みきった気持がやわらいだ。

時刻は午前一時をまわった。もうじき美希が帰ってくる。

遼平は携帯を枕元に置いてベッドに横たわった。まともな仕事とはいえないものの、いちおうは朝から働いているだけに、そろそろ目蓋が重くなってきた。

だが先に寝ていると美希から怒られる。

「待っといてくれてもいいやん。せっかく急いで帰ってきよるのに」

恩着せがましくいうわりに、ふたりでいるときは顎で使われる。炊事とゴミ捨てはもちろん、買物や掃除も自分の役目に加わった。居候の身だから仕方がないし、行き場のない自分を住まわせてくれたのだから感謝はしている。

山岸と野間の寮にくらべたら、この部屋は天国だ。しかし環境が整っているから楽だとは限らない。美希に気を遣いながら生活するのは息苦しい。恋愛感情もないのに自分を偽っているような後ろめたさもある。実家にいた頃は父がわずらわしかったが、いまよりはのびのびしていた。

もしこの状況から脱出できたら、収入や肩書にこだわるのはやめよう。楽して稼げる仕事や自分のやりたい仕事でなくてもかまわない。世の中や企業になにかを求めるのではなく、自分ができることをひとつずつ増やしていこう。就職ができないのならバイトでもかまわない。腰を据えて働いて生活を建てなおそうと思った。

その日、美希が帰ってきたのは四時すぎだった。

いいかげん待ちくたびれて熟睡していたが、強引に揺り起こされた。

美希は酒臭い息を吐きながら化粧の崩れた顔でこちらを覗きこんでいる。眠くて生返事をしていたら、着替えもせずにベッドにもぐりこんできた。いきなり寝間着をまくりあげたと思うと、冷えきった指先を胸に押しあててきた。あまりの冷たさに思わず飛び起きて、

「ちょっと、かんべんしてよ」

「しょうがないやろ。アフターやったんやけ」

「そんなことで文句いうてないって。おれは朝から仕事やけ、もうすこし寝たいんよ」

「だって顔見らなさびしいやん。ねえ、お風呂入れてきて。寒いでたまらん」

しぶしぶ浴室にいってユニットバスに湯を張った。いつものように暖房は最強になっていて、室内は蒸し暑くなってきた。ベッドにもどると美希は店での出来事を一方的に喋って、客からつけられたという首筋のキスマークを見せた。

赤紫の痣《あざ》が不潔に思えて顔をそむけたら、美希はにやにや嗤って、

「妬《や》いとうと？」

「べつに」

「なんで妬かんの。あたしのことが好きやないん？」

「そういう意味やないって。もう風呂の湯入ったよ」

「ごまかさんで返事して。あたしのこと好き？」

「──うん」

「うんやなくて、ちゃんというて」

「だから好きだってば」

「なんそのいいかた。ほんとは樹里に気があったくせに」

「もうそんな話やめよう。きょうも仕事やけ、先に寝るよ」

寝返りを打って背中をむけた。

しばらくして美希が、遼ちゃん、とつぶやいた。

「──なに？」

「そんなに働きよるんなら、ぼちぼち家賃払うてよ。あたしも苦しいんやけ」

わかった、と答えてから声をださずに嘆息した。

71

曇った窓のむこうを灰色の雪がとめどなく落ちていく。

水分が多いのか、ゆうべから降り続いているわりに積もってはいない。かき氷に泥を混ぜたような塊が建物の屋根や道路脇に残っているだけだ。

誠一は窓際のデスクで書類にペンを走らせていた。非行防止教室や中高校生による非行防止フォーラム、出会い系サイトの危険を訴えるリーフレットといった企画書の作成である。どれも四月の新学期を対象にしたものだから、完成した頃には退職しているだろう。

生活安全課にもどってから大きな事件は起きていないが、捜査はもちろん会議や当直も蚊帳の外である。但馬は早く辞めろといわんばかりに書類仕事を押しつけてくる。

そっとあたりを窺うと、但馬が自分のデスクから鋭い視線をむけてきた。ここまで監視されているからには、外出時にも行動確認《コウカク》されているかもしれない。

「もうどこへもいくな。飯もここで喰え」

但馬に釘を刺されて昼食は出前のラーメンですませた。

二時をすぎた頃、但馬は署長に呼ばれて席をはずした。重久がすかさず近づいてきて、

「さっき組織犯罪対策課《ソタイ》を覗きましたが、会議でいませんでした」

「わかった。すまんけど、もどってきたら教えてくれ」

重久はうなずいて自分のデスクにひきかえした。

誠一は資料を見ているふりをして、これからの段取りを考えた。

ゆうべ、とねちゃんをでたあと、刀根が追いかけてきた。

おおかた金の件だろうと思ったが、やはりそうだった。兵吉に預けた封筒の中身は二百万である。兵吉はあとで渡せばいいものを、刀根と揉めているのを見かねたらしい。

刀根は肩で息をしながら封筒を差しだして、

「この金はなんか」

「迷惑料ていうたやないか」

「おれはいらんていうたはずじゃ」

「変な恰好つけんでええやないか。とっといてくれ」

「やかましい。ヤクザ者《もん》がいっぺんだしたもんをひっこめられるか」

「ひっこめるもなにも、金をだしたんはおれやぞ」

「なんでもええ。はよ金持って帰れ」

「おまえも拳銃《チャカ》の仕入れで自腹切ったんやろ」

「そらそうやけど」

刀根は渋い顔で口をつぐんだ。誠一は苦笑して、

「遠慮せんで持っていけ」

「なら——なら仕入れ代だけもろとく」

刀根は律儀に札を数えて懐に入れ、残りを押しつけてきた。

「細かい奴やのう。ヤクザのくせにそんな調子やけ、芽がでらんのよ」

「これですむと思うたら大まちがいじゃ。おれの損害は二百万ぽっちじゃ足らん。おまえの退職金がでたら、残りのぶんをごっそりいただくわ」

「またそれか。もう知らんぞ」

「なあ片桐さんよ」

「なんか」

「おれとおまえはどういう関係か」

質問の意味がわからず誠一は首をかしげた。

「おれは、ただの捜査協力者《エス》か。もう捜査が終わったけ用なしか」

「なんがいいたい」

「五十二にもなって情けない話やけど、おれには信じられる者《もん》がおらん」

「女房と子どもがおるやないか」

「家族やない。世間での話よ」

「おれだって大差ない。味方してくれる部下もおるけど、ほとんどが敵よ」

「警察《ヒネ》も冷たいもんやの」

刀根は上目遣いにこちらをにらんで、

「――おまえを信用してええんか」

「あらたまっていわれると気味が悪いの」

「ええけ答えれ。おまえを信用してええんか」

「ああ。いまさら嘘いうてもしょうがない」

「裏切るなよ。裏切ったら殺すけの」

「立派な脅迫やな。現行犯逮捕《ゲンタイ》するぞ」

「やれるもんならやってみい」

「もうええけ、はよ用件をいえ。こげなとこ突っ立っとったら寒かろうが」

「調べて欲しいことがある。おまえンとこの相良が反町とつるんどるらしい」

「相良なら、このあいだ反町の事務所を家宅捜索《ガサイレ》したやないか」

「それはカモフラージュよ。家宅捜索《ガサイレ》したんは、ただの支店やろ。本丸には手をつけとらんし反町もしょっぴいてない。要するに目こぼししとるんじゃ」

「誰がそんなこというた？」

「組の者《もん》じゃ。反町が条川グランドホテルに住んどるて話もある。ほんとかどうか調べようと思うて、さっきまでホテルの駐車場に張り込んどったけど、見つけられんやった」

「しかし相良ちゅうたら、暴力団《マルビー》を眼の仇にしとるので有名やぞ」

「そこが怪しいんよ。反町以外の闇金は軒並み潰されとうけ、調べてみい」

「そこまでいうなら裏をとってみよう。ただもう時間がないぞ」

「おたがい組織から見放されたんや。この際、手ェ組もうや」

「そげなことしたら癒着やないか」

「堅いこと抜かすな。やらせ捜査もやっとったやないか」

「あれは上の指示よ」

「ようういうわ。その上から首を切られかけとるくせに」

「まあの。なら一緒にやるか」

よし、と刀根がいって手を差しだしてきた。誠一はそれを遠慮がちに握りかえした。

ふたりは、とねちゃんにもどって計画を練った。

まず相良を動かして反町とつるんでいる証拠を押さえる。証拠を押さえたら、反町をおどして刀根の赤字破門を撤回させる。場合によっては堂前に要求されている二千万を用意させてもいい。

相良は反町との関係が公になれば身の破滅だし、署長の成瀬の責任問題にまで発展する。成瀬をいいなりにできれば、誠一も首を飛ばされずにすむかもしれない。

だが、それだけでは問題は解決しない。捜査員名簿を流出させた犯人と、それを手に入れた黒幕の正体を暴かねばならない。刀根には捜査員名簿の件や、伊能の周辺を調べていたのは話していない。けれども手を組んだからには全体の状況を説明しておくべきだった。

刀根は事情を聞くと驚いた表情になって、

「おまえがこっちに飛ばされたんは、そういう理由やったんか」

「とんだ濡れ衣よ。おれが手に入れた捜査員名簿は、県警本部から捜査情報が漏れたのとおなじ時期のもんやった。捜査情報を漏らした奴と伊能建設はどこかで接点がある」

「ちゅうことは、その奥寺ちゅうのと武藤ちゅう奴を襲ったんも伊能建設か」

「まだ決めつけるわけにはいかんけど、可能性は高い」

「伊能昭造ちゅうたら、昔うちの組におった奴やの。おれが盃もろたときには堅気になっとったけど、うちの会長《おやじ》ともつきあいあったはずよ」

「堂前なら捜査情報は喉から手がでるほど欲しいやろう。伊能と堂前の関係も調べてくれ」

「あんまり気が進まんの。これ以上、会長《おやじ》ににらまれたらアウトや」

「もう弱気になっとんか。手ェ組むんやなかったんか」

「わかったわかった。でも裏切るなよ。裏切ったら——」

何度も念を押す刀根の表情を思いだすと頰がゆるんだ。

相棒としては頼りないが、むこうも似たようなことを考えているだろう。

重久はときどき部屋をでていっては自分のデスクにもどってくる。そのたびに、ちらりと眼をむけるが、重久はちいさくかぶりを振る。

三時をまわった頃、重久はまた部屋をでていったが、すぐにもどってきて眼で合図した。

幸い但馬はまだでかけている。誠一は即座に立ちあがった。

三階にあがって組織犯罪対策課に入ったとたん、捜査員たちの訝しげな視線が集中した。ついこのあいだまで応援にきていたのに、赤の他人を見る眼だ。二ノ宮は自分のデスクで書きものをしていたが、こちらに気づいて腰を浮かせた。

「どうしました」

二ノ宮が訊くのを無視して室内を見まわした。

相良は外出するらしく、ロッカーからだしたコートを羽織っていた。

急ぎ足で近寄っていくと相良は角張った顔をしかめた。

「なんしにきた」

「あんたに話があってね」

誠一は相良の耳元に口を寄せて、

「ホテル住まいとは、ええご身分やの」

「なんの話か」

「あんたの相方よ」

「はあ？」

相良は訝し気に眉を寄せた。

ヤクザ相手に肚の探りあいを重ねてきた刑事だけあって、肉厚な顔に動揺の気配はなかった。だが相方という言葉を口にした瞬間、わずかに唇が震えた。

相良はそれをごまかすように顔をこわばらせると、

「なんいうとるか、さっぱりわからん。もうじき首が飛ぶせいで頭おかしなったんか」

「あんたも飛ばしちゃるよ」

「なんちゃ、きさんッ」

「ここじゃ話しにくいやろ。外いこう」

「なんが話しにくいか。おれは用があるけ、もう帰れ」

相良は会話を聞かれたくないらしく、声を荒らげながらも廊下にでて大股で歩いていく。

「話聞かんでええんか。おれがどこまで知っとうか心配やないんか」

誠一はあとを追いながらいった。相良は背中をむけたまま、

「しゃあしいちゃ。おれはなんもやましいことはない」

「なら家宅捜索《ガサイレ》してもええんやの」

相良は階段の踊り場で足を止めると、こちらを振りかえって、

「誰にじゃ」

「やっぱり気になるんやの」

「やかましい。誰に家宅捜索《ガサ》入れるんかいうてみい」

相良は険しい表情で詰め寄ってきた。さっきまで紅潮していた顔が青ざめている。

どう見ても心証はクロだったが、反町の名前は伏せていた。

万一読みがはずれた場合に言質をとられたら厄介だし、反町の名前をださないほうが心理的に攪乱《かくらん》できる。思ったとおり相良はますます不安になったようで、

「名前もいえんのか。ハッタリかましやがって」

「そうそう。ただのハッタリやけ気にすんな」

誠一は微笑して踵をかえしかけたが、強い力で肩をつかまれた。

「ちょっと待て、こら。ただのハッタリかましに、おれンとこきたちゅうんか」

「ああ。すまんやったの」

「すまんですむか。誰に家宅捜索《ガサ》入れるか、はよいわんかッ」

「おれは捜査からはずされとう。なんもできやせんよ」

「こんガキゃあ、なめくさって」

相良は胸ぐらをつかんでくると拳を振りかざした。

そのとき重久が階段を駆けあがってきた。相良は苦々しい表情で手を放した。

「ちょっといいですか」

重久は誠一に軀を寄せて耳打ちした。

「武藤の意識がもどったそうです。いま母親から連絡がありました」

72

地下駐車場はあいかわらず殺風景だった。

地元では高級ホテルに属するものの、駐車場にまで金はかけないらしく、壁はコンクリートの打ちっぱなしで、天井は配管が剝きだしになっている。

蛍光灯の数がすくないせいであたりは薄暗く、寒々しい雰囲気だった。

刀根はシーマの運転席で煙草を吹かしていた。灰皿は吸殻であふれているが、捨てにいくひまはない。灰皿からこぼれた灰でフロアマットは白く汚れている。なるべく目立たないようエンジンは切っているが、寒さに耐えきれず何度かヒーターを入れた。

ゆうべに続いて、きょうも張込みをするとは思わなかった。張込みなら誠一のほうが専門だし、駐車場だけ見張っていても反町が一階から出入りしたら見逃してしまう。

インパネの時計は六時半をさした。誠一から電話があったのは三時間ほど前だった。

「さっき相良にカマをかけた。反町が動くかどうか、条川グランドホテルを張ってくれ」

「それはええけど、おまえもくるんやろ」

「いまから病院にいく。武藤の意識がもどった」

「なら病院いってから、こっちにこいや」

「うちの連中がおれを尾行しとうかもしれん。すまんけど、ひとりで頼む」

「おれは地下におるんぞ。一階も張っとかな見逃すかもしれんやないか」

「反町が家宅捜索《ガサイレ》を警戒しとうなら、荷物は車で運びだすはずよ。ちゅうことは恐らく駐車場にくる。怪しい車があったらナンバー控えてくれ」

誠一に手を組もうといったのは自分だが、いきなり損な役回りを押しつけられた。しだいに喉が渇いて腹も減ってきた。張込みを引き受けたときは、これほど長時間になるとは考えていなかった。

ドリンクホルダーの缶コーヒーはとっくに空で、煙草も残りすくない。飲みものはともかく、煙草が切れたら我慢できないだろう。よほど煙草を買いにいこうかと思ったが、反町がそのあいだにあらわれたらどうしようもない。我慢して張込みを続けるしかなかった。

七時をすぎて煙草はなくなった。灰皿から長めの吸殻を拾って火をつけた。

苦いシケモクを吸いながらシートにもたれていたら、ぞくぞくと寒気がする。シケモクを消して顎までさげていたマスクをずりあげた。エンジンをかけヒーターを入れると、車内はすぐに暖かくなったが、今度は眠気が襲ってきた。

このままでは眠りそうだから、シートにもたれないよう姿勢を正した。

しかし時間が経つにつれ、ついうとうとして上半身が前に倒れていく。本格的に船を漕ぎだしたところで、われにかえって軀を起こす。それを何度か繰りかえしていたら、ハンドルに思いきり頭を打ちつけた。同時に、けたたましくクラクションが鳴った。

ぎょッとして跳ね起きると段ボール箱を抱えた男がふたり、こっちを見ていた。

刀根はあわててエンジンを切った。

ふたりの顔に見おぼえはなかったが、彼らが乗りこんだのは黒いリンカーンナビゲーターだった。ナンバーを見ると反町の車だった。

反町がいるのか確認したいが、車内が暗くてよく見えない。

ふたたびエレベーターが開いて三人の男がおりてきた。やはり段ボール箱を抱えている。

刀根は彼らに見つからないよう、シートに身をかがめて様子を窺った。

三人の男はリンカーンナビゲーターに段ボール箱を積んだあと、隣に停めてあった白いクラウンに乗った。まもなくリンカーンナビゲーターが走りだし、クラウンがあとに続いた。

急いでエンジンをかけて尾行をはじめたが、外は猛烈な雪だった。綿を撒《ま》き散らしたような大粒の雪に視界をさえぎられて、五分と走らないうちに二台とも見失った。

ワイパーを動かしても先行車のテールライトがぼんやり霞んでいる。この雪では走るのがやっとで追いつく自信がない。しかし相良が反町とつながっているのだけははっきりした。

シーマを路肩に寄せて煙草に火をつけたとき、新たな疑惑が浮かんできた。

反町と相良がつるんでいるのを堂前は知っていたのではないか。

むろん知らない可能性もあるが、あれほど堂前に取り入っている反町がそんな重要なことを黙っているだろうか。三十二歳の若さで理事長に抜擢してくれた堂前には、相良との関係を打ち明けていると考えたほうが自然だろう。

となると堂前は、反町の090金融が家宅捜索《ガサイレ》されるのを事前に知っていたはずだ。それなのに自分には警察と交渉してでも反町を守れといった。つまり失敗するとわかっていながら、わざと家宅捜索《ガサイレ》を防ぐよう命じた。要するにカタにはめたのだ。

堂前ははじめから自分を赤字破門にするか、二千万を奪うつもりだったにちがいない。

そこまで怨まれるおぼえはないが、歳だけ喰って稼ぎの悪い組員は放りだしたいのか、単に金が欲しかったのか。いずれにせよ、あの男ならやりかねない。

「堂前のド腐れがッ。こっちから絶縁しちゃる」

刀根はひとり毒づいて煙草を揉み消した。

73

タクシーは郊外の道をのろのろと進んでいた。中年の運転手がカーナビを覗きこんで、

「お客さんがいうた住所はこのへんですけどね」

「でも見あたらんね。もうちょっと先までいって」

誠一は後部座席の窓から、雪で煙った道沿いに眼を凝らした。古ぼけた民家と田畑が見えるだけで、それらしい建物はない。腕時計を見ると七時半だった。

市立病院をでたのは六時頃だったから、ここへくるまで一時間半もかかった。そのあいだ但馬から何度も着信があった。電話にでても署にもどれといわれるだけだから無視しているが、ここまで楯《たて》ついたら依願退職する前にどこかへ飛ばされるかもしれない。

相良は反町の件が気になるらしく、しつこくからんできた。強引に振りきったものの、あの狼狽ぶりは尋常でなかっただけに、なにを仕掛けてくるか気がかりだった。

唯一の光明は、武藤の意識が回復したことだ。

きのう見舞いにいったときはぴくりとも動かなかったのに、病室に入ると枕から頭をあげて笑顔を見せた。入院中にだいぶ痩せたが、意識がもどったせいか血色はいい。

母親の富子はベッドの脇で安堵の表情を浮かべていた。

「おれ、二週間も入院しとったんですね。かあちゃんから聞いて、たまがりました」

「片桐さんに大迷惑ばかけてから。ちゃんとあやまんなさい」

うん、と武藤はいって軀を起こそうとする。誠一はあわててそれを制して、

「なんも迷惑やらかかっとらんです。とにかく意識がもどってよかった」

医師の話では意識の混乱や後遺症はみられず、リハビリが順調にいけば早期に退院できるという。最悪の場合も覚悟していただけに、それを聞いてほッとした。

武藤は意識がもどったばかりだというのに、もういつもの調子になって、

「ところで、おれをぶん殴った奴は誰ですか。くらしあげないかん」

「この馬鹿がッ。まだ懲りんのかね」

富子が怒鳴った。誠一は苦笑して、

「仕返しは警察にまかしてくれ。それで犯人《ホシ》の顔は見とらんか」

「三人ともマスクしとったけ顔はわからんです」

「ほかに特徴は?」

「声は三十代か四十代くらいで、中国語みたいな言葉を喋っとったです」

中国語と聞いた瞬間、犯人は王たちだと思った。

武藤を襲ったのが王だとすると、いままでの事件はすべて結びつく。

天邪鬼のメンバーだった奥寺は、伊能建設の事務所から手提げ金庫を盗んだ。武藤は奥寺

が持ってきた金庫から捜査員名簿を見つけた。

奥寺は森林公園の小川で遺体となって発見され、武藤は何者かに襲われて重傷を負った。武藤から捜査員名簿を入手した自分は、匿名の手紙とCD－Rで窮地に立たされている。

三つの事件に共通しているのは捜査員名簿である。

捜査員名簿については時効を理由に捜査はおこなわれなかったが、それからも不可解な出来事が続いた。個人的に伊能建設を調べていると組織犯罪対策課の応援にいかされ、二ノ宮から拳銃の摘発を命じられた。それも通常の捜査ではなく、やらせ捜査である。

王の存在を知ったのは、やらせ捜査の依頼を受けた直後だった。あれは果たして偶然なのか。王は拳銃を餌に、自分が喰いついてくるよう仕向けたのではないか。

王という拳銃の売人がいると口にしたのは鷲尾である。鷲尾とは伊能建設がらみの直会《なおらい》でばったり顔をあわせたが、あれも偶然ではなかったのかもしれない。

犯人の輪郭が見えてきそうな手応えに、神経が張りつめてきた。

県警本部にいた頃、犯人逮捕へむかうときのような、ひさしぶりの感覚だった。

「じゃあ、そろそろいくよ。元気になったちゅうて無茶するんやないぞ」

誠一が声をかけると武藤は口を尖らせて、

「もういくんすか」

「ああ、捜査がある」

「やっぱ、かっこええなあ」

「なにが」

「正義の味方はかっこええて思うたんです。ワルしよるより、みんなに好かれるっしょ」

「好かれるもんか。おれなんか嫌われ者《もん》じゃ」

「おれが好いちょうけ、ええやないすか」

「そりゃあ頼もしいの」

「――おれ、警察官になれますかね」

武藤がぽつりといった。富子が眼を見張って、

「なん馬鹿なこというとんね。あんたが警察官やら、なれるわけなかろうもん」

「なれんことはないですよ」

「ほらあ、片桐さんもああいうちょるばい」

「ただ、もうちょっとおとなしゅうするんやな」

武藤はどこまで本気なのか、神妙な顔でうなずいた。

誠一は苦笑して病室をあとにした。

病院をでてから重久に電話して、武藤の意識が回復したのは伏せておくようにいった。

武藤の証言を恐れて、王たちがふたたび口封じに動く危険がある。続いて鷲尾に電話すると無視しているのかつながらない。

署にもどろうかと迷ったが、王の居場所を一刻も早く突きとめたかった。

家電量販店にいって展示品のパソコンで環境省のサイトを開き、鷺尾が経営する産廃処理会社を検索した。このあいだも調べただけにイーグルテックの所在地はすぐにわかった。

誠一はそれをメモして店をでた。

ところが大雪で道路が渋滞していたのと、尾行を避けるつもりでバスやタクシーを乗り継いだせいで、こんな時間になった。鷺尾はもう帰っているかもしれない。

「あそこやないですか」

運転手の声に前方を見たら、イーグルテックと明かりのついた看板があった。

誠一は料金を払ってタクシーをおりた。

会社はスレート葺きの工場のような外観で、建物の後ろは雑木が生い茂る山だった。

駐車場にはトラックやワゴン車が停まっている。事務所に入ろうとしたら携帯が鳴った。

相手は刀根だった。

反町の車があらわれたと聞いて興奮したが、雪のせいで見失ったという。

「まだあきらめんで探せよ。この雪やけ渋滞にひっかかっとうかもしれん」

「もう疲れた。三時間以上も張り込んどったからの」

「たった三時間やないか。刑事《デカ》なら丸二日でも平気で張り込むぞ」

「文句ばっかりいうな。反町と相良がつるんどうのは、これではっきりしたやろが」

「まあ、それだけでも収穫やけど、ふたりがつるんどる証拠はどうやって押さえるんか。あいつらも警戒しとうやろうけ、簡単に尻尾ださんぞ」

「なんか手ェ考える。その前に喉渇いたし腹も減った」

「飯喰うひまがあったら、おれを迎えにこい。話もあるしの」

いまいる場所をいうと刀根は嘆息して、

「そんな遠くまでいけるか。自分で帰ってこい」

「辺鄙な場所やけ足がない」

「タクシー呼びゃあええやないか。とねちゃんで待っとうけ――」

「馬鹿。がたがたいわんで、こっちこいッ」

「知るか。おれはおまえの部下やないんぞ」

刀根は怒鳴って電話を切った。誠一は溜息とともに携帯をしまった。

事務所のドアを開けると、病院の待合室のような長椅子と受付のカウンターがあった。カウンターのむこうに事務用のデスクがならんでいるが、遅い時間のせいか社員の姿はない。

「すみません。誰かいませんか」

カウンターから身を乗りだして叫んだ。事務所の奥のドアが開いて、薄汚れた作業服の男がのっそり顔をだした。歳は四十くらいで、頰から顎にかけて無精髭がびっしり生えている。

「きょうはもう終わりましたけど」

髭男はぶっきらぼうにいった。顎に飯粒がひとつついている。

「鷲尾さん——社長を呼んでくれ。片桐ていえばわかる」

「社長はいま飯喰いようです」

「ええから呼んでくれ」

髭男は露骨に顔をしかめると、だるそうな足どりでひきかえした。

すこし経って、ようやく鷲尾がでてきた。ネクタイを締めたワイシャツの上に紺色のジャンパーを羽織っている。鷲尾はカウンターのむこうで微笑して、

「どうしたんですか、片桐さん」

「ちょっと話があっての」

「わざわざ会社までこられんでも、前もって電話してくれたら——」

「電話したけど、つながらんやないか」

「おかしいな。そんなはずないですけどね」

鷲尾は携帯をだして、わざとらしく覗きこんだ。扁平な顔は一見柔和だが、かつては筋者だっただけに眼の色は暗い。誠一はカウンターに両手をついて、

「王はどこにおる」

「えッ」

鷲尾は眼を泳がせた。

「最初っから、おれをはめるつもりで王を紹介したやろが」

「はめるつもりなんかないですよ。片桐さんが王の連絡先が知りたいちゅうから、携帯の番号を教えただけやないですか」

「あの番号はもうつながらん。王の居場所をいえ」

「かんべんしてください。ほんとに知らんのです」

「おまえはおれと偶然逢ったふりして、王の連絡先を教えた。王は拳銃《チャカ》の取引を匂わせて、おれをおびきだした」

「なんで、おれがそんなことせないかんのですか」

「とぼけるな。裏で糸ひいとうのは誰か」

「裏って――」

「この絵を描いた奴よ。おまえに命令したんは誰か」

「なんのことやら、ぜんぜんわかりません」

「嘘をつけッ」

「片桐さんに嘘やらつかんですよ」

「おまえは前に逢《お》うたとき、伊能建設と取引ないていうたの」

「ええ」

「おれはきのう見たんぞ。おまえが車で伊能建設入っていくところを」

「仕事の見積もり頼まれたけ、はじめていったんです。社長とは逢うてませんし」

しばらく押し問答を続けたが、鷲尾はのらりくらりと話をごまかして埒があかない。

正式な捜査なら、もっと証拠を固めるなり別件でひっぱるなりしてから、こうした尋問に移る。けれども残された時間がないだけに、つい勇み足になってしまう。

「だいたい、これはなんの捜査ですか。ひとを容疑者あつかいせんでください」

鷲尾はうんざりした表情でいった。誠一は話の矛先を変えて、

「必ずしも、おまえをしょっぴきたいわけやない。おれが知りたいんは王の居場所と裏で糸ひいとうのが誰かちゅうことよ」

「もうええでしょう。なんべんおなじことといわせるんですか」

「なら思いだしたら教えてくれ。ただしタイミングを逃すと、どうなるか知らんぞ」

誠一は踵をかえして事務所をでた。雪はいまだに降り続いて、あたりは真っ白だった。

タクシーを呼ぼうと思って携帯をだしたら、鷲尾が追ってきて、

「おれたちも帰りますけ、途中まで送りますよ」

「ええよ。タクシー呼ぶけ」

「この雪やとなかなかこんですよ。遠慮せんでください」

鷲尾はなにかいいたそうな表情をしている。

あるいは気が変わったのかと思って誘いに応じた。鷲尾が声をかけると、さっきの髭男と

坊主頭の男がでてきた。坊主頭も垢染みた作業服を着て、三十代のなかばくらいに見える。

車は古ぼけたグレーのハイエースだった。後部座席にはスモークが貼られている。

坊主頭の男が運転席に乗り、髭男が助手席に坐った。

「どうぞ。汚い車ですみませんけど」

鷲尾がそういって後部座席のドアを開けた。誠一はシートに腰をおろした。

隣に鷲尾が乗ってきてドアを閉め、ハイエースは走りだした。カーラジオのニュースが交通情報を伝えている。高速道路の一部は雪の影響で通行止めになっているらしい。

ふと車内に妙な臭いが漂っているのに気がついた。

煙草のヤニと香水が混じったような臭いだった。どこかで嗅いだ気がする。

そう思って記憶をたどった瞬間、冷たいものが背筋を這いのぼってきた。

74

その夜、集金を終えたのは七時すぎだった。

パーラーマルハマをでると大粒の雪が降っていて、地面がぬかるんでいた。けさは美希に早くから起こされたから躯がだるいが、のんびり歩いていると爪先が凍えてくる。

遼平は急ぎ足でバス停へむかった。

一時間ほど前、渡辺はパーラーマルハマに顔をだすと遼平に鍵を渡して、

「集金が終わったら、事務所に金持っていけ」

「わかりました。でも渡辺さんは――」

「これから引っ越しがあるけ忙しい。鍵はポストに入れとけ」

きょうの集金は順調で早めに帰れるかと思ったら、ひとりの客が出玉を換金するのを待っているうちに遅くなった。返済が焦げつかない限り、客のわがままはなるべく聞いてやらねばならない。非合法の金融なのに、ひたすら低姿勢で接客するのは世間のイメージと大ちがいだった。

渡辺の事務所に着くとデスクの引出しに金を入れた。

そのまま部屋をでようとしたが、ふと足が止まった。いま帰ったら美希がいるかもしれない。美希は最近同伴がないようで、ぎりぎりにしか出勤しない。顔をあわせたら、どうせ厭みをいわれるか用事を頼まれる。すこし時間を潰して帰ったほうがいい。

ドアに鍵をかけて事務用の椅子に腰をおろした。

デスクの上にあった週刊誌を読んでいたら、外で男の話し声がした。

「あれ、電気がついとう。誰かおるんか」

「そんなはずないですけどね」

吉田か渡辺かと思ったが、声がちがう。にわかに鼓動が速くなった。なにも後ろめたいこ

とはしていないが、会話の雰囲気からして、ここにいたらまずいのかもしれない。

忍び足で玄関にいくと三和土から靴をとってトイレに隠れた。照明をつけずに入ったから

トイレのなかは薄暗い。外廊下に面した窓から、ぼんやり明かりが見えるだけだ。

まもなくドアの鍵を開ける音がして誰かが入ってきた。男はふたりいるはずだが、会話は

ない。ひたひたと室内を歩きまわる音がする。息を殺して外の気配を窺っていると、足音が

しだいに近づいてきた。

鍵をかけようかと思ったが、それでは閉じこめられたも同然になる。

トイレのドアは内開きだった。片手に靴をぶらさげてドアと壁のあいだに張りついた。

同時に天井の照明が灯ってドアが開いた。

遼平は呼吸を止めて眼をつぶった。耐えがたい緊張で、いまにも心臓が破裂しそうだった。

ドアが閉まって照明が消えたとたん、溜息が漏れそうになるのを必死でこらえた。

「誰もいませんね。ただの消し忘れみたいです」

「この部屋はなんなんか」

「うちの支店です。ここの店長にはいま引っ越しをやらせてますし、おれたちがいるのは誰

も知りませんから大丈夫ですよ」

「ならええけど、こうやって逢うのはまずいぞ」

「ええ。でも金の受け渡しは直接やるしかないでしょう。誰にも頼めないし銀行も使えない

んですから。これ、ちょっと早いけど今月のぶんです」

「おう、すまん」

ガサガサとなにかを渡す音がした。男の声はひとりが中年くらいで、もうひとりは若い。

「それにしても、きょうはまいりましたね」

と若いほうの声がいった。

「あの糞ったれめが。たぶんカマかけたんやろうけど、万が一ちゅうことがあるけの」

「そのカタギリってデカは、おれたちのことをどこで嗅ぎつけたんですか」

「わからん。ただ、あいつはもうじき首や」

「もうじきじゃ困りますよ」

「わかった。急いでなんとかする」

「お願いします。また引っ越しするのは面倒ですからね」

遼平はひそかに戦慄《せんりつ》した。

もしかするとカタギリとは片桐で、デカとは刑事のことではないか。

だとすれば、父の身に危険がおよんでいるのかもしれない。そう思って鼓膜に神経を集中したが、会話はそこで途切れた。やがてふたりが歩きだす気配がしたと思ったら、

「おい、トイレはどこか」

中年の声に全身が凍りついた。

そっちです、と若いほうの声がした。このままでは見つかってしまう。ふたりに捕まったら、どんな目に遭わされるかわからない。

いっそのことドアを開けて飛びだそうかと思った瞬間、携帯の着信音が響いた。

はいサガラです、と中年の声がして、

「ええ、はいそうです。わかりました。現場へ直行します」

「どうしました」

「うちの課長よ。こげなときに電話してくるけ、びびって小便が止まったわい」

ドアが閉まって足音が遠ざかると、遼平は何度も息を吐いた。動揺がおさまるにつれて、さっきの会話を父に伝えるべきか迷いが湧いた。カタギリとデカという言葉は偶然の一致で、父とは別人かもしれない。けれどもそうでなかったら、取りかえしのつかないことになる。

悩みながら事務所をでたが、美希の部屋に帰っても結論はでなかった。

美希は居候の帰りが遅いのにいらだったのか、いつにもまして部屋を散らかしていた。ゴミ箱に入れていたはずの紙くずやペットボトルが床一面に転がっている。ガラステーブルの上には、食べかけのカップ焼そば、コンビニのおにぎりを包んでいたビニール、煙草の吸殻だらけの紙コップがこれみよがしに置かれている。

部屋を片づけといて、と殴り書きのメモが枕の上にあったが、なにもする気になれない。父に連絡するか、放っておくか。遼平はゴミのなかで放心したまま迷い続けた。

75

ハイエースは暗い夜道を走っている。降り続く雪が外灯の光に浮かんでは消える。

煙草のヤニと香水が混じったような臭い。この臭いには記憶がある。

誠一は隣の鷲尾に気づかれないよう、静かに鼻で呼吸して記憶をたしかめた。何度嗅いでも、あのときの臭いとおなじだった。

日暗埠頭で王たちに拉致されたとき、車内に漂っていた臭いである。

運転席の坊主頭はひっきりなしに煙草を吸っている。助手席の髭男は体臭がひどいのか、作業服からきついコロンの香りがする。車内の臭いは彼らのせいだろう。

この車が自分を拉致するのに使われたのなら、思ったとおり鷲尾は王とつながっている。それとも鷲尾たち三人の誰かが王なのか。

どちらであっても、この車に乗っているのは危険だった。

さっき鷲尾は王との関係を否定したが、嘘がばれたと知ったら豹変するにちがいない。

この場はなにも気づかないふりをして、彼らと離れるのが先決だった。だが人家もまばらな郊外とあって、車をおりるのに適当な場所がない。

誠一はおびえと焦燥を悟られないよう、窓の外を眺めていた。

隣の鷲尾も前のふたりも不気味に押し黙っている。ラジオのＤＪだけが能天気にリスナーのメールを読みあげている。三人がいつ襲ってくるかと思ったら、緊張で下腹が冷たくなる。

本来なら身柄を拘束して真相を吐かせたかったが、彼らは武器を持っている可能性が高い。拳銃でもあればともかく、素手で三人を相手にする自信はない。

ハイエースは交差点に差しかかった。

路肩に雪の積もった通りを点滅信号が黄色く照らしている。タクシーはおろか一台の車も見えないが、もう我慢できなかった。誠一はシートから身を乗りだして、

「このへんでええ。停めてくれ」

「こげなところでおりても、タクシー拾えんですよ」

と鷲尾がいった。心なしか表情が険しい。

「拾えんでもええ。すこし歩きたい」

「まだ大雪が降りようやないですか。送っていくけ、このまま乗っといてください」

「いや、おりる」

「どうしてもですか」

「ああ」

「おい、停めれ」

鷲尾の声にハイエースが停まった。

76

携帯を手にしたものの、いざ電話をかけようとすると父の激怒した顔が浮かんでくる。

さっきの連中の会話を父に伝えるためには、いまの状況を打ち明けねばならない。

実家をでたきり、カード会社の借金はほったらかしている。すでに督促状が届いているはずだから、父は烈火の如く怒っているだろう。ふだんならそれだけで大騒動なのに、090金融の手伝いをしていると知ったら、どれだけ怒るか想像もつかない。

もっとも息子の仕事が警察にばれたら、首になりかねないのだから怒るのも当然である。借金のことや090金融を手伝っていることは、父に対してずっと重荷に感じてきた。どうせ勘当の身だからと開きなおってきたものの、さっきトイレで盗み聞きした会話を思いだすと、いまさらのように恐ろしくなった。

ふたりの会話は吉田や渡辺以上に犯罪の臭いがした。

このままでは、どんなトラブルに巻きこまれるかわからない。父に連絡するかどうかはべつにして、090金融はすぐにでも辞めたほうがいい。

しかし吉田と渡辺は自分がここに住んでいるのを知っている。

彼らと縁を切るのなら、この部屋をでていくしかない。ネットカフェや漫画喫茶に泊まるとしても、いまの持ち金では何日も持たない。そのあいだに日払いのバイトか、住込みで働ける仕事を見つけるしかなかった。

「それでもいいや」

胸のなかでつぶやいた。

だらだらと犯罪の片棒を担いでいるより、路頭に迷ったほうがましだ。これ以上、父に迷惑をかけたくなかった。実家に住んでいる頃は、父がわずらわしくて仕方がなかった。

あの男さえいなくなれば自由気ままに暮らせると何度となく思った。いまでも好きだとはいえないし、煙たい存在なのに変わりはない。けれども父は唯一の肉親である。その肉親が窮地に陥っているかもしれないのに、知らん顔をするのはあまりに薄情だった。

このままなにも伝えないで、もし父の身になにかあったら一生悔やむことになる。

遼平は大きく息を吸って、父の番号を押した。

77

誠一はスライドドアにゆっくりと手を伸ばした。

坊主頭と髭男がこちらを振りかえった。鷲尾も無言で誠一を見つめている。

車内の空気が一気に張りつめた。なにかいおうと思ったが、言葉がでない。

三人の眼は、どんよりと鈍い光を放っている。ロックをはずしてドアの取っ手を握ると、鷲尾がジャンパーの懐に手を入れた。異様な気配に軀がこわばった。

そのとき、静寂を破ってクラクションが響いた。

いつのまにか、一台の車がハイエースの後ろに停まっていた。

鷲尾たちは訝し気な表情で動きを止めている。

窓のむこうに眼を凝らすと刀根のシーマだった。誰ですか、と鷲尾が訊いた。

「あれは覆面よ」

「なし覆面がおるんですか」

「警察《カイシャ》の同僚よ。帰りが遅いけ迎えにきたんやろう」

嘘がばれるかと緊張したが、鷲尾たちはなにもいわなかった。誠一はハイエースをおりてシーマの助手席に乗った。尾行を警戒してか、ハイエースはまもなく走り去った。

誠一はシートにもたれかかって大きく息を吐くと、

「助かった」

「なんが助かったんか」

刀根は首をかしげた。

「迎えにくるなら、くるていわんか」

「話が逆やろが。迎えにこいていうといて先に帰るなよ。おまえがしゃあしいけ、この雪ンなか、車ぶっ飛ばしてきたんやぞ」

刀根はイーグルテックで誠一がハイエースに乗るのを見て、あとをついてきたという。

「声かけまいかと思うたけど、妙な場所で停まっとったけの。さっきの連中は誰か」

「王か、その仲間よ」

「あれが例の中国人か」

「いや、鷲尾ちゅう奴や。昔は筑仁会におった」

「知らん顔やの。けど、あいつらが王やったら、さっさと捕まえんか」

「捕まえようにも証拠がない」

「なら、なんで王やとわかった」

「あの車に乗ったとき、おれが拉致られたときに嗅いだ臭いがした」

「上司にそういえよ」

「それだけやと警察《カイシャ》は動かん。おれは上からにらまれとうけ、なおさらよ」

「なら、先に反町と相良をどうにかしょうや。あいつらが身内の闇金潰しとった証拠をつかんだら、うちの会長《おやじ》の首根っこを押さえられる。あんたも相良を揺さぶりゃあ、首がつながるやろ」

「署長まで動かせればの。しかし鷲尾たちが王と関わっとうのがわかった以上、一刻も早く挙げたい。あいつらを操っとう黒幕も含めての」

「反町と相良が先やろが。うちの会長《おやじ》は、おれをカタにはめたんぞ。こっちを先に解決したら、おれは赤字破門にならんですむし、おまえにも、もっと協力できる」

「どっちが先でもええ。どうやって解決するんか」

「そらまあ、反町と相良がつるんどう証拠を――」

「だからそれをどうやって見つけるんか。あいつらはしばらく動かんぞ」

「おまえが相良にカマかけたりするけよ。もっと慎重に張込みして、ふたりが密会しとうところを写真に撮るとか、その場で捕まえるとかすればよかったんじゃ」

「たった三時間の張込みで音《ね》ェあげる奴に、そげなことできるか」

「なんでおれが張り込まにゃいかん。警察《ヒネ》でやればええやないか」

「その警察が敵にまわっとうのに、どうせいちゅうんか」

「ああ面倒しい。続きはあしたじゃ。もう帰ろう」

刀根は大きなあくびをしてシーマをだした。そのとき誠一の携帯が鳴った。どうせ但馬だろうと思ってディスプレイを見たら、遼平だった。誠一は急いで通話ボタンを押して、

「どうしよった。いまどこにおるんか」

「――とうさん、ごめん」

遼平は湿った声で、いままでのことを語った。

すぐには事情が呑みこめなかったが、遼平は借金のカタに090金融の手伝いをさせられ

ているらしい。しかも090金融の事務所で、怪しい男たちの会話を盗み聞きしたという。ひとりの男が電話でサガラと名乗っていたと聞いて、もうひとりは反町だと確信した。けれども遼平を怖がらせたくなくて、彼らの正体については話さなかった。

会話の内容からすると、ふたりは金の受け渡しをしてから、カタギリをどうするか話しあっていたらしい。

「カタギリっていうのは、やっぱりとうさんやったと？」

「ああ」

「サガラって奴が、あいつはもうじき首だって——」

「心配するな。よう電話してくれた」

「ほんとにごめん。おれ勝手ばかりして——」

遼平は洟を啜りあげて声を詰まらせた。

「もうええ。そいつらの手伝いはやめて、うちにもどれ」

「うちは知られとうけ、すぐ捕まる。違約金もかえさないけんし」

「そんな金はかえす必要ない。なんかあったら、おれが話しちゃる」

「とうさんを巻きこみたくないよ」

「心配ならカタがつくまで待っとれ。いま住んどるところは大丈夫か」

「あいつらに知られとる」

「なら、そこをでろ。いまから逢おう」

「あしたでもええ？　居候しとった友だちにあいさつだけしたいけ」

「わかった。闇金の奴らはもうじきなんとかする。気ィつけれよ」

誠一は事務所の場所を訊いてから電話を切った。

78

朝のワイドショーのテーマ音楽がリビングから聞こえてくる。

それで八時だとわかったが、寒くて動く気がしない。明け方にうとうとしただけで、だいぶ前から眼は覚めている。ふだんは寝ている時間だけに目蓋は重いし意識もぼんやりしている。そのくせ神経は昂っていて胃のあたりがシクシク痛む。

刀根は布団のなかで天井を見つめていた。

ゆうべは誠一を街まで送って家に帰った。晩酌の最中に理事長の財津から電話があって、あしたは早めに事務所へこいといった。なんの用かと訊いたら、堂前から大事な話があるらしい。大事な話とはなんなのか、それが気がかりで眠れなくなった。

堂前を沈黙させるには、反町と相良がつるんでいる証拠が必要だ。

誠一の息子が偶然にも反町の支店で働いていたのは驚きだった。

しかも息子はゆうべ、反町と相良の会話を盗み聞きしたという。それを耳にしたときは動かぬ証拠ができたと思った。

「そらええ。息子さんに警察で証言してもらおうや」

刀根がそういうと誠一はかぶりを振って、

「あいつを危険にさらすわけにはいかん。いまのおれは警察内部で信頼がない。息子の証言じゃ信憑性《しんぴょうせい》を疑われるし、相良に知られたら、すぐ揉み消される」

二月も中旬に入って、残された時間はわずかである。

このままなんの進展もなかったら、すべてが終わる。いや、堂前の気分しだいでは、きょうにでも引導を渡されるかもしれない。家族によけいな心配をさせたくないが、最悪の場合に備えてひとこと話しておいたほうがいいかもしれない。

布団を這いだしてリビングにいくと、妻子は朝食の最中だった。

「どうしたの。こんな早くから起きて」

弘子がさも大事件のように眼を丸くした。

「とうさんのぶんまで、ご飯炊いてないけど」

「飯はいらん」

刀根はテーブルの前に腰をおろして、

「みんなに折り入って話がある」

「なにそれ。朝から気持悪いんですけど」

美奈が茶碗を片手に箸を止めた。瑛太が玉子焼を頬張りながら、

「なんなの。不倫の告白とか？」

「カミングアウトじゃない？　実はゲイに目覚めたって」

「茶化すな。ちゃんと話を聞け」

刀根は咳払いをすると、おまえたちも知っとるやろうが、と切りだした。

「おれは堅気やない。だから、ふつうの男とちごうてトラブルに巻きこまれることもある」

ちょっと、と弘子が眉をひそめて、

「子どもの前でなにいいだすの」

「おれだっていいたくない。ただ、おまえらに心配かけたくないと思うて――」

「なんかやらかしたのね」

「おれはなんもしとらん。いろいろ揉めとるだけじゃ」

「なんで揉めてるの」

「それはいわれん」

「なら心配のしようがないじゃない」

「もしもの場合をいうとるんや」

刀根は子どもたちのほうをむいて、

「おれになんかあったら、かあさんを頼むぞ」

うひょう、と瑛太がいった。

「とうさん、かっけー」

「なにそれ。やっすいドラマみたい」

美奈が白けた顔で沢庵《たくあん》をつまんだ。

「茶化すなていうとろうが。おれは真剣なんじゃ」

「だから、なんなのよ。とうさんが拳銃持って殴りこみにでもいくわけ？」

「――かもしれん」

うひょう、と瑛太がいった。

「とうさん、かっけー」

「動画撮ってきてよ。YouTubeにアップするから」

美奈と瑛太はさっぱり話を聞こうとしない。

具体的なことはいえないだけに、どれだけせっぱ詰まっているかが伝わらない。叱りつけても反感を買うばかりだから、途中であきらめた。

美奈も瑛太もふつうに育ててきたせいか、父親がヤクザだと思っていないふしがある。

「なんであんなに緊張感がないんか」

ふたりが学校にいったあと、弘子にこぼした。

「さあ、とうさんに似たんじゃない」

弘子はよそ行きの服にあわただしく着替えている。どこにいくのか訊くと、

「友だちとお買物いくの。そのあとお茶会」

「おれはマジで大変なんやぞ。おまえまで呑気に構えて――」

「じゃあ、あたしがじッとしてたら問題が解決するの」

刀根は黙ってキッチンにいって換気扇の下で煙草を吸った。

「歯医者にでもいってらっしゃい。あと月末の披露宴の件もお願いね」

弘子はそういい残してでかけていった。

亭主が死ぬか生きるかの瀬戸際なのに、弘子は自分のことしか考えていない。おろおろ取り乱されるよりはましだが、まったく心配されないのも気力が萎える。

けだるい気分で事務所にいく準備をしていたら、またしても不安が頭をもたげてきた。

堂前の大事な話とはなんなのか気になって仕方がない。探りを入れるつもりで鶴見に電話した。まだ九時をすぎたばかりだったが、鶴見はもう事務所にいた。

「このあいだの話マジやったです。相良にカマかけたら反町が動きだしました」

刀根がそういうと鶴見はあわてた声で、

「おいおい。おれはそんなことせいなんて、ひとこともいうとらんぞ」

「すみません。ただ報告しとこうと思うて」

「まあ聞かんかったことにしよう」

「わかってます。会長《おやじ》から呼びだし喰ろうたんで、いまから顔だします」

「きてもおらんぞ」

鶴見は小声でいった。

「えッ」

「きょうは昼から本部で会議やろ。午後はジムいって、そのあと芸能プロの連中と会食や。会長《おやじ》が好きな、なんとかいう女優がくるらしい」

「事務所におらんのなら、会長《おやじ》は、なんでおれを呼んだんでしょう」

「さあの。おれはこれ以上いわれん。自分で考えれ」

鶴見は電話を切った。不安が一段と烈しくなって、また煙草を吸った。

堂前の嘘は、なにを意味するのか。

単に約束を忘れたのならいいが、そうでなかったら非常事態である。鶴見の口ぶりからして、堂前は自分がいないのに、わざと事務所に呼んだのだろう。

なぜ留守中に呼んだかといえば、その場にいたくないからだ。ヤクザの親分がその場にいたくないときといえば、誰かを始末するときと相場は決まっている。

となると事務所にいくのはもってのほかで、ここにいるのも危険だった。

刀根は煙草を消して、カーテンの隙間から窓を覗いた。

まだ大丈夫だろうと思ったが、マンションの前にガンメタのエルグランドが停まっていた。車の前には黒いスーツの男がふたり佇《たたず》んで、煙草を吹かしている。

事務所でときどき見かける堂前の護衛《タマヨケ》である。堂前の直属だからつきあいはないが、護衛だけに腕っぷしが強いという噂だった。尾行するつもりなら堂々と見張ったりしないから、マンションをでたとたんに生け捕られるかもしれない。

「こらいけんッ」

刀根は頭を掻きむしりながら、リビングを行きつもどりつした。

79

カーテンを開けると雪はやんで氷雨が降っていた。

空はどす黒い雲に覆われて、朝の八時とは思えないほど暗い。

誠一は顔を洗い髭を剃ってから、湯を沸かしてインスタントコーヒーをいれた。

ゆうべコンビニで買ったサンドイッチを齧りながら、キッチンのテーブルに散らばったハガキに眼をやった。遼平宛てに届いた督促状である。

この借金が払えなくなって090金融に手をだしたのだろう。どうしようもない息子だと思いつつも気分は落ちついていた。むしろ、ゆうべ電話があったときはうれしかった。親馬鹿のつもりはないが、遼平にはいままでつらくあたりすぎたかもしれない。

唯一の生き甲斐だった職場から、あっさり見捨てられたいま、以前は見えなかったものが見えてきた気がする。濡れ衣を晴らしたい一心で動いてはいるが、警察官であるうちにどこまでやれるかわからない。

ゆうべ刀根と別れてから但馬に電話した。鷲尾の件を伝えても但馬は話を聞こうとせず、いますぐ署へもどれという。もどれば拘束されそうな気配に返事をためらっていると、

「もう依願退職じゃすまん。諭旨免職や」

「依願退職も諭旨免職も、おなじやないですか」

「ちがう。結果的にはおなじでも諭旨免職はれっきとした処分や」

「わたしにとっては一緒ですよ」

「とにかく署にもどれ。話はそれからや」

「話したって埒があきません。鷲尾について調べさせてください」

「おれは、おまえのためを思うていうとるんぞ。誰とはいわんが、上の者《もん》も痺れを切らしとる。まともな辞めかたができるんは、きょうが最後じゃ」

「なしてですか。せっかく王の正体がつかめそうなのに――」

「それは組織犯罪対策課《ツタイ》の仕事やろが。おまえの部署はどこか」

「もうええです。あしたは病欠します」

なにッ、と但馬は怒声をあげたが、無視して電話を切った。きょうは刀根と落ちあって、遼平が反町と相良の会話を聞いたという090金融の事務所を調べるつもりだった。鷲尾たちも追及したいが、きのうのきょうでは身辺を警戒しているだろう。

朝食をすませると服を着替えて玄関をでた。

錆ついた門扉を開けて道路にでたとき、屈強な体格の男がふたり歩み寄ってきた。ふたりとも三十なかばくらいで顔に見おぼえがある。組織犯罪対策課の捜査員だった。

おはようございます、とひとりの男が頭をさげて、

「片桐係長、署までご同行願います」

「同行してくれんでも、ひとりで登庁する」

「暴力団《マルビー》への情報漏洩、ならびに利益供与の件でお話をうかがいたいんです」

もうひとりの男がいった。ふうん、と誠一はいって、

「任意《ニンドウ》同行か。相良の指示やの」

「それはちょっと――」

「まあええけど、時間かかりそうやな。荷物とってきてええか」

「かまいませんが、立ち会います」

誠一は黙って歩きだした。ふたりはあとをついてくる。

玄関の鍵を開けて三和土に足を踏み入れた。

次の瞬間、すばやくドアを閉めて内側から鍵をかけた。

「開けてくださいッ」

ふたりはドアを叩いて叫んだ。

「捜査令状《ガサジョウ》なしで被疑者宅に入るんは違法やぞッ」

誠一は怒鳴って寝室に駆けこんだ。

急いで窓を開けると裏庭におり、塀を乗り越えて走りだした。

80

八時に目覚ましをかけていたが、一睡もできないまま朝になった。

遼平はアラームを止めてベッドから抜けだした。

美希はベッドのなかで軽くいびきをかいている。まだ七時半だから起こすには早すぎる。

寝てないわりに頭がすっきりしているのは、ゆうべ父と話ができたせいだろう。

父にすべてを打ち明けて、ひさしぶりに胸のつかえがとれた。ただ父がトラブルを抱えているようなのと、これから美希に別れを告げねばならないのが気がかりだった。

部屋のなかは見ちがえるほど片づいている。きょうで部屋をでるのなら、せめてきれいにしていこうと思って明け方まで掃除をした。

美希は四時頃に帰ってきたが、ひどく酔っていてベッドに入るなり眠りこんだ。そのせいで部屋をでることを話せなかった。090金融の手伝いはもう辞めたが、パーラーマルハマにきてないのがばれたら、渡辺がここまで捜しにくるかもしれない。

ということは、遅くとも十時の開店前には部屋をでたほうがいい。

けれども美希は熟睡していて眼を覚ます気配がない。コーヒーを飲んだり煙草を吸ったりしながら彼女が起きるのを待った。九時をまわって、さすがに落ちつかなくなった。ベッドにいって恐る恐る肩を揺すると、美希は眉間に皺を寄せて、

「まだ早いやん。もうちょっと寝かせてよ」

「ごめん。話があるんよ」

思いきって切りだした。090金融の手伝いをしているのは話していないだけに説明がむずかしい。きょうで部屋をでていくというと、ようやく腫れぼったい目蓋が開いた。

美希は付け睫毛のない眼をまぶしそうに細めて、

「どうしたん急に。勝手なこといわんでよ」

「ごめん。でもそう決めたんよ」

「仕事も決まっとらんのやろ。実家に帰るん?」

「いや、どっか住込みの仕事を探すよ」

「だったら仕事が決まってから、でていけばいいやん」

「もう美希ちゃんに迷惑かけたくない。ここで世話になったぶんは必ずかえすから」

「そんなんどうでもいいけど、あたしとのことはどうするん。もしかして、これで終わり?」

遼平は黙ってうつむいた。美希は溜息をついて、

「あたしのこと、好きやなかったんやね」

「──そんなことないよ」

「いいよ無理せんでも。あたしだってそのくらいわかっとう。でもさびしかったけ一緒におって欲しかったと。いろいろわがままいうてごめんね」

「そんな──おれこそ悪かったよ」

美希はふと表情をなごませて室内を見まわすと、

「部屋、きれいにしてくれたんやね。ありがとう」

「ううん。これくらいしかできんで、ごめん」

「お金ある? いくらか貸しとこうか」

「いいよ。どうにかする」

携帯の時刻に眼をやると九時だった。

「もういくの」

「うん」

「わかった。じゃあ、そこまで見送ったげる」

美希はベッドからおりるとジャージに着替えて、

「ね、朝ご飯食べた？」

「ううん」

「最後だから一緒に食べない？　コンビニでなんか買ってくるよ」

「じゃあ、おれがいってくる」

「最後くらいいいって。お金ないんでしょ」

美希は財布をつかむと急いで玄関にいった。まもなく玄関のドアが閉まる音がして、サンダルの足音が遠ざかった。

遼平は肩の力を抜いて大きく息を吐いた。

てっきり文句をいわれると思っていたのに美希はやさしかった。ずっと彼女のことを誤解していたようで、冷たくあしらってきたのが悔やまれた。

美希がでかけてから二十分が経った。

そろそろ部屋をでたいのに美希はもどってこない。

といって、せっかく朝食を買いにいった彼女を放っていくのも気がひける。落ちつかない気分で腰を浮かせていると、ドアが開く音がした。

遅かったね、とつぶやいて玄関に顔をむけた。

とたんに眼を疑った。同時に軀が震えだした。渡辺が小指の欠けた手で手招きして、

「さあ、おでかけしようか」

遼平はふらふらと立ちあがって玄関にいった。渡辺は肩を抱くように腕をまわしてきた。

エレベーターにむかっていると、美希が廊下の壁に寄りかかって煙草を吸っていた。

「チクってごめんね。あたしもいっぱい借金あったけ」

美希は笑顔で手を振った。

81

顔を隠すように傾けたビニール傘を氷雨が濡らしている。

誠一は駅前の雑踏を急ぎ足で歩いていた。

自宅の塀を乗り越えて路地を走りまわったせいで、いまだに息が荒い。

組織犯罪対策課《ソタイ》のふたりをどうにかまいてタクシーに乗った。

駅前でおりたのは雑踏にまぎれたかったのと買いたいものがあるからだ。署の連中の眼につかないよう管轄外へでるべきだが、事態が切迫しているだけに移動の時間が惜しい。

組織犯罪対策課《ソタイ》が任意同行を求めてきたということは、いつのまにか被疑者に仕立てあげられているらしい。暴力団への情報漏洩と利益供与などと冤罪をでっちあげたのは、ひとま

ず身柄を拘束するためだろう。

　それを指示したのは相良にちがいない。しかし相良の判断だけでは捜査員を動かせないから、上の連中がゴーサインをだしたのだ。

　腕時計の針は九時半をさしている。

　組織犯罪対策課《ツタイ》の奴らがきたせいで予定が狂った。バーガーショップに入って、見通しのきく二階にあがった。遼平に電話したが、まだ寝ているのかつながらない。

　窓の外を見ながらコーヒーを飲んでいると、刀根から電話があった。

　堂前の子分がマンションの前で見張っているという。

「外へでようにもでられん。助けにきてくれや」

「甘えるな。おれもさっき任意同行《ニンドウ》喰ろうて逃げてきた」

「冷たい奴っちゃのう。それでも仲間か」

「なんとかして見張りをまけ。はよせな警察もくるかもしれんぞ」

　十時になるとバーガーショップをでて、家電量販店で小型のボイスレコーダーを買った。もし取調べを受けた場合、会話を録音しておけば不当な発言の証拠を残せるし、これから誰と逢うにせよ言質をとっておきたかった。

　刀根はまだマンションからでられないのか連絡がない。

　そろそろ電話しようと思ったら携帯が鳴った。相手は鑑識の香坂だった。

香坂は周囲を気にしているらしく押し殺した声で、

「またなんかやったんか。みんなおまえのことで騒いどるぞ」

「でっちあげよ。おれが動いたら困る連中がおるらしい」

「もしかして、こないだ預かった名簿と関係あるんか」

「誰の指紋《モン》がでた。やっぱり伊能か」

「伊能？」

「伊能建設社長の伊能昭造よ。伊能は筑仁会におったとき、なんべんかひっぱられとうけ、指紋《モン》は登録済みやろう」

「いや、それはなかった。けど、とんでもない奴のがあった」

「とんでもない奴？」

「念のために、うちのデータも照合してみたんよ。そしたら――」

香坂は言葉を濁した。

「誰か。誰の指紋《モン》がでた」

「――本部長や」

思わず息を呑んだ。なあ片桐よ、と香坂はいって、

「おれは、この件に関わりとうない」

「おまえに迷惑はかけん。ただ、その捜査員名簿はおれの命綱や。おれがだしてくれという

まで誰にも口外せんで保管しとってくれ」

わかった、と香坂は重い声で答えて電話を切った。

伊能に捜査員名簿を横流ししたのは、県警本部長の白峰正行なのか。

まだ断定はできないが、疑惑は濃厚になった。

白峰が捜査員名簿のほかに捜査情報を漏らしていたとすれば、十年前の事件ともタイミングが一致する。地下カジノや違法風俗店の摘発がことごとく失敗するなかで、捜査情報を漏洩している人物が県警本部捜査四課にいるという匿名の告発が監察官室に寄せられた。

そのなかに自分の名前があったせいで、あらぬ疑いをかけられたのだ。

あのとき自分を含めた捜査員たちに濡れ衣を着せたのは、白峰かもしれない。そして今回もまた匿名の手紙とCD－Rによって依願退職を迫られた。いや、すでにその時期はすぎて、いまは被疑者の立場に追いこまれている。

しかし白峰は、なぜ伊能に情報を流す必要があったのか。

捜査員名簿が流出したと思われる時期に白峰は条川署署長だったから、地場大手の伊能建設と接触した可能性はじゅうぶんある。

当時副署長だった渕上隆が退職後、伊能建設に天下りしていることも伊能との関係を匂わせる。伊能建設への天下りは、白峰の口利きだったのか。

そもそも純然たるキャリアの白峰が、県下では事件の多い条川署の署長になるのは不自然だった。キャリアの場合、経歴に傷がつかないよう、事件のすくない地方の署長になるのが一般的だ。それが条川署へ配転されるとは左遷に近い人事である。

いまでこそ四十二歳の若さで県警本部長だから出世コースに復帰しているものの、過去になんらかの失態があったのかもしれない。条川署署長に就任する前、白峰は県警本部捜査二課長を務めていた。なにかあったとすれば、その頃だろう。

誠一は携帯をだして、言蔵署の西浦に電話した。

西浦は捜査四課時代の同僚で、誠一とおなじく情報漏洩のあおりを喰って所轄に飛ばされた。前に捜査員名簿の件で電話したときは迷惑そうな口ぶりだった。名簿を横流しした犯人を挙げたい気持はあっても、交通課捜査係という多忙な部署だけに動ける時間がないといった。

だが事件の容疑者として白峰が浮かんだいまなら、力を貸してくれるかもしれない。西浦は警察内部の情報に通じていたから心強い味方になる。

そう思ったが、西浦は乗ってこなかった。

「もうやめとけや。仮に本部長が真犯人《ホンボシ》としても、とっくに時効や。おとなしく定年まで勤めて余生を楽しんだほうがええ」

「それで許せるんか。白峰はおれたちに濡れ衣を着せたかもしれんのやぞ」

「許せるもなんも、手が届く相手やない。相手は雲の上におるんやぞ。本部長が神様やったら、おれたちは野良犬よ。野良犬は地べた這いまわって、残飯漁るしかないんじゃ」

「西浦がそれでええなら、あれこれいうてもしょうがないの」

「おれのことより、おまえは大丈夫か。なんかやばいらしいて、こっちでも噂やぞ」

「心配いらん。おれはもう肚を括《くく》っとる」

「まあ無理せんようにの。役にたてんで悪いけど」

「わかった。ひとつだけ訊きたいんやけど、白峰は条川署にくる前、なんかトラブル起こしとらんか。本部の捜査二課長やった頃やけ、白峰が二十代なかばの頃や」

「そういえば新任の婦警と不倫しとったちゅう噂を聞いたことがある。白峰は本庁の偉いさんの娘を嫁にもろとるのに、女癖が悪いて評判やったの。まあ英雄色を好むちゅう奴よ」

82

窓の外は氷雨が降っている。

刀根はカーテンの隙間からエルグランドの位置を確認した。

非常階段からおりて駐車場にいけば、あいつらに見つからないで車に乗れるだろう。

だがエルグランドはマンションの出入口に停まっている。出入口をふさいではいないが、普通車がぎりぎり通れるくらいの幅しかないから、そこで捕まってしまう。

「ああもう、どうしたらええんか」

じきに警察がくるかもしれないと誠一がおどすから、居ても立ってもいられない。

一刻も早くマンションを抜けだしたいが、なにかうまい手はないか。立ったり坐ったり室内を歩きまわったり、ない知恵を絞っていると不意に捨鉢なアイデアが浮かんだ。

あれは何年前だったか。夜中に非常ベルが鳴って住人たちが部屋を飛びだしてきた。火事の様子はなかったが、非常ベルを止める方法がわからぬまま、誰かが一一九に通報して消防車が出動する騒ぎになった。

あれを再現すれば、どさくさにまぎれて脱出できるかもしれない。消防車が入ってくれば、エルグランドの奴らも移動せざるを得ないだろう。

マンションの管理人は七十すぎの老人で、なにをするにも対応が遅い。誤報だったと住人に伝わるまでには、だいぶ時間がかかるはずだ。もっとも手動の非常ベルを鳴らすだけでは、たいした騒ぎにならないかもしれない。

刀根は寝室に駆けこんで押入れをひっかきまわした。

腹筋用の座椅子やがらくたの奥に、去年の夏に買った花火セットがあった。家族でやろうと思ったのに、弘子はもちろん美奈と瑛太は見向きもしなかった。花火セットのなかで、いちばん太い筒形の花火を持って部屋をでた。

エレベーターの防犯カメラに映らないよう非常階段で一階におりた。

一階におりたのは、なるべく駐車場に近づきたかったからだ。

刀根は足音を忍ばせて廊下を歩いた。うまい具合にひと気はない。天井を見あげて火災感知器を探すと、その下に立った。

刀根はきょろきょろしながら百円ライターで花火に点火した。

シューシューと筒の先から煙があがりはじめると、それを掲げて火災感知器にかざした。

次の瞬間、耳をつんざくような警報が鳴り響いた。

同時にポンポンと大きな音がして筒の先から火の玉が飛びだした。

そのときになって、花火の筒に三十連発と書いてあるのに気がついた。

あわてて消そうと思ったら、管理人室のドアが開いて、よたよたと老人がでてきた。

「こらッ。誰がそげなところで花火ばしよるかッ」

老人の罵声に全速力でエントランスを走り抜けた。

そのあいだも筒の先から次々に火の玉が飛びだしてくる。駐車場にでると、エルグランドの前にいた奴らがめざとく駆け寄ってきた。

泡を喰って花火をむけたら、ひとりの顔面に火の玉が命中した。

ぐわッ、と男は悲鳴をあげて地面にうずくまった。

もうひとりは飛んでくる火の玉をかわそうと、たたらを踏んでいる。

「ざまあみくされ」

刀根は男たちを花火で威嚇《いかく》しながらシーマに乗りこんだ。窓から花火を捨てて急発進すると、シーマはエルグランドの横腹をこすって道路に飛びだした。

83

事務所に連れこまれて一時間ほど経った。

渡辺はパイプ椅子に逆向きにまたがり、背もたれに両肘をついている。逃げるのを警戒してか、パイプ椅子は玄関をさえぎる位置にある。

遼平は床で膝を抱えてうなだれていた。

「ようも舐めたまねしてくれたのう。ひとがやさしゅうしとったら、つけあがりやがって」

渡辺はこちらを見ながら、おなじ台詞を何度も繰りかえす。

「吉田さんがきたら、おまえをどうするか決める。せっかく仕事をおぼえさせてやったのに性根が腐った奴や。まあ無事にはすまんけ、覚悟しとけよ」

渡辺に捕まったのはショックだったが、美希に裏切られたのもこたえていた。美希は自分が逃げようとしたら連絡するよう、渡辺に前もっていいくるめられていたらしい。

これからどんな目に遭わされるのか、考えただけで気が滅入る。渡辺の眼を盗んで逃げだしたいが、そんな隙はない。父と連絡をとろうにも携帯は取りあげられた。

ドアが開いて吉田が入ってきた。

「よう、遼平くん」

吉田は唇を吊りあげて、にやにや嗤うと、

「おまえのせいで、きょうの商売あがったりよ。そのぶんも弁償させるからな。もう二百万の違約金どころじゃすまん。片手は払うてもらうぞ」

「片手？」

「五百万よ。しかも金利はトゴに復活じゃ」

「――そんな大金、どうやったって払えません」

「ところが、きっちり回収するんよ。山奥の現場で死ぬまで働いてもええし、海外いって臓器提供してもええ。借金かえす方法はなんぼでもあるわ」

それが厭なら、と渡辺がいった。

「誰かに借りて、うちにかえすかや。はよせな、とんでもない利息がつくで」

「いっぺんに五百万も貸す奴はおらんやろうが、何人かにわけて借りたらええ。おまえはカード会社くらいしか借金がないけ、親戚とか知合いはまだ借りれるんやないか」

遼平はかぶりを振った。

「なら親から回収するしかないの」

「ああ、そうしよう。女のところに転がりこむ前は父親と実家に住んどったの」

吉田はデスクの引出しを開けると、渡辺に融資を受けたときの借用書をだした。

「おやじさんの名前は片桐誠一、公務員としか書いてないけど職場はどこか」

遼平が黙っていると渡辺が舌打ちをして、

「はよいわんか。役所勤めか学校の先生か」

「いわんのなら実家いくぞ。黙っとっても、どうせわかるんや」

84

家電量販店の駐車場で刀根と合流したのは、十一時すぎだった。

シーマに乗りこむと、なぜか火薬の匂いがした。

「なんか臭いぞ。拳銃《チャカ》でも弾いたんか」

「知らん。やっとの思いでここまできたのに文句いうな」

「堂前の子分はまいたか」

刀根は不機嫌な顔でうなずいた。

誠一は捜査員名簿から白峰の指紋が検出されたことを説明して、

「伊能に捜査情報を漏らした真犯人《ホンボシ》は、本部長の白峰らしい」

「とんでもない奴が相手やの。県警本部長ちゃ、うちでいうたら本家の総長や」

「もっと上よ。こっちは何千人も兵隊がおるんじゃ」

「ほんで勝算はあるんか」

「ない。敵が多すぎて、どこから手ェつけたらいいかわからん。家をでる前は090《ゼロキューゼロ》金融の事務所を調べるつもりやったが、おまえもおれも追われとる。早く証拠を握らな勝ち目はないぞ」

「白峰の指紋《モン》は証拠にならんのか」

「捜査員名簿から白峰の指紋《モン》がでたちゅうだけじゃ不思議はない。その名簿を伊能が持っとったのを証明せな、白峰が情報を流したことにはならん」

うーん、と刀根は腕組みして考えこんだ。誠一は続けて、

「こうなったら、じかに伊能を問いただすか」

「どうやって」

「拉致してでも、ぶちくらしてでもやる」

「荒っぽいのう。それが警官のすることか」

「このままやったら、どうせ警官やなくなる。急いで伊能を絞めあげよう」

伊能をどこかへおびきだす方法はないかと考えたとき、西急建設の堺を思いだした。

伊能建設は中堅ゼネコンの西急建設から取引の中止を迫られている。支店長の堺は本社からの突きあげと、伊能の指示とおぼしい厭がらせで悩んでいた。堺が連絡すれば、伊能の動

きが探れるだろう。誠一はその場で堺に電話すると、

「急で申しわけないんですが、伊能昭造の動きを調べてもらえませんか」

「どういうことでしょう」

「伊能が何時にどこにいるか知りたいんです。打ちあわせをしたいとか、本社の件で相談があるとか適当な理由をつけて、きょうの予定を聞きだせれば――」

「どうしてそんなことを」

「伊能の犯罪を暴きたいんです。伊能が逮捕されれば、あなたは板挟みから解放される。ぜったいに迷惑かけませんけ、協力してもらえんですか」

「とりあえず電話してみます。しかし、ほんとうに大丈夫ですか」

「ええ。捜査に関わることなんで、くわしくは話せませんが」

電話を切ると刀根がかぶりを振って、

「悪知恵が働くの。これやけ警察《ヒネ》は信用できん」

「おまえはヤクザのくせに、なんでぼんやりしとる」

「ぼんやりなんかしとらん。堂前が動きだしたけ、おれの家族が心配なんじゃ。伊能を捕まえる前に堂前の動きを止めんと、なんされるかわからん」

「どうやって堂前を止める」

「おまえの息子は、反町と相良が逢《お》うとる現場におったんやろ。だったら証人になってもろ

て――」

「きのうもいうたやろうが。息子を危険な眼に遭わすわけにはいかん」

遼平とはまだ連絡がつかないが、堂前や反町に自分の息子だと知られたくない。090金融を手伝っていたのを理由に強請《ゆす》ってくるかもしれないし、最悪の場合は人質にされる。

「堂前の居場所はわかるか」

「組の者《もん》に訊いたら、昼から会議にでたあとジムいって、夕方から会食ていうとった」

「堂前を捕まえるにはジムが狙い目やな」

「捕まえるなんて無理やろ。下手したら殺されるで」

「なにを怖がっとるんか。家族が心配やなかったんか」

「そらそうやけど、素手でやるんか」

「べつに喧嘩《ゴロ》まくわけやない。話つけるだけよ」

「おとなしく話聞くような相手やないぞ。誰か身内もついとるやろうし」

「なら、なんか道具がいるな」

愚図る刀根をうながしてホームセンターにいった。誠一は業務用のカッターナイフやケーブルを束ねるのに使う結束バンドを買物かごに放りこんだ。ナイロン製の結束バンドは手錠がわりに使える。

会計を済ませてホームセンターをでると、刀根は不安そうにレジ袋を覗いて、

「堂前は馬鹿やけど、いちおうは親分ぞ。こげなもんで太刀打ちできるかい」

「いっそのことチェーンソーでも買うか」

「おまえは刑事《デコ》やろが。拳銃《チャカ》くらい持っとらんのか」

「上司に取りあげられた。警察手帳《メンチョウ》もな」

「刑事ドラマじゃよくある展開やけど、マジでそんなことするんかい」

刀根は溜息をついてから、あッ、と声をあげた。

「ちょっと待て。ええもんがある」

刀根に急かされてシーマに乗りこんだ。

シーマが停まったのは、住宅街にあるちいさな公園の前だった。氷雨のせいか公園には誰もいない。刀根は車をおりて、公園の奥にある公衆トイレに入っていった。

五分ほど経って、刀根は息を切らしてもどってきた。得意げな顔で車に乗ってくるなり、ベルトから大型の拳銃を抜いた。銀色のメッキが施された中国製のトカレフだった。

「派手なトカレフやの」

「おう、ギンダラちゅうんや」

「そのくらい知っとうわい」

刀根はむッとした顔でトカレフを腰に差した。

「弾くなよ。弾いたら懲役かかるぞ。すでに銃刀法違反やけどの」

「ふざけるな。この拳銃《チャカ》は、おまえのために仕入れたんやないか」

堂前が通っているという会員制ジムはオフィス街にあった。

全面ガラス張りの商業ビルの地階から三階までを使って営業しているらしい。まだ十二時だから堂前はジムにきていないはずだ。

堂前の車がきたらわかるよう、ビルの近くにシーマを停めて駐車場の出入口を見張った。

85

吉田と渡辺は客の応対をするために交代で部屋をでていった。

ふたりは遼平の見張りをしながら、父の職業をいえとおどしてくる。

父が警察官だとはどうしてもいいたくない。かたくなに口をつぐんでいると、昼をすぎて吉田と渡辺が顔をそろえた。ふたりはコンビニ弁当を食べたが、遼平のぶんはない。

「腹減ったやろ。おやじさんの職場がどこかいうたら、飯喰わしちゃるぞ」

「強情な奴やの。前に電話した悠斗ちゅう奴に訊いてみるか」

吉田が携帯を手にすると、探るような眼でこっちを見た。

「やめてください」

遼平はあわてて声をあげた。こんな状況になっているのを悠斗に知られたくなかった。

「ダチに電話されるんが厭なら、はよいえや」

いえば父に迷惑がかかるが、ゆうべ父は090金融の借金はかえす必要がないといった。なにかあったら、おれが話してやるといった。父の職業が警察官だと知ったら、吉田たちは取立てをためらうかもしれない。遼平は思いきって、

「――警察です」

「警察ゥ？」

吉田は一瞬眼を剝いたが、くくく、と低い声で嗤って、

「警察《ヒネ》の息子が090《ゼロキューゼロ》金融でつまんだんか。こら傑作や」

あははは、と渡辺ものけぞって嗤いだした。

「警察《ヒネ》ちゅうたら、おれたちがびびると思うたら大まちがいじゃ。息子が090《ゼロキューゼロ》金融の手伝いしよるてばれたらソッコーで首やけ、なんぼでも金払いよるで」

予想に反して喜ぶふたりを見て、眼の前が暗くなった。

やはり黙っているべきだったと悔やんでいると、吉田が携帯をだして誰かに電話した。

「ええ、そうなんです。二百万ほど焦げついたんで仕事を手伝わせよったんですが。ええと、父親の名前は片桐誠一です。ええそうです、まちがいありません。じゃ、お待ちしてます」

吉田は電話を切って首をかしげた。どうしました、と渡辺が訊いた。

「いまから社長がこっちにくる。こいつのおやじを知っとうらしい」

86

堂前のベンツAMGがビルの駐車場に入ったのは一時前だった。

理事長の財津がベンツを運転していたから、幸い護衛《タマヨケ》はいないらしい。

堂前がトレーニングをはじめる頃合を見計らって車をおりた。誠一はカッターナイフと結束バンドを四つ、上着のポケットに入れた。

ガラス張りのビルの一階にジムの受付がある。

受付には真っ赤なポロシャツを着た若い男女がいた。無視してなかに入ろうとしたら、受付の男が駆け寄ってきた。ボディービルダーのような体格の男は怪訝な表情で、

「失礼ですが、会員のかたでしょうか」

刀根は誠一にうながされて男の前に立つと、

「堂前総業の者《もん》じゃ。うちの会長《おやじ》おるか」

ドスをきかせていった。とたんに男はぺこぺこして、ふたりを奥へ案内した。

エレベーターに乗って三階にあがると、VIP会員専用の個室がならんでいた。

受付の男はそのなかの一室を片手で示して、

「こちらです」

うやうやしく頭をさげると、逃げるように去っていった。

刀根はドアの前で、ごくりと唾を呑んだ。誠一が肘で脇腹をこづいて、

「なんをもたもたしとる。はよ入らんか」

「――おまえが先いってよ」

「おれが先入ったら警戒される。おまえはいちおう組員やけ、顔だしても不思議ないやろ」

おう、と答えたものの足が前に進まない。

ドアを細めに開けて部屋を覗くと、堂前はベンチプレスの最中だった。ベンチであおむけになって馬鹿でかいバーベルをあげている。トレーナーの姿はなく、財津が壁際の椅子にかけている。

「はよいけ。絶好のチャンスやないか」

誠一がささやいた。なんがか？　と刀根は小声で訊いた。

「昔映画で見たんや。バーベルを上から押さえつけて、セーフティラックにかけれんようにしちゃれ。そのうちバーベルを持ちあげられんようになって首がはさまる。簡単な拷問よ」

「そ、そげな恐ろしいことしきらんわい」

「情けないのう。それでもヤクザか」

「おまえこそ警官か」

「拳銃《チャカ》を貸せ。おれが連れの奴を足止めする」

誠一は刀根の腰からトカレフを抜くと、ぐいぐい背中を押してくる。

刀根はよろめきながら個室に足を踏み入れた。

財津が険しい表情で立ちあがって、なんしにきたッ、と怒鳴った。

誠一がすかさずトカレフを突きつけた。財津はゆっくりと両手をあげた。

「ご、ご、ご苦労さんです」

刀根は言葉につっかえながら頭をさげると、堂前のところにいった。

堂前はバーベルを持ったままこちらをにらみつけて、なんの用か、といった。

「いや、あのその、ちょっとお話が――」

「はよやれッ」

誠一の怒声に恐る恐るバーベルに手を伸ばした。

堂前はぎょッとしたように眼を見開いたが、一瞬でふてぶてしい顔つきにもどって、

「きさん、親に弓ひいたら、どげなるかわかっとんやろうの」

刺すような眼光に圧されて手をひっこめた。

どうして肝心なときに、われを忘れて激怒できないのか。

この期《ご》におよんで臆病な自分が情けなかった。

堂前はバーベルをセーフティラックにかけて、ゆっくりと軀を起こした。

この馬鹿たれがッ、と誠一が怒鳴って、

「こっちこい。おれとかわれッ」

あわてて駆け寄るとトカレフを押しつけられた。

おずおずと財津に銃口をむけたが、膝がガクガク笑いだした。ひとを弾くのはもちろん、試し撃ちすらたいして経験がないから緊張する。

財津はあきれたようにかぶりを振って、

「おまえはもうしまえたぞ。八つ裂きされる前に、自分で首括ったほうがええんやないか」

刀根はトカレフを構えながら、ちらちらと誠一のほうに眼をやった。

堂前はベンチに坐って悠然とタオルで汗を拭っている。誠一はその前に立って、

「条川署の片桐や。あんたに訊きたいことがある」

「帰れ。三下の刑事《デコ》に話すことはない」

「うちの相良とおたくの反町が組んで、ほかの闇金を潰したやろ。そのなかには、あんたの身内が出資した闇金もあったはずや。それを本部にぶちまけたら、どげなるかの」

「なんかそら。わしの知ったことか」

「仮にあんたが知らんでも、反町はあんたの子分や。ふたりで詰め腹切らされるぞ」

「それがほんまのことやったらの。しかし、おまえの勘ちがいじゃ」

「こっちには証拠がある」

「でたらめ抜かすな。そげなもんがあるはずなかろうが」

「なんで証拠がないと思うんか。反町がそう報告したけやろが」

「知らんの」

「反町がゆうべホテルから逃げだしたのもか」

「おう」

「反町の手下は尾行をまいたつもりやろうが、反町が相良と逢うたのはまずかったの」

「見え透いた嘘《ヘラ》打ってもむだじゃ」

「こっちには目撃者《マルモク》がおる」

「どうせ刀根やろが。そんな半端ヤクザの証言を誰が信じるか」

「やっと話が通じてきたの。たしかに刀根はまかれたが、相良にも尾行がついとったんは気イつかんやったみたいやの」

「もうええ。証拠をだせ証拠を。その目撃者ちゅうのを連れてこい」

「そうはいかん。目撃者の素性が知れたら、あんたはそいつを消そうとするやろ。きょう刀根を呼びだしたみたいにの」

　わははは、と堂前は腹を波打たせて嗤った。

「おもろいの、片桐さん。警察《ヒネ》にしとくのはもったいない。退職したら刀根の馬鹿と交代して、うちの盃もらわんか」

「ふ、ふざけるな」

刀根はやっとの思いで怒鳴ったが、誠一は踵をかえして、

「もう時間がない。おれたちは、これから筑仁会の本部にいってくる」

「待て。話ちゅうのはなんか」

堂前は狼狽したように腰を浮かせた。刀根はようやく勢いづいて、

「お、おれの家族に手をだすなッ。赤字破門も二千万も撤回せい」

ふん、と堂前は鼻で嗤って、

「警察《ヒネ》なんかとつるみやがって。まだ組に居座るつもりか」

「いや、盃はかえす。あんたみたいな血も涙もない親は、こっちから願いさげじゃ」

「勝手にせえ。用件はそれだけか」

「白峰と伊能について訊きたい」

誠一がいうと堂前は猪首をひねって、

「白峰?」

「元条川署署長で、いまの県警本部長よ。あんたが伊能建設の伊能昭造とつきあいがあるのはわかっとる。そのあんたが白峰と伊能の関係を知らんはずがない」

「そういわれたちゃ、知らんもんは知らん」

「伊能は、白峰の弱みを握っとるんやないか」

「意味がわからんの」

「女がらみか」

堂前の厚ぼったい頰がぴくりと動いた。

「しらばっくれると、こいつを本部に持っていくぞ」

誠一は上着の胸ポケットからボイスレコーダーをだして、

「さっきのやりとりを聞いたら、あんたが身内の闇金潰しに噛んどるのを確信するやろう」

「糞ったれがッ。汚ねえまねしくさって――」

「やっぱり女なんやの」

堂前は首に巻いていたタオルを投げ捨てると溜息をついて、

「白峰が伊能の女に手ェだしたんや。その現場をビデオで隠し撮りされて、白峰が泣き入れたちゅうのは聞いたことがある。お守り役の副署長が揉み消したけ、表沙汰にはなっとらんけどの」

「伊能はそのビデオをネタにして、白峰を強請ったんやな」

「さあ、そこまでは知らんの」

「相手の女は誰か」

「伊能のことを嗅ぎまわっとんなら知っとうやろ。ノワールちゅう店の女よ」

87

チャイムが鳴って渡辺がドアを開けた。歳は三十代前半くらいで、黒い細身のスーツに白のドレスシャツを着ている。この男が090金融の社長らしい。

吉田と渡辺は男に一礼して、ご苦労さんですッ、と声をそろえた。

とたんに男はふたりの頰を平手で張り飛ばして、

「この馬鹿どもが。なんで前もって身元を調べねえんだッ」

「――すみません」

吉田と渡辺は直立不動で頭をさげた。

「親の住所だけじゃなくて、職場まで押さえとけっていってんだろうが。てめえらが楽してえからって気安く手伝いなんかさせるな。妙な奴がまぎれこんで、金か帳簿でも持ってかれたら――」

男はしばらく悪態をついてからデスクの上に腰掛けて、

「おまえが片桐って刑事《デコ》の息子か」

遼平は返事をせずに膝を抱えていた。ゆうベトイレで聞いた若いほうの声だった。

「こいつの携帯はあるか」

渡辺がデスクの上にあった携帯を男に渡した。男はそれを遼平に差しだして、

「おやじに電話して、こっちへくるようにいえ」

「――どうして」

「理由なんかどうでもいいんだよ。いわれたとおりにしろ」

遼平はかぶりを振った。

「社長のいうことを聞けッ」

「さっさと電話せんかッ」

吉田と渡辺が口々に怒鳴った。おまえらは黙ってろ、と男はいって、

「今後の相談をするだけだ。おまえもおやじに借金払ってもらったほうが楽だろう」

「元金はとっくに返済しました。これ以上は払えません」

「おまえみたいな奴を盗人っていうんだよ。借りるときはヘイコラしながら、いざ返済する段になったら利息がどうのとか、法律がどうのとか抜かしやがる。けど、おれたちに法律は関係ねえ。いっぺん貸した金は、なにがなんでも払ってもらう」

しかしまあ、と男はいって、

「今回は大目に見てやろう。おやじを呼んだら借金は勘弁してやる」

「――厭です」

「おまえがうちの手伝いしてたのが警察にばれてもいいのか。おやじは首だぞ」

男はデスクからおりて携帯を押しつけてきた。遼平はしぶしぶそれを受けとった。

電話をすれば、父はきっとここにくるだろう。男がなにをたくらんでいるのかわからないが、自分を人質にして父を陥れようとしているにちがいない。

「もたもたしてると痛い目に遭うぞ。さっさと電話しろッ」

遼平は唇を噛んで携帯を見つめると発信履歴を開いた。

震える指で父の番号を押しかけた瞬間、携帯を壁にむかって思いきり投げつけた。

携帯は砕け散って、バッテリーやケースの破片があたりに散乱した。

「この糞ガキが、なにしやがるッ」

男の罵声とともに鋭い蹴りが顔面に入った。目蓋の裏で光が弾け、烈しい耳鳴りがした。鼻の奥に尖ったものを突っこまれたような痛みに顔を押さえてかがみこんだ。

男は遼平に唾を吐きかけて、

「こいつはもう許さん。あとでヤキ入れるから、それまで縛っとけ」

吉田がどこからかガムテープを持ってきた。

とっさに逃げようとしたが、渡辺に軀を押さえつけられて両手を後ろ手に縛られた。続いて両方の足首にもガムテープが巻かれて身動きできなくなった。

鼻から垂れた血が床の上に点々と染みを作っている。

男は自分の携帯を手にすると、腹這いに転がった遼平の腰を踏んでどこかへ電話した。

「ああどうも、反町です。おもしろい奴を捕まえましてね」

88

「この根性なしが。堂前なんかにびびりやがって」

誠一はジムをでるなり罵声をあげた。

「おまえは元マル暴やけ、相手が親分でも平気やろうけど――」

刀根は落ちつきなく背後を振りかえりつつ、

「おれらの稼業は上下関係が厳しいんや」

「うちだって厳しい。おれみたいな下っぱが県警トップの不祥事を暴くんが、どんだけ大変やと思うとるんか。ちゅうても、むだか。おまえは堅気になるんやったの」

「いんや」

「堂前に盃かえすていうとったやないか」

「そういうつもりやなかったけど、つい口がすべった」

ふたりはジムのあるビルをでてシーマに乗りこんだ。

刀根は堂前に釘を刺したせいか、急に威勢がよくなって、

「さあ、次はどこいこうか。ビデオを手に入れたら白峰はおしまいじゃ。伊能を絞めあげてビデオの場所を吐かせるか」

「その前にたしかめたいことがある」

綾乃が伊能の女だとは思わなかった。伊能はノワールの常連客だけに、そういう関係であっても、まったく不思議はない。水商売の世界ならありきたりのことだが、そうは思いたくなかった。隠し撮りしたビデオで白峰をおどしていたのが事実なら、自分も罠にはめようとしていたのか。

誠一は車をおりて綾乃に電話をかけた。

「どうしたの、こんな時間に――」

綾乃は寝起きらしく鼻にかかった声でいった。伊能の件で訊きたいことがあるというと、

「電話じゃ話したくない。うちにきて」

刀根に場所を説明して綾乃のマンションにむかった。刀根は怪訝な様子で、

「なし伊能の女を知っとるんか」

「女がやっとう店に何度かいったことがある」

「マンションまで知っとうなんて、おかしいやないか」

ははん、と刀根はつぶやいて、

「おまえもその女にやられたクチか。白峰のことやらいわれんやないか」

「やかましい。そんなつきあいやない」

マンションに着くと刀根を駐車場で待たせて、綾乃の部屋にいった。

綾乃は丈の短いキャミソールにガウンを羽織っている。

玄関先で話そうとしたが、綾乃にうながされてリビングのソファにかけた。

「なにか飲む？」

「いや、時間がない」

綾乃はむかいに腰をおろして長い脚を組んだ。

「いくつか訊きたいことがある。伊能は、あなたのパトロンやな」

「だったら、なんなの」

「白峰とはどういう関係やった」

「――白峰さん？」

「県警本部長の白峰だ」

「ああ、そのひとなら、うちのお客さん。ずいぶん昔のね」

「それだけの関係じゃなかったやろ」

「男からすればそうかも。でも、あたしにとってはただのお客よ」

「それも商売のうちか」

「原さん――じゃないんでしょ。ほんとの名前を教えて」

「片桐誠一。条川署の者《もん》だ」

「やっぱり警察だったのね。最初からそういう匂いはしてた」

「だったら、なんで――」

「好きになるのに理由なんかないわ。ね、白峰さんのこと、誰から聞いたの」

「それはいえん」

「じゃあ、あたしも質問に答えられないわ」

「頼む、力貸してくれ。十年前、おれは県警本部で暴力団の捜査をしとった。しかし匿名の告発で捜査情報を漏らしたと濡れ衣を着せられた。それからおれは――」

誠一は床に視線を落として、いきさつを語った。綾乃は吐息を漏らして、

「そうだったの。でも、もうすんだことじゃない」

「すんでない。いまも追い詰められとる。あなたのパトロンにの」

「パトロンパトロンっていわないで、いまはお金だけのつきあいなんだから。あのひとはうちの店にお客を連れてきて、あたしはあのひとに取引先を紹介したり――」

「弱みを握ったり、か」

「あなたも誰かの弱みを探してるみたいだから、教えてあげる」

誠一は顔をあげて、綾乃の切れ長の眼を見つめた。

「あなたが探してるものは、もうないわ」

「――どうして」

「あたしが処分したの。あんなもの誰にも見られたくないから」

「白峰はそれを知っとるんか」

「知らないと思う。伊能が伝えてなければね」

「わかった。ありがとう」

「ね、伊能とうまくやったら？」

誠一はかぶりを振った。

「あなたが思ってるより、ものわかりのいいひとよ。よかったら、あたしから話してみるけど――」

「それはできん」

「そうやって正義漢ぶってどうするの。正義なんて強者が決めるものよ」

「かもしれん。しかし、おれは自分の仕事をやるしかない」

「あたしだって昔はＯＬだったのよ。大学のときもまじめだったし。でも仕事なんか、いくらまじめにやっても報われない。安い給料で遅くまでサービス残業して、上司のパワハラとセクハラを我慢して、うだつのあがんない男連中から口説かれるだけ」

「でも、いったんは結婚したんやろう」

「取引先の男とね。でも旦那の両親と同居だったし、子どもができなかったから針の筵《むしろ》。

姑なんか、あたしを繁殖用の家畜としか思ってなかった。そのせいで鬱になって心療内科に通ってたんだけど、あたしが前に勤めてた会社の子と旦那がデキちゃって、もうそれが限界。夜中にキッチンで洗いものしてたら突然キレちゃって、そのまま家を飛びだしたの」

「大変やったな」

「そのときはね。ただ、おかげでいまの生活があるんだから感謝してる。いまの時代は、まじめさとか努力とか関係ない。お金がなきゃ誰からも認められない。それが身に沁みてわかったの」

「金のためには手段を選ばずちゅうことか」

「そう。あなたもこっち側へくれば？」

「こっち側？」

「いいから、こっちにきて」

綾乃は自分のソファに手招きした。彼女の意図がわからないまま隣に腰をおろすと、

「いまのあなたが白なら、こっちは黒。正義とか良心とかベタベタしたものに縛られないで、自由に生きられる。お金もたっぷり稼いでね」

「もうすこし若ければ、考えたかもしれん。この歳で生きかたを変える気はせんよ」

「まだ若いじゃない。あなたなら、こっち側でもうまくやれる。伊能が味方につけば、いま抱えてる問題もすぐに解決するわ。あたしもついてるし――」

綾乃は誠一にもたれかかると膝に手を置いて、

「ね、一緒にやりましょう」

綾乃の肩を抱き寄せて目蓋を閉じた。迷いはないつもりなのに胸が苦しかった。綾乃は答えを待つように腕のなかで顔をうずめている。おれは、と誠一はいって目蓋を開けた。

「おれは白なんかやない。けど黒にもなりきれん」

「――そう」

綾乃は声を落として誠一の腕から離れた。

「こんなふうになって残念だわ。あなたのことは好きだったのに」

「――おれも残念だよ」

ソファから腰をあげて玄関にむかった。

綾乃がついてくる気配がしたが、振りかえらなかった。

エントランスを抜けてマンションの外にでたとき、硬いものが背中にめりこんだ。

「ニゲタラ、ウツ。ユックリアルケ」

肩越しに片言の日本語が聞こえた。

硬いもので背中を押されて歩いていくと、薄汚れたハイエースが路肩に停まっていた。

スライドドアが開いたと思ったら、背中を突き飛ばされて車に押しこまれた。中央の座席で刀根が気まずそうな顔で片手を振った。誠一は眼をしばたたいて、

「なし、おまえがおるんか」

「おまえが遅いけ様子見にいったら、こいつに捕まったんじゃ」

刀根は後部座席に顎をしゃくった。鷲尾が拳銃をこちらにむけている。きのうとおなじジャンパーにワイシャツ姿だが、ネクタイはしていない。

誠一は溜息をついて刀根の隣に坐った。スライドドアが閉まって運転席のドアが開き、作業着姿の坊主頭が乗りこんだ。背中に拳銃を突きつけていたのは、この男らしい。

鷲尾が中国語でなにかいった。坊主頭がエンジンをかけてハイエースは走りだした。リアウィンドーに眼をやると、髭男が刀根のシーマを運転しながら、あとをついてくる。

「やっぱり王は、おまえか」

誠一が訊くと、鷲尾はジャンパーのポケットから黒い装置をとりだした。煙草の箱くらいの大きさでイヤホンとマイクがついている。鷲尾は装置の電源を入れるとマイクにむかって、

「王なんて奴はおらんですよ」

装置のスピーカーから、王のくぐもった声が流れてきた。

「伊能建設の懇親会で、片桐さんに王の番号教えたとたん、電話してきたでしょう。あんなにはよ喰いつくと思わんやったけ、焦りましたよ。たまたまこいつを持っとったけ、よかったけど」

鷲尾はボイスチェンジャーを顎でしゃくった。

「あのとき、おれとどこで話した」

「おれの車ンなかですよ。ホテルのなかじゃ、まわりの音でばれるやないですか。大急ぎで駐車場いって片桐さんと話して、それからまたホテルもどって往生しましたよ」

「しかし、どうして中国語を――」

「そのくらい喋れます。おれが前に輸入品をあつこうとったのを忘れたんですか」

「じゃあ連れのふたりは？」

「不法滞在しとう連中です。なんぼ調べても名前やらでてこんですよ」

「県警本部に手紙とCD‐Rを送ったのも、おまえやな」

「あげなかったるいことはしとうなかったんです。片桐さんを日暗埠頭で拉致ったとき、その場で始末しとったら、こげな手間はかからんやったのに――」

「伊能が止めたんやの。おれを殺《や》ったら、いざちゅうときに自分の身があぶないけ」

「もうやめましょう。いまさら知ってもむだですよ」

鷲尾はそれきり口を閉ざした。

鷲尾たちを呼んだのは綾乃なのか。あるいは彼女から連絡を受けた伊能が拉致を命じたのか。いずれにしても綾乃が関わっているようなのが悲しかった。

「おい、どこいくつもりなんか。おれが拳銃《チャカ》くらいでびびると思うとったら――」

刀根が突然凄んだが、鷲尾から拳銃の銃把《グリップ》で後頭部をこづかれて沈黙した。

ハイエースは市街地を離れて郊外を走っている。

前にも通った道だと思ったら、イーグルテックにむかっているらしい。

鷲尾が自分の会社にいく理由はわからないが、以前のように目隠しをされないのが不気味だった。自分たちの犯行を隠そうとしないということは帰すつもりがないのかもしれない。

ハイエースは予想どおりイーグルテックの駐車場で停まった。

誠一と刀根は車をおりて、鷲尾と坊主頭に拳銃でつつかれながら歩きだした。

髭男もシーマを停めて、あとから追いかけてきた。

事務所の裏にいくと赤土が剝きだしの広場があった。周囲にはゴミや鉄屑《てつくず》がうずたかく積まれ、土手のように盛りあがっている。赤錆びたトタン屋根の建物の隣に、高い煙突が伸びた大型の焼却炉があり、そのむこうには油圧ショベルや破砕機が見える。

五人は氷雨でぬかるんだ広場を通って、トタン屋根の建物に入った。

建物のなかは機械類や配管が入り組んで薄暗く、油と鉄屑の臭いがした。広場といい建物といい、かなりの広さがあるのに作業員の姿がどこにもないのが異様だった。

建物の奥に倉庫らしい部屋があり、ふたりはそこに連れこまれた。

コンクリートが打ちっぱなしの室内は肌寒かった。

鎖で固定されたガスボンベが壁際にならび、溶接用のマスクやゴムホースが床に散らばっている。誠一と刀根は両手を頭につけされられてボディーチェックをされた。

鷲尾は刀根の軀を探ってトカレフを見つけると髭男にそれを放って、

「警察《ヒネ》のくせに、なしギンダラなんか持っとるんか」

「おれは警察やない」

「ゆうべ覆面パトに乗っとったやないか」

「あれはおれの車じゃ」

「なら、どこの者《もん》か」

「聞かんほうがええぞ。聞いたらイモひくで」

「あとでゆっくり訊いちゃるけど、こげな拳銃《チャカ》持っとうようじゃ、たいしたこたあない。ギンダラなんか日本刀《ポントウ》にも負けるわ」

「やかましい。なら、おまえが日本刀《ポントウ》で勝負せい」

鷲尾は刀根を無視して誠一のポケットを探り、携帯とボイスレコーダーとカッターナイフを床に放りだした。続いて結束バンドを見つけると、

「ちょうどええもんがあった。こいつで縛れ」

髭男と坊主頭に両方の手足を縛られて床に転がされた。

刀根は縛られながら怨めしそうにこちらをにらんで、

「よけいなもん持ってくるけじゃ」

さて、どうしようか、と鷲尾がつぶやいた。

「屍体を消すのは造作もない。うちの焼却炉で焼きゃあ骨も残らん」

「おれは関係なかろうが。なし、こげな目に遭わされるんか」

刀根が叫んだ。静かにせえ、と鷲尾はいって、

「片桐さんとつるんだんが悪いんよ。まあ、どう始末するか検討してこよう」

髭男と坊主頭を見張りに残して、鷲尾は部屋をでていった。

89

板張りの床でうつ伏せていると、ぬるりとした血液が鼻の奥から喉を伝う。むせそうになって飲みこむと錆びた金属と塩の味がする。見張りの眼を盗んで、縛られた手足を動かしてみるが、ガムテープははずれない。

遼平は目蓋を閉じて、いまの状況が夢になるよう念じた。

目蓋を開けたら、すべては夢で実家に住んでいる頃にもどっている。幸運な夢を見たときにありがちな現象だ。しかし何度やっても現実は小揺るぎもしなかった。

電話口で反町と名乗った男は、しばらく誰かと喋っていた。

「ええ、そうなんです。まちがいなく片桐の息子です。おれも知らなかったんで驚きました

けど――しかしまあ、これで一気にカタがつくでしょう。息子をダシに使って、こっちに呼びだそうかと思いまして――え、それはまずい？　なるほど、わかりました。じゃあそっちにいくようおどしをかけましょう。それで片桐の携帯は――」

反町は父の携帯の番号をメモして電話を切った。

電話の相手は父の番号を知っている。最初は借金がらみの話かと思ったが、会話の内容からすると、そんな気配はない。反町と電話の相手はもっと凶悪なことをたくらんでいる。このまま父を巻き添えにするわけにはいかなかった。

遼平は上半身を起こすと頭をさげて、

「父をおどすのはやめてください。なんでもしますから――」

「もう遅い。さて、おやじさんにご登場願うか」

反町はにやつきながら携帯のボタンを押した。

90

誠一は手足を縛られたままコンクリートの床で腹這いになっていた。

火の気がない室内は吐く息が白い。

髭男は寒そうに足踏みをして、坊主頭は立て続けに煙草を吸っている。鷲尾は恐らく伊能に指示を仰ぎにいったのだろう。警察に引き渡されれば命だけは助かるが、自分たちの正体を明かした以上、その可能性は低い。

よけいなことを喋らないよう確実に口を封じるはずだ。

彼らはすでに奥寺を事故にみせかけて殺害し、武藤に重傷を負わせ、自分を二度も拉致した。慣れた手際からして、以前からそういう仕事を手掛けてきたのだろう。

「おい、おれは筑仁会の者《もん》じゃ」

不意に刀根が大声をあげた。

「おれを殺《や》ったら、ただじゃすまんぞ」

「オマエ、ウルサイ」

と坊主頭がいった。

「ヤクザなんか怖くない。髭男が鼻で嗤って、黒社会《チャイニーズマフィア》がいちばん強い」

「おまえの国でいちばん強いんは中国共産党やろが。この愛国無罪が」

「ダマレ、小日本《シャオリーペン》」

「――はあ？　なんちゅうたんか」

「気にすんな。いまのうちに遺言でも考えとけ」

髭男の日本語は流暢《りゅうちょう》だが、坊主頭は片言だから日本にきて日が浅いのかもしれない。

冷えきったコンクリートに胸と腹を押しつけているせいで寒気がしてきた。

両手首は後ろ手に縛られているから、軀を横にするのもひと苦労だった。見張りのふたりから手首が見えないよう、軀の位置を変えて力んでみたが、結束バンドはびくともしない。むなしく床をまさぐっていたら、コンクリートの継ぎ目にざらざらした隆起があるのに気がついた。結束バンドをあてがって前後に擦るとナイロンが削れる手応えがある。

こっそり刀根に目配せをしたら、意味がわかったのかどうか曖昧にうなずいた。

「なあ、おふたりさんよう」

刀根がさっきと打って変わって悲痛な声をあげた。

「おれはこいつにおどされとっただけなんや。かんべんしてくれよ」

見張りのふたりは知らん顔で喋っていたが、ふと坊主頭が尻を押さえて、

「上厠所《シャンツアスオ》」

そういい残して部屋をでた。どうやらトイレにいくらしい。

結束バンドはかなり削れたが、まだ切り離せない。

見張りがひとりになったいまが、作業を進めるチャンスだった。コンクリートで手首が傷つくのもかまわず結束バンドを擦り続けていると、刀根がふたたび声をあげた。

「もうすぐ警察《ヒネ》がくるぞ。ヒネじゃわからんか、ケーサツよ」

「嘘いうな」

髭男が白けた顔でいった。刀根は誠一に視線をむけて、

「嘘やない。こいつが警官なんは知っとうやろが」

「それがどうした」

「こいつは捕まったふりして、ここへ刑事《デコ》を呼び寄せとるんじゃ」

「身動きできんで転がっとう奴に、そんなことができるか」

刀根は床に落ちている誠一の携帯を顎でしゃくって、

「こいつの携帯よう見てみい。それは警察《ヒネ》専用の携帯ぞ。電源切ってもGPSで居場所がわかるんじゃ。巻き添え喰うのは厭や。おれだけ逃がしてくれ」

髭男は怪訝な顔つきで携帯に眼をやった。

ようやく結束バンドがはずれて両手が自由になった。しかし両足首の結束バンドがあるから、まだ立ちあがれない。刀根はちらりとこっちを見てから、

「その携帯のバッテリーをはずすんや。はよせな警察《ヒネ》がくるぞッ」

とたんに誠一の携帯が震えた。髭男は床にかがみこんで携帯を覗きこんだ。

「非通知やぞ」

髭男が首をかしげてつぶやいた。

その瞬間、軀を前に折って足首の結束バンドをはずした。

誠一は四つん這いで移動して、床にあったカッターナイフを刀根にむかって蹴り飛ばした。

同時に髭男がこっちを見た。

髭男は腰に手をまわしてトカレフを抜いたが、そのまま腹をめがけて体当たりした。髭男は尻餅をつくと大声でなにかわめいた。部屋の外から坊主頭の声とともに足音が響いた。

誠一は髭男の手首をねじりあげてトカレフを奪いとると、喉笛に手刀を叩きこんだ。

髭男が白眼を剝いて悶絶した瞬間、坊主頭が拳銃を手にして駆けこんできた。

誠一はすかさず銃口をむけた。

坊主頭は両手を広げて腰をかがめ、拳銃を床に置いた。

「こっちに蹴れ」

手振りをまじえていうと坊主頭はすなおに従った。

足元にすべってきたのは銃身の短い回転式拳銃《リボルバー》だった。

誠一はそれを拾いあげて腰に差した。刀根は身をよじりながらカッターナイフで結束バンドを切り離して、ようやく立ちあがった。

トカレフで坊主頭をおどしているあいだに、刀根は携帯やボイスレコーダーを床から拾いあげ、まだ意識を失っている髭男のズボンを探ってシーマのキーを奪いかえした。

「ほら見ろ。日本のヤクザは強かろうが」

刀根が坊主頭に殴りかかるのを止めて部屋をでた。

ドアの外側には閂《かんぬき》型の鍵がある。それを締めると広場にむかって走った。

事務所の表にまわって駐車場まできたとき、拳銃を手にした鷲尾が飛びだしてきた。

鷲尾はいきなり撃ってきて、乾いた銃声とともに銃弾が頰をかすめた。

とっさにトカレフをむけたが、ひるまずにむかってくる。

「はよ乗れッ」

刀根がシーマの運転席から顔をだして叫んだ。

背中をむけて走りだすと、左の脇腹に殴られたような衝撃があった。

誠一はそれにかまわず助手席のドアを開けて飛びこんだ。銃声が響いて天井から埃が舞い、リアウィンドーに放射状のひびが走った。シーマはタイヤを軋ませながら走りだした。

鷲尾はなおも追ってきたが、道路にでて振りかえると姿を消していた。


シーマは猛スピードで走った。

脇腹の傷を調べたら、肉が深くえぐれて血がにじんでいる。内臓は無事なようだが、焼けた金属を押しつけられたような痛みが背中まで響く。

誠一はグローブボックスにあったタオルを傷口にあてて止血した。

刀根はハンドルを片手にこちらを覗きこんで、大丈夫か、と訊いた。

「ああ。弾《たま》は貫通しとるけ、たいしたことはない」

「病院いったほうがええんやないか」

「やめとこう。銃で撃たれたのがばれたら、すぐ捕まる」

「死ぬなよ。死んだら、おれが往生するんやけの」

「要するに自分の心配か」

「おれのほうも心配せえよ。糞ったれめが、おれの車に穴開けやがって」

刀根は天井の弾痕を指さした。

「どうせ十年落ちやろうが。ぼちぼち新車買え」

「買うけ金くれ。さっきのハッタリだけでも、車一台くらいの値打ちがある」

「ようあんなでたらめ思いついたの。おれの携帯は私物やぞ」

「そげなことわかっとるけど、だいぶ頭使《つこ》うたで。おまえの携帯が警察専用でGPSがついとるていうのと、おまえが実は親中派で党大会のときに撮った動画が携帯にあるちゅうのと、どっちのハッタリかまそうか迷うての」

「党大会のほうやったら、いま頃は殺されとるわ」

鷲尾の銃声のせいか、対向車線をパトカーが通りすぎた。

「いま停められたらやばいぞ。拳銃《チャカ》を二挺も持っとうやろ」

「持っとらんでも、停められたらしまいよ。これはおまえのや」

刀根の膝の上にトカレフを置いた。

「もう一挺のはなんか」

誠一は自分の拳銃に眼をやった。

銃身が二インチのリボルバーである。三十八口径でスミス&ウェッソンのチーフスペシャルに似ているが、刻印を見るとブラジル製のロッシだった。

王が——いや王を装った鷲尾から、この拳銃の購入を持ちかけられて、まんまと罠にはまったのだ。しかし実際にロッシがあったということは、鷲尾たちは拳銃の密輸にも携わっていたのかもしれない。留金《ラッチ》をひいて弾倉《シリンダー》をスイングアウトすると銃弾は五発入っていた。

刀根が物欲しそうな顔でこちらを見て、

「そっちの拳銃《チャカ》のほうがよさそうやの。替えっこせんか」

「これはやられん。証拠物件じゃ」

誠一はロッシをベルトに差すと携帯の着信履歴を見た。履歴にならんでいるのは知らない番号と但馬ばかりで、西急建設の堺からの着信はなかった。

留守電も入っているが、どうせ但馬だから聞く気になれない。

遼平から着信がないのが気になって電話した。だが電源が入っていないか電波が届かないというアナウンスが流れてきた。

「もう逃げんでええやろ。どっかで休憩しよう」

但馬に電話しようと思って、ひと気のない路地で車を停めさせた。但馬も信用できないが、いまのところ相良とは通じていないはずだ。警察に身柄を押さえられた場合に備えて、いままで集めた情報を伝えておきたかった。

誠一は車をおりると携帯を手にした。

「この馬鹿が。なし任意同行《ニンドウ》に応じんやったんかッ」

但馬は電話にでるなり怒鳴った。

「応じたら辞めるしかのうなるんで――」

「おまえは辞めたも同然や。生活安全課《セイアン》にもうデスクはないぞ」

「仕方ありません。ただ聞いていただきたいことがあるんです」

誠一はいままで鷲尾たちに拉致されていたことや、王の正体は鷲尾で、それを操っているのは伊能昭造だと説明した。けれども但馬は話が呑みこめないようで、

「仮に伊能がおまえを狙《ねろ》とるとして、動機はなんか」

「例の捜査員名簿です」

「あれはとっくに時効や。いまさら捜査員名簿がでてきても、伊能は怖がらんやろ」

「怖がる者《もん》が、ほかにおったらどうですか。捜査員名簿の出所を突きとめられたら困る者が――」

「うちの内部の者ちゅうことか」

「ええ。法的には時効であっても事実が明るみにでれば、捜査員名簿を流出させた人物は辞めざるを得んでしょう。だから、わたしが邪魔になって罠を仕掛けた」

「罠？」

「たとえば組織犯罪対策課《ソタイ》の応援です」

「あれは二ノ宮課長の要請やぞ」

「その二ノ宮課長を動かせる誰かが黒幕ですよ。黒幕が伊能に依頼したんか、伊能から話を持ちかけたんかはわかりませんが、ふたりは協力して、わたしを辞めさせようとして――」

そこまで語ったとき、不意にあることを思いだした。

但馬から組織犯罪対策課の応援を命じられたのは、たしか成人式の夜だった。

当日は朝から白峰が条川署を訪れて訓示を垂れた。あのときはなぜ白峰がきたのかわからなかったが、ほんとうの理由は成瀬や二ノ宮に命じて、自分を組織犯罪対策課にいかせるためではなかったのか。

「どうしたんか。なんで黙っとる」

但馬がいらだった声をあげて、

「黒幕だなんだというのは、おまえの妄想や。とにかく署にもどれ」

「最後まで聞いてください。その黒幕は成瀬署長や二ノ宮課長を通じて、わたしを組織犯罪対策課《ソタイ》へ応援にいかせた。そこで拳銃《チャカ》の摘発を命じたのは、鷲尾と接触させるためとは考えられませんか。しかも、ただの摘発やない。首なしの拳銃《チャカ》でもええちゅう、やらせ捜査です」

「それは署長が異動する土産やろう」

「まだ続きがあります。鷺尾はわたしに拳銃《チャカ》の取引をさせて会話を録音し、そのときの音声が入ったCD－Rを匿名の手紙と一緒に本部へ送りつけた。監察官室はマスコミが騒ぐのを警戒して、わたしに依願退職するよう圧力をかけるちゅう筋書きです」

「なんでそんなに手のこんだことをする」

「極秘裏に事件を処理したかったんでしょう。わたしを辞めさせるためとはいえ、県警トップとしては不祥事が表沙汰になるのは避けたいはずですから」

「――県警トップやと」

「ええ。白峰本部長です」

但馬は沈黙した。誠一は続けて、

「白峰本部長は条川署の署長だった頃、女がらみのトラブルを起こしとるんです。それを仕掛けて本部長を強請ったのは伊能です。本部長はスキャンダルが表沙汰になるのを恐れて、捜査情報を伊能に流した。伊能は本部長から仕入れた情報を、かつての仲間である堂前に流す。堂前はその見返りとして伊能建設の援助をする。当時の副署長だった渕上隆が伊能建設に天下りしてるのは、そのときのしがらみがあったからでしょう」

「証拠は」

但馬は深々と溜息をついて、

「ありますが、なにかはいえません」

「おれを信用できんちゅうことか」

「すみません。いまはまだ――」

「まあええ。これで、おまえもすこしはわかったやろ。伊能建設をいじくったら山かえされるて、前もって警告したはずじゃ。それやのに、おれの話も聞かんで突っ走りおって」

「課長にはこうなることがわかっとったと――」

「ある程度はの。おれが本部の捜査二課におったんは、おまえも知っとろうが」

「ええ。当時はわたしも捜四におりましたから」

「あの頃、伊能建設に競売入札妨害の容疑が浮上した。上司はやめろていうたけど、おれもまだ若かったけ強引に捜査をはじめた。警部になったばかりで手柄をたてたかったんもある。けど、捜査の途中でカタにはめられた。ちょうどこの条川署へ情報収集にきとるときにの」

「カタにはめられたとは、どういうことですか」

「おれが泊まっとるホテルの部屋から覚醒剤《シャブ》がでてきた。むろん誰かが忍びこんで置いたもんやから、じきに疑いは晴れたが、監察官からなんやかんや調べられての。おれが保証人になっとった親戚の会社が潰れて、借金かぶったんがばれた」

「それで本部から所轄に――」

規則はないし公にもなっていないが、警察官の借金は出世に影響する。

借入れ額が大きかったり返済が困難だったりすると、依願退職を勧められ退職金で返済させられる場合もある。

「おれは首こそつながったけど、出世の芽はのうなった。覚醒剤《シャブ》置いた犯人は、どう考えても伊能建設がらみの奴やろうが、証拠はないし捜査からもはずされて――」

但馬は当時の思いに浸るように沈黙した。但馬も自分とおなじような濡れ衣で左遷されたとは知らなかった。なにかいおうと思いつつ、かける言葉が見つからず、

「課長、また連絡します」

「もうじき逮捕状《フダ》がでる。緊急配備《キンパイ》敷かれたら逃げ道はないぞ」

「わかってます。やれるだけやってみます」

電話を切ってシーマにもどると、刀根はシートにもたれていびきをかいていた。この大変なときに、まったく緊張感がない。肩をつかんで揺り起こしたら刀根は眼をこすって、

「あんまり長話やけ眠ってしもたわ。上司と話ついたんか」

「ああ。もうじき逮捕状《フダ》がでて緊急配備《キンパイ》かかるそうや」

「なんじゃそれは。大ピンチやないか」

刀根が眼を剥いたとき、携帯が震えた。相手は堺だった。

「やっと伊能社長と連絡がつきました。きょうは取引先のレセプションにでていますが、四時頃には会社へもどるそうです」

腕時計を見ると三時十分だった。

堺に礼をいって電話を切ると、携帯をダッシュボードに放りだして、

「伊能は四時に会社へもどる。会社に入られたら厄介やから、その前に捕まえよう」


時刻は三時半をまわった。

刀根は伊能建設のそばにあるコインパーキングでシーマを停めた。

いまから道路を見張って、伊能の車が通りかかったらシーマで前をふさぎ、拳銃でおどして身柄を拘束する。かなり強引な計画だが、伊能にすべてを吐かせるにはほかに方法がない。

「まだ時間があるぞ。薬局いって薬買《こ》うてこうか」

脇腹の傷からは出血が続いている。刀根は煙草に火をつけて、

「おまえには、まだがんばってもらわな困るんじゃ」

「ああ。でも、おまえが薬局いっとるあいだに伊能がくるかもしれん」

「なら、このまま見張っとくか。おたがい五十すぎとうのに無茶しよるで」

刀根は嘆息して煙を吐きだした。おい、と誠一はいって、

「おれにも一本くれ」

「おまえ、煙草はやめたんやろ」

「ああ。でも吸いたい」

刀根は煙草の箱を器用に振って一本取りだした。それをくわえると、刀根が百円ライター

で火をつけた。誠一は五年ぶりの煙を吸いこんでシートにもたれかかった。

「どうじゃ。うまいか」

「ああ。指先がじんとする」

フロントガラスのむこうは氷雨がやんで、黒く濁った雲間から陽射しがかすかに漏れている。灯台の明かりのような一筋の光を見つめていたら、ダッシュボードの上で携帯が震えた。

相手は着信履歴にあった知らない番号だった。

不審に思いつつ通話ボタンを押すと、片桐か、と男の声がした。

誠一は灰皿で煙草を揉み消して、

「――おまえは誰か」

「やっとつながったな。いままでなにをしてた」

「おまえは誰かて訊いとるんや」

「誰でもいい。おたくの息子を預かってる」

「なんだと」

「信じないなら証拠を聞かせよう」

誠一は電話のむこうに耳を澄ました。

ひとが揉みあうような物音に続いて、やめろッ、と遼平の怒鳴り声がした。

「どうだ、これでわかったか」

指で合図をすると刀根が携帯に耳を押しつけた。

おい、と男がいらだった声をあげて、

「わかったかと訊いてるんだ」

「──ああ、わかった」

「いまから条川署に出頭するんだ。しなければ息子が死ぬぞ」

刀根が声をださずに、そりまち、と口を動かした。誠一はうなずいて、

「ああ、出頭する」

「警察に息子のことはいうな。おまえが出頭したのがわかりしだい息子は解放する。いまから三十分だけ時間をやる。三十分以内に条川署へいけ」

男は電話を切った。

腕時計の針は三時四十五分をさしている。タイムリミットは四時十五分だ。そんな短時間で伊能の身柄を押さえるのは不可能だろう。誠一は肩を落として、

「すまん。ここまでや」

「はあ？　なんがここまでじゃ」

「話は聞いたやろ。おれは署に出頭する」

「そげなことしたら、なんもかんも水の泡やないか。おまえは相良に逮捕されて証拠はぜんぶ揉み消される。だいたい、おまえが出頭したからちゅうて、息子さんが解放されるとは限

らんぞ」

「かもしれんが、ほかに方法がない」

「いまの電話はまちがいなく反町や。息子さんがどこで監禁されとうか見当つかんのか」

電話の相手が反町ならば、遼平が監禁されているのは090金融の事務所かもしれない。マンションの場所と部屋の番号は、ゆうべ遼平から電話で聞いた。刀根にそれをいうと、

「そのマンションなら、ここから十分もあれば着く。いまからふたりで助けにいこう。息子さんを助けだしてから、伊能の身柄《ガラ》を押さえりゃいい」

「それは無理よ。もうすぐおれの逮捕状《フダ》がでて非常線が張られる。そうなったら身動きはとれん。縄かけられるのは時間の問題や」

「なら、おまえはここに残って伊能を捕まえてくれ。おれが息子さんを助けにいく」

「本気でいうとるんか」

「おう。反町が相手なら、おれひとりでじゅうぶんじゃ」

「ほかに仲間がおるかもしれんぞ」

「心配すんな。こいつがあるわい」

刀根は腰のトカレフを指さして、

「伊能を捕まえるチャンスは、いましかないんやろ。なら計画どおりにやろう。伊能に吐かせるんは、おまえにしかできん。おれは息子さんのところにいく」

「しかし息子が監禁されとる場所がちごうたら――」

「いまからすぐ確認して、おまえに連絡する」

「それでも連絡できんときはどうする」

「そんときは残念ながら、おれがやられたちゅうことよ。けど、おまえが警察に出頭するんは、それからでも遅くない」

「――わかった。遼平を頼む」

刀根は力強くうなずいて車をおりると、通りかかった空車に手をあげた。

タクシーが走り去るのを不安な気分で見送ってから、運転席に移動した。

そのとき、シルバーのレクサスが前を横切った。

伊能の車だと気づいて、大急ぎでシーマをだした。

だが道路をふさぐ寸前に伊能建設の門が開いて、レクサスは敷地のなかに消えた。

誠一はハンドルを拳で殴りつけて宙をあおいだ。

91

タクシーは予想どおり十分でマンションに着いた。

刀根は車の音を聞かれないよう、建物の手前でタクシーをおりた。

こっそり駐車場を覗くと、反町のリンカーンナビゲーターが停まっていた。

やはり誠一の息子――遼平はこのマンションに監禁されている。

反町は二十歳も年下なのに組では稼ぎ頭とあって、ずっと劣等感を抱いてきた。

単に能力の差なら文句はないが、反町は相良や堂前と組んで自分を陥れた。とうとうその怨みを晴らすときがきたと思ったら気持が昂った。

誠一によれば問題の部屋は四〇三だった。

このまま押し入ってもいいが、相手が複数の場合、遼平を人質にされる恐れがある。

刀根は及び腰でリンカーンナビゲーターに近づいて、リアバンパーを思いきり蹴飛ばした。

とたんに耳障りな警報が鳴りだした。建物の陰に隠れていると四階の窓が開いて、すぐに閉まった。すこしして反町が駐車場にでてきてキーレスで警報を止めた。

反町は険しい表情であたりを見まわしてから、携帯をだして誰かに電話をかけた。

耳を澄ませたが、会話は聞きとれない。まもなく反町は携帯をしまってマンションにひきかえした。足音を忍ばせてあとをついていくと、反町はエレベーターの前で足を止めた。

腰から抜いたトカレフをその背中に押しつけて、動くな、といった。

反町はゆっくりと両手をあげた。これで勝負はついた。

刀根は胸のなかで快哉を叫んだが、何秒かそのままの状態が続いた。

ふとエレベーターのボタンが点灯していないのに気がついた。いまさら押せというのも間が抜けている。刀根は軽く咳払いをすると、横から手を伸ばして上りのボタンを押した。

92

誠一はシーマをおりて伊能建設の前に立った。

伊能が会社に入る前に身柄を押さえるのは失敗したが、ここであきらめるわけにはいかなかった。社内に入りこんででも伊能の口を割らせたい。

だが正面の門扉は閉ざされている。

車でなかに入るには、警備員室に声をかけて門を開けさせるしかない。したがって車では入れないが、警備員室と門扉のあいだに歩行者用の入口がある。

門のむこうに入る隙を窺っていると、ＩＤカードを首からさげた社員らしい男がふたり、こっちへ歩いてきた。脇腹ににじんだ血を手で隠しながら、ふたりのあとについて歩行者用の入口を抜けた。

正面玄関も難なく入れて、このまま社内に潜りこめると思った。

けれども受付の前を通ったところで、制服の警備員が近づいてきた。

「どなたかご面会でしょうか。ご記帳をお願いします」

「条川署の者《もん》だ。伊能社長に話がある」

四十がらみの肥った警備員は誠一の軀に視線を上下させて、

「警察手帳はお持ちじゃないんですか」

誠一は溜息をつくと名刺を見せた。

「これでええやろ」

「確認しますので少々お待ちください」

「急ぐんや。社長はどこにおる」

警備員は質問を無視してインカムで誰かと喋っている。

脇をすり抜けようとしたら、べつの警備員がでてきて前をふさいだ。

身長が百九十は超えていそうな大男で、どけといっても動かない。押し問答をしていると、
廊下の奥から渕上がでてきた。

「またあんたか」

スーツ姿の渕上は垂れ目をしょぼつかせて、

「社長はおらん。帰ってくれ」

「嘘をいえ。いま車が入るのを見た」

「あんたとの約束はない。どうしても社長に逢いたかったら、アポとりなおしてくれ」

「重要な話がある。鷲尾の件での」

「知らんね。社長にそんな意味のわからん話はできん」

「社長にいえばわかる。どうしても逢わせんつもりなら、いま持っている情報を洗いざらい西急建設に流す。そうなったら完全に取引を打ち切られるぞ」

渕上の垂れ目に鋭い光が宿った。警察経験が長い者に特有の眼だ。

誠一は無言でにらみかえした。渕上は舌打ちをして受付にいくと、どこかへ内線をかけた。相手は恐らく伊能だろう。渕上は内線を切ってから苦々しい表情で、

「社長室にいけ。三階だ」

玄関ホールにいってエレベーターに乗った。

腕時計を見ると、もう四時五分だった。

反町がいったタイムリミットまで、あと十分もない。刀根からはまだ連絡がないが、遼平は無事なのか。不安のせいか傷の痛みが増してくる。

エレベーターをおりて廊下を歩くと、突きあたりに木製の重厚なドアがあった。

ドアに貼られたプレートに社長室とある。ノックをしたら、入れ、と低い声が答えた。

誠一はボイスレコーダーの録音スイッチを入れてからドアを開けた。

社長室は天井が高く広々として、二十坪以上はありそうだった。

壁面は石造りで床とキャビネットはウォールナットで統一され、ゴルフの賞品らしいトロフィーや伊能が有名人とならんだ写真が棚に飾られている。

伊能昭造は壁面の窓を背にしてデスクのむこうに坐っていた。デスクもウォールナットで

横幅が広い。誠一は伊能に視線をむけたまま、ノブの下を探ってドアに鍵をかけた。

デスクの前に立つと、伊能は縁なしのメガネを中指で押しあげて、

「おまえか。前に逢ったときは明和サッシの元社員とかいってたが――」

「条川署の片桐だ」

「それはさっき内線で聞いた。うちと西急建設がどうしたって」

「取引を打ち切られそうになっとるそうやの」

「誰がそんなことをいった」

「誰でもええ。あんたが暴力団とつながっとるからや」

「根拠もなく妙な噂を流されちゃ困るな」

「あんたは筑仁会の元組員やないか」

「三十年以上も前のことだ。いまはなんの関係もない。話はそれだけか」

「白峰との関係を訊きたい」

「なんのことかわからん。白峰とは誰だ」

「県警本部長の白峰正行だ。白峰が条川署の署長やったとき、あんたは白峰に女をあてがって、隠し撮りしたビデオでおどした。白峰はビデオが公になるのを恐れて捜査情報を漏らし、あんたはそれを筑仁会の堂前に流した」

「なんの証拠があって、そんないいがかりをつける」

「堂前が吐いた。録音もしてあるぞ」

「馬鹿馬鹿しい。ヤクザ者《もん》の証言なんか誰も本気にせん」

「ほかにも証拠はある。捜査員名簿がな」

「捜査員名簿？」

「あんたの事務所から盗まれた手提げ金庫に、それが入っとった。あんたも知っとうやろうが、金庫を盗んだのは天邪鬼ちゅう少年グループの奥寺や。奥寺は、その金庫をリーダーの武藤のところへ持ちこんだ。中身は書類ばかりで金目のものはない。武藤は金庫を処分するよう奥寺にいうたが、その前に、おれの名前が書類に載っとるのに気づいた」

「それが捜査員名簿だっていうのか」

「十年以上前のな。おれはその名簿を上司に提出した。県警本部がらみの事件やから、本部長の白峰にも当然報告が入る。白峰は自分が流出させた名簿の出所がばれるのを警戒して、あんたに相談した。あんたは鷲尾たちに頼んで、金庫を盗みだした奥寺を殺し、武藤に重傷を負わせた」

「鷲尾とは誰だ」

「どこまでもしらを切るつもりやの。イーグルテックの鷲尾よ」

「イーグルテックなら、ただの取引先だ。それ以上の関係はない。そもそも、その名簿とやらが、うちから盗まれた証拠はあるのか」

「武藤の意識がもどった。武藤なら名簿の入手経路を証言できる。それにおれが上司に提出した名簿はコピーや。現物を渡すと揉み消されると思うたからの。実物はべつの場所にあるが、そこから白峰の指紋がでた。もう言い逃れはできんぞ」

なにを力んでる、と伊能は嗤った。

「もしその名簿がうちの事務所からでてきたとして、それがどうした。誰か社内の人間が持ちこんだのかもしれん。おれとの関係を証明できるものはなにもないし、白峰なんて奴は知らん。ましてや、おれが誰かに頼んでひとを殺したり、重傷を負わせたりするわけがない」

「鷲尾が証言してもか」

伊能の眼がかすかに泳いだ。

「おれがきょう、鷲尾たちに拉致されたのは知っとうやろう」

「知らん」

「鷲尾は、あんたの指示でやったと白状したぞ」

「なんだそれは。面識のない奴に指示なんかしようがない」

伊能はもう冷静な顔にもどっていた。

決着を急いだせいで見え透いた嘘をついたが、さすがにひっかからなかった。

いくら伊能を問いつめても、決定的な証拠がないだけに自白をひきだせない。

腕時計の針は、まもなく四時十五分をさす。

刀根と遼平はどうなったのかと考えていると、伊能はメガネをはずしてデスクに置き、

「もう話はすんだだろう。そろそろ帰ってもらおうか」

「あんたがほんとうのことを喋るまで、帰るわけにはいかん」

「しょうがない奴だな。警備員を呼ぶぞ」

伊能は卓上の電話機に手を伸ばした。

その手を払いのけると同時に胸元で携帯が震えた。相手は刀根だった。

93

遼平はうつろな気分で、床にこびりついた血痕を見つめていた。

鼻血はようやく止まったが、乾いて固まった血で鼻が詰まっている。鼻から呼吸ができないせいで息苦しい。血の塊を取りだそうにも手足は動かせない。

反町は何度も父に電話して、二十分ほど前にようやくつながった。反町は父にむかって警察に出頭しろといった。出頭したら自分を解放するともいったが、きっと嘘だろう。

その証拠に反町は電話を切ると、感情のこもらない眼をこちらにむけて、

「これで片桐は片づいた。あとはこいつの始末だな」

反町は、なぜ父を警察に出頭させたいのか。

電話での口ぶりでは、まるで父が警察に捕まるような雰囲気だった。父に限って犯罪に関わるはずはないが、自分が人質になったせいで苦しんでいるようなのがつらかった。

さっき車の警報が鳴って、反町は部屋をでていった。

吉田と渡辺は無言でパイプ椅子に坐っている。

ふたりとも緊張した表情なのは、これからなにが起きるか知っているせいかもしれない。

ドアが開いて反町が入ってきた。

ふてくされた顔で両手をあげていると思ったら、後ろに眼つきの鋭い男がいた。

反町の背中に拳銃が突きつけられているのを見て、ぎょッとした。

吉田と渡辺があわてた表情で立ちあがったが、

「じッとしとけ。動いたら、こいつを弾くぞ」

男はドスのきいた声でいって、

「あんたが片桐の息子さんか。いま助けちゃるけの」

遼平はおどおどとうなずいた。人相は悪いが、どうやら味方らしい。吉田と渡辺はその場に立ちすくんでいる。男はふたりに命じて遼平のガムテープをはずさせた。

手足が自由になって軀を起こすと、男は吉田と渡辺を縛るようにいった。吉田と渡辺に近づくのは怖かったが、反町が拳銃でおどされているせいで抵抗はしなかった。

ふたりは、さっきまでの自分とおなじ恰好で床に転がった。

「よし、次はこいつを縛ってくれ」

男は拳銃で反町の頭をつついた。反町は舌打ちをして、

「こんなことしてどうなるか、わかってるんですか」

「おどしたってむだや。こっちは会長《おやじ》の首根っこ押さえとる。おまえと相良がつるんどるのが本部にばれたら、三人ともしまいやけの」

反町をガムテープで縛り終えると、男は拳銃を腰に差して携帯でどこかに電話した。

「おう、三人とも捕まえた。息子さんも無事やけ安心せい」

男は電話を切って携帯をしまった。遼平は男に駆け寄って、

「いまのは、とうさんですか」

「ああ」

「とうさんはどこに？」

「伊能建設の社長室や」

「そんなところで、なにを――」

「おれと似たようなことよ」

「えッ」

「勘ちがいすんなよ。おれたちがこげなことしよるのは、身の潔白を証明するためや。あんたのおやじさんはなんも悪いことはしとらん。カタがつくまで、どっか安全なところに身ィ

隠しとけ」

「あなたはどうされるんですか」

「おれはこいつに話がある」

男は反町に顎をしゃくって、

「はよいけッ」

「あなたはいったい――」

おれか、と男はいって、にやりと笑うと、

「おれはおやじさんのダチじゃ」

下の歯にくらべて上の前歯がやけに白かった。

遼平は男に礼をいって部屋を飛びだした。マンションをでると全力で走った。

父は伊能建設でなにをしているのか。様子を知ろうにも携帯はない。

さっきの男はどこかに身を隠せといったが、じッとしてはいられなかった。自分がそばにいたところで足手まといかもしれない。けれども、いまは父のもとへいきたかった。

タクシーを拾おうと思ったが、空車が見つからない。

夕方だというのに空は暗かった。厚く垂れこめた雲の彼方が淡い茜色に染まっている。

遼平は焦りと疲労にあえぎながら、暮れかけた道を走り続けた。

94

反町はガムテープで手足を縛られて躯を横に丸めている。手下の吉田と渡辺もおなじような恰好で床に転がったままだ。刀根は反町の前にしゃがむと携帯のカメラをむけて、

「おまえは相良とつるんで、ほかの闇金を潰したの」

反町はかぶりを振った。

「会長《おやじ》もおまえらのことを認めたんじゃ。本部にチクるちゅうたらイモひいての。たいがいで相良と組んどったのを認めんかい」

「知りません」

刀根は反町の背中を蹴飛ばして、

「なんなら本部の連中をここに呼んじゃろうか。あいつらがきたら、こげなもんじゃすまん。身内を裏切った奴は腕の一本や二本、ぶった斬ってでも吐かせるぞ。それでも知らんていえるんか」

反町は黙っている。もうええわ、と刀根はいって、

「本部に電話して、おまえらを迎えにきてもらおう」

「ちょっと待ってください」

吉田がうわずった声をあげた。

「おれは盃ももろてないし、反町さんの下で働いとっただけです。かんべんしてください」

「おれもそうですよ。きょうのことは誰にもいいませんけ、逃がしてください」

渡辺もあわてた表情で叫んだ。反町が顔色を変えて、

「おまえら、おれを見捨てる気かッ」

「社長には悪いけど、命までは捨てれんですよ」

「きょうで辞めさしてください。筑仁会の本部ににらまれたら、もう商売できん」

吉田と渡辺は口々にいった。馬鹿どもが、と反町は毒づいて、

「こいつらを黙らせてください。そしたら喋ります」

「ほんとやろな。嘘やったら許さんぞ」

刀根はガムテープを短く切って、吉田と渡辺の口をふさいだ。ふたりが身をよじって抵抗するのをトカレフを突きつけて静かにさせた。刀根は携帯のカメラで録画をはじめて、

「さあ喋ってもらおうか」

反町はしぶしぶ相良と組んでいたことを認めた。この動画があれば堂前がなにか仕掛けてきても対抗できるだろう。三人をどうするかは誠一に相談するつもりだった。が、その前に伊能建設にいって状況を確認したい。

「用をすませてくる。おまえらはここでおとなしくしとれ」

そういい残して部屋をでようとしたとき、待ってください、と反町が叫んだ。

「相談があるんです。おれは見逃してくれませんか」

「あほか。なにを虫のいいこと抜かしよるんじゃ」

「ただでとはいいません。とりあえずキャッシュで五千万。それでどうですか」

吉田と渡辺が眼を見開いてもごもごいった。

「金はどこにある」

「このあいだ、条川グランドホテルから引っ越したとき、トランクルームに移したんです。倉庫の鍵がおれの財布にありますから、すぐ持っていけますよ」

「おまえがすんなり金をだすようなタマか。嘘もたいがいにせい」

「五千万くらい持ってかれても大丈夫です。金はほかの場所にも隠してありますから」

反町の胸ポケットを探って財布をだすと、たしかに鍵が入っていた。

「トランクルームの場所は」

「案内しますから、ガムテープをほどいてください」

「つまらん。先に場所をいえ」

反町は答えなかった。

「やっぱり嘘やったの。おれはもういくぞ」

「わかりました。待ってください」

反町がトランクルームの場所を口にしたとき、外で急ブレーキの音がした。窓を開けて外を見ると、見おぼえのあるハイエースが停まっていた。

くくッ、と反町が嗤って、

「やっときたか」

「なんがおかしい。誰がきたんか」

「消し屋ですよ。片桐の息子のために呼んどいたんです」

「――なんちや、きさんッ」

「残念でしたね。もう金は取りにいけませんよ」

「この糞がッ。時間稼ぎしとったな」

かッとなって反町の顔面を爪先で蹴った。

打ちどころが悪かったのか、反町はあっけなく白眼を剝いた。

刀根はトカレフの遊底《ボルト》をひいて、弾丸を薬室《チャンバー》に送りこんだ。

拳銃を構えてドアを開けると鷲尾が立っていた。後ろに髭男と坊主頭がいる。

「また逢《お》うたな」

鷲尾が無表情でいった。髭男は絆創膏を貼った喉をさすりながら、

「さっきは、ようもハッタリかましてくれたの」

「コイツ、コンドコソ、コロス」

坊主頭が鼻に小皺を寄せて、こちらをにらみつけた。刀根はトカレフを鷲尾にむけて、

「消し屋ちゅうんは、おまえらのことか」

「さあな」

「手を頭の上に乗せろ。妙な動きしたら弾くぞ」

三人はゆっくりと両手をあげた。このまま部屋に入れて縛りあげれば一挙にカタがつく。

誠一もきっと驚くだろう。われながらアクション映画のヒーローのようだった。

「なかに入れ」

刀根は部屋に顎をしゃくった。

その瞬間、鷲尾がすばやく腰に手をまわした。その手にはもう拳銃が握られていた。

とっさに引き金《トリガー》をひいたが、銃声はしなかった。

あわてて遊底《ボルト》をひきなおすと弾がつかえているようで動かない。

ほらジャムった、と鷲尾が嗤って、

「これやからギンダラは日本刀《ポントウ》にも負けるんよ」

刀根はトカレフを鷲尾に投げつけると、髭男と坊主頭を突き飛ばして走りだした。

95

遼平は肩で息をしながら脇腹を押さえて歩いていた。

タクシーを拾えないまま走り続けて、ようやく伊能建設が見えてきた。

携帯がないから時刻はわからないが、恐らく五時はすぎているだろう。

あたりはもう暗くなって、街灯が灯っている。伊能建設の窓にも明かりがついているが、社長室はどこにあるのか。

歩行者用の入口を通り抜けようとしたら、中年の警備員から呼び止められた。

ご用件は、と訊かれて返事に詰まった。

社長室にいきたいといっても、どうせ断られるだろう。

悩んでいたら山岸と野間の顔が脳裏に浮かんだ。あの、と遼平はいって、

「赤溝組の山岸さんか野間さんはいませんか」

「内線で訊いてみるけ、ちょっと待ってね」

警備員は露骨にわずらわしそうな表情で警備室にひっこんだ。

まもなく門のむこうに山岸と野間が姿を見せた。

寮にいくふりをして、ふたりと一緒に敷地に入った。

けさは氷雨が降ったせいで現場は休みだったという。遼平は寮の手前で足を止めて、

「伊能建設の社長室には、どうやっていけばいいんでしょう」

「社長室はたしか三階やけど、どうしたんね。まさか社長に逢うと？」

「いえ、父がなかにいるんです。わけはいえないんですが――」

山岸と野間はむずかしい表情になった。

「おれだんは下請けやけ、社長室やらいったことないばい」

「ちゅうか、会社ンなか入っただけでも厭な顔されるで」

「でも、どうしてもいきたいんです」

うーん、と山岸がうなって、

「牛越さんなら社員やけ大丈夫やろうけど――」

牛越と聞いて気力が萎えそうになったが、帰るわけにはいかない。遼平は肚を括って、

「連絡とれますか」

「いま食堂で飯喰うとる。パチンコ負けたみたいで機嫌悪そうやったな」

「呼んでください」

山岸と野間は顔を見あわせた。ふたりは食堂に走っていって牛越を連れてきた。

牛越は爪楊枝をせせりながら大股で歩いてくると、

「ひとが飯喰いようのにしゃあしいのう。なんの用か」

「社長室にいきたいんです」

「あほか。おまえみたいなクズを会社ンなか入れられるか」

「なら勝手に入るよ」

あん？　と牛越は眉を寄せて、

「いまなんていうた。もういっぺんいうてみぃッ」

「勝手に入るっていうたんよ。ついでにあんたが仕事中にパチンコやって、090《ゼロキューゼロ》金融で借金したのを会社のなかで話してくる」

借入れ明細など持っていないが、伊能建設の玄関にむかって歩きだした。

「待てこら。そんなことしたら、ぶっ殺すぞッ」

牛越は歯を剝きだして凄んだが、以前のような恐怖は感じなかった。

殴るなら殴ればいいと思った。無視して歩いていくと牛越が追いかけてきて、

「わかったわかった。社長室まで連れてくけ、いらんこといわんどってくれ」

気弱な声でいって両手をあわせた。

96

誠一はデスクをはさんで伊能とにらみあっていた。

脇腹の出血は止まったが、傷口が熱を持って疼《うず》いている。

刀根と電話で話してから、もう二十分が経過した。遼平を監禁していたのは、やはり反町たちだった。息子が無事に解放されたと聞いて安堵したが、伊能を吐かせなければ真相は闇のなかである。

伊能は白峰との関係をいっさい認めようとしない。警備員を呼ぼうとして、卓上の電話機に何度も手を伸ばす。それにいらだって電話機のコードを引き抜いた。

伊能は開きなおったように革張りの椅子にもたれかかると、唇をゆがめて、

「これは監禁だぞ。わかってるのか」

「あんたこそ、自分がやったことをわかっとるんか」

「おれはなにもやってないが、いくらいっても堂々巡りだな」

伊能は上着の懐から携帯をだした。

「どこにかける気か」

「おまえを監禁罪で訴える。あとは弁護士と話してくれ」

伊能が電話をかけようとした瞬間、腰からロッシを抜いた。

荒っぽいことはしたくなかったが、やむをえなかった。銃口をむけると、伊能は溜息をついて携帯をデスクに置いた。誠一は携帯に顎をしゃくって、

「白峰に電話しろ」

「面識もない奴の番号なんかわかるはずがない」

「なら、おれが調べてやろう」

誠一はデスクに手を伸ばすと伊能の携帯をとって、

「後ろをむいて両手を頭につけろ。すこしでも動いたら撃つ」

「警官のくせに銃で脅迫か。これで刑務所《ムショ》行き確定だな」

「撃つというたんが聞こえんのか」

伊能はうんざりした顔で椅子を回転させると、両手を頭につけた。

誠一は右手でロッシを構えたまま、左手で携帯の電話帳を開いた。

白峰の名前を探したが、見あたらない。

証拠を残さないよう番号は暗記しているのだろう。

誰か事件に関わっている人物と話した形跡はないかと通話履歴を確認したら、着信履歴に見おぼえのある番号があった。それもつい最近の記憶である。自分の携帯の着信履歴と見くらべると、遼平を監禁していた男の番号とおなじだった。つまり相手は反町だ。

「反町ともつながっとったんか」

伊能は答えなかった。

堂前の子分である反町を知っていても不思議はないが、着信時間が気になった。

伊能の携帯に反町から着信があったのは、四時二十一分だった。刀根から遼平を助けたと電話があった時刻からすると、刀根がマンションに踏みこむ直前だ。

「反町はなんの用事でかけてきたんか」

「まちがい電話だろう。そんな奴は知らん」

伊能はまたしてもしらを切った。

刀根と遼平はまだ反町の事務所にいるのか。急いで電話したが、ふたりともつながらない。

もし反町が遼平のことを伊能に相談していたら危険だった。

反町たちの身柄は刀根が押さえているはずだが、伊能はそれ以前に手下をマンションにむかわせたかもしれない。遼平をべつの場所に監禁するためか、永遠に口を封じるためだ。

但馬に頼んで部下たちをマンションに派遣してもらおうと思った。

けれども但馬が動いてくれるとは限らない。保身に走って相良に情報を流す可能性もある。

迷いつつ重久に電話した。

「やばいですよ。さっき係長の逮捕状《フダ》がでたそうです」

重久は周囲が気になるのか、声をひそめていった。

「相良のでっちあげや。そんなことより頼みがある」

「ぼくにだって立場があるんです。係長から連絡があったと課長に報告しなきゃ――」

「課長にはあとから報告する。おまえに迷惑はかけん」

「――わかりました」

「いまからいうところへ誰かいかせてくれ。大至急や」

マンションの場所と部屋の番号を告げて電話を切った。

誠一は伊能に前をむかせるとロッシの撃鉄《ハンマー》を起こして、

「もう時間がない。白峰に電話しろ」

伊能の携帯を顎でしゃくった。伊能は表情を硬くしただけで動じる気配はない。

「撃てよ。知らんものは知らん」

「ならそうしよう」

誠一は伊能の胸に狙いをつけた。

撃ったら終わりだが、ほかに白峰との関係を吐かせる手段はない。行き着くところまでいって伊能が折れるかどうかの勝負だった。

引き金《トリガー》にかけた指に、じわじわと力をこめた。額に汗が浮き、銃身が小刻みに震えた。

伊能の顔から血の気がひいて、半開きになった口がわななないた。

これ以上力をこめたら、撃鉄《ハンマー》が落ちる。

もう限界だと思ったとき、伊能が両手を振って、

「わかった。電話するから銃をおろせ」

誠一は深々と息を吐きだしてロッシをおろした。

伊能は自分の携帯を手にしてダイヤルキーを押した。

やはり番号は暗記していたようだが、白峰はでなかった。スピーカーから留守電のメッセージが流れてくるのを聞いて、携帯をひったくった。

「あんたと取引がしたい。女のビデオの件での」

留守電にそう吹きこむと伊能が腰を浮かせた。誠一は銃口で伊能を威嚇して、

「ビデオをマスコミに流されたくなかったら、この番号にいますぐ電話せい。交渉に応じんやったら、あんたは終わりじゃ」

97

窓の外を郊外の景色がすぎていく。

刀根はハイエースの座席にぼんやり坐っていた。

隣の髭男から漂ってくるコロンの香りが鼻につく。後ろには拳銃を構えた鷲尾がいて、坊主頭はくわえ煙草でハンドルを握っている。

せっかく反町たちを捕まえたのに、この連中にまた拉致されるとは思わなかった。

トカレフの弾がでなかったのは誤算だったが、そのあともまずかった。

マンションの階段を駆けおりて駐車場まで逃げたのに、運動不足のせいか足がつって動けなくなった。不幸中の幸いは、三人に取り押さえられたとき、サイレンとともにパトカーが

突っこんできたことだ。

鷲尾たちはマンションにもどるのをあきらめて、ハイエースに自分を押しこんだ。なぜパトカーがきたのかわからないが、反町たちは警察に捕まっただろう。パトカーに乗っていた警察官が相良とつるんでいなければ、反町の闇金は潰されるはずだ。

堂前はやりこめたし、誠一の息子も助けた。

荒事が苦手なわりに大活躍といっていいが、自己満足に浸る余裕はない。

ハイエースはきょうの午後、誠一と一緒に拉致されたときとおなじ道を走っている。

行き先もおなじらしいが、三人は前よりも殺気立っている。

「このおれを二度も捕まえるとは、さすがプロやの」

なんとかして機嫌をとろうとおべんちゃらをいったが、返事はなかった。

かわりに拳銃の銃把《グリップ》で後頭部を殴られて、ひとしきり痛みにうめいた。

ハイエースはやはりイーグルテックの駐車場で停まった。

刀根は車からおろされると、誠一と監禁された倉庫に連れていかれた。きょうの午後とちがうのは、倉庫に入る前に鷲尾が焼却炉を稼動させたことだった。

鷲尾は轟音《ごうおん》とともに炎をあげる焼却炉のなかを指さして、

「おまえをここで焼いちゃる。生きたままと死んでからと、どっちがええか」

「――どっちも厭じゃ」

「そらそうやろう。けど、どっちか選ばなならん。おれたちはそういう人間をようけ見てきた。もう生きたままでええけ焼却炉入れてくれて、泣きながら頼むようになる」

どんな目に遭わされたら、そういう心境になるのか。考えただけで鳥肌が立った。

刀根は倉庫に放りこまれてガムテープで手足を縛られた。

髭男が壁にならんだガスボンベから二輪の台車に載せられた一本をひきずってきた。ガスボンベの元栓には円形のメーターがついたレギュレータがセットされ、そこからゴムホースが伸びている。ゴムホースの先端に金属製のトーチがついている。

髭男は慣れた手つきでレギュレータを調整すると百円ライターでトーチに点火した。先端がくの字に曲がったトーチから勢いよく炎が噴きだした。

髭男がトーチのバルブをまわすにつれて炎は赤から青へ変化した。

「どこから焼こうかの。手か足か」

と髭男がいった。坊主頭が煙草を吸いながら、

「カオカオ。カオヤコウ」

「いきなり顔か。吐かせる前に死んでまうぞ」

吐かせるもなにも、と鷲尾が嗤って、

「まだなんも訊いとらんやないか」

「――そう、そうや。なんか訊いてくれ」

バーナーで顔を焼かれたくない一心で叫んだが、鷲尾たちは声をあげて嗤った。

「自分から訊いてくれちゅう奴ははじめてや」

「ナサケナイ。コンナヤツ、カオヤコウ」

まあ待て、と鷲尾がいった。

「片桐に電話させろ」

坊主頭が刀根のポケットを探って携帯をだすと、

「デンワシロ。ハヤクハヤク」

「これでどうやって電話するんか」

刀根は後ろ手に縛られた指先を動かした。坊主頭は鷲尾の表情を窺ってから、両手のガムテープをほどいた。刀根は腹這いの姿勢で携帯を手にして、

「電話して、なんちゅうたらええんか」

「片桐は警察《ヒネ》に追われとるんやろ」

と鷲尾がいった。

「自首するようにいえ。自首せんやったら、おれが殺されるちゅうんや」

「なんじゃそりゃ。そげなことといえるかい」

「ならしょうがないの」

鷲尾が顎をしゃくると、髭男がバーナーを手にして近づいてきた。あわてて両手で床を這

ったが、坊主頭が背中に馬乗りになって腕を押さえた。坊主頭は嬉々《きき》とした声で、

「サア、カオカオ」

「顔はあとにせい。こいつは極道のくせに指がぜんぶそろうとる」

小指から焼け、と鷲尾がいった。

坊主頭がすかさず左の手首をつかんできた。とっさに拳を握ったが、髭男は構わずバーナーを近づけてくる。手の甲の毛が焦げて厭な臭いがした。

拳ごと焼かれそうな恐怖に掌を開いた瞬間、バーナーの炎が小指の先を炙《あぶ》った。

「あちちちッ」

刀根は悲鳴をあげて身をよじると、

「もも、もうわかった。電話するけ、やめてくれッ」

98

白峰に留守電を入れてから十分が経った。伊能の携帯はデスクの上で沈黙している。

伊能が電話した相手は、ほんとうに白峰だったのか。

あるいは偽の番号かもしれないが、それをたしかめるすべはない。いっそ県警本部に電話しようかと思ったが、直通番号は上層部しか知らないし、白峰に取り次ぐはずがない。

いまできるのは待つことだけだった。だが警備顧問の渕上はもちろん、社員たちも不審に思っている頃だろう。さっきも社員がドアをノックした。

伊能に命じて帰らせたものの、騒ぎが大きくなったら、ここをでるのが困難になる。

「もうあきらめろ。なにもかも、おまえの妄想だ」

と伊能がいった。あいかわらずデスクのむこうで両手を頭につけて背中をむけている。

「こういうのを違法捜査というんだろう。監禁に脅迫に自白の強要だ。仮におれがなにかやってたとしても公判は維持できん。不起訴になるのは目に見えてる」

「法廷では争わん。あんたや白峰みたいな権力者とは法や組織の外で戦うしかない」

「それが警官の台詞か」

そのときノックの音がした。また社員かと思ったら、

「とうさん、おれだよ。ここを開けて」

遼平の声に溜息が漏れた。

どうやら無事らしいのに安堵したが、なぜここへきたのか。伊能の様子を窺いながら慎重にドアを開けた。遼平を部屋に入れると、ふたたびドアに鍵をかけて、

「こげなところにくる奴があるか。なんで逃げんやった」

「とうさんが心配やったけ――」

遼平は顔を腫らして、鼻の下には乾いた血がこびりついている。

「なんだ、息子がきたのか」

伊能が声をあげたが、デスク越しにロッシで背中をつついて口をつぐませた。

遼平は拳銃を見ると顔をこわばらせて、

「なんがあったと？」

「ひとことではいえん。あとで説明する」

「血もでとるやない。大丈夫？」

「気にせんでええ。刀根はどうした」

「トネ？」

「おまえを助けにきた奴よ。あいつはどこにいった」

「わからない。まだ部屋に残るっていうてたけど」

厭な予感が胸をよぎった。刀根がどうなったのか知りたくて重久に電話した。

「いまかけようと思うたところです。戸塚からさっき連絡があって、反町たち三人は確保したそうです。ただ、ほかの奴らはワゴン車で逃走して――」

「ほかの奴ら？」

「ええ。ひとりは拳銃《チャカ》を突きつけられとったそうです」

誠一は眼をつぶった。そのひとりは刀根だ。あとの連中は鷲尾たちにちがいない。

「一刻も早く追え。なんとしても刀根を助けてくれ」

「わかりました。ただ二ノ宮課長や相良係長が伊能建設にむかってます」

「――どうして、ここがわかった」

「渕上って顧問から電話があったみたいです。係長が社長室にこもっとるって」

「相良がきたら証拠を消される。なんとかして足止めできんか」

「もう無理です。但馬課長に話してはみますが――」

誠一は電話を切ると伊能に前をむかせて、

「鷲尾に電話して、いますぐ刀根を解放するようにいえッ」

「知らん」

「今度こそ撃つぞ」

「撃ってみろ。もしおれが鷲尾と関係があったら、刀根とかいう奴も確実に死ぬ」

窓の外からサイレンの音が響いてきた。遼平が不安な表情で近寄ってきて、

「おれになんか手伝えることはない？」

「おまえはなんもせんでええ。いまのうちに逃げれ」

「もう逃げないよ。帰るときは一緒に帰ろう」

あはは、と伊能が乾いた声で嗤った。

「父親によく似て馬鹿な息子だ。おやじと一緒に犯罪者の仲間入りか」

「あんたが誰だか知らんけど、とうさんの敵はおれの敵だ」

サイレンの音が急速に近づいてくる。よしわかった、と誠一はいって、

「おまえはこいつを見張ってくれ」

遼平はうなずいて伊能の前に立った。

息子まで巻きこんだ以上、もうあとにはひけなかった。どのみち負けるにしても自分を陥れた連中に手傷を負わせたい。

誠一はデスクから自分の携帯をとって、九日新聞の是永に電話した。

「どうしたんですか、片桐係長」

是永はなにも知らないらしく呑気な口調でいった。

「おれはいま、伊能建設の社長室におる」

「そんなところでなにを――」

「社長の伊能をおどしとる。こいつの犯罪を吐かせるためにの」

「ど、どういうことでしょう」

「おれが立てこもっとると各社に伝えろ。九日には特抜きさせてやるけ」

「そ、それは助かります。でもどうして――」

「ええけ急いでこっちにきてくれ。渡したいもんがある」

「わかりました。すぐいきます」

電話を切ると伊能が鼻を鳴らして、

「むだなあがきはよせ。おまえの犯罪が世間に広まるだけだ」

是永の前に二ノ宮たちがくるだろう。

ドアの鍵は合鍵で開けられるから、ドアをふさぐものが欲しかった。応接用のソファとテーブルをドアの前へ移動するよう遼平にいった。が、それだけでは足りない。

どうするか考えていると、ソファを運んでいた遼平がドアに耳を押しあてて、

「誰かきた。鍵を開けてるッ」

とたんにドアが烈しい勢いで開いた。弾みで遼平は尻餅をついた。伊能に駆け寄って、こめかみに銃口を押しあてた瞬間、組織犯罪対策課の連中がなだれこんできた。

「そこまでじゃ。片桐ッ」

相良が叫んで一枚の書類を突きだした。

「拳銃《チャカ》持って籠城《ろうじょう》しとるんやったら、わざわざ逮捕状《フダ》とる必要はなかったの。銃刀法違反ならびに監禁脅迫で現行犯逮捕《ゲンタイ》や」

相良の後ろには七、八人の捜査員がいる。彼らのあいだを縫って二ノ宮が進みでてきた。

「こんなことになって残念です。だが、いまならまだ罪は軽い。悪いようにはしませんから、その銃をおろして、われわれと一緒にいきましょう」

「わたしはどうなってもいいんです」

と誠一はいった。

「ただ、わたしひとりが罪を問われるのは納得できません。ここにいる伊能社長をはじめ、相良係長や白峰本部長にも責任をとってもらいます」

「なんちや、きさんッ」

「部外者に責任をなすりつけるつもりですか」

相良と二ノ宮が同時に叫んだ。遼平は部屋の隅からこちらを窺っている。

誠一は伊能に銃口を押しあてたまま、その場を動かないよう目配せした。

ふと廊下に乱れた足音が響いてドアが開き、男たちの怒号が飛んだ。但馬が生活安全課の捜査員とともに組織犯罪対策課の連中を押しのけて、部屋に入ってきた。

但馬たちは六人いて、そのなかには重久の顔もある。

「なんしにきた。生活安全課《セイアン》のでる幕やないぞッ」

相良が真っ赤な顔でわめいた。但馬が首を横に振って、

「片桐はおれの部下や。うちにまかせてもらおう」

「そうはいきません。こっちは署長の指示で動いてるんです」

二ノ宮がいった。そうじゃそうじゃ、と相良がいった。

「署長命令に逆らう気か。さっさと帰れッ」

「あんたの声を聞いたことがある」

不意に遼平が口を開いた。

「反町って奴が社長をやってる090金融《ゼロキューゼロ》の事務所で。おれは反町の手下におどされて、090金融《ゼロキューゼロ》の手伝いをやらされてた」

「なら、おまえも逮捕じゃ。たとえおどされても、闇金を手伝うのは犯罪やろが」

「あんたは、その闇金となかよくしとったやないか。ゆうべおれはトイレに隠れて、あんたと反町が喋っとるのを聞いた。そのとき、あんたが片桐をなんとかするって――」

「でたらめを抜かすなッ」

相良は顔色を変えて怒鳴った。

「でたらめやない。おれは、さっきまでその部屋で反町たちに監禁されとった」

「嘘をいえ。その部屋ちゅうのはどこか」

遼平がマンションの場所をいうと、重久がうなずいて、

「そこに反町たちがおったのは事実です。もうじき署に移送するはずです」

但馬課長ッ、と誠一が叫んだ。

「反町の身柄《ガラ》を組織犯罪対策課《ソタイ》に渡さんでください」

「そらどういうことか。反町は暴力団《マルビー》や。うちが取調べをする」

と相良がいった。但馬が溜息をついて、

「白峰本部長はこの騒ぎを知っとるんか」

「あとで報告します」

と二ノ宮がいった。但馬が首をかしげて、

「なしか。こんな一大事を知らせんでええんか」

「現職の警察官が大手企業の社長を人質に立てこもってる。そんなことを本部長に報告できますか。上司のあなたはもちろん、わたしたち全員の首が飛びますよ」

「なるほど。しかし内密に処理するつもりなら、片桐の言いぶんも聞いたらどうか。片桐は今回の件を除けば優秀な警察官や。わけもなく、こんなことをするはずがない」

「こげな汚職野郎《サンズイ》の言いぶんやら、どうでもええ。しょっぴいてから聞きますよ」

と相良がいった。思わず口をはさもうとしたとき、携帯が震えた。

ディスプレイを見たとたん通話ボタンを押すと、

「おれや」

刀根のかすれた声がした。

「いまどこにおる。大丈夫かッ」

「いや、もうつまらんやろう」

「馬鹿、弱気になるな。鷲尾に捕まったんか」

おまえは、と刀根はいった。

「――おまえは、おれのたったひとりのダチやった」

「ああ、おれだってそうよ。すぐそっちいくけ、どこにおるかいえッ」

「もうええ。女房と子どものことを頼む」

「早まったこというな。いまおる場所を教えれッ」

刀根は答えない。電話のむこうで怒声が響くと、誰かが電話機を奪いとるような音がして、

「片桐さん、男どうしで甘ったるいの」

鷲尾の声だった。

「もしかして、こいつとデキとるんか」

「ふざけるな」

「こいつを死なせとうなかったら、いうこと聞け」

「伊能が——おまえの親分がここにおるぞ。指示をもらわんでええんか」

「さあ、なんのことやらわからんの。よけいな話しよったらダチが苦しむぞ」

電話のむこうで、肉を打つ湿った音と刀根のうめき声がした。

「やめろッ」

「なら、おとなしく自首せい。自首したら、こいつは楽にしてやる」

「待て。刀根にかわれッ」

電話はそこで切れた。かけなおすと電源が切られている。誠一はイーグルテックに大急ぎで誰かいかせるよう重久に頼んだ。重久はかぶりを振って、

「人員が足りません。例のマンションには戸塚と宇野たちをいかせましたし——」

「刀根って奴が人質になっとる。被疑者《マルヒ》は伊能の手下の鷲尾や」

「なにを馬鹿げたことを」

と伊能がいった。誠一はロッシの銃口を伊能のこめかみに喰いこませて、

「但馬課長、ここから引きあげて刀根を助けてください。刀根が救出されしだい、ただちに投降します」

「わかった。けど無事に助けられる保証はないぞ」

「刀根ちゅうのは、おまえとつるんどる暴力団《マルビー》やろが。そんなクズを助けとるひまなんかない。あきらめて、いますぐ投降せいッ」

相良が罵声をあげると、上着の懐から拳銃を取りだした。

やめんかッ、と但馬が怒鳴ったが、相良は無視して誠一に銃口をむけた。

99

刀根は腹這いの姿勢で床に伸びていた。両手はまたガムテープで縛られている。

鷲尾たちにさんざん殴られたせいで、目蓋が腫れあがって視界がかすむ。

かすんだ視界を伝って、あたたかいものが頬にこぼれる。恐怖と悔しさで胸が棒を呑んだように詰まっている。いまはひとりだからいいが、鷲尾たちがもどってきたら、きっと馬鹿

にされるだろう。床に顔を押しつけると皮膚が擦れて、ひりひりと痛む。

刀根はそれをこらえてコンクリートで涙を拭った。

誠一に電話をしてから鷲尾たちは倉庫をでていった。

「片桐が自首したら、焼却炉で始末しちゃる。それまで残りの人生を楽しんどけ」

と鷲尾はいった。誠一が自首しなければ、そのぶん寿命が延びるかもしれない。

けれども結果がどうなるかにかかわらず、無事に解放される望みはない。

誠一には、さっきの電話で別れを告げたつもりだった。といって覚悟が決まったわけではない。ひと思いに殺されるのならともかく、苦しみながら逝くのは厭だった。またガスバーナーで拷問されるか、生きたまま焼却炉で焼かれるか。あるいはその両方か。

まさに地獄のような三択で、そんな目に遭わされるくらいなら、歯茎を切る手術のほうが何百倍もましだ。この窮地を逃れられるなら、坪内歯科に一生通ってもいい。

なんとしても逃げだしたいが、昼間に監禁されたときとちがって今度はひとりである。

手足は縛られているし、ドアには外から閂《かんぬき》がかかっている。

あらん限りの知恵を絞っても、なにひとつアイデアは浮かんでこない。

「――絶体絶命やの」

刀根は自嘲気味につぶやくと目蓋を閉じた。

宗教など信じていないが、もはや超自然的な存在にすがるしかなかった。

心を無にして祈りを捧げれば、奇跡が起きるかもしれない。刀根は知っている限りの神仏を思い浮かべて一心に祈った。うろおぼえの念仏や祝詞や賛美歌を唱えた。

しばらくして目蓋を開けたが、当然のように神も仏もいなかった。

眼の前にはあるのはコンクリートの床とガスバーナーのホースだけだ。

これだから神仏など信じる気になれない。

絶望的な状況に嘆息していたら、投げやりな考えが浮かんだ。

ガスバーナーのホースは先端にトーチがあり、もう一方はボンベにつながっている。両手が縛られているからトーチのバルブは動かせないが、ホースを嚙み破ってガスを吸えば、楽に死ねるかもしれない。それほど楽でなくても、焼かれるよりはましだ。

刀根は芋虫のように這ってホースを口にくわえた。

ホースのゴムは古くてひび割れていたが、なかなか嚙みきれない。そもそもなんのガスかもわからないのに、これを吸って死ねるのか。

そんな疑問も湧いたが、鷲尾たちがもどってきたらと思うと気が気でない。焦ったせいで顎が痛くなるほどホースを嚙んだ。

前歯は六本ともプラスチックの仮歯だけに、もうぐらつきはじめた。

だが歯を治療する必要はなくなったのだ。まもなく仮歯ははずれて床に落ちた。

六本ともつながっているから、まるで入れ歯だ。

仮歯がとれたあとの歯茎は、金属製の土台だけになった。土台は先が尖っているから思いきりホースを嚙み締めると、ようやく穴が開いた。

シューシューとかすかな音をたててガスが噴きだしてくる。唇を尖らせて懸命にそれを吸っていると、心なしか意識がぼんやりしてきた。

このまま失神しろと念じていたら、ドアが開いて三人がもどってきた。

刀根はあわててホースから口を離した。最後の最後までタイミングが悪い。

鷲尾は、ぞッとするほど冷めた眼でこちらを見おろして、

「さあ、粗大ゴミを処分するか」

「も、もしかして片桐が捕まったんか」

前歯がないせいで間の抜けた声がでた。

「いいや。けど、もう待てん。あとでなんかあったら面倒じゃ」

「お、おれを生かしとったほうがええぞ。い、いま片桐は伊能をおどしとる。伊能がおまえらのことを吐いたら、どうするんか」

「社長が吐くわけない。吐いたら自分が終わりやけの」

「けけ、警察がきたらどうする。いざちゅうときに人質がおらなまずいやろ」

「下っぱヤクザの人質なんか警察が相手にするか。おまえはアスベストより役にたたん」

鷲尾は髭男と坊主頭にむかって、

「こいつを焼却炉に放りこめ」

髭男がいったん倉庫をでると、錆ついた四輪の台車を押してもどってきた。

誠一がまだがんばっているのが、せめてもの慰めだと思った。

人間はどうせいつか死ぬ。死に際はヤクザらしく堂々としようと思った。だが、ここまできても、覚悟は決まらなかった。それどころか未練はますます強くなる。

刀根は必死でもがいたが、坊主頭にあっさり抱えあげられて台車に乗せられた。

坊主頭は苦々しい表情で煙草をくわえて、

「カオ、ヤキタカッタノニ」

「ええから、はよ台車を押せ」

髭男が溜息まじりにいったとき、鷲尾が鼻をひくつかせると床のホースに眼をやった。

「おい、やめろッ」

鷲尾が怒鳴ったが、坊主頭はきょとんとした顔で百円ライターの石を擦った。

同時に閃光が走って、倉庫のなかが真っ赤に燃えあがった。

次の瞬間、ガスボンベが破裂する轟音が耳をつんざいた。金属やコンクリートの破片とともに台風の何十倍もありそうな爆風が押し寄せて、台車が軽々と浮きあがった。

猛り狂う炎のなかを吹き飛ばされながら、刀根はみずからの最期を悟った。

100

「五つ数える。それまでに銃を捨てて社長を解放するんや」

相良は拳銃を両手で構えて、ゆっくりとカウントをはじめた。

「五、四――」

誠一は伊能のこめかみにロッシを押しつけたまま、ニューナンブの黒い銃口を見つめた。

「相良、やめろ。銃をおろせッ」

但馬の説得に相良は耳を貸さない。但馬は二ノ宮にむかって、

「あんたも止めんかい。こんなやりかたが許されると思うとるんか」

二ノ宮は知らん顔で腕を組んでいる。

重久が相良に詰め寄ったが、組織犯罪対策課《ソタイ》の連中に押しもどされた。
三、と相良がいった。
警察官は正当な理由があっても拳銃はほとんど使用できない。拳銃で威嚇しただけで始末書を書かされるし、発砲すれば出世にも影響する。ましてや人質に危害がおよぶ可能性があったら、ふつうの警察官は拳銃の使用をあきらめる。

だが相良ならやりかねない。

反町との関係を暴かれるより、邪魔者を撃つほうを選ぶだろう。
二、と相良がいった。
口のなかが渇ききって胃が絞られるように痛む。脇腹の傷も脈を打って疼いている。
一、と相良がいった。
いまにも撃たれそうな恐怖に奥歯を噛み締めた瞬間、遼平が相良に飛びかかった。

遼平は相良の腕にしがみついて拳銃を奪いとろうとしたが、反対にねじ伏せられた。

この糞ガキがッ、と相良が吠えた。

「公務執行妨害《コウボウ》で逮捕せいッ」

組織犯罪対策課《ソタイ》の捜査員たちが遼平を取り押さえた。

「待て。息子を放せッ」

誠一は叫んだ。だめだ、と二ノ宮がいって、

「片桐係長、まず、あなたが投降すべきです」

「そうや。息子に手錠《ワッパ》かけたくなかったら、おとなしく往生せんか」

と相良がいった。銃口は下におろしたが、まだ拳銃を手にしている。

ふと窓の外が騒がしくなった。男たちの罵声やわめき声が聞こえてくる。

二ノ宮が窓の下を覗いて、

「まずいですね、報道陣です。警備の連中と揉みあってます」

「きさん、新聞記者《ブンヤ》にタレこんだな」

相良が怒鳴った。ふふ、と伊能が嗤って、

「どうってことはない。片桐さんの逮捕劇が大々的に報道されるだけさ」

遼平を逮捕させるわけにはいかないし、刀根を救出しないと手遅れになる。できる限りのことはやったが、もう打つ手はなかった、西浦がいったとおり、どれだけあがいても野良犬は野良犬でしかなかった。誠一は肩を落として、

「わかった、投降する。そのかわり息子を解放して、一刻も早く刀根を助けてくれ」

「ようし。それでええ」

相良が笑みを浮かべて駆け寄ってきた。

そのとき、伊能の携帯が鳴った。

急いで伊能のこめかみに拳銃を押しあてると、相良は足を止めて、

「片桐ッ。往生際が悪いぞッ」

誠一は伊能の携帯をデスクに置いたまま、すばやく通話ボタンを押した。

続いてハンズフリーのボタンを押し、受話音量を最大にした。

「もしもし、おれだ」

聞きおぼえのある甲高い声が携帯から流れてきた。

「おれじゃわからん。名前をいえ」

「――白峰だ」

　捜査員たちが顔を見あわせた。

おいッ、と伊能が声をあげた。誠一はその口に拳銃を突っこんで、

「白峰さん、取引に応じるか」

「おまえは誰だ。なんで伊能の携帯からかけてる」

「伊能に借りた。ほかの電話じゃ、あんたとじかに話せんやろう」

「だったら伊能に伝えろ。いつまでたかるつもりかってな」

「その前に確認したいことがある。あんたが伊能の女に手をだして、その現場を隠し撮りされたのが、このビデオやな。あんたが条川署署長の頃だ」

「誰がそんなことをいった。伊能がそういったのか」

「ええから聞け。あんたはこのビデオをネタにおどされて、捜査情報を伊能に横流しした。当時の副署長やった渕上もぐるや。だから渕上は伊能建設に天下りした」

「そんな事実はない」

「なら、なんで電話してきた。このビデオはなんでここにあるんか」

「おどしてもむだだ。もしなにかあったとしても、とっくに時効だ」

「ちゅうことは、ビデオがマスコミに流れてもええんやの」

「もういい。さっさと条件をいえ」

「いま伊能建設の社長室におる」

「──なんだと」

「条川署に連絡して、組織犯罪対策課《ツタイ》の連中を帰してくれ」

白峰は事態を察したらしく、すぐさま電話を切った。

捜査員たちの表情には動揺の色がある。

但馬は眉間に皺を寄せ、二ノ宮は床に視線を落とした。

重久は顔を紅潮させて宙をにらんでいる。

「とんだ茶番やッ。偽の本部長に電話させやがって」

相良が叫んでニューナンブを構えた。

とっさに伊能の口からロッシを抜いて、相良に銃口をむけた。

次の瞬間、金属の棒で貫かれたような衝撃が腹にきて、軀がのけぞった。

乾いた銃声が鼓膜を震わせ、火薬の匂いとともに硝煙がたちこめた。肉が焼けるような痛みが皮膚から内臓へ広がっていく。傷口を押さえた左手は真っ赤に染まった。

「──撃ったな」

誠一はしわがれた声でいうと、右手でロッシの弾倉《シリンダー》を振りだした。

蓮根状にあいた弾倉の穴はすべて空だった。

ズボンのポケットから五発の弾丸をつかみだしてデスクに落とした。

弾丸はカラカラと音をたてて転がっていく。

周囲が息を呑む気配があって沈黙が続いた。

伊能は椅子から落ちて床にへたりこみ、相良は拳銃を構えたまま呆然《ぼうぜん》と立ちすくんでいる。

但馬と重久がわれにかえったように駆け寄ってきたが、もう視界が霞んでいた。

「――相良、もう始末書くらいじゃすまんぞ」

誠一はかすかに笑みを浮かべると、前のめりに崩れ落ちた。

101

四月の空は青く澄んでいた。

霊園の駐車場でカローラをおりると、昼さがりの太陽がまぶしかった。

参道を吹き抜ける風は土と青草の香りがする。山の斜面にぎっしりならんだ墓石の群れを緑の木々が囲んでいる。

遼平は父とふたりで急な坂道をのぼった。

父はいつものように先を歩いていくが、退院して間がないせいかスーツの背中が頼りなく見える。もっとも傷の回復は年齢のわりに順調で、医師によれば後遺症の心配もないという。

母の墓参りをすませたあと、さらに参道をのぼって真新しい墓石の前に立った。

墓石には刀根家之墓と刻まれている。

花束を墓前に供えて線香に火をつけているあいだ、父はぼんやり空を見ていた。

先週が四十九日の法要と納骨式だったが、父はまだ入院中だった。

葬儀も納骨式も遼平がかわりに出席した。

刀根はヤクザだと聞いていただけに葬儀にでるのは怖かった。

けれども暴力団排除条令の影響で組がらみの葬儀はできないとかで、それらしい連中は姿を見せず、斎場の雰囲気はごくふつうだった。亡くなった刀根の家族はみな気丈な性格で、葬儀のときは悲しみに暮れていたが、先週の納骨式ではすっかり落ちついていた。

「殺されるなんて、とうさんらしくないよね。成人病で死ぬんならわかるけど」

「気が弱いくせにヤクザなんかやってるから、そんな目に遭うんだよ」

「でも組の本部にはお世話になったのよ。葬式にはこなかったけど香典いっぱいもらったし、新しいお墓も石屋さんに頼んで超特急で作ってくれたし」

刀根が経営していた店はラウンジを手放して、居酒屋は妻の弘子が引き継ぐらしい。

「おとうさんと呑みにきてね。サービスするから」

弘子は如才なくいった。

刀根の娘や息子とも親しくなったが、彼らの父親が命の恩人だというと、ふたりは納得できない様子で首をかしげて、

「とうさんが拳銃持って助けにいくなんて、ぜんぜん想像できないなあ」

「そんなかっけーところ、いっぺんも見たことないもん」

ねー、と美奈と瑛太は声をそろえてうなずきあった。

でもほんとだよ、と遼平はいった。

「おれにとって刀根さんはヒーローやもん」

父が伊能建設の社長室に立てこもった翌日から、マスコミはいっせいに事件を報道した。

「現職警察官と闇金経営者の癒着」

「地場大手建設会社社長が暴力団と交際、少年の殺害にも関与か」

「産廃処理会社で謎の爆発、現場から複数の変死体」

新聞や週刊誌はこぞって、そんな見出しの記事を書きたて、伊能建設や県警本部にテレビ局のレポーターが詰めかけた。

父はなぜあんな行動にでたのか、詳しく語らなかったせいで事件の全貌ははっきりしない。

マスコミの報道でわかった範囲では、相良は父を銃撃した件で警察に身柄を拘束され、先に逮捕されていた反町の供述によって収賄容疑で再逮捕された。

吉田と渡辺も逮捕されたから、０９０金融を手伝った件で自分も捕まるのかと思った。

だが、ふたりに脅迫されていたのがわかって罪には問われなかった。

伊能は社長を辞任、警備顧問の渕上も退職した。

伊能はイーグルテックの鷲尾に複数の犯行を指示した容疑で、現在も取調べを受けている。容疑は、刀根の殺害ならびに地元少年グループのメンバーだった奥寺の殺害、武藤に対する暴行傷害だが、実行犯の鷲尾が死亡したために取調べは難航しているようだった。

伊能建設との関係を噂された堂前総業の会長は、側近の理事長とともに謎の失踪と報じられた。一部の報道では、筑仁会から粛清された可能性もあるという。

県警本部長の白峰は逮捕こそされなかったが、過去に不適切な行為があったという理由で更迭され、依願退職した。条川署署長の成瀬と組織犯罪対策課課長の二ノ宮も、部下である相良の監督責任を問われて依願退職した。

父は拳銃の違法捜査を疑われていたが、取引の会話を録音したボイスレコーダーが鷲尾の自宅から発見されたことで容疑は晴れた。鷲尾の自宅からはロッシという拳銃も大量に押収されて、父の手柄になった。そのせいか異動もなく、今後も条川署で仕事を続ける。

けれども過去の汚名をそそぐことはできなかったという。

父が県警本部にいた頃に捜査情報を漏洩したのは白峰だが、官僚たちは警察全体への影響を恐れて表沙汰にしなかったらしい。

「灰色の決着よ。肝心なところは揉み消された」

もっとも、と父は苦笑して、

「おれも銃刀法違反と伊能を脅迫した件は揉み消したけどの」

遼平は刀根の墓前で両手をあわせ、長いあいだ瞑目した。

言葉をかわしたのは一瞬だったが、もうすこしで殺されるところを刀根が助けてくれた。あのときの笑顔は脳裏に焼きついている。

イーグルテックの倉庫にあった遺体は、ガス爆発の衝撃で原型をとどめていなかった。検視によって一体は鷲尾のものだと判明したが、もう一体の身元は不明だった。

さらに焼却炉から人骨らしい灰が発見された。

完全に炭化していたせいでDNA鑑定もできず、人物の特定はできなかった。ただ焼却炉のそばに落ちていたプラスチックの仮歯から、刀根の遺骨だと推定された。したがって刀根の墓には仮歯とともに焼却炉の灰が埋葬された。

死んだ人間は墓なんかにいない。

そう思うのは以前とおなじだが、残された者には祈りを捧げる対象が必要だ。まともな遺骨すらない墓であっても、その前に佇めば故人との思い出に浸ることができる。

合掌を終えて目蓋を開けると、父はいつのまにか参道をくだっている。息子の命を救った恩人の墓を、ほんのすこししか拝まないのは薄情に思えた。

文句をいおうとあとを追ったら、父は携帯で誰かと喋っていた。

「ひとり消えたんは、やっぱりそうか。密入国者やから、誰も気ィつかんやったぞ」

わはは、と父は大声で笑って、

「大金が入ったんはええけど、あんまり遊びすぎるなよ。しかし台車と壁にはさまって助かるちゅうのは、おまえらしいわ。ああ、わかった。時期をみて逢おう」

遼平が横にならびかけると、父は急いで電話を切った。

「いま誰と話してたん」

「誰でもええ。おまえには関係ない」

父はぶっきらぼうにいってカローラのキーを放った。

遼平はよろめきながらそれを受けとって、おれが？　と訊いた。いままでずっと運転を禁じられていただけにとまどっていると、父はカローラの助手席に乗りこんで、

「はよせんか。きょうもバイトやろが」

「まだ、だいぶ時間あるよ」

「おれは当直明けで眠いんじゃ。さっさと帰るぞ」

二週間前から、食品の加工工場にバイトで通いはじめた。

まだ作業には慣れないし、深夜から明け方までの勤務は体力的にこたえる。将来も続けられるかどうかわからないが、見栄やプライドがなくなったぶん気持は楽だった。

遼平は運転席のドアを開けてシートに腰をおろした。

エンジンをかけて車を走らせると、春の陽射しに輝く街が眼下に広がった。

〔参考文献〕

『恥さらし　北海道警　悪徳刑事の告白』　稲葉圭昭　著　講談社
『白の真実　警察腐敗と覚醒剤汚染の源流へ』　曽我部司　著　エクスナレッジ
『警察内部告発者・ホイッスルブロワー』　原田宏二　著　講談社
『極悪警部　金・女・シャブと警察の闇』　織川隆　著　だいわ文庫

解説

北上次郎《きたがみじろう》
（文芸評論家）

この稿を書いている時点（二〇一五年九月）で福澤徹三のいちばん新しい本である『しにんあそび』（光文社文庫）のあとがきで、作者は次のように書いている。

「奇妙な味」とひと口にいっても、その小説を奇妙に感じるかどうかは甚《はなは》だ主観的である。なにをもってそれを判断するかが曖昧《あいまい》で、ひとつのジャンルとしては成立しにくい。

そういう理由からか、いまはホラーでひとくくりにされているが、この世界に足を踏み入れたのは、自分も「奇妙な味」の小説を書いてみたいと思ったのがきっかけである。

このくだりを読んで、なるほどと納得した。ホラーも「奇妙な味」もひとくくりにされているが、微妙に異なるもので、作者の目指したものはホラーではなく、「奇妙な味」であったというこの述懐は、福澤徹三を理解するうえで重要である。

というのは、『幻日』『怪《あやし》の標本』『怪を訊く日々』『廃屋の幽霊』『壊れるもの』という福澤徹三のホラー小説は、妙な言い方になるが、怖くないのだ。いや、一般的なホラー小説が持つ怖さとは無縁であると言い換えよう。ひらたく言えば、恐怖の感情を直接喚起するような小説ではない。たとえば、『怪を訊く日々』は著者が「蒐集した怪異をとりとめもなく綴ったもの」との体裁で書かれた書だが、このなかに「やまにある」という項がある。これは主婦のKさんが山裾の公園に花見に行った翌日から何の理由もないのにいらいらするようになり、これは何か連れて帰ったかもしれないと考えるのが発端。で、三日目の夜、背後から肩をちょんちょんと突つくものがいるので振り向くと、「時代遅れのデザインのスカートを穿いた若い女」が陰気な顔で座っている。それを無視していると「――やまにある」と若い女が呟くが、Kさんは特に霊能者のようなことをしているわけではないので、「ごめん――わたしじゃわからん」と言うと、女はすっと小さくなって消えていく。「やまにある」はそれだけの話で、いかにも福澤徹三が好みそうな話だ。「――やまにある」という言葉がどういう意味を持つのか、それを探ることに作者の関心はないのだ。日常の隙間に別のものが入り込む瞬間こそが、この作者のモチーフになっている。「やまにある」はその典型例といっていい。長編『壊れるもの』も、オリジナル作品集の『しにんあそび』も同様で、日常と怪異が自然に同居している風景を、この作家はいつも鮮やかに描き出している。それは怪異が突出している風景よりも遥かに恐ろしく、だからあとを引く。読み終えて本を閉じても、ずっと残り続ける。その大半は何気ない風景だが、本を閉じても終わらないということのほうが実は怖い。問題は、福澤徹三がなぜこういう趣向を好むのか、それがわからなかった。その謎は、ここに「奇妙な味」とのキーワードを持ってくれば一発で解ける。ようやく納得した次第である。

しかし問題はまだ残されている。福澤徹三には別の顔もあることだ。それが『真夜中の金魚』に代表されるアウトロー小説だ。実は私、その『真夜中の金魚』が初めての「福澤徹三体験」であった。それ以前に幾多のホラー小説を書いていたというのに（いや、今となっては奇妙な味の作品群と言い換えなければならない）、それをまったく知らず、いきなりあの『真夜中の金魚』を読んだ。

面白かったなあ。北九州の夜の青春を描いた長編だが、うまいうまい。アウトロー小説とはいっても、法の埒外《らちがい》にある者、すなわち無法者を主人公にした小説というわけではない。もちろんやくざも出てくるが、『真夜中の金魚』の場合、主人公の「おれ」は、その街で「クラブよりは安いがスナックよりは高い店」のチーフをつとめている。もっともチーフとは名ばかりで、「料理も作るボーイのようなもの」だ。ホステスの明日香《あすか》と同棲しているが社長の大山《おおやま》には内緒。大山はピンクサロンや地下賭場も経営しているが、本業は高利の街金融で、こわもての男だ。どこにでもあるような水商売の世界の出来事が淡々と描かれていくだけだが、元上司の赤城《あかぎ》、大山も一目置くマネージャーの矢崎など、個性豊かなわき役たちが次々に登場し、色彩感あふれる物語が始まっていく。とりたてて珍しい話が展開するわけではないのにこの小説が強い印象を残すのは、さまざまな挿話と人物造形が絶妙であるからでもあるが、しかしそれだけではない。優しい気品ともいうべきものが物語の底を流れているからだ。これこそが福澤徹三のアウトロー小説を貫く最大のポイントである。

福澤徹三のアウトロー小説とは、このように無法者の物語を意味するものではなく、社会の裏通りに生きる者のドラマであるのだが、なかには『Iターン』のように、北九州に単身赴任したリストラ寸前のサラリーマンが、やくざの要求を断りきれずどんどん深みにはまっていく「リーマン・ノワール」（帯）まで書いているから油断できない。サラリーマンが主人公のアウトロー小説もあるのだ。その点、大藪春彦賞を受賞した『すじぼり』は正統派のアウトロー小説で、舞台はお馴染みの北九州。大学生の滝川亮《たきがわとおる》が夜の街でなにごとかを学んでいく成長小説で、巧みな人物造形はいつもの通り、父親との不和と和解、さらには切ない恋の様子まできりりと描いて胸に残る小説となっている。

すなわち、福澤徹三は「奇妙な味」の作品も絶妙ではあるけれど、アウトロー小説を書いても絶品であるということだ。そこでようやく本書の話になるのだが、本書『灰色の犬』は「小説宝石」二〇一二年三月号から二〇一三年七月号まで連載された長編小説で、単行本の帯には「衝撃の警察小説」と書かれてはいるものの、『真夜中の金魚』『すじぼり』と同じくアウトロー小説である。

三人の主人公の一人、片桐誠一《かたぎりせいいち》が警察官であることや、警察内部のさまざまなこと、さらにはその捜査がみっちり描かれるので「警察小説」としたのだろうが、そのトーンは明らかに『真夜中の金魚』や『すじぼり』に通底している。

主人公の二人目は、暴力団幹部の刀根剛《とねつよし》。組織から見放され、さらに家庭でも居場所のないこの男の不遇が、これでもかこれでもかと描かれることに留意。警察官の片桐も情報漏洩の犯人と疑われて、所轄の地域課で不遇の日々を過ごしている。ようするに彼らは、貧乏籤を引いた男たちだ。警察官と暴力団幹部と立場は違えど、その意味では同じ種類の男たちだ。片桐誠一と刀根剛が、腐れ縁的友情で結ばれているのは理由のないことではない。

最後の主人公は、片桐遼平《りょうへい》。誠一の息子だが、二十五歳のフリーター。たった二人きりの家族であるのに親子の間に会話はない。それは誠一が厳しいからだ。遼平が働こうとしないからだ。いや、働きたくても職がなく、そういう焦りの日々に遼平はいる。で、高利の090金融から金を借りると、その返済で追われてとんでもないことになっていく。その顚末《てんまつ》はわき筋に見えるけれど、それが最後に片桐誠一と刀根剛のドラマに結びつく。

福澤徹三の小説はいつも人物造形が絶妙で、驚くほど丁寧だ。だから、よくある話だなあと思っても、まるで初めて読む話であるかのような気がしてくる。たとえば本書に、夜の世界に生きる綾乃《あやの》という女性が登場する。わき役だ。登場シーンは少ない。ところが福澤徹三は、こういう点景にすぎない人物を印象深く描くのである。だから物語がきりりと引き締まる。警察官の誠一と、暴力団幹部の刀根。この二人のドラマに遼平が絡んでくるのが本筋だが、綾乃のようなわき役の造形にこそ、この作家のうまさはある。

『真夜中の金魚』や『すじぼり』が面白かった読者なら、本書も間違いなく面白いはずだと信じる。逆に言えば、本書が面白かった読者は、その前記二冊をぜひお読みいただきたい。社会の裏通りで生きざるを得ない男たちの哀感を、たっぷりと堪能できるはずである。

初出　「小説宝石」二〇一二年三月号〜二〇一三年七月号
二〇一三年九月　光文社刊

光文社文庫

灰《はい》色《いろ》の犬《いぬ》

著者　福《ふく》澤《ざわ》徹《てつ》三《ぞう》

2015年11月20日　初版1刷発行

発行者　鈴木広和
印刷　堀内印刷
製本　榎本製本

発行所　株式会社　光文社
〒112-8011　東京都文京区音羽1-16-6
電話　(03)5395-8149　編集部
8116　書籍販売部
8125　業務部

ISBN978-4-334-76992-5　Printed in Japan

組版　萩原印刷

お願い　光文社文庫をお読みになって、いかがでございましたか。「読後の感想」を編集部あてに、ぜひお送りください。
　このほか光文社文庫では、どんな本をお読みになりましたか。これから、どういう本をご希望ですか。どの本も、誤植がないようつとめていますが、もしお気づきの点がございましたら、お教えください。ご職業、ご年齢などもお書きそえいただければ幸いです。当社の規定により本来の目的以外に使用せず、大切に扱わせていただきます。

光文社文庫編集部